Gaby Hauptmann
Nur ein toter Mann ist ein guter Mann

Zu diesem Buch

Ursula hat soeben ihren despotischen Mann beerdigt. Doch obwohl sich der Sargdeckel über ihm geschlossen hat, läßt er sie nicht los. Während sie sich von der ungeliebten Vergangenheit trennen will, fühlt sie sich weiter von ihm beherrscht. Sie wirft seine Wohnungseinrichtung hinaus, will seinen Flügel und seine heiß geliebte Yacht verkaufen, übernimmt die Leitung der Firma. Er schlägt zurück: Männer, die ihr zu nahe kommen, finden ein jähes Ende – durch ihre Hand, durch Unglücksfälle, durch Selbstmord. Erst als Ursula langsam hinter das Geheimnis ihres Mannes kommt, gewinnt sie die Macht über sich selbst zurück. Und als sie dabei eine Ex-Freundin ihres Mannes kennenlernt, öffnet sich ein völlig neuer Weg für sie – doch dann stellt sich die große Frage: Woran ist ihr Mann eigentlich gestorben? – Gaby Hauptmann, Autorin des Bestsellers »Suche impotenten Mann fürs Leben«, hat eine listige, rabenschwarze Komödie geschrieben, einen verrückten, komischen und hinterhältigen Roman über eine Frau, die auf der Suche nach sich selbst über Männerleichen geht.

Gaby Hauptmann, geboren 1957 in Trossingen, lebt als freie Journalistin, Filmmacherin und Autorin in Allensbach am Bodensee. Ihr erster Roman, »Suche impotenten Mann fürs Leben« (1995), wurde über Nacht zum Bestseller.

Gaby Hauptmann

Nur ein toter Mann ist ein guter Mann

Roman

Piper München Zürich

Von Gaby Hauptmann liegt in der Serie Piper außerdem vor:
Suche impotenten Mann fürs Leben (2152)

Ein toter Mann ist mit Sicherheit impotent –
aber wahrscheinlich nichts mehr fürs Leben.

Originalausgabe
Oktober 1996
© 1996 R. Piper GmbH & Co. KG, München
Umschlag: Büro Hamburg
Simone Leitenberger, Susanne Schmitt, Andrea Lühr
Umschlagabbildung: Martin Haake
Foto Umschlagrückseite: Ines Blersch
Gesamtherstellung: Clausen & Bosse, Leck
Printed in Germany   ISBN 3-492-22246-3

INHALT

ABGANG

Sie lauscht dem Ton nach. Es ist genau das, was sie am Tod am meisten gefürchtet hat – dieses dumpfe Prasseln der Erde auf den Sarg. Sie bückt sich und nimmt noch eine Handvoll.

Dann tritt Ursula zurück. Da liegt er also. Das ist alles, was von ihrem Mann übriggeblieben ist. Ein schwarzer Sargdeckel, darunter eine leblose Hülle. Wo ist seine starke Persönlichkeit hin, sein Wille, seine Durchsetzungskraft?

Ludwig ist der nächste vor dem gähnenden Loch. Er beugt den Kopf, bleibt minutenlang regungslos stehen. Ursula beobachtet ihn durch das schwarze Augennetz ihres kleinen Hütchens und denkt dabei wieder an die Empfindung, die sie gehabt hat, als sie in der Leichenhalle vor dem offenen Sarg stand. Das da drin hat mit ihrem Walter nichts mehr zu tun. Das, was ihn ausgemacht hatte, war weg. Darüber konnte man den Sargdeckel getrost schließen.

Ludwig hat sich zu ihr umgedreht, kommt langsam auf sie zu, reicht ihr die Hand: »Es tut mir so leid, Ursula. Er war ein so außergewöhnlich starker Mensch. Daß er so früh gehen mußte…«, zum Zeichen seiner Freundschaft legt er seine linke Hand auf ihre behandschuhte Rechte, »wenn ich dir irgendwie helfen kann – du weißt, ich bin immer für dich da!«

»Danke, Ludwig«, Ursula nickt ihm zu. Ludwig Fehr war Walters bester Freund und gleichzeitig sein Hausarzt. Die beiden Männer waren gleichaltrig, beide 55 Jahre, und sogar im selben Monat geboren. November. Skorpione durch und durch. Im November war Walter gekommen, und im November mußte er wieder gehen.

Eine schier endlose Menschenschlange zieht an ihr vorbei.

Sie drückt eine Hand nach der anderen. Die meisten Gesichter kennt sie. Viele sind aus der Firma, manche aus der Nachbarschaft, einige aus dem kleinen Freundeskreis. Walter hatte nicht viele Freunde. Er war sich selbst stets genug. Ein Einzelkämpfer, der immer voller Mißtrauen auf andere blickte.

Als alle gegangen sind und auch der Pfarrer sich mit ein paar tröstenden Worten verabschiedet hat, steht Ursula noch eine Weile alleine da. Im Hintergrund wartet ein Friedhofsgärtner mit seinem kleinen Bagger darauf, das Werk zu vollenden.

Ursula schaut auf die Kränze, die Grußschleifen und die unzähligen Blumen. Sie alle mußten jetzt sterben, nur weil Walter gestorben war. Wie ungerecht die Welt war. Was konnten sie dafür. Und dann fiel ihr eine Fabel ein. Ein Skorpion möchte einen Fluß überqueren, weiß aber nicht wie. Da kommt ein Frosch. Er fragt den Frosch, ob er ihn nicht auf seinem Rücken hinüberbringen könnte. Der Frosch lehnt ab, das sei ihm zu gefährlich. Der Skorpion habe schließlich einen Stachel und könnte ihn damit umbringen. Warum sollte ich das tun, fragt der Skorpion, das wäre ja unsinnig. Wenn du untergehst, gehe ich schließlich auch unter. Das leuchtet dem Frosch ein, und er schwimmt mit dem Skorpion auf dem Rücken los. In der Mitte des Flusses sticht der Skorpion zu. Bevor der Frosch untergeht, sagt er zu dem Skorpion, daß dies doch völlig gegen die Vernunft sei. Jetzt müßten sie beide sterben. Der Skorpion antwortet, dies sei keine Frage der Vernunft. Dies sei eben sein Charakter.

Die Schwelle hält sie irgendwie zurück. Ursula steht vor ihrer geöffneten Wohnzimmertür und bringt es nicht fertig, auch nur einen Fuß in den Raum zu setzen. Es kommt ihr vor, als schaue sie in einen geöffneten Sarg. Keine zehn Pferde bringen sie da hinein. Sie weicht einen Schritt zurück. Diese schweren, dunklen Holzmöbel. Diese erdrückende Balkendecke. Die beiden klobigen Couchgarnituren und die Sessel. Für mindestens zwanzig Personen gedacht. Dabei hatten sie nie Besuch. Und die stoffbespannten Stehlampen. Gedrechselt, teuer – und scheußlich. Daß ihr das nie aufgefallen ist?

Ursula dreht sich abrupt um, geht zum Garderobeschränkchen im Flur und nimmt das Telefonbuch heraus. Dabei fällt ihr Blick in den Spiegel. Sie fährt sich mit der Hand ordnend durch das graumelierte, auf Kinnhöhe geschnittene Haar. Für ihre 53 Jahre hat sie sich gut gehalten, auch wenn Walter immer meinte, sie habe sich in den letzten dreißig Jahren gehenlassen. Aber er hatte eben alles an sich selbst gemessen, und er schien unverwundbar. Nicht einmal das Leben konnte Spuren an ihm hinterlassen. Er war immer voller Energie, kannte keine Schwäche, war hart gegen sich selbst. Nur der Tod war stärker.

Wer hätte das gedacht.

Mit dem Telefonbuch läuft sie die Treppe hinauf in ihr Schlafzimmer, schließt die Türe, schaltet alle Lichter an und beginnt sich im angrenzenden Badezimmer auszuziehen. Sie schlüpft in ein bodenlanges Baumwollnachthemd. Das schwarze Kostüm hängt sie sorgfältig an einen Bügel, Unterwäsche und Strümpfe verstaut sie im Wäschekorb. Da liegen noch die weißgerippten Unterhosen von Walter drin. Sie hat sich noch nicht entschließen können, sie herauszunehmen. Was soll sie auch damit anfangen? Waschen? Bügeln? Wozu? Sie schließt den Korbdeckel wieder. Dann nimmt sie einen Haarreif und beginnt sich das Gesicht sorgfältig abzuschminken. Sie entschließt sich für eine vitaminreiche, sahnige Nachtcreme. Walter hat das gehaßt, deshalb hat sie die nur genommen, wenn er verreist war. Also praktisch nie.

Sie trägt sie dick auf, betrachtet ihr glänzendes Gesicht im Spiegel. Die schlaffe Haut unter den Augen könnte sie ja etwas straffen lassen, dadurch kämen ihre stahlblauen Augen wieder besser zur Geltung. Und die Muskelschwäche an der rechten Unterlippe ließe sich sicherlich auch wegoperieren. Sie putzt und duscht die Zähne sorgfältig. Zum Abschluß cremt sie sich ein weiteres Mal reichlich ein.

Auf dem Weg in ihr Schlafzimmer öffnet sie den Wäschekorb, nimmt Walters Unterwäsche heraus und stopft sie in den Abfalleimer. Dann faltet sie die batistene Tagesdecke über ihrem Bett zusammen, holt sich Telefonbuch, Stift und Notizblock und schlüpft unter die Daunendecke. Sie schlägt unter »Einrichtungshaus« nach, anschließend unter »Innenarchitekt« und schließlich unter »Maler«. Gleich morgen wird sie die Dinge in die Hand nehmen. Als sie die vollgeschriebenen Zettel auf ihren Nachttisch legen will, fällt ihr Blick auf Walter in seinem Silberrähmchen. Ursula nickt ihm freundlich zu und schläft dann bei Licht ein.

ENTFALTUNG

Zwei Wochen später ist aus dem düsteren Wohnzimmer ein lichtdurchfluteter Raum geworden. Die teppichbespannten Wände sind einem hellen Anstrich gewichen, die braune Holzdecke hat Ursula kurzerhand weiß übermalen lassen, ein zart rosafarbener Teppichboden liegt über dem dunklen Parkett. Die Innenarchitektin hat ihr eine leinenfarbene Dreiersitzgruppe empfohlen, Couchtisch, Sideboard und Eckregale aus Acryl. Moderne Bodenvasen und Designerlampen bezeichnete sie als Hommage an die Wohnlichkeit. Für Ursula ist es ein ungeheuerliches Gefühl, als sie zum ersten Mal mit einer Tasse Tee auf ihrer neuen Couch im fertig umgestalteten Wohnzimmer sitzt. Fast fühlt sie sich, als sei sie in eine neue Haut geschlüpft – wenn da nicht noch der schwarze Flügel stehen würde. Es ist der Flügel ihres Schwiegervaters. Walter konnte zwar nicht Klavier spielen, aber es wäre für ihn nie in Frage gekommen, sich von diesem Instrument zu trennen. Ursula hätte ihn liebend gern hergegeben, aber selbst die Innenarchitektin war dagegen gewesen: »Sie sollten sich zunächst einmal erkundigen, was der Flügel wert ist. Sonst lacht sich nachher jemand ins Fäustchen!«

»Ist mir egal«, hatte Ursula unwillig geantwortet, »von mir aus können Sie ihn verschenken, Hauptsache, er ist weg!«

Dabei sah sie aus, als wollte sie Mephisto persönlich aus dem Haus jagen. Die Innenarchitektin betrachtete ihre Auftraggeberin kurz: den etwas langweiligen Haarschnitt, das unauffällig geschminkte Gesicht mit dem etwas schiefen Mund.

»Ich werde Ihnen jemanden schicken, der sich damit auskennt«, sagte sie dann in einem geduldigen, fast mütterlichen Tonfall, obwohl sie die Tochter hätte sein können.

Ursula bemüht sich, einfach nicht zu dem schwarzen Monstrum hinzuschauen.

Es gibt ja auch so genug zu sehen.

Sie trinkt genießerisch ihren Tee, streift die Schuhe ab, setzt sich etwas seitlich auf die Couch und legt die Beine hoch. Unbeschreiblich!

Nächsten Montag wird sie wieder in die Firma gehen. Nach drei Wochen ist es allerhöchste Zeit. So lange hat sie sich in ihrem ganzen Leben noch keinen Urlaub gegönnt. Ursula schließt die Augen und denkt 30 Jahre zurück, sieht sich und Walter wieder in den grauen Fabrikhallen, die sie eben gekauft haben, sieht die herausgebrochenen Fenster, die kaputten Leitungen, den beschädigten Betonboden. Sie hatten auf ihre Hochzeitsreise verzichtet, hatten sich die Geschenke bar ausbezahlen lassen, und auf die Fürsprache von Walters Vater hin hatte ihnen eine Bank einen Kredit gewährt. Sie wollten eine Verpackungsfirma aufmachen, das erschien ihnen in den sechziger Jahren als zukunftsträchtig. Der Krieg war lange vorbei, es gab wieder Waren, immer mehr Artikel, die sich gegenseitig Konkurrenz machten, und verkauft wurde offensichtlich das, was im Regal herausstach, schöner, bunter, edler verpackt war. Plastik stand hoch im Kurs. Walter und Ursula kauften sich entsprechende Maschinen, sie schacherten wie die Bürstenbinder um jeden Pfennig, sie schufteten Tag und Nacht, akquirierten, holten Aufträge, kamen kaum noch mit der Produktion nach, brauchten Mitarbeiter, kauften neue Maschinen, bezahlten ihren ersten Bankkredit zurück und nahmen einen neuen, größeren auf. Irgendwann war die Zeit reif für einen Neubau, und dann eröffnete Walter ihr, sie könne jetzt zu Hause bleiben und Kinder bekommen. Aber es kamen keine Kinder, und sie ging wieder in die Firma. Ursula wollte genau wissen, wofür ihr Geld ausgegeben wurde. Sie war bei allen Einstellungen mit dabei. Ohne ihr Okay durfte noch nicht einmal eine Putzfrau ihren Putzlumpen auswringen. Und selbst als Walter sich mehr und mehr aus der Firma zurückzog, um sich seinen Hobbys zu widmen, hat sie die Zügel nie aus der Hand gegeben. Ihr Geschäftsführer, Manfred Kühnen, sollte immer wissen, daß ihm jemand auf die Finger sah. Manchmal tat sie es ganz offen, manchmal mehr im Verborgenen, aber sie war immer präsent.

Einem plötzlichen Impuls folgend steht Ursula auf und geht in das Arbeitszimmer. Ganz oben im Regal stehen in drei Reihen Fotoalben. Sie steigt auf die Trittleiter, zieht wahllos einige heraus und geht zurück zu ihrer Couch. Die Alben hat sie angelegt, weil Walter herumliegende Fotos nicht leiden konnte. Aber sie hatte sie danach nie mehr in die Hand genommen, und Walter auch nicht. Sie nimmt ihre Teetasse und schlägt die Seiten des in Leder gebundenen dunkelgrünen Albums auf.

Walter, typisch, beim Bergsteigen. Schon recht weit entfernt, von hinten und mit einem mächtigen Rucksack. Sie erinnert sich jetzt wieder. Das war vor etwa 15 Jahren in den

Tiroler Alpen an einem Klettersteig. Sie wollte fotografieren, aber Walter wollte nicht warten. Er war nur sauer, weil sie nicht schnell genug nachkam. Diese Touren waren immer der Alptraum für sie. Er war, wie bei allem, was er tat, extrem. Sie dagegen hatte Höhenangst. Auf Klettersteigen bekam sie Schwindelanfälle, war stets in der Angst, abzustürzen. Er ignorierte es mit einem leichten Augenbrauenzucken und war davon überzeugt, alles sei lediglich eine Frage der Gewöhnung und des Willens. Sie war mit Walter dreißig Jahre lang quer durch Österreich geklettert und hatte sich dreißig Jahre lang nicht daran gewöhnt.

Ursula nimmt einen Schluck aus der feinen Porzellantasse. Der Tee ist kalt, sie trinkt ihn trotzdem aus. Dann schaut sie sich den Teesatz an. Er sagt ihr nichts.

Sie blättert weiter. Bergbilder, Bergbilder und nochmals Bergbilder. Gipfel, Blumen, Kühe – und Walter. Mal von nah, mal von fern. Auf keinem einzigen Foto findet sie sich selbst. Das gibt's doch nicht. Sie blättert das Album bis zur letzten Seite durch. Nein, nichts. Es ist, als hätte sie überhaupt nicht existiert.

Sie klappt das Buch zu, greift zum nächsten.

Das hätte sie sich denken können. Dieses verdammte Schiff. Da hat sich Walter doch tatsächlich ein eigenes Album angelegt, von dem sie überhaupt nichts wußte! Sie blättert es durch. Keine Menschen. Nur das Schiff. Von vorn, von hinten, in der Kajüte, vom Ufer aus, der Blick hoch in die Segel und Detailaufnahmen vom Steuerrad, vom Anker, vom Mast, von den Instrumenten, von den Positionslampen. Und dann Konstruktionspläne, sein Schifferpatent als beglaubigte Kopie, ein Prospekt über das Schiff, Seite für Seite säuberlich eingeheftet.

Nicht zu fassen. Sie klappt das Album zu. Dieses Schiff hat sie fünf Jahre lang im Schlaf verfolgt, und nun liegt es mehr oder weniger leibhaftig auch noch auf ihrem Schoß.

Walter war nicht nur ein extremer Bergsteiger, er war dazu auch noch ein extremer Segler. Dreißig Jahre lang nützte er jede freie Minute, wenn er nicht gerade einen Berg bezwang, um an der Ostsee irgendwelche neuen Rekorde aufzustellen. Er zischte mit seinem Soling zwischen Frachtern und Fährschiffen über die Lübecker Bucht hinaus in Richtung Dänemark und wieder zurück, nichts anderes im Sinn als seine Stoppuhr. Und sie fuhr mit. Nicht immer auf dem Schiff, weil sie dort seiner Ansicht nach ja doch alles falsch machte, aber von Frankfurt bis zum Neustädter Hafen. Und es war nie Urlaub, denn für Urlaub hatten sie nie die Zeit. Schon die Autofahrt war ein Wettkampf, ein Rennen von der Haustüre im betulichen Frankfurter Stadtteil Niederrad bis zur Hafeneinfahrt in Neustadt. Im Morgengrauen wollte er immer schon lossegeln, allerdings nur, wenn die Brise steif genug war. Wenn nicht, drehte er auf dem Absatz um, setzte sich ohne weiteren Kommentar wieder in den Wagen und trat mit ihr, möglichst ohne weitere Unterbrechungen, auf schnellstem Weg die Heimreise an. Sie hatte es mitgemacht, wie sie vieles andere auch mitgemacht hatte. Warum auch nicht, sie hatte ihn schließlich geheiratet.

Aber dann hat er vor fünf Jahren dieses verfluchte Schiff gekauft. Von ihrem gemeinsam verdienten Geld. Ohne sie zu fragen. Sie hatte für ihre alten Tage von einem Haus an der Algarve geträumt. Mit einer 15-Meter-Slup an der Ostsee war dies hinfällig. Sie haßt dieses Schiff.

Ursula schlägt das dritte Album eher widerwillig auf. Weihnachten 1983. Sie sieht das Wohnzimmer, wie es früher war, in der Ecke eine riesige, geschmückte Weißtanne. Der Kamerablitz hat nicht ganz ausgereicht, dafür reflektiert er im Fenster. Besonders schön sind die Fotos nicht. Aber wenigstens hat sie überhaupt fotografiert.

Sie blättert weiter. Ah, der festlich gedeckte Tisch für zwei

Personen. Stimmt, Walters Mutter war in diesem Jahr gestorben. Davor war sie an Weihnachten immer zu Gast gewesen. Walters Vater war drei Jahre zuvor, 1980, gestorben, wie ihre eigenen Eltern, die bei einem Autounfall umgekommen waren. 1980 war ein richtiges Todesjahr gewesen.

Der Tannenbaum mit den Geschenken. Und Walter im dunklen Anzug. Er sah gut aus. Markante Gesichtszüge, klare Augen, hochgewachsene, drahtige Figur, braune, dichte Haare. Eigentlich hat er sich über die Jahre überhaupt nicht verändert. Noch nicht einmal graue Schläfen hat er bekommen. Wahrscheinlich ist er schon als Fünfzigjähriger geboren worden, es hat nur keiner bemerkt.

Ursula schaut sich die Bilder genau an. Das gediegene Wohnzimmer, das, seiner Ansicht nach, jederzeit bequeme Sitzgelegenheiten für mindestens zwanzig Besucher bieten mußte. Die dunklen Balken, die schweren Vorhänge, die Tapeten, die unsäglichen Stehlampen. Alles spiegelte seinen Geschmack wider. Ursula hat darüber eigentlich nie nachgedacht – nur von Zeit zu Zeit erschien ihr alles zu eng und zu dunkel.

Und jetzt ist er tot.

Ursula legt das Buch zu den anderen und schaut eine Weile durch das große Frontfenster in den Garten. In einem Monat ist Weihnachten, denkt sie. Und dann denkt sie nichts mehr. Es ist, als wäre die Schublade einer Kommode zugegangen und hielte ihre Gedanken gefangen. Sie schaut hinaus und ist völlig gedankenfrei, leer. Nach einer Weile steht sie auf und geht in die Küche, um sich einen frischen Tee aufzubrühen.

DIE STIMME DES FLÜGELS

Die Innenarchitektin hält ihr Versprechen. Zwei Tage später klingelt Uwe Schwarzenberg an Ursulas Haustüre. Er hat früher das Stadtorchester einer benachbarten Kleinstadt geleitet, ist aber, nachdem das Kulturbudget der neuen Mehrzweckhalle geopfert worden war, ins Abseits gerutscht. Der Schmerz darüber sitzt tief bei ihm. Muß er sich, der er ein ausgemachter Schöngeist, ein Ästhet, ein begabter Komponist und Musiker ist, mit seinen 47 Jahren noch den Niederungen des Lebens aussetzen?

Er hatte bei einer Frankfurter Kleinkunstbühne vorgespielt, war zwar nicht genommen worden, wurde aber von einer der Laienschauspielerinnen auf seine Erfahrung mit Klavieren angesprochen. Das war nun wirklich sein Element, und die Innenarchitektin hatte ihm Ursulas Adresse gegeben. Er hatte nicht lange gezögert, seine schweren Musikerwellen gekämmt, war sich einige Male mit einer Fusselrolle über seinen schwarzen Pullover und die schwarze Hose gefahren und hatte sich auf den Weg gemacht.

Ursula ist glücklich. Oder zumindest empfindet sie eine Erleichterung. Endlich der erste Gast im Haus. Wenn auch nicht eigentlich ihr Gast, sondern mehr der des Flügels, so doch der erste Mensch in ihren neuen Räumen. Und er ist so kultiviert. Musisch durch und durch, ganz anders als ihr Walter, der sich mit »brotloser Kunst« nie aufhalten mochte.

Während Uwe andächtig vor dem Flügel steht, fährt sich Ursula leicht mit der Handfläche über ihr Haar. Es ist gewachsen, sicherlich sieht es ungepflegt aus. Das Gefühl behagt ihr nicht. Sie muß sich unbedingt einen Friseurtermin zum Nachschneiden geben lassen. Oder soll sie vielleicht eine ganz andere Frisur ausprobieren, wie es ihre Friseuse ihr schon seit langem erfolglos rät?

Mit einem Seufzer dreht sich Uwe zu ihr um. Er sieht interessant aus, findet sie. Groß, hager, ovale Gesichtsform, sinnlich weiche Lippen. Irgendwie wirkt er verwegen, wie ein Mann, der sich um nichts kümmert und sich gleichzeitig alles leisten kann.

»Sie haben hier ein sehr kostbares Stück«, sagt er und streichelt liebevoll mit den Fingern über das Holz. Ursula fährt ein Schauder über den Rücken. Es ist, als hätte er nicht den Flügel, sondern sie berührt.

»Darf ich?« fragt er und nickt in Richtung des Tastaturdeckels.

»Aber bitte«, sagt Ursula leise.

Als er jetzt sachte die Tastatur bloßlegt, fühlt sie fast etwas wie Scham, so als läge sie vor ihm.

»Darf ich?« fragt er wieder.

»Bitte«, flüstert sie.

Dann gleiten seine Finger über die Tasten, erst langsam und leise, dann schnell und laut, und schließlich hetzen sie, als seien sie dem Höhepunkt nahe. Dann der vieltönige Schlußakkord. Ursula erschaudert.

Es hört sich fürchterlich an. Geradezu grauenhaft.

Mit einem leisen Knall klappt der Deckel zu.

»Entsetzlich«, sagt er vorwurfsvoll, und Ursula fühlt ein nur allzu bekanntes Schuldgefühl aufsteigen.

»Wie kann man ein so wunderbares Stück nur so verkommen lassen! Der Flügel ist gut zehn Jahre nicht mehr gestimmt worden!«

»Zwanzig Jahre!« berichtigt Ursula, und der Zauber ist vorbei. Was fällt ihm nur ein, sich in ihrem Haus so aufzuführen. Schließlich ist es ihr Flügel! Selbst wenn er fünfzig Jahre nicht gestimmt worden wäre, wäre dies noch immer ihre Sache!

»Was ist er Ihrer Ansicht nach wert?« fragt sie knapp.

»Das ist ein Liebhaberstück, gut sechzig Jahre alt, vermutlich sogar älter! Das kann ich Ihnen so nicht beantworten!«

Klar, Walter hat recht gehabt. Musiker sind keine Geschäftsleute. Wie soll sich so einer mit Preisen auskennen.

»Ich bin davon ausgegangen, daß Sie das wissen. Wozu hätten Sie sonst den Weg machen sollen?«

Leicht verlegen streicht sich Uwe die weichen Haare zurück. »Ich kann Sie morgen anrufen und Ihnen einen ungefähren Preis nennen...«

Ungefährer Preis, wenn sie so etwas schon hört.

Unwillig kneift Ursula die Augen zusammen. Das hat Walter immer getan, wenn ihm etwas an ihr nicht paßte. Und jetzt zuckt auch noch die Augenbraue. Das war bei Walter die höchste Alarmstufe. Sei nicht so unhöflich, sagt sie sich im gleichen Moment. Schließlich hilft er dir ja nur. »Darf ich Ihnen etwas Heißes zum Trinken anbieten?«

»Ja, gern. Ich war recht lange unterwegs, und es ist wirklich kalt draußen!«

»Setzen Sie sich doch«, sie zeigt auf die Sitzgruppe. »Ist Ihnen ein Schwarztee mit einem Schuß Rum recht? Das ist das richtige Mittel gegen feuchtkalte Novembertage!«

Uwe nickt und setzt sich auf die äußerste Kante des Sofas.

Bis Ursula mit ihrem Servierwagen aus der Küche zurückkommt, hat Uwe die halbe Couch eingenommen.

»Ich bewundere Ihre Einrichtung«, lächelt er ihr zu und entblößt regelmäßige, aber leicht nikotingefärbte Zähne.

Es freut Ursula trotzdem.

»Ja?« fragt sie aufmunternd, begierig darauf, ein paar Komplimente mehr zu erhaschen.

»Ja«, fährt er willig fort, »es steckt eine pure, ja, wenn ich so sagen darf, eine fast sinnliche Leichtigkeit darin, ein Ineinanderüberfließen von Farben und Formen, spielerisch abgestimmt mit einem Schuß Realismus«, er verharrt kurz und beobachtet Ursula, die, leise lächelnd, die feinen Porzellantassen mit der bräunlich dampfenden Flüssigkeit füllt. Dann setzt sie sich und sieht ihn abwartend an.

Mit einer theatralischen Handbewegung weist er in die eine Ecke: »Sehen Sie doch nur diese Regale, die die Ecke bedecken, ohne etwas zu verdecken, verstehen Sie? Diese Verbindung des schwerelosen Acryls mit der gestandenen, stabilen Mauer. Das ist Puritanismus, sehen Sie? Es hat fast etwas Religiöses, es muß erst auf einen wirken, ohne daß es einem in Wirklichkeit jedoch die Chance läßt, es tatsächlich zu begreifen. Und dies in der vollkommenen Harmonie mit den weiß getünchten, harten Wänden und dem hingebungs-volle Weichheit versprechenden rosafarbenen Boden.«

Ursula sitzt und staunt.

Dieser Mann ist begeistert von ihrer Einrichtung. Er findet es schlichtweg gut. Er macht Kunst daraus. Soviel Zustim-mung, Übereinstimmung müßte sie freuen. Schließlich hat sie Beifall verdient.

Sie greift nach ihrer Tasse, und ihre Augenbraue zuckt wie-der. Sie fühlt einen plötzlichen Ärger in sich aufwallen.

Walter hätte sich mit ihr angelegt. Er hätte ihr gesagt, daß dies die blödsinnigste Wohnung sei, die er je gesehen hat. 60 Quadratmeter Wohnfläche – und nichts drin außer zwei heiklen Couchelementen und einigen durchsichtigen Rega-len. Aus Acryl! Zu nichts nütze. Und auch noch in der Ecke. Reine Augenwischerei. Kein Schrank, kein anständiger Tisch, keine stabile Lampe.

War dieser Mensch da drüben eigentlich blind? Konnte er diese Wohnung wirklich gutheißen?

Sie schaut zu ihm hin.

Er nickt ihr nochmals lächelnd zu: »Nein, wirklich sehr geschmackvoll, äußerst geschmackvoll. Ich muß Ihnen gratu-lieren! Tatsächlich!«

Ursulas schiefer Mund gerät noch eine Spur schiefer. Ein Waschlappen, sonst nichts. Er wagt keine Auseinanderset-zung mit mir. Der Kerl hat kein Rückgrat. Sie steht auf.

Er stemmt sich mit beiden Armen aus dem Sitz. Wie ein

Opa, denkt Ursula. Walter war sicherlich fast zehn Jahre älter als dieser Bursche hier, aber so wäre er nie aus dem Sessel gekrochen. Was war das nur für eine jämmerliche Kreatur.

Sie geht ihm voraus zur Türe, im offenen Türrahmen bleibt sie stehen.

»Also, ich rufe Sie dann morgen an und sage Ihnen, was Ihr Schimmel wert ist…«

Er streckt Ursula die Hand hin. Fast widerwillig ergreift sie sie. Sie hätte auf weich und schlabberig getippt, sie ist aber knochig und fest. Das behagt ihr schon wieder besser, und so aus der Nähe sieht er eigentlich ganz nett aus. Obwohl sie ja keinen Mann mehr will, aber mal als Begleitung? Schließlich ist sie von nun an ganz alleine…

»Mein Mann hatte eine Jagdhütte im Odenwald. Dort steht auch noch ein altes Klavier. Würden Sie sich das vielleicht auch noch anschauen, bevor Sie sich nach dem Preis des Flügels erkundigen?« hört sie sich zu ihrem eigenen Erstaunen sagen.

Er hält noch immer ihre Hand. Ihr Stimmungswechsel ist ihm nicht entgangen. Vielleicht hat sie der plötzliche Tod ihres Mannes doch mehr mitgenommen, als sie zugeben will. Er drückt ihre Hand in einem Anflug von Herzlichkeit: »Das ist eine gute Idee. Wann wollten Sie denn fahren?«

»Am kommenden Samstag, übermorgen, würde Ihnen das passen?« Sie entzieht ihm langsam ihre Hand, während sie einen Schritt ins Haus zurücktritt.

»Ich werde hier sein. Um dieselbe Zeit wie heute?«

Ursula nickt, dann schaut sie zu, wie er durch den Vorgarten zum Tor geht. Es sieht aus, als hüpfe ein Storch von Steinplatte zu Steinplatte. Walter hat sie an seinem festen Tritt bereits von weitem gehört. Dieser hier verursacht allenfalls ein leises Kratzen. Sie wartet nicht ab, bis er sich am Gartentor nochmals zum Abschied umdreht. Sie schließt die Türe und lehnt sich von innen dagegen.

Warum bloß hat sie ihn in die einsame Jagdhütte eingeladen?

Sie haßt diese Jagdhütte.

Und sie haßt auch dieses alte Klavier, das dort steht.

Überhaupt sind ihr alle Musikinstrumente unheimlich. Sie entwickeln ein Eigenleben, bringen Menschen zum Weinen, zum Lachen, treiben sie in Hysterie. Sie will sich nicht fremdbestimmen lassen. Durch keinen Mann und erst recht durch kein lumpiges Instrument. Sie geht ins Wohnzimmer zurück und wirft dem Flügel einen giftigen Blick zu: »Und du wirst auch bald nicht mehr da sein!« sagt sie laut.

GEDANKENSPIEL

Alle Blicke richten sich auf sie, als sie Samstagmorgen um neun Uhr den Friseursalon betritt. Herr Zieger, der Chef, eilt auf sie zu, fängt sie noch vor dem Empfangstisch ab. Mit theatralischer Gestik schüttelt er ihre Hand: »Wie bedauerlich, Frau Winkler, wie bedauerlich. Darf ich Ihnen mein tiefstes Beileid zum Tode ihres Mannes ausdrücken?« Etwas leiser fügt er hinzu: »Wir haben Ihnen natürlich ein etwas separates Plätzchen reserviert, damit Sie Ihre Ruhe haben. Meine Frau wird gleich bei Ihnen sein. Kommen Sie bitte«, er geht Ursula voraus in den hinteren Bereich des Salons. Ursula registriert die Reaktionen der Kunden im Vorbeigehen. Manche kennt sie persönlich, andere nur vom Sehen. Aber keiner weiß anscheinend so genau, wie er sich ihr gegenüber verhalten soll. Nur zwei nicken ihr offen zu. Die anderen tun angestrengt so, als hätten sie sie nicht bemerkt, oder sie beobachten sie heimlich durch den Spiegel. Wie muß es erst sein, wenn man plötzlich im Rollstuhl sitzt, denkt Ursula, muß sich dann aber eingestehen, daß sie mit der Krankheit oder der Trauer anderer Leute auch nicht umgehen kann. Trösten und Aufmuntern gehören nicht zu ihrer Stärke. Durchbeißen und kämpfen, das hat sie von Walter gelernt. Da waren mütterliche Eigenschaften nicht gefragt.

»Ist es recht so?« fragt Herr Zieger und weist auf einen Friseursessel, dessen Nachbarplätze rechts und links unbesetzt sind. Wie für eine Aussätzige, denkt Ursula unwillig. Na ja, aber vielleicht ist es ja wirklich besser so. Dann spricht sie wenigstens keiner an.

»Darf ich Ihnen einen Kaffee bringen lassen, Frau Winkler?«

»Ja, bitte!«

Ursula setzt sich, lehnt sich zurück und schließt die Augen.

Sie wird sich entspannen, einstellen auf den Nachmittag mit Uwe Schwarzenberg. Zunächst hat sie sich über ihre Entscheidung geärgert und wollte ihm eigentlich absagen. Doch ein Uwe Schwarzenberg stand nicht im Telefonbuch, und die Innenarchitektin kannte seine Adresse nicht. Also nahm sie sich vor, ihn am Samstagnachmittag wieder nach Hause zu schicken.

Gestern hat sie es sich plötzlich anders überlegt. Was ist schon dabei, wenn sie wieder am Leben teilnimmt. Uwe Schwarzenberg ist ein netter, gutaussehender Mann, mit ganz anderen Interessen und sicherlich auch Gesprächsthemen, als sie sie gewöhnt ist. Das könnte ihr doch eigentlich nur guttun, den Horizont erweitern. Bei Telefonaten mit ihrer Firma verhielten sich alle, als dürfe man ihr jetzt nicht mit Alltäglichem kommen, sie nicht mit Problemen belästigen. Möglicherweise hat aber auch Manfred Kühnen entsprechende Anweisungen gegeben, weil er jetzt seine Chance wittert, das Steuer ganz an sich zu reißen. Der wird sich wundern.

»Guten Tag, Frau Winkler!«

Im Spiegel sieht Ursula die junge, hübsche Frau von Herrn Zieger hinter sich stehen. Sie hat ihr langes, blondes Haar hochgesteckt, nimmt dadurch ihre herausfordernde Attraktivität etwas zurück, wirkt auch durch ihr natürliches Make-up entwaffnend bescheiden.

»Guten Tag, Frau Zieger, schön, daß Sie Zeit für mich haben!«

Ursula reicht ihr die Hand.

»Aber das ist doch keine Frage... es tut mir sehr leid um Ihren Mann, Frau Winkler. Mein herzliches Beileid. Es muß furchtbar sein!«

»Danke!«

Ursula dreht sich in ihrem Drehsessel wieder um, schaut in den Spiegel. Ist es furchtbar? Sie weiß es nicht. Sind dreißig Jahre nicht auch furchtbar?

»Was machen wir? Nachschneiden?«

Soll sie es wagen? Kann sie sich jetzt, da sie eben ihren Mann verloren hat, eine neue Frisur leisten?

»Ja, nachschneiden bitte!«

»Waschen auch? Und vielleicht eine Packung? Und...« Sie zögert. Anscheinend überlegt sie, ob sie so etwas einer frischen Witwe anbieten kann, »vielleicht eine leichte Tönung? Ihr Haar wird in der letzten Zeit sehr grau, wenn ich das mal so sagen darf.«

Diese Friseurfloskeln hat sie wohl von ihrem Mann. Es paßt gar nicht zu ihr. »An welche Art von Tönung dachten Sie?«

»Ich würde die sehr weißen Haare wieder etwas zurücknehmen, mehr ins Dunkelgraue. Schwarz wäre zu hart, aber ein schönes Anthrazit, das könnte ich mir gut vorstellen.«

Anthrazit kennt Ursula bislang nur an Autos. Walter hat seine Mercedes in den letzten Jahren immer in Anthrazitmetallic bestellt.

»Ja, bitte, wenn Sie meinen...«

Daß ihre Haare angeblich so weiß sein sollen, ist ihr noch gar nicht aufgefallen. Aber es ist auch egal. Hauptsache, es geschieht etwas.

Frau Zieger ruft ein Lehrmädchen und beauftragt sie, ihr dies und jenes herzurichten. Herr Zieger persönlich serviert den Kaffee.

»Ich habe Sie bewundert, Frau Winkler«, sagt dann die junge Chefin unvermittelt. »Wie Sie so am Grab Ihres Mannes standen, so alleine und so gefaßt, ich hätte das nicht geschafft!«

War sie denn dabei? Hatte sie ihr auch die Hand gedrückt?

»Es hat mich sehr beeindruckt, wie Sie Ihre Gefühle in der Gewalt hatten!«

Gefühle in der Gewalt haben. Das hat sie auch von Walter gelernt. Walter hatte seine Gefühle stets in der Gewalt. Er konnte sie ganz einfach ausknipsen. Wenn er mit dem Berg oder dem Meer alleine war, wenn er gegen sich und die Natur kämpfte, dann kannte er keine Angst, keine Müdigkeit, keinen Schmerz. Sie weiß nicht einmal, ob er sich richtig gefreut hat, wenn er auf dem Gipfel stand oder wieder heil im Hafen angekommen war. Er hatte immer sofort wieder ein neues Ziel vor Augen.

Manchmal hat er auch vergessen, seine Gefühle wieder anzuknipsen.

Ihr gegenüber, beispielsweise.

Sie denkt an ihre gemeinsamen Nächte mit Walter.

Für ihn war das nur ein zusätzliches Betätigungsfeld zwischen Meer und Berg.

Und sie hat es nicht anders gekannt. Hat sie es sich überhaupt anders gewünscht? Oder hat sie ihre Wünsche nur im Laufe der Jahre vergessen? Oder war er früher anders? Hat er sich während der Ehe verändert?

Sie versucht, sich an die Anfangsjahre zu erinnern. Nein,

überschwengliches Begehren, Liebe und Zärtlichkeit – so, wie man das aus Büchern oder Filmen kennt, so war das nie.

Es gehörte eben dazu, das war alles.

Und sie wußte immer, wann es wieder soweit sein würde.

Sie hörte es an seinen Bewegungen im Bad, daran, wie er den Zahnputzbecher hinstellte, daran, wie lange er duschte, roch es an dem Rasierwasser, das er sich nochmals an die Wange klatschte. Ob er jemals eine Geliebte hatte? Ob er da anders war? Heißblütiger, phantasievoller, einfühlsamer?

Sie kann es sich nicht vorstellen. Wann auch, sie waren ja fast immer gemeinsam unterwegs.

So eine Liebe wäre nur zwischen Chefsessel und dem Schreibtisch der Sekretärin möglich gewesen.

Ob er da?

Walter und Regina Lüdnitz?

Sie kann es sich nicht vorstellen. Der Drei-Minuten-Akt zwischen Zeitungslesen und der Morgenkonferenz.

Fast bringt sie der Gedanke zum Lachen.

Komisch, daß sie so vieles in all den Jahren einfach hingenommen hat, als gottgegebenen, nicht zu verändernden Zustand. Dabei stand sie doch beruflich voll ihren Mann, war respektiert, angesehen, verstand das Verpackungsgeschäft bis in die kleinste Kleinigkeit. Nur, ihren Mann hat sie nicht verstanden. Hat sie überhaupt jemals über ihn nachgedacht?

Hat er über sie nachgedacht? Sich bemüht, sie zu verstehen?

Was hätte er auch verstehen sollen. Hat sie sich jemals zu irgend etwas geäußert, was nicht Geschäft, Politik oder Wirtschaft betraf? Haben sie sich jemals gegenseitig ihre Träume erzählt?

Das hätten sie wohl beide lächerlich gefunden.

Nein, es gab Dinge, die waren zu unwichtig, als daß sie sich deswegen mit Walter angelegt hätte.

Und es gab Dinge, die waren in ihrer Bestimmung so klar,

daß es keinen Sinn gehabt hätte, sich deswegen mit Walter anzulegen.

Kein Mensch hat sich jemals mit Walter angelegt.

Er war ein Skorpion, durch und durch.

Es war gefährlich, ihm zu nahe zu kommen, Frosch spielen zu wollen.

WAIDMANNSDANK

Ursula läßt ihren dunkelblauen Golf vor der Doppelgarage stehen. Gegen 15 Uhr würde Herr Schwarzenberg eintreffen, also noch Zeit genug, um sich an den Schreibtisch zu setzen und den Rest der Kondolenzbriefe zu beantworten, die sich noch immer im Eingangskästchen stapeln. Sie hat sich 200 Danksagungskarten drucken lassen, das erleichtert die Arbeit. Am liebsten hätte sie sowieso alles Frau Lüdnitz übertragen, aber das hätten die in der Firma vielleicht falsch verstanden. Ihr lag nichts an rührseligem Geschreibsel. Walter hätte ebenso gedacht. Er hätte im umgekehrten Fall sicherlich nicht gezögert, Frau Lüdnitz mit den Begleiterscheinungen ihres Ablebens zu belasten.

Ursula setzt Wasser auf und streicht sich dazu ein Butterbrot. Dann holt sie sich fünf der dickeren Briefe und legt sie neben den Teller auf den kleinen Küchentisch. Soll sie das überhaupt alles durchlesen, oder soll sie die Post einfach so beantworten? Unterschrift unter die Vordrucke und basta? Sie nimmt ein scharfes Küchenmesser und schlitzt den ersten Brief auf.

Ausgerechnet den von Manfred Kühnen hat sie erwischt.

Muß sie sich das jetzt antun?

Der Wasserkessel pfeift, sie gießt den Tee auf und beginnt zu lesen.

Ein genialer Lügner, dieser Herr Kühnen.

Was er alles an Walter geschätzt hat. Daß ich nicht lache. Güte und Gerechtigkeit? So ein Blödsinn. Charakterstärke und Durchsetzungsvermögen. Das ja. Rücksichtslosigkeit und Selbstherrlichkeit – das hat er vergessen, der liebe Herr Kühnen. Sie steckt den Brief wieder in den Umschlag zurück.

Sie reißt den nächsten auf.

Es ist der reinste Bettelbrief.

Eine Organisation – für was? Gegen Legebatterien und Tierquälereien bei Tiertransporten – bittet um eine Spende im Andenken an ihren Mann. Was haben Schlachttiere mit Walter zu tun? Eine Unverschämtheit. Was gehen sie die Probleme anderer Leute an? Und wie kommt diese Organisation überhaupt darauf, ihr zu schreiben? Sie schaut nach der Unterschrift. Verena Müller. Ist das nicht die Kleine aus der Buchhaltung? Oder hat da nur jemand zufällig denselben Namen? Sie wird sich gleich am Montag darum kümmern. Der wird sie was erzählen. Am besten sollte sie ihr gleich kündigen.

Die Lust zum dritten Brief ist ihr vergangen.

Sie setzt sich, trinkt ihren Tee, beißt in ihr Brötchen und öffnet ihn dann doch.

Ihre Nachbarin hat ihr geschrieben.

Nett und unverbindlich.

Na also, geht ja doch!

Sie wird nett zurückschreiben.

Die Nummer vier ist von Bankdirektor Julius Wiedenroth. Klar, daß der sich etwas zusammensülzt, er hat Angst, die Alte könnte die Bank wechseln.

Der letzte ist von Ludwig. Dazu legt sie ihr halb aufgegessenes Brot auf die Seite. Mal gespannt, was der sich hat einfallen lassen. Er schreibt von gemeinsamen Tagen, von gemeinsamen Unternehmungen, von gemeinsam verbrachten Abenden bei auserlesenen Weinen. Seinen. Ja, stimmt, die Stunden gemeinsam mit Ludwig waren immer erfreulich. Irgendwie anders, gelöster, lustiger. Vielleicht lag es aber wirklich an seinem Wein. Er hält viel darauf, gibt ein Vermögen dafür aus. Walter hat nur den Kopf darüber geschüttelt. Und trotzdem hat er sich zu Ludwigs fünfzigstem Geburtstag eigens von Hardy Rodenstock einen Château Cheval Blanc, Premier Grand Cru Classé »A«, Saint Emilion 1947, in der Impériale schicken lassen. Nicht gerade Ludwigs Geburtsdatum, aber dafür die größte Rarität, die bei dem Münchner Weinprofi gerade lagerte. Sechs Liter zu 40 000 DM. Und bis die Kostbarkeit fachgerecht an Ort und Stelle lag, war nochmals ein Tausender weg. Ursula wollte damals angesichts des Preises in Ohnmacht fallen, aber Walter freute sich diebisch über sein gelungenes Geburtstagsgeschenk. Womit würde Ludwig zu seinem eigenen Geburtstag, sechs Tage später, noch gleichziehen können? Mit einer goldenen Pinne?

Ursula stellt Tasse und Teller in die Spüle. Das kann morgen früh Frau Paul erledigen. Zweimal in der Woche kümmert sie sich um den Haushalt, die restlichen drei Tage arbeitet sie in der Firma. Ihr Lohn kann so über den Betrieb abgerechnet werden. Das ist billiger. Nur an die Wäsche durfte Frau Paul nie ran. Das wollte Walter nicht. Irgendwie konnte er es wohl nicht haben, wenn eine Fremde seine Unterwäsche, seine Socken und seine verschwitzten Sportsachen wusch. Ursula war das egal, Waschmaschine und Trockner erledigten das schnell, und sie bügelte, wenn sich Walter um den Garten kümmerte. Aber jetzt könnte sie das eigentlich ändern. Frau Paul könnte ihre Wäsche getrost übernehmen, und Herr Paul könnte sich sinnvollerweise um den Garten kümmern.

Ursula setzt sich bis zwei Uhr an den Schreibtisch. Sie liest keine weiteren Briefe, unterschreibt nur die Formkarten, schreibt die Adressen auf die schwarzumrandeten Kuverts, klebt eine Sonderbriefmarke darauf und legt sie ins Ausgangskörbchen. Ordnung muß sein. Sie arbeitet sauber und zügig und ist Punkt zwei Uhr fertig mit ihrer Arbeit. Die Kuverts reihen sich aus dem Körbchen hinaus bis weit über den Schreibtisch. Was das alleine an Briefmarken kostet!

Sie steht auf und geht hinauf in ihr Bad. Zum ersten Mal steht sie nach ihrem Friseurbesuch nun vor einem eigenen Spiegel. Doch, ja, sie sieht anders aus. Sie dreht sich. Die Haare schwingen und fallen dann wieder von selbst in ihre Lage zurück. Frau Zieger hat gut geschnitten. Und der Farbton ist wirklich nicht schlecht. Dezent anders, aber eben anders!

Ursula zieht die Lippen sorgfältig mit einem blaßrosafarbenen Stift nach, gibt dunkelgrauen Kajal auf das untere Augenlid und klopft sich etwas Caviarextrakt unter die Augen.

Kostüm oder Pullover mit Hose? Das dunkelgrüne Tweedkostüm hatte sie manchmal an, wenn sie mit Walter in die Hütte gefahren ist. Aber das kam nicht oft vor, Walter war überhaupt kein leidenschaftlicher Jäger – das heißt, vielleicht war er ja ein leidenschaftlicher Jäger, aber kein leidenschaftlicher Heger. Und da das eine ohne das andere nicht geht, hat er Ludwig das Revier überlassen. Ludwig schleppte im Winter Futter hin und schoß im Herbst wirklich nur das Wild, das zum Abschuß freigegeben war. Bei Walter wäre sie sich da nicht so sicher gewesen. Aber Ludwig war eben Arzt. Er konnte nicht anders.

Sie entscheidet sich für einen dicken, dunkelgrünen Wollpullover und für eine dunkelbraune Stoffhose. Um die Schultern legt sie sich ein gedecktes Seidentuch, steckt es mit einer schlichten Silberbrosche am Pullover fest. So, noch dicke Stiefel, Lederhandschuhe und die wetterfeste Microfaserjacke, dann kann Herr Schwarzenberg von ihr aus kommen. Im selben Moment klingelt es an der Haustüre.

Es ist schwierig, mit einem Fremden über eine Stunde lang in einem kleinen Wagen zu sitzen. Worüber soll sie mit ihm reden? Sie hat gehofft, daß er ihr ein bißchen aus seinem Leben erzählt, aus der Welt der Musik, dem völlig anderen Leben. Aber er ist recht wortkarg. Ist er etwa schüchtern? Damit überhaupt etwas gesprochen wird, erklärt sie ihm, daß er sich dicker hätte anziehen müssen. Die Hütte sei lange nicht geheizt gewesen, es dürfte kalt und klamm dort sein. Bis der Kachelofen endlich Wärme abgebe, hätten sie das Haus schon wieder verlassen. In Wahrheit traut sie Uwe Schwarzenberg nicht zu, den Ofen überhaupt in Gang zu bekommen. Dazu muß man mit Feuer umgehen können. Aber das sagt sie ihm nicht.

Sie erzählt ihm die Geschichte der Hütte. Wie ihr Mann sie vor 15 Jahren entdeckt hat, wie begeistert er war, wie er sie nach seinem Geschmack einrichten ließ, mit einem Schlafzimmer im alpenländischen Stil und sogar mit einem modernen WC. Fließendes Wasser aus dem öffentlichen Netz gäbe es allerdings nicht, dazu läge das Häuschen zu einsam. Und manchmal sei auch der Fahrweg schier unpassierbar, deshalb habe Walter immer darauf bestanden, daß sie einen Wagen mit Allradantrieb fuhr. Und nachdem Walter erst einmal den Golf Synchro entdeckt hatte, stellte sich bei keinem Neukauf mehr die Frage nach dem Fabrikat. Ursula lächelt: »Allerdings ist noch keiner dieser Wagen ernsthaft zum Einsatz gekommen. Dafür haben sie sich dann im Winter bewährt, wenn es in Frankfurt mal schneite.« Dann hat Ursula keine Lust mehr, ihren Beifahrer weiterhin zu unterhalten. Und ihm scheint der Sinn auch nicht danach zu stehen. So bleibt es still.

In Aschaffenburg verläßt Ursula die Autobahn nach Würzburg, fährt zügig über die gut ausgebaute Bundesstraße.

»Wir sind jetzt ein kurzes Stück auf der Nibelungenstraße«, unterbricht sie kurz vor Amorbach die Stille und nutzt die Gelegenheit, um ihn zu mustern. Ihm scheint es nichts auszumachen, fast hautnah und schweigsam neben ihr zu sitzen. Sie hat sich getäuscht. Er wirkt nicht still und verkrampft, sondern still und entspannt, fast genießerisch. Eine seiner schwarzen Locken ist ihm in die Stirn gefallen. Er streicht sie mit einer weichen Handbewegung zurück und schaut Ursula dann mit einem leisen Lächeln an: »Ich war noch nie im Odenwald. Ich war in England, in Frankreich, in Spanien und in Griechenland, aber noch nie im Odenwald.«

Ursula nickt: »Von Niederrad aus ist der Odenwald ja leider auch nicht gerade um die Ecke. Das ist auch der Grund, weshalb wir so selten da waren. Aber jetzt ist es nicht mehr weit. Von Amorbach aus sind es noch höchstens fünfzehn Minuten.«

»Es macht mir nichts aus, ich fahre gern mit Ihnen durch die Landschaft. Sie fahren sehr sicher.«

Ursula wirft ihm einen kurzen Blick zu. Sieh mal einer an. Walter hätte es neben ihr auf dem Beifahrersitz nie ausgehalten. Wenn sie sich recht erinnert, hat er es in all den Jahren nicht einmal versucht. Selbst als er sich bei seinem Felssturz vor sieben Jahren die beiden Rippen angebrochen hatte, fuhr er selbst wieder zurück. Sie hatte auf dem Beifahrersitz abgewartet, bis er aufgeben und sie bitten würde, das Steuer zu übernehmen. Aber er gab nicht auf. Er schaffte es bis zu Ludwig.

Warum beharrte er eigentlich so darauf, am Steuer zu sitzen?

Nein, es stimmt nicht, es war nicht einmal ein Beharren.

Sie haben nie darüber gesprochen.

Es war einfach eine Selbstverständlichkeit.

Er wollte es einfach nicht.

In der Zwischenzeit ist es dunkel geworden. Schade, denn die Landschaft ist wirklich reizvoll.

»Schade, daß man jetzt nichts mehr sieht!« Er schaut sie mit einem bedauernden Blick an.

»Das dachte ich auch gerade.«

»Vielleicht können wir ja einmal früher herfahren und ein bißchen wandern?«

Was bildet er sich ein? Sie hat doch mit keinem Wort gesagt, daß es ihr um etwas anderes geht als um das Klavier. Oder glaubt er das etwa?

»Ich hoffe nicht, daß ich so bald nochmals herfahren muß. Ich möchte die Hütte schnellstmöglich loswerden.«

»Wie schade. Ich beneide Sie um ein solches Kleinod in der Natur.«

»Sie haben sie ja noch gar nicht gesehen.«

Er sagt nichts mehr.

»Sie können sie ja kaufen«, fügt Ursula noch hinzu.

Uwe Schwarzenberg schweigt.

Schweigend erreichen sie zwanzig Minuten später den Weg, der durch den Wald zu der kleinen Lichtung führt, auf der die Jagdhütte steht. Der Weg ist frisch mit Kies aufgeschüttet. Jetzt wäre Walters Allrad-Argument überholt.

Warum kann sie nicht aufhören, ständig an Walter zu denken? Es ist ja fast so, als ob er noch da wäre, sie ständig begleiten würde.

»Das ist wirklich spannend«, Uwe Schwarzenberg schaut angestrengt nach vorn. Die Lichtkegel tasten sich um jede Kurve voran, zeigen Laubbäume, dazwischen hochgewachsene Tannen, einen immer dichter werdenden Mischwald.

»Vorsicht«, ruft er plötzlich.

Ein Hase sitzt mitten auf dem Weg, schaut ihnen entgegen.

»Er wird schon weggehen«, antwortet Ursula, ohne den Fuß vom Gas zu nehmen.

»Bremsen Sie doch, er ist vom Licht geblendet, er kann nicht weg!« Sie hält den Wagen an.

Der Hase sitzt unbeweglich.

Welch schönes Ziel.

Uwe öffnet die Wagentüre: »Husch, husch«, ruft er und klatscht dabei in die Hände.

So eine lächerliche Figur, denkt Ursula.

Der Hase springt auf und läuft davon. Aber mitten auf dem Weg. Ursula fährt wieder an. Im Lichtschein vor ihnen hoppelt das Langohr.

»Er ist einfach dumm«, sagt Ursula. »Er ist selber schuld, wenn er überfahren wird. Das nennt man Selektion.«

»Er kennt keine Autos, er erkennt die Gefahr nicht! Machen Sie einfach mal das Licht aus, dann wird er in den Wald flüchten.«

»Und wir fahren gegen einen Baum!«

Wie verwünscht sie ihren Ausflug mit diesem Vollidioten. Sie muß wirklich von allen guten Geistern verlassen sein. Aber sie bremst und schaltet auf Standlicht.

Tatsächlich, der Hase ändert den Kurs, flüchtet nach rechts ins Gebüsch.

»Woher kennen Sie sich in der Hasenpsyche aus?« fragt sie spöttisch und fährt mit Aufblendlicht wieder los.

»Ich bin selber einer«, antwortet er und lehnt sich wieder in den Sitz zurück.

»Ich bin lieber der Jäger.« Sie wirft ihm einen kurzen Blick zu, er zuckt mit keiner Wimper, schaut stur geradeaus durch die Windschutzscheibe.

Das Haus ist völlig in Ordnung, soweit sie es im Lichtkegel ihres Autos sehen kann. Prima. Keine Vandalen haben versucht, den Gartenzaun auseinanderzureißen, kein Obdachloser ist eingebrochen, kein Grüner hat seine Parolen an die Haustüre geschmiert. Das dunkelbraune Blockhaus steht völlig unbeschädigt da. Ursulas gute Laune kehrt zurück.

»Dann wollen wir mal schauen«, sagt sie, schaltet den Motor aus und greift nach dem Schlüsselbund.

»Ein sehr idyllisches Plätzchen«, Uwe Schwarzenberg streicht seine Locke nach hinten. »Wünschen Sie nicht auch manchmal, malen zu können? So etwas im Bild festzuhalten?«

»Malen?« Ursula ist irritiert. Dazu hat sie nun überhaupt

keinen Bezug. »Wenn ich es schon besitze, wozu soll ich es dann malen wollen? Ich kann doch jederzeit herkommen und es mir anschauen!«

»Ja, ja, da haben Sie natürlich recht«, antwortet er eilfertig, »aber es ist ja doch vielleicht etwas anderes…«

Schau an, jetzt redet er mir wieder nach dem Mund. Seine renitente Hasenphase ist wohl vorbei, denkt Ursula und schließt auf. Sie stehen im Vorraum. Sie greift nach der Taschenlampe, die am Eingang an ihrem Platz hängt, und öffnet gleich rechts eine Türe, die durch einen Abstell- und Vorratsraum zur Toilette führt. Dort steht auch der Generator.

»Warten Sie einen Moment, ich schalte nur schnell den Generator ein, damit wir Strom bekommen.«

Ob er im Dunkeln wohl Angst hat?

Sie öffnet die mit einem Abluftrohr versehene schalldichte Kammer, die Walter extra hatte einbauen lassen, um das Brummen des Generators zu dämmen, und zieht mit einem schnellen, kräftigen Ruck am Seilzug. Ohne Zögern springt der Generator an. Toll. So lange unbenutzt, und trotzdem ist er auf den ersten Impuls da. Dinge und Menschen, die funktionieren und zuverlässig ihre Arbeit tun, gefallen ihr.

Ursula geht zu Uwe Schwarzenberg zurück, betätigt dann im Vorraum den Lichtschalter und öffnet die massive Holztüre in den Wohnraum.

»Kommen Sie, kommen Sie«, sagt sie über die Schulter und tritt dann auf die Seite, um ihn hereinzulassen.

Er sagt zunächst überhaupt nichts, bleibt mitten im Raum stehen.

Ursula kümmert sich nicht um ihn, sie geht zu den beiden Stehlampen, schaltet sie ein.

Dann dreht sie sich nach ihm um.

»Hier steht das Klavier«, sie weist auf das Klavier, das etwas abseits in einer Nische steht.

»Ja, danke«, Uwe Schwarzenberg bewegt sich noch immer nicht.

Ursula schaut ihn ungeduldig an.

»Es ist – es ist unsäglich«, haucht er endlich.

»Was?« fragt sie barsch.

»Das hier«, er macht eine weite Armbewegung, »alles hier.«

Stimmt, Ursula hat den mit ausgestopften Tieren vollgehängten Raum von jeher scheußlich gefunden. Aber das bedeutet noch lange nicht, daß ein Uwe Schwarzenberg das Recht hat, so etwas auch zu tun. Oder versucht er schon wieder, sich bei ihr einzuschmeicheln? So wie in ihrem Wohnzimmer zu Hause? Wie war das noch? *Eine sinnliche Leichtigkeit mit einem Schuß Realismus?*

Sie unterdrückt ihren Ärger, wiederholt nochmals: »Hier steht das Klavier.«

»Ach, ja.« Endlich bequemt er sich, seiner Pflicht nachzukommen.

Ursulas Mundwinkel zuckt wieder verstärkt.

Was soll's, sagt sie sich. Laß ihn. Meine Vorstellung, er könne meinen Horizont erweitern, ich könnte vergnügliche Stunden mit ihm haben, war eben falsch. Er ist ein Musikus, ein dummer Musikus, der keine Ahnung vom Leben hat, sonst nichts.

»Soll ich vielleicht zunächst ein Feuer im Kachelofen machen?« fragt er zu Ursulas großem Erstaunen.

»Ja, können Sie das denn?«

»Ich bin mit einem Kachelofen groß geworden. Ich kann das recht gut!«

Sieh mal einer an.

»Ja, bitte, Holz und Anfeuerzeug sind im Vorraum aufgeschichtet. Ich habe eben gesehen, daß noch genügend da ist. Ich mache uns in der Zwischenzeit einen Tee. Und – haben Sie schon etwas gegessen?«

Uwe schüttelt verneinend den Kopf.

»Mehr als Spaghetti wird es wohl nicht geben. Aber die sind schnell fertig, und eventuell findet sich ja auch noch eine Dose Tomatensauce.«

»Das wäre ja wunderbar!«

Was daran wunderbar ist, weiß Ursula zwar nicht, aber sie geht in die kleine Küche, die nur durch einen Tresen vom Wohnraum abgetrennt ist. Eigentlich hatte sie ja nicht vorgehabt, hier mit Herrn Schwarzenberg zu Abend zu essen, aber wenn es sich jetzt so ergibt, warum nicht? Sie hat schließlich auch nicht gewußt, daß er sich mit dem Kachelofen auskennt. Wer weiß, es könnte ja noch ganz gemütlich werden.

Sie stellt alles, was sie findet, zunächst einmal auf den mit Kacheln geplättelten Tresen. Dabei beobachtet sie Uwe, der vor dem Kachelofen kniet und geschickt mit Holzspänen, Zeitungspapier und Ästchen hantiert. Die gesamte Wand, bis hoch zum Giebel, ist mit Jagdtrophäen geschmückt. Abgeschnittene Tierköpfe, wohin man auch schaut. Ein Zwölfender hängt schräg über dem Kachelofen. Die Stehlampe taucht ihn in gespenstisches Licht, seine Glasaugen glitzern, und sein weitverzweigtes Geweih wirft einen bizarren Schatten über die Tiere neben und über ihm. Viele Hirsch-, aber auch Gems- und Wildschweinköpfe haben hier ihre letzte Ruhe gefunden. Auf kleinen Podesten sind ganze Dachse und Füchse an die Wand genagelt. Auf der gegenüberliegenden Seite hängt der riesige Kopf eines Wasserbüffels über dem dunkelbraunen Ledersofa. Eingerahmt von zwei gewaltigen Gewehren mit dicken, kurzen Läufen links und von zwei schlanken Waffen mit polierten Holzschäften rechts. Auf dem Boden liegen Felle. Zwischen dem Sofa und den Sesseln sogar ein Bärenfell. Dafür hat Walter auf einen Couchtisch aus Holz verzichtet. Ein Glastisch sorgt dafür, daß dem Auge auch kein Zentimeter der Pracht verlorengeht. Walter hat manches davon selbst geschossen, den Großteil aber beim Erwerb der Hütte zusammengekauft, weil er der Ansicht war, daß eine anständige Jagdhütte so auszusehen hat. Der einzige Platz, der von Fellen und Köpfen verschont blieb, war der Eßtisch, der vor dem Tresen steht. In die Holzplatte hatte der Tischler lediglich für teures Geld Jagdmotive geschnitzt.

Ursula läßt Wasser laufen. Die Pumpe springt an, das Wasser aus dem eigenen Brunnen wird angesaugt. Sie läßt es einige Minuten fließen, um sicher zu sein, daß sie kein abgestandenes Leitungswasser in den Kochtopf füllt, dann öffnet sie den Gashahn an der Propanflasche, entzündet eine Gasflamme und stellt das Wasser auf. Wie lange hat sie das hier schon nicht mehr getan. Sie kann sich kaum erinnern. Das Haltbarkeitsdatum der Spaghetti ist noch nicht überschritten. Anscheinend nutzt Ludwig die Hütte zwischendurch doch.

Ein schräger Ton läßt sie herumfahren. Uwe Schwarzenberg hat sein Werk am Kachelofen vollendet und widmet sich jetzt dem Klavier. Er tippt einige Tasten an und spielt dann die Tonleiter. Rauf und runter, rauf und runter.

»Hören Sie auf, das ist ja nicht zum Aushalten!« Ursula hält sich die Ohren zu.

»Ich muß wissen, ob es nur verstimmt ist oder ob die Feuchtigkeit alles verzogen und zerstört hat!«

»Genau so hört es sich an!«

Sie deckt den Tisch.

»Was meinen Sie? Ist das Klavier noch etwas wert?«

»Das kann ich so nicht sagen. Ich muß es aufmachen.«

Typisch für diesen Menschen. Irgendwie kann er nie eine klare Auskunft geben. Walter hätte ein unzweifelhaftes Urteil gefällt. Vermutlich »Weg damit«.

Das Wasser kocht. Salz und Teigwaren hinein und die Tomaten in den kleinen Topf. Außer Salz und Pfeffer finden sich keine weiteren Gewürze. Ein richtiger Männerhaushalt. Was Ludwig hier wohl so treibt? Ob er eine Freundin hat? Ludwig mit Frau, das paßt irgendwie nicht in ihren Kopf. Den interessiert an einer Frau doch höchstens das Nervensystem. Sie kennt ihn nur alleine, als ewigen Junggesellen. Und was will eine Frau auch mit einem so komischen Kauz. Ständig experimentiert er mit Dingen herum, bei denen es normalen Menschen schlecht wird.

Uwe Schwarzenberg rückt das Klavier aus der Nische, öffnet es und fingert darin herum.

Ursula schaut ihm zu, während sie wartet, daß die Spaghetti den richtigen Biß bekommen.

Sie hat kein erotisches Gefühl mehr. Es kommt ihr eher vor, als ob er ein Tier ausnehme, in irgendwelchen Gedärmen herumwühle. So könnte sie sich auch Ludwig vorstellen. In der Pathologie. Es fehlt nur noch die blutverspritzte weiße Gummischürze.

Ihre Augenbraue zuckt.

Sie greift danach.

Reicht denn ihr eigenwilliger Mundwinkel nicht, muß nun auch noch ihre Augenbraue ein Eigenleben beginnen?

Das habe ich wohl von Walter geerbt, sagt sie sich, und ein undamenhaftes Grinsen verzieht ihren Mund. Damit will er mich jetzt wohl durchs Leben begleiten, oder was?

Ich werde die kleinen, süßen Nervenstränge da oben durchschneiden lassen, lieber Walter, dann hast du da ausgespielt!

Zehn Minuten später sitzen sie wie ein trautes Ehepaar am Tisch. Die Tomatensauce schmeckt trotz der wenigen Zutaten gut, Ursula wickelt ihre Spaghetti um die Gabel und entspannt sich zusehends. Im Vorratsraum hat sie einige Flaschen Wein entdeckt, was sehr auf Ludwig schließen läßt, und die beste, einen Bordeaux, herausgegriffen. Er hat einen vollen, runden Geschmack, aber er ist schwer und steigt schnell in den Kopf. Ursula hat sich ein Glas Quellwasser neben das Weinglas gestellt, sie muß schließlich noch heimfahren.

Es verspricht ein recht harmonischer Abend zu werden. Uwe Schwarzenberg hat bestätigt, daß das Klavier noch zu retten ist, und Ursula hat ihn beauftragt, sich nach dem Preis zu erkundigen und einen Käufer zu finden. Sowohl für den Flügel als auch für das Klavier bekäme er eine gute Provision.

Diese Aussicht bringt den ehemaligen Orchesterleiter in Stimmung. Er erzählt von seiner Zeit als Orchesterleiter und welch unglücklichen Weg das Schicksal ihm bereitet hat. Er habe sich jetzt an der Musikschule in Trossingen als Lehrer beworben, habe aber noch keine Antwort erhalten. Eigentlich wisse er auch gar nicht, ob er überhaupt in dieses Trossingen wolle. Aus der Großstadt in die Provinz, das sei ja fast noch schlimmer, als arbeitslos zu sein.

»Ich könnte Ihnen eventuell einen Arbeitsplatz an einer Maschine anbieten. Aber dazu braucht man natürlich auch eine Ausbildung, oder«, sie unterbricht sich kurz, »zumindest eine genaue Anweisung.«

»An einer Maschine?« Er schaut sie an, als habe sie Beethoven mit einer Rosensorte verwechselt.

Dann hebt er das Glas und lacht: »Das war ein ausgezeichneter Scherz, hi hi, darauf müssen wir trinken!«

Ursula weiß zwar nicht, was an ihrem Vorschlag witzig sein soll, aber sie stößt mit ihm an und verteilt dann die restlichen Spaghetti und die Sauce. Es ist spät geworden. Sobald aufgegessen und abgespült ist, möchte sie aufbrechen. Aber Uwe Schwarzenberg scheint es nicht eilig zu haben. Zudem verträgt er offensichtlich keinen Alkohol.

Das erste Glas Rotwein hat er zügig ausgetrunken, jetzt beim zweiten wird er zusehens vertraulicher.

»Es ist so schade, daß das Klavier dermaßen verstimmt ist. Ich hätte Ihnen so gern etwas vorgespielt, etwas, das zu so einem romantischen Abend paßt«, er lächelt sie zutraulich an, seine weiche Locke ist ihm wieder in die Stirn gefallen. Er sieht aus wie ein großer Junge bei seinem ersten Rendez-vous, denkt Ursula. Es fehlen nur noch die geröteten Wangen.

»Darf ich einen Toast ausbringen«, mit einer weiten Gebärde erhebt er das Glas, »einen Toast auf diese – diese unvergleichliche Jagdhütte?« Er nimmt einen tiefen Schluck, schaut über den Rand Ursula an und stellt das Glas mit einem Kichern zurück. Ursula hat ebenfalls einen kleinen Schluck genommen, aber ihre Sinne sind hellwach.

»Wissen Sie«, fährt er fort und kichert wieder, »ich weiß schon, weshalb sich das Klavier so verzogen hat…«, er wartet kurz auf eine Reaktion, dann sagt er in verschwörerischem Ton: »…sicherlich aus lauter Angst vor den gruseligen Tieren!« Er will sich darüber totlachen.

»Finden Sie das auch? Mein Mann war auf diese Jagdtrophäen sehr stolz!«

»Ha ha, das ist wirklich eine ungeheuerliche Geschmacklosigkeit, einfach gräßlich.« Er blickt zu den Wänden. »Schauen Sie sich das an. Überall Leichen, enthauptete, abgeschlachtete Tiere!«

»Das habe ich auch immer gedacht!« Sie hält mit dem Aufwickeln ihrer Nudeln kurz inne. »Ich empfand es hier als zu dunkel, zu eng. Ich hätte die Hütte völlig anders gestaltet. Aber wenn es um die Jagd geht, sind sich die Männer wohl einig… Ich war nie sehr gern hier. Die Anfahrt, der schlammige Weg, diese Einöde. Und dann auch noch die Einrichtung – zudem sammelt sich in diesen ganzen Tierhaaren eine Unmenge an Staub und Ungeziefer. Gräßlich!«

Sie nimmt genießerisch einen Schluck aus ihrem tiefen Rotweinglas.

»Ich verrate Ihnen etwas«, Uwe Schwarzenberg lehnt sich ihr etwas über den Tisch entgegen, »ich würde Alpträume bekommen. Sehen Sie, wie licht und fröhlich ist dagegen die freie Natur mit ihren Tieren, den Blumen, den Gräsern, den

Büschen. Das hier engt ein, beängstigt, zieht einen hinunter in Tod und Vernichtung! Ich hasse den Machtwillen, der sich in diesen Trophäen ausdrückt. An Ihrer Stelle würde ich alles hinauswerfen und den Raum licht und frei machen, so wie Sie sich zu Hause eingerichtet haben!«

Ursula hat ihm lächelnd zugehört.

»Tatsächlich? Aber eigentlich möchte ich die Hütte doch verkaufen! Eine Jagdhütte ist etwas für Männer!«

»Für Männer? Nein, Sie könnten etwas ganz anderes daraus machen. Ich kann mir vorstellen, daß Sie die passenden Möbel und die richtigen Farben finden würden. Weiblich, vielleicht etwas schwedisch – viel blau, viel weiß?«

Sie denkt darüber nach, schaut sich um. Sie kann es sich vorstellen, ja, blau-weiß ist eine gute Idee. Das würde einen ganz anderen Charakter in die Hütte bringen. Weiblich. Natürlich, er hat recht!

Ursula nimmt noch einen tiefen Schluck Rotwein, lehnt sich etwas in ihrem Stuhl zurück, um den guten Tropfen zu kosten. Sie schließt die Augen, genießt den Bordeaux und öffnet sie wieder. Sie blickt genau auf ein großes Foto von Walter, das neben dem Zwölfender an der Wand hängt. Er kniet auf dem erlegten Hirsch, das Gewehr in der Hand, schaut ihr direkt in die Augen. Ursula ist wie gefesselt, kann den Blick von seinem kaum abwenden. Sie spürt, wie ihre Augenbraue zuckt, und Ärger steigt in ihr hoch.

Natürlich. Uwe Schwarzenberg lügt sie an.

Weibliche Einrichtung in einer männlichen Jagdhütte? Das soll er ernst meinen? Sie glaubt es ihm nicht. Alle Männer stehen doch auf so etwas. Einsame Jagdhütte im Wald. Trophäen. Pirsch in der Dämmerung. Anlegen auf einen kapitalen Bock. Abdrücken. Töten. Der Waidmannsdank und der Umtrunk. Prost! Alle Männer, die sie kennt, denken so. Jagd, beherrschen, töten. Damit fühlen sie sich in ihrer Männlichkeit bestätigt. Soll er es doch zugeben! Nein, er will sie umgarnen, einlullen, für dumm verkaufen. Aus irgendeinem Grund lügt er ihr etwas vor, stellt sich keiner Diskussion. Hat er Angst, sein wahres Ich zu zeigen? Oder hat er kein Ich, keine eigene Persönlichkeit?

Ihre Lippe kräuselt sich.

Er ist ein Feigling, ein Angsthase, der nicht zu seiner Meinung steht. Genau wie zu Hause, als er Farben und Formen lobte, wo Acryl doch weder Farbe noch Form hat.

Ursula nimmt noch einen Schluck.

Ihr Gegenüber fehlt, der Stuhl ist leer. Sie schaut sich um. Er kommt auf sie zu, hat eines der Gewehre von der Wand genommen.

»Das ist ein Elefantentöter, nicht? Ich habe ein so scheußliches Tötungsinstrument noch nie in der Hand gehabt!«

»Dann geben Sie es her!« Ein jämmerliches Etwas, dieser Uwe Schwarzenberg. Von wegen Tierchen, die durch die lichte Natur hüpfen. Walter hätte ihr die Weltordnung erklärt, hätte ihr gesagt, daß es in der Natur eben so ist. Einer gewinnt, einer verliert. Der Sieger war er, Walter, mit dem Gewehr in der Hand. Dieser Mensch dort war lebensuntüchtig, ohne festen Willen, ohne eigene Meinung. Gegen Walter null und nichts, überhaupt nicht existent!

Ihre Augenbraue zuckt.

»Geben Sie es her, bevor Sie sich damit noch verletzen!«

»Sagen Sie bloß, Sie können damit umgehen!«

Er reicht ihr die Waffe.

»Natürlich!« Sie legt auf ihn an und drückt ab.

Der Rückschlag wirft sie vom Stuhl.

Dort bleibt sie zunächst liegen, dann richtet sie sich auf, um zu sehen, was passiert ist.

Die Reste von Uwe Schwarzenberg sind unappetitlich über die Sessel und die Couch verteilt.

Ursula schaut sich um. Ansonsten hängt noch alles an seinem Platz. Kein einziger Hirschkopf ist heruntergefallen.

Zwei Stunden später sitzt Ursula wieder in ihrem Auto. Zunächst hatte sie überlegt, Schwarzenbergs Überreste einzusammeln und in die Jauchegrube zu werfen. Aber es wäre zu mühsam gewesen, zu viel zerfetztes Fleisch, zu viel Blut. So hat sie das Geschirr fein säuberlich abgespült, mit dem Geschirrtuch alles abgewischt, was sie angefaßt haben könnte, selbst den Hahn am Propangas und den Seilzug am Generator. Das Gewehr hat sie abgeputzt und liegengelassen und dann mit einem Schraubenschlüssel so im Haustürschloß herumgestochert, daß es nach Einbruch aussah. Zwei Obdachlose, die sich in die Haare bekommen haben – oder zwei Einbrecher. Wer wollte das noch nachvollziehen, zumal Uwe Schwarzenberg ohne Papiere, Arbeit und Telefonnummer war. Schließlich hatte Ursula die Türe hinter sich zugezogen und den Wagen gestartet. Ob Ludwig im Winter jemals in die Hütte gehen würde, war fraglich. Möglicherweise würde die Leiche erst im Frühjahr entdeckt werden. Die Zeit war auf ihrer Seite.

Ursula fährt die Serpentinen mit Standlicht herunter. Eigentlich schade, daß dieser Uwe Schwarzenberg so dumm war. Es hätte doch noch ganz nett werden können mit ihm. Aber gegen Walter war er wirklich nur eine halbe Portion. Nicht der Rede wert. Wenn ihr jetzt wieder ein Hase in den Weg läuft, würde sie jedenfalls nicht »husch, husch« rufen.

Die Bundesstraße ist so gut wie unbefahren, und auch auf der Autobahn kommt sie zügig voran. Ursula fährt mit durchgetretenem Gaspedal auf der Überholspur und weicht nur aus, wenn von hinten ein sichtbar schnelleres Fahrzeug kommt.

Um ein Uhr morgens parkt sie ihren Golf neben dem Mercedes ihres Mannes in der Doppelgarage, und wenig später steht sie bereits unter der Dusche. Sie bearbeitet sich ausgiebig mit einer Körper-Peeling-Lotion und cremt sich anschließend gewissenhaft ein. Dem Gesicht gönnt sie eine Nähr-

maske für die Nacht, obwohl sie weiß, daß sie das zur Rük-
kenlage zwingen wird. Sie schlüpft ins Bett und schaut noch
eine Weile mit geöffneten Augen zur Decke. Aber sie sieht
keine Bilder vor sich, sie hängt überhaupt keinen Gedanken
nach, sie hat mit dem Geschehenen abgeschlossen. Bevor sie
das Licht löscht, nickt sie Walter in seinem Silberrahmen zu:
»Du warst zu stark für mich. Aber gegen dich war er zu
schwach! Viel zu schwach.«

DIE CHEFIN

Am Montagmorgen öffnet Ursula das große Garagentor. Der
Golf wirkt ängstlich und klein neben dem Mercedes. »So ist
es halt«, sagt sie zu ihm, während sie einsteigt, »es gibt
Schwache und es gibt Starke. Und es gibt Starke, die gar nicht
wissen, daß sie schwach sind. Wir werden Herrn Kühnen
einen Besuch abstatten!«
     Sie fährt auf ihren Firmenparkplatz neben dem Hauptein-
gang. Das heißt, sie fährt auf den zweiten reservierten Platz,
der erste, direkt neben der Treppe, gehört ihrem Mann. Auf
dem dritten steht ein neuer BMW der 7er-Reihe in vorneh-
mem Dunkelblau-metallic. Ob sich Manfred Kühnen etwa
einen neuen Firmenwagen geschenkt hat? Nein, das müßte
sie wissen. Dann kann es nur sein Privatwagen sein. Glaubt er
etwa, er würde erben?
     Sie geht schwungvoll die Treppen hinauf, durch die
Schwingtüre.
     »Guten Morgen, Frau Winkler«, Ferdinand Bauer nickt
ihr durch die dicke Glasscheibe mit der Aufschrift »Auskunft« hindurch zu. Ferdl, so hat Walter ihn stets genannt. Er
war fast schon so etwas wie ein väterlicher Freund für Walter
gewesen, seit dreißig Jahren mit dabei und jetzt kurz vor der

Pensionierung. Vor vier Jahren hatte Walter diesen Arbeitsplatz für ihn geschaffen, nachdem er sich bei einem Treppensturz die Hüfte gebrochen hatte. In die Fertigung hätte Ferdinand Bauer nicht mehr zurückgekonnt. So bot Walter ihm hier einen Vorruhestandsplatz. Bei gleichem Gehalt. Soviel Freundlichkeit hatte Ursula ihrem Mann gar nicht zugetraut. Wer weiß, was ihn dazu bewogen hat. Jedenfalls ist Ferdinand Bauer ganz sicher einer, der ehrlich und aus vollem Herzen um Walter trauert. Ludwig wahrscheinlich auch. Viel mehr Leute fallen Ursula nicht ein. Der hier jedenfalls bestimmt nicht. Sie steht vor Manfred Kühnens Tür. Ursula klopft kurz an und tritt ein.

Aha, dafür bezahlt sie ihn also.

Eine Kaffeetasse steht vor ihm, er selbst ist hinter der Zeitung vergraben.

Er hält es noch nicht einmal für nötig, nachzuschauen, wer bei ihm eingetreten ist.

»Leg sie nur einfach auf den Tisch, Regina, danke!«

Donnerwetter, er duzt Frau Lüdnitz. Ob das etwas zu bedeuten hat?

»Ich bin nicht Regina«, sie spricht das Wort Regina betont langsam und säuerlich aus. »Guten Morgen, Herr Kühnen!«

Seine Zeitung zuckt, er ist wohl erschrocken. Gut so. Dann legt er sie schnell auf die Seite, steht auf und geht auf sie zu, um sie mit Handschlag zu begrüßen.

»Frau Lüdnitz wollte mir die Unterschriftenmappe bringen. Ich habe schon auf sie gewartet«, meint er mit einer halb entschuldigenden Bewegung zu Kaffee und Zeitung hin.

»Na, dann kann Frau Lüdnitz die Unterschriftenmappe ja jetzt zu mir bringen. Ich möchte Sie nicht aufhalten, Herr Kühnen.«

Er räuspert sich kurz.

»Ja, natürlich, Frau Winkler. Sind Sie zur Konferenz auch da?«

»Ich werde nicht nur da sein«, sie hat sich schon zum Gehen gewandt, dreht sich aber nochmals halb zu ihm um, »ich werde sie leiten, Herr Kühnen. Bis später!«

Sie hat ihren Geschäftsführer noch nie besonders gemocht. Er ist ihr zu glatt, zu modisch, zu eitel. Ein aufgeblasener Wicht mit Wichtigtuerallüren. Aber er hatte gute Erfolge bei der Konkurrenz, von wo Walter ihn abgeworben hat. Und er ist ehrgeizig, hungrig. Walter fand das gut, Ursula gefällt es weniger, denn es war ihr von Anfang an klar, daß sich dieser Ehrgeiz bei der erstbesten Gelegenheit gegen sie richten würde. Bei Walter hatte er keine Chance, er war der Big Boss, bei ihm waren die Fronten immer abgesteckt. Aber eine Leitwölfin würde einem Herrn Kühnen sicherlich nicht behagen. Jetzt war der Moment für ihn da. Es war wichtig, ihn von Anfang an in seine Schranken zu verweisen, ihm die Reißzähne zu zeigen.

Auf dem Weg zu ihrem eigenen Büro begegnet ihr Regina Lüdnitz, die eilig mit der Unterschriftenmappe den Gang herunterkommt. Sie trägt einen zu kurzen Rock und zu hohe Absätze.

Anscheinend hat sich hier seit Walters Tod einiges verändert.

Auch Regina Lüdnitz stockt kurz, als sie ihre Chefin erkennt. Dann lächelt sie freundlich: »Guten Morgen, Frau Winkler, schön, daß Sie wieder da sind.«

»Danke, Frau Lüdnitz. Und die Unterschriftenmappe können Sie gleich mir geben.«

»Aber … ja, natürlich!«

Ursula nimmt die Mappe an sich und sagt dann betont freundlich: »Sie können Herrn Kühnen ja Bescheid sagen. Und, wenn Sie schon dabei sind, ihm vielleicht auch gleich noch eine zweite Tasse Kaffee servieren.« Damit geht sie weiter. So, der hat sie es jetzt gegeben. Und es dürfte auch klar geworden sein, was sie gemeint hat.

Ursulas Büro liegt am anderen Ende des Ganges, ein geräumiges Eckzimmer mit großen Fenstern. Es hat eine Verbindungstür zu dem Büro von Frau Lüdnitz, das wiederum an Walters Büro grenzt. Es folgt der recht langgestreckte Konferenzraum, im Anschluß ein kleinerer Raum für Besprechungen und dann das Sekretariat von Manfred Kühnen mit einer weiteren Verbindungstür in sein eigenes Büro. Alles durchdacht angelegt, ein moderner Komplex mit funktionellen, klaren Büros und einer technisch hochentwickelten Fertigungshalle. WWV, ursprünglich auf Plastik spezialisiert, war zudem bereits lange vor allen anderen Vorreiter im Recyclingverfahren, hatte Kunden wiederaufbereitete Pappe als Waschmittelkarton empfohlen, als sich andere vor Altpapier noch ekelten. Als abzusehen war, daß der Trend wieder von der Pappe wegführen würde, hatten sie vor knapp zehn Jahren neu gebaut, völlig umstrukturiert, um zweigleisig produzieren zu können. Sie fuhren die Arbeitskräfte von 850 auf 620 herunter und kauften dafür die hochwertigsten computergesteuerten Roboter, die überhaupt auf dem Markt waren. Sie waren nicht die Größten in der Branche, aber die Innovativsten. Sie arbeiteten für viele bekannte Firmen, hatten ein Meinungsforschungsinstitut mit ständigen Umfragen beauftragt, versuchten, der Entwicklung stets einen Schritt voraus zu sein.

Und das soll so bleiben, denkt Ursula grimmig, während sie sich an ihren Schreibtisch setzt. Obwohl der Firmenname »WWV« für »Walter Winklers Verpackungen« nun überholt war. Aber »UWV« daraus zu machen, wäre unklug. Und Manfred Kühnen spekuliert sicherlich auf »MKV«. Es klopft, Regina Lüdnitz fragt nach, ob sie etwas tun könnte.

»Ist die Sekretärin von Herrn Kühnen heute gar nicht im Dienst?«

»Frau Braun-Schmidt? Doch, schon. Aber die Briefe an Herrn Winkler gehen nach wie vor an mich – und wenn Sie nicht da sind...«

»Danke, Frau Lüdnitz. Ab heute bin ich wieder regelmäßig im Büro. Jedenfalls jeden Morgen und ganz sicher auch zu jeder Montagskonferenz. Ich möchte dann bitte sowohl die *wichtige* Eingangspost als auch die Ausgangspost auf meinem Tisch haben. Das bedeutet, daß ich über alle *wichtigen* Vorgänge informiert sein will und daß *wichtige* Dinge ohne meine Beurteilung nicht entschieden werden. Kurz, ich übernehme auch die Aufgabenbereiche meines verstorbenen Mannes.«

»Ist gut, Frau Winkler, das habe ich verstanden.«

»Schön. Wenn ich etwas brauche, rufe ich Sie!«

Regina Lüdnitz, Mitte dreißig, mit glänzendem, dunkelbraunem, schulterlangem Haar und einer hochgewachsenen, sportlichen Figur, ledig und ungebunden, nickt und geht.

Sie hat es verstanden, denkt Ursula und lächelt.

Falls sie tatsächlich etwas mit meinem Mann gehabt haben sollte, weht jetzt ein anderer Wind.

Im Konferenzraum setzt sich Ursula an die Stirnseite, an den Platz ihres Mannes.

Damit hat sie den Vorsitz über zehn Männer übernommen, die sich rechts und links von ihr an dem langgestreckten Tisch verteilen. Es sind drei verantwortliche Ingenieure aus der Produktion sowie die drei Abteilungsleiter aus dem Export, aus der Werbeabteilung und der Buchhaltung, zudem Rainer Witzmann aus der Presseabteilung, der auch für das Protokoll zuständig ist, und natürlich Manfred Kühnen.

Die rechte Hand der Geschäftsleitung hat sich an seinen bisherigen Platz links von der Stirnseite hingesetzt. Ursulas früherer Stuhl, rechts von der Stirnseite, bleibt leer.

»Guten Tag, meine Herren«, eröffnet sie die Konferenz.

Sie fühlt sich wohl in ihrer Rolle, fühlt sich im strengen dunkelgrauen Kostüm den Zweireihern der Herren durchaus gewachsen.

»Wollen Sie nicht aufrücken?« Sie weist zur rechten Seite.

Ein zustimmendes Gemurmel, dann schließt einer nach dem anderen auf. Auf ihrem Stuhl sitzt jetzt Gernod Schaudt aus dem Export, grauhaarig, erfahren und loyal.

»Zunächst einmal möchte ich Ihnen danken, daß Sie mir nach dem Tod meines Mannes die Zeit eingeräumt haben, um über den ersten Schmerz hinwegzukommen«, während sie spricht, schaut sie einen nach dem anderen an. Alle blicken ihr in die Augen, nur Rainer Witzmann schreibt eifrig auf seinen Notizblock, und Manfred Kühnen fixiert einen imaginären Punkt auf dem Tisch. »Aber Arbeit hilft besser als Grübeln, und ich bin der Meinung, es ist wieder an der Zeit, etwas zu tun«, fährt sie fort. »Ich bitte Sie deshalb, mich kurz über alles zu informieren, was in letzter Zeit an Wichtigem vorgefallen ist oder sogar entschieden wurde. Stehen neue Firmen für eine Zusammenarbeit in Aussicht? Haben wir einen Vertragspartner verloren? Ich möchte auch über die neuen Trends, über die Produktionszahlen der Konkurrenz und vor allem über unsere eigene Leistung informiert werden. Herr Kühnen, könnten Sie mich bitte über diesen letztgenannten Bereich instruieren?«

Er hebt den Blick und schaut sie an, und sie ist sich nicht sicher, was sie in seinen Augen liest. Ist es die Angst eines in die Enge getriebenen Wildes, oder ist es der Blick des Mungos, der überlegt, wie er die Klapperschlange töten kann?

Als Ursula an diesem Abend nach Hause kommt, hat sie ein gutes Gefühl. Der Übergang dürfte ohne allzu große Schwierigkeiten vonstatten gehen. Klar, Kühnen würde sie lieber als trauernde Witwe zu Hause sehen und seinen neuen Chefwagen auf den Chefparkplatz stellen. Aber die anderen haben sie voll akzeptiert. Sie wissen schließlich alle, daß sie die Firma mit aufgebaut hat, sich in allen Bereichen auskennt. Der Unterschied ist nur, daß bisher ein Mann am Steuer saß. Jetzt übernimmt eine Frau das Ruder. Aber sollte das einem nicht passen, kann er ja gehen. Sie hat nichts dagegen.

Im Hausgang findet sie eine Notiz von Frau Paul: »Anruf von Hafenmeister Björn Grammlich aus Neustadt: Check-up für das Schiff fällig, erbittet Rückruf.« Ihre gute Laune ist augenblicklich weg. Jetzt hat sie dieses unsägliche Schiff am Hals. Am besten ruft sie morgen Björn Grammlich an und erteilt ihm den Auftrag, dieses Ding so schnell wie möglich zu verkaufen. Gegen eine gute Provision. Bei dem Stichwort fällt ihr Uwe Schwarzenberg ein, sie schüttelt den Gedanken aber ebenso schnell wieder ab. Wozu über irgend etwas nachdenken, das nicht zu ändern ist? Man muß sich über die Dinge Gedanken machen, die noch zu beeinflussen, zu regeln, zu steuern sind. Also, weg mit dem Schiff. Das ist jetzt angesagt.

Worauf hat sie heute abend Appetit? Sie geht in die Küche, öffnet den Kühlschrank und steht unentschlossen davor. Sie hat keine Lust, sich jetzt auch noch Küchenarbeit aufzuhalsen. Schließlich gibt es genug Restaurants. Aber alleine essen? Soll sie Ludwig anrufen? Der Gedanke behagt ihr auch nicht sonderlich. Wen sonst? Sie hat keine Freundin, noch nicht einmal eine gute Bekannte. Walter konnte den »Weiberzirkus« nicht ausstehen. Und sie war eigentlich auch nie scharf darauf. Wo konnte sie also alleine hin? Zum Italiener? Der wird sie mit Beileidsbekundungen überschütten. Dort waren sie regelmäßig, aber immer zu zweit, und sie hat den Besitzer auf der Beerdigung gesehen. Er würde sie nicht in Ruhe lassen. In Walldorf soll es ein ausgezeichnetes italienisches Restaurant geben, *La Fattoria*. Ludwig hat sie beide mehrmals dorthin eingeladen. Aber irgendwie hat es nie geklappt. Sie hätte jetzt zwar Lust auf edle Vorspeisen und einen guten Fisch, aber sie will nicht Gefahr laufen, Ludwig doch noch in die Quere zu kommen. Käfer in Wiesbaden? Alleine wird sie sich dort unwohl fühlen. Und dann die alten Knacker mit ihren jungen Konkubinen. Zuerst laden sie sie zum Essen ein, dann zeigen sie ihnen nebenan im Casino die große, weite Welt, und zum Dessert präsentieren sie ihre knittrigen Altmännerkörper. Alleine der Gedanke würde ihr den Appetit verderben. Wo kann man denn als Frau überhaupt alleine hin? Blöde Frage, schilt sie sich selbst. Wenn du als Frau alleine eine Firma führen kannst, wirst du wohl auch alleine essen gehen können!

Draußen ist es stockdunkel, und es hat zu regnen begonnen. Hoffentlich friert es heute Nacht nicht, sonst kann das heiter werden! Ursula fährt den Golf aus der Garage. An der Alten Oper gibt es ein Mövenpick-Restaurant, dort ist sie eine unter vielen, dort kann sie den Leuten zuschauen, es wird ihr nicht langweilig, und die Speisekarte ist abwechslungsreich. Außerdem kann sie nachher noch die Goethestraße entlangschlendern und sich aussuchen, was sie alles nicht kaufen wird – und wieviel Geld sie damit spart. Es verspricht ein schöner Abend zu werden.

Sie findet überraschenderweise in der Goethestraße vor einer der Nobelboutiquen einen Parkplatz. Es muß am schlechten Wetter liegen, normalerweise ist das die Vorzeigestraße der teuren Autos, und ginge es nach den Ladenbesitzern, hätten Golfs dort Parkverbot. Ursula spannt ihren Regenschirm auf und zieht sich ihren nerzgefütterten Popelinemantel über. Ein schönes Stück Fleisch mit – nein, Nudeln hatte sie erst gestern –, mit einer großen, quarkgefüllten Pellkartoffel und Salat. Danach ist ihr jetzt. Und dazu einen trockenen, edlen Weißwein.

Bis sie im Restaurant ist, hat sie nasse Füße. Daran hat sie nicht gedacht, sie hat noch die Pumps an. Na, egal, sie ist hart im Nehmen. Ein kleiner Tisch in der Nichtraucherecke ist noch frei. Wie für sie geschaffen. Sie sitzt mit dem Rücken zur Wand und hat alles unter Kontrolle. Auf der Bank neben ihr liegt eine vergessene, zusammengefaltete Tageszeitung. Sie legt zunächst den Mantel darüber, zieht sie, nachdem sie die Bestellung aufgegeben hat, jedoch hervor. Zumindest kann sie damit den Leerlauf bis zum Essen überbrücken. Und allzu aufmerksam hat sie die Zeitung heute morgen auch nicht gelesen. Der Wein wird serviert, der Salat kommt, sie hat sich bis zu den Anzeigen vorgearbeitet. Als der Kellner das Steak bringt, will sie die Zeitung schon weglegen, aber in der Bewegung fällt ihr Blick auf eine Anzeige, die sie nochmals verharren läßt:

> »Segelkameradin gesucht – sportlicher Mitfünfziger wünscht wetterfeste und segeltüchtige Frau (45–55) für Charter kennenzulernen. Telefon 06105/9086.«

Während sie ihr Fleisch kaut und die Pellkartoffel aushöhlt, denkt Ursula darüber nach. Eigentlich eine blöde Anzeige, Ende November. Aber Walter war ebenfalls heiß aufs Wintersegeln. Es gäbe die steifsten Brisen, und der Kampf sei ganz anders als im Sommer. Witzig, daß es also noch einen gibt, der auf so einen Irrsinn steht. Und – daß so einer auch noch eine Frau mitnehmen will. Das ist ja fast noch eine Steigerung zu Walter. Der wäre nicht auch nur im entferntesten auf einen solchen Gedanken gekommen. Sie faltet die Zeitung zusammen und legt sie weg. Aber nachdem sie bezahlt und den Mantel bereits angezogen hat, geht sie nochmal zurück und reißt die Anzeige kurzerhand aus dem Blatt heraus. Sie kann auch nicht sagen, warum. Ein Reflex, sonst nichts.

Es regnet stärker, und es ist kalt geworden. Sicherlich unter dem Gefrierpunkt. Die Goethestraße ist wie ausgestorben, und Ursula schenkt sich einen erweiterten Spaziergang. Sie dreht im Auto die Heizung voll auf und fährt vorsichtig nach Hause. Eine Stunde später liegt Ursula bereits im Bett. Sie hat sich den Zeitungsausschnitt mit nach oben genommen und liest ihn jetzt, vor dem Einschlafen, nochmals durch. Dann dreht sie sich zu Walter im Silberrähmchen um: »Nochmal so ein Verrückter wie du. Hättest du das für möglich gehalten? Ich nicht! Aber man lernt ja dazu!« Und löscht das Licht.

DER RIVALE

Regina Lüdnitz hat kaum die Türe hinter sich geschlossen, da greift Ursula zum Telefon. Sie hat sich die Anzeige schon vorhin zurechtgelegt, war aber durch ihre Sekretärin, die die Morgenpost brachte, gestört worden. »0-6-1-0-5-9-0-8-6«, sagt sie leise, während sie wählt. Dann lauscht sie dem Freizeichen. Knacks, ein Anrufbeantworter: »Hier ist der Anschluß 9-0-8-6. Ich bin derzeit nicht erreichbar. Bitte hinterlassen Sie mir Ihren Namen, Ihre Telefonnummer und den Grund Ihres Anrufes nach dem Pfeifton, ich werde Sie…« Verflixt, denkt Ursula. Was soll sie ihm jetzt bloß sagen? Oder soll sie einfach auflegen? Da knackst es wieder in der Leitung: »Hallo? Hallo?« Ach, ist er doch da? »Ja, hallo. Mein Name ist Winkler, ich rufe…« Ein grauenhafter Pfeifton läßt sie abbrechen und den Hörer weit vom Ohr weghalten. »Augenblick mal, ich muß nur den Anrufbeantworter ausschalten«, hört sie eine Stimme durch das Pfeifsignal hindurch. Ein Chaot, denkt Ursula und verzieht das Gesicht. »So, hallo, da bin ich!« Seine Stimme klingt tief und männlich. Also, das Ganze nochmals von vorn. Ursula hat eigentlich schon keine rechte Lust mehr. »Na, bestens«, sagt sie. »Also, wie bereits gesagt, mein Name ist Winkler, und ich rufe auf Ihre Anzeige hin an.«

»Oh«, seine Stimme klingt äußerst erfreut. »Wie schön. Und was für ein Glück – ich war nämlich nur rein zufällig hier. Tagsüber arbeite ich nebenan in meinem Büro.«

»So? Was tun Sie denn?«

»Ich bin Ingenieur, habe ein Ingenieurbüro.«

Na, wenigstens kein Hungerleider.

»Ich wollte Ihnen eigentlich nur einen Vorschlag machen, Herr… Herr…«

»Ja, Entschuldigung, ich heiße Ehler, Rainhard Ehler.«

»Gut, Herr Ehler, wie gesagt, nur ein Vorschlag.«

»Ach ja? Und der wäre?«

Es klingt wie eine Mischung aus leichter Enttäuschung und aufkeimender Neugierde.

»Ich gehe gern mit Ihnen segeln, allerdings halte ich nichts vom Chartern. Ich besitze die Dinge lieber selbst.«

»Heißt das, Sie wollen ein Segelschiff kaufen?«

»Nein, absolut nicht!«

»Dann verstehe ich Sie nicht. Ich kann mir jedenfalls keines leisten.«

Das Ingenieurbüro ist wohl nicht der große Renner. Sie holt tief Luft: »Ich *habe* bereits ein Schiff, Herr Ehler. Eine Swan. Sagt Ihnen das etwas?«

Auf der anderen Seite ist es still. Ursula glaubt zu hören, wie sein Herzschlag aussetzt.

»Eine Swan?« kommt es dann ehrfürchtig. Er schluckt. »Und wo? Wo liegt sie?«

»In der Ostsee. Bei Neustadt.«

Es klopft leise, Regina Lüdnitz tritt ein. Sie bleibt abwartend stehen. Das fehlt ihr noch, daß Frau Lüdnitz mitbekommt, wie sie sich mit einem fremden Mann verabredet. Sie gibt ihr ein unwilliges Zeichen. Ihre Sekretärin, heute im Hosenanzug und mit zusammengebundenem Haar, versteht und geht leise wieder hinaus.

»Was haben Sie gesagt, bitte?«

»Daß ich eigentlich an eine Charterreise in der Karibik dachte...«

»Nun, das kann ich nicht bieten.«

Karibik. Also nichts mit Novemberstürmen... Ich und du, Müllers Kuh. Will er was für die Kajüte, oder wie dachte er sich das?

»Ja, aber unabhängig davon, könnten wir mit Ihrer Swan denn einmal hinaussegeln?«

»Wenn Sie segeln können?«

»Ja, natürlich!« Er klingt direkt beleidigt.

»Gut. Dann sollten wir uns darüber unterhalten.«

»Ich wohne in Mörfelden«, Gott, wie scheußlich, denkt Ursula, »kennen Sie in Walldorf zufälligerweise das italienische Restaurant *La Fattoria*?«

»Ich habe schon davon gehört.«

»Paßt es Ihnen heute abend gegen 19 Uhr? Ich werde reservieren.«

Ursula hat nichts weiter vor. »Gut, ich werde da sein.«

»Wie erkenne ich Sie?«

»Ich werde mich vom Ober an Ihren Tisch bringen lassen, Herr Ehler.«

Ursula schenkt sich ein Glas Mineralwasser ein und denkt nach. Eine so mühsame Aktion wegen Walters blödem Segelschiff. Vielleicht sollte sie es mit diesem Herrn Ehler in der Kajüte treiben, das wäre die gerechte Vergeltung für die vergangenen fünf Jahre mit diesem Kahn und für das verlorene Haus an der Algarve. Auf dem Kajüttisch, am Steuerstand, auf Walters heiligem Steuermannsitz – überall dort, wo er sie nicht haben wollte. Aber ob ihr das Genugtuung verschaffen würde? Oder soll sie das Schiff, wie sie es gestern abend vorhatte, einfach über den Hafenmeister verscherbeln? Dann hätte sie es los.

Ursula wird sich darüber nicht schlüssig. Es liegt ihr nicht, Wertgegenstände über Außenstehende zu verkaufen. Sie fühlt sich dann bereits übervorteilt, bevor sie überhaupt einen Betrag gehört hat. Das mag mit einem Flügel noch angehen. Aber mit einer Swan?

Apropos Flügel. Der nervt sie noch immer.

Es klopft. Frau Lüdnitz steht wieder in der Tür. »Verzeihung, Frau Winkler, Herr Waffel hat angerufen. Er sagte, es sei dringend, und er bittet um Rückruf. Soll ich durchstellen?«

Waffel. Der alte Fuchs. Was der wohl will?

»Ja, bitte, Frau Lüdnitz.«

Willi Waffel besitzt ebenfalls eine Verpackungsfirma, die Waffel-Verpackungen. Eine Kartonagenfabrik, die zumindest von den Ausmaßen her größer ist als die WWV, und einen kleinen, kunststoffverarbeitenden Betrieb. Beides altmodisch und »wenig trendy«, wie Rainer Witzmann von der Presseabteilung sich auszudrücken pflegt.

Es klingelt. Das ging schnell. Waffel muß ja förmlich auf den Rückruf gelauert haben.

»Winkler.«

»Ja, Gnädige Frau, hier ist Willy Waffel.« Ursula verzieht das Gesicht. Der Kerl ist und bleibt ein Duisburger Schlotbaron. Sie riecht förmlich die Kohle und sieht das Bier neben ihm stehen. Dabei lebt er schon seit zwanzig Jahren in Frankfurt. Aber der Ruhrpott läßt sich selbst durchs Telefon nicht verleugnen. Der ganze Waffel hat etwas von einem Eierbrikett. Rund und schwarz bis auf den Grund seiner Seele.

»Ich möchte Ihnen mein tiefstes Bedauern über das Ableben Ihres so geschätzten Herrn Gemahl aussprechen – obwohl ich Ihnen dat ja auch schon schriftlich mitgeteilt habe. Aber doppelt hält besser, ist es nicht so?«

Fehlt nur noch das »ha ha«, dann wäre es ein waschechter Grubenwitz, denkt Ursula und spürt Abscheu in sich aufsteigen. Dieser Mensch ist ihr körperlich zuwider.

»Ich bedanke mich, Herr Waffel.«

»Ja, nun, wo Sie alleine dastehen, dachte ich mir, ich greife Ihnen mal ein bißchen unter die Arme.«

Ursula wartet auf ein lautes Schenkelklopfen. Wollen wir dem Mädel mal zeigen, wer wir sind, was, Herr Waffel?

»Ich verstehe Sie nicht ganz.«

»Nun, ich übernehme Ihren Laden. Ich mache Ihnen ein gutes Angebot, dann sind Sie frei, können das Leben genießen – mit so ein paar Milliönchen sieht die Welt doch ganz anders aus – hab ich recht? Da können Sie die Puppen, ähm, die... na ja, eben alle tanzen lassen. Das haben Sie sich doch verdient, nach all den Jahren an der Seite Ihres Gemahls. Nichts gegen Ihren Herrn Gatten, versteht sich. Er war ein echter Kämpfer. Ein Waidmann. Ein ganzer Kerl. Aber Sie jetzt – so alleine – in einer solchen Position. Verstehen Sie mich nicht falsch, Frau Winkler, aber es ist doch abzusehen, daß Sie das nie durchstehen werden. Jeder wird versuchen, Sie übers Ohr zu hauen!«

Und du als erster, denkt Ursula.

»Und das kann ich doch nicht zulassen. Ihr Mann und ich waren schließlich Geschäftsfreunde. Ich möchte Ihnen helfen, bevor es zu spät ist, bevor Ihre Firma durch Mißwirtschaft nichts mehr wert ist und meistbietend versteigert wird. Verstehen Sie mich recht, Frau Winkler, aber eine Frau kann einen solchen Betrieb doch nicht führen. Das ist Männersache. Aber ich nehme an, das wissen Sie selbst am besten. Das kann nicht gutgehen.«

Ursula hat sich auf ihrem Stuhl leicht gedreht, schaut nach draußen in den bleischweren Himmel.

»Frau Winkler? Was sagen Sie dazu?«

Sie betrachtet eingehend ihre Fingernägel.

»Frau Winkler, sind Sie noch dran?«

»Machen Sie ein Angebot, Herr Waffel!«

Auf der anderen Seite wird es kurz still. Ursula hört im Geiste schon die Champagnerkorken knallen. Willy Waffel holt tief Luft: »Also, ich dachte mir…«

»Schriftlich, Herr Waffel«, unterbricht sie ihn. »Schriftlich. Und zwar nicht nur eine Zahl, Herr Waffel. Ausführlich und mit Begründung.«

»Ja, dazu müßte ich aber auch Ihre Bücher einsehen können!«

»Sie wollen mir ein Angebot unterbreiten, Herr Waffel, von einer Betriebsprüfung hat niemand gesprochen. Sie müssen doch wissen, was Ihnen *meine*«, sie betont das »meine« bewußt, »Firma wert ist. Eben wollten Sie doch bereits eine

Zahl nennen. Schreiben Sie mir diese Zahl und begründen Sie sie. Das ist alles, was ich will. Guten Tag, Herr Waffel!« Sie legt langsam auf.

Schau an. Kaum ist die Oberratte tot, verlassen die anderen auch schon ihre Löcher. Bin gespannt, welcher nette »Geschäftsfreund« als nächstes auftaucht.

Sie wählt die 25.

»Kühnen?«

»Ja, Herr Kühnen, Winkler. Ich habe eben einen Anruf von Willy Waffel erhalten.«

»So? Und was wollte er?«

»Die Firma kaufen.«

Kurze Pause.

»Und was haben Sie ihm gesagt?«

»Er soll mir ein Angebot machen.«

»Warum denn das? Sind Sie etwa interessiert...?«

Er klingt atemlos. Würde er es sich wünschen? Denkt er, dann hätte er mich los?

»Ich möchte einfach wissen, wie er uns einstuft. Unseren Marktwert aus der Sicht von Herrn Waffel testen. Das ist alles.«

»Aha«, er lacht. Tatsächlich, Kühnen lacht. »Das ist eine gute Idee. Das gefällt mir, Frau Winkler. Bis wann will er uns das Angebot denn schicken?«

»Ich nehme an, daß er sich sehr damit beeilt. Er will der erste bei dem großen Deal sein.«

Kühnen lacht wieder: »Darauf freue ich mich jetzt schon!«

Nachdenklich legt Ursula auf.

Sie drückt den Knopf der Gegensprechanlage. »Frau Lüdnitz, bringen Sie mir doch bitte mal die Akte über Manfred Kühnen.«

»Manfred Kühnen?«

»Sie haben recht gehört!«

»Da muß ich in die Personalabteilung. Kommt gleich!«

Irgend etwas hat sie stutzig gemacht. Ein Gefühl, das sie selbst nicht begründen kann. Du mit deinem Bauchweh, hätte Walter das abgetan. Ungeduldig nimmt sie einen Schluck Mineralwasser. Dabei fällt ihr das Abendessen in Walldorf ein. Kommt sie also doch noch in dies sagenumwobene *La Fattoria*. Hoffentlich sitzt Ludwig nicht drin. Die Verabredung mit Herrn Ehler würde sicher nicht den besten Eindruck machen – so kurz nach Walters Tod. Es klopft. Na endlich, die Akte.

Hat sie es sich doch gedacht. Deshalb die Pause und dann die offensichtliche Schadenfreude. Das war gar kein Heiterkeitsausbruch, er hat sich nicht plötzlich in einen sympathischen Menschen verwandelt, der Herr Kühnen. Er freut sich darüber, daß ich seinen früheren Arbeitgeber hereinlege. Und der saubere Herr Waffel schwelgt wahrscheinlich schon in der Vorfreude, seinen einstigen Mitarbeiter gleich hochkantig hinauszuwerfen. Was muß das für ein Genuß sein. Das kann sie dem Ruhrpottler sogar nachfühlen. Sie klappt die Akte wieder zu.

RENDEZ-VOUS

Ursula hat das Album mit der Swan neben sich liegen, als sie von der Autobahn kommend nach Walldorf hineinfährt. Irgendwie gelangt sie bis zum Bahnhof, dann beschließt sie zu fragen. Auf der anderen Seite der Geleise, wird ihr gesagt. Gut, das kann ja nicht allzu schwierig sein. Sie fährt geradeaus weiter, aber die Straße führt in einer scharfen Rechtskurve plötzlich von den Schienen weg, anstatt darüber. Das gibt es doch nicht. Irgendwo muß es doch einen Bahnübergang geben. Nach weiteren zehn Minuten ist sie kurz davor, wieder nach Frankfurt zurückzufahren. Sie kurvt kreuz und quer durch die kleine Stadt, ohne einen Weg über die Schienen zu finden. Schließlich beauftragt sie einen Taxifahrer, ihr vorauszufahren. Er fährt den ganzen Weg, den sie hergekommen ist, wieder zurück und biegt schließlich in eine versteckt liegende Unterführung ein. Kurz danach parkt sie vor dem Restaurant. Sie gibt dem Taxifahrer zehn Mark und läßt sich eine Quittung ausstellen. »Den Beleg schicke ich an die Stadtverwaltung«, sagt sie dazu. »Die sollen eine ordentliche Verkehrsplanung betreiben oder zumindest anständige Schilder anbringen!«

»Lassen Sie uns doch unser Geschäft«, grinst der Taxifahrer, steckt den Schein ein und gibt Gas.

Ursula seufzt. Genau so liebt sie es. Zwanzig Minuten Nerven, Benzin und Reifen verbraucht nur für einen Restaurantbesuch. Sie haßt es, zu spät zu kommen.

Von außen sieht dieses *La Fattoria* nicht besonders aus. Aber was ist von so einem Kaff schon anderes zu erwarten, sie geht darauf zu. Bonzenautos stehen davor. Kreditkarten-Publikum. Sie runzelt die Stirn und tritt ein. Ein gepflegter Kellner mit Brille kommt ihr entgegen, begrüßt sie freundlich. Das versöhnt sie wieder etwas.

»Ich bin mit Herrn Ehler verabredet. Wenn Sie mich an seinen Tisch führen könnten?«

»Aber bitte.«

Während sie dem Ober hinterhergeht, läßt sie die Augen schweifen. Nein, soviel sie sehen kann, ist Ludwig nicht da. Das Restaurant ist gut besucht, die Leute sitzen Tisch an Tisch, für ihren Geschmack zu eng. Sie braucht Bewegungsfreiheit, Luft, die Möglichkeit zur Flucht.

Der Ober bringt sie zu einem kleinen Tisch, ganz in der Ecke des Restaurants, am Fenster.

»Ist es so angenehm?« Sie nickt. Ein Herr im dunkelblauen Zweireiher mit Silberknöpfen erhebt sich. Er hat nur noch einen schwachen Kranz Haare um den Kopf, dafür einen graumelierten, kurzgeschnittenen Vollbart.

»Frau Winkler?« Er streckt ihr die Hand entgegen.

»Ja, guten Abend, Herr Ehler.«

Sein Händedruck ist warm und fest, vertrauenerweckend. Der Ober rückt den Tisch ein Stück vor, so daß sie am Fenster Platz nehmen kann.

»Alleine werde ich hier wohl nie mehr herauskommen«, sagt sie, als er den Tisch wieder zurückschiebt.

»Ich helfe Ihnen«, lächelt Rainhard Ehler. »Kannten Sie dieses Restaurant?«

»Ich habe schon davon gehört, daß es gut sein soll. Dafür ist dieses Walldorf gräßlich.«

»Ach, da hinten ist eine recht berühmte Bauhaus-Wohnsiedlung, erbaut von...«

»Und wenn der Eiffelturm um die Ecke stehen würde, das war sicherlich das erste und letzte Mal, daß ich...«

»Warten Sie die Küche ab!«

Lange her, daß ihr jemand ins Wort gefallen ist. Irgendwie imponiert ihr das, hat es etwas von Selbstvertrauen, Stärke, Macht.

»Hätten Sie gern einen Aperitif?« Der Kellner hat abgewartet.

»Ein Glas Champagner zum Aufwärmen?« fragt Rainhard.

»Das kann ich jetzt gebrauchen«, nickt Ursula. »Haben Sie lange gewartet, Herr Ehler? Es ist nicht meine Art, zu spät zu kommen, aber ich habe mich verfahren.«

»Ich dachte mir so etwas, als ich das Taxi gesehen habe.«

Er hat sie also bereits beobachtet, als sie noch nicht einmal wußte, wo er sitzen würde. Unbewußt streicht sie ihr bordeauxfarbenes Kostüm glatt. »Oh, jetzt habe ich das Album mit den Fotos meiner Jacht im Wagen liegenlassen! Wie ärgerlich!«

»Kein Problem, ich werde es nachher holen.«

Mit dem Champagner kommt auch der Herr des Hauses an

den Tisch, der ihnen erklärt, welche Tagesspezialitäten er anbieten kann. Sie einigen sich auf drei unterschiedlich gefüllte Ravioli zur Vorspeise und auf einen Loup de Mer mit Kartoffelgratin und Gemüse zum Hauptgang. Der Kellner, der den Champagner gebracht hat, präsentiert den Fisch und bringt auch die Weinkarte an den Tisch. Ursula nickt Rainhard zu. Der Auftakt gefällt ihr schon einmal.

Rainhard Ehler wählt einen Wein aus und schaut sie dann lächelnd an: »So, nun haben wir Zeit für uns. Jetzt erzählen Sie doch mal, was Sie machen, wenn Sie nicht gerade auf Ihrer Swan und im *La Fattoria* sind?«

Ursula streicht sich durch die Haare. Soll sie ihm alles brühwarm auf die Nase binden? Ihre Firma, ihr Vermögen, ihr Leben? Sie zögert: »Nun, ich bin in der Verpackungsindustrie tätig, und ich lebe alleine.«

»So?« Er schaut sie neugierig an. »Geschieden?«

Auch so einer, der davon ausgeht, daß Ehemänner immer mit Jüngeren durchbrennen müssen. »Verwitwet«, antwortet sie unwillig.

»Oh, das tut mir leid. Ich lebe auch alleine, aber ich bin geschieden.«

»So?«

»Ja, leider. Meine Frau hat einen anderen kennengelernt. Er hat alles das, was ich nicht habe. Er ist erfolgreicher, sieht besser aus und ist zudem noch jünger. Was soll man dagegen machen.« Er seufzt und prostet Ursula zu: »Auf die Liebe!« Dabei schaut er ihr direkt in die Augen.

Ursula greift nach ihrem Glas: »Unter solchen Aspekten? Na, ich weiß nicht.« Sie stößt mit ihm an. »Auf der anderen Seite, was ist schon Liebe. Ein Gefühl, sonst nichts.«

»Ist das nicht schon sehr viel?«

»Gefühle sind trügerisch. Man darf ihnen nicht trauen. Sie sind heute so und morgen so. Der Verstand sagt uns, was richtig ist.«

»Das würde bedeuten, daß wir kein Herz und keine Seele hätten. Wären wir da nicht armselig?«

Der Ober serviert kleine, appetitliche Pizzahappen. Ursula greift danach, sie sind heiß.

»Was heißt das schon, Herz und Seele. Daß wir ein Herz haben, ist bewiesen. Was man von der Seele schließlich nicht sagen kann, oder?«

»Wovon leben Sie denn, wenn Sie alleine sind? Wovon zehren Sie, wenn es Ihnen schlecht geht? Ziehen Sie sich nicht manchmal in Ihr Innerstes zurück, ruhen Sie nicht zuweilen in sich selbst?«

Ursula bleibt still. Es ist ihr nicht klar, wovon er spricht, worauf er hinaus will.

»Wie wäre es denn, wenn wir uns über das unterhalten würden, weswegen wir hier sitzen?« fragt sie stattdessen. Dieser Mensch scheint hochkompliziert zu sein. Ein philosophischer Geist. Das hat ihr gerade noch gefehlt.

Rainhard greift langsam nach seinem Glas. »Gehört das nicht dazu?« fragt er und nimmt einen Schluck, während er sie über den Gläserrand hinweg beobachtet.

»Beides fängt mit S an. Swan und Seele«, antwortet Ursula und nimmt ebenfalls einen Schluck. »Einen größeren Zusammenhang sehe ich da nicht. Außerdem hatten wir doch wohl einen schlichten Segelausflug vor, keine Seelenwanderung.« Kein Wunder, daß ihm die Frau davongelaufen ist. Was will sie bloß mit einem Typen, den sie schwierig findet, auf einem Schiff, das sie nicht leiden kann.

Die Ravioli werden serviert. Große, köstlich gefüllte Teigtaschen. Wenigstens das Essen ist gut.

Sie musterte ihr Gegenüber heimlich.

Schade, daß er so verquer ist. Rein äußerlich gefällt er ihr ganz gut. Er wirkt männlich und in seinem dunkelblauen Blazer sehr seemännisch. Wenn er an Bord lange genug den Mund halten würde, könnte sie sich eine Entweihung von

Walters Heiligtümern sogar ganz gut vorstellen. Sie spürt, wie sich in ihr etwas regt, das sie lange nicht mehr gespürt hat. Ein leichtes Ziehen und Kribbeln in der Bauchgegend. Sie lächelt über ihren Körper, der bereits auf ihre Vorstellungskraft zu reagieren scheint.

»Ist Ihnen etwas Amüsantes eingefallen?« Der Zauber ist vorbei, sie ist wieder auf dem Boden der Tatsachen.

»Ich freue mich, daß die Küche meine Erwartungen erfüllt. Es schmeckt wirklich ausgezeichnet.«

»Das freut mich. Der Wein auch?«

Sie hatte ihn gleichgültig getrunken, kaum daß Rainhard Ehler die Zeremonie des Vorkostens mit einem Nicken beendet hatte.

»Oh, ja, danke. Entschuldigen Sie meine Gedankenlosigkeit.« Sie stößt mit ihm an. »Wenn ich hier herauskäme, würde ich jetzt das Fotoalbum aus dem Wagen holen, damit Sie das Schiff einmal sehen könnten.« Sie versucht aufzustehen.

»Geben Sie mir doch den Schlüssel, ich hole das Album schnell.« Rainhard Ehler steht bereits.

Es kommt, wie Ursula es erwartet hat.

Rainhard ist völlig begeistert. Er vertieft sich in jedes einzelne Foto, als ob es Detailaufnahmen von der letzten Miss-World-Wahl wären, und bei den Konstruktionsplänen flippt er vollends aus. »Oh«, seufzt er, »Sie sind zu beneiden! Was würde ich geben, um solch ein herrliches Schiff zu besitzen! Sie müssen eine sehr, sehr glückliche Frau sein!«

Der Hauptgang erspart Ursula eine Antwort. Es schmeckt köstlich. Der Abend hat sich gelohnt, auch wenn dieses verdammte Schiff wieder einmal wichtiger ist als sie.

Ursula ißt langsam und hängt dabei ihren Gedanken nach.

Sie ist völlig unentschlossen, und dieser Zustand beunruhigt sie. Soll sie nun mit ihm segeln oder nicht? Warum soll sie sich eine solche Aktion überhaupt aufbürden? Schon die Fahrt nach Neustadt ist für sie die reinste Qual. Auf der anderen Seite spricht dieser Hobby-Kapitän sie irgendwie an. Sie weiß nicht warum, aber der Gedanke an ein kleines Segelabenteuer mit ihm reizt sie.

»Haben Sie sich denn jetzt überlegt, ob Sie mitfahren wollen oder ob sie es lieber bleibenlassen?«

Er legt eben eine Gräte säuberlich auf den Tellerrand. »Welche Frage. Lieber heute als morgen. Das heißt, ein bißchen sollte man vielleicht auf das Wetter schauen. Im Schneesturm könnte es ungemütlich werden. Was meinen Sie?« Er lacht verhalten.

Ursula denkt an Walter und ihre Augenbraue zuckt. Für Walter war ein Sturm überhaupt erst der Anlaß, aus dem Hafen zu fahren. Egal ob Sommer oder Winter.

»Wenn ein wärmeres Wochenende angesagt wird, bin ich herzlich gern dabei«, fährt Rainhard fort.

»Ja«, antwortet Ursula gedehnt.

»Haben Sie Kinder«, fragt Rainhard unvermittelt, während der Ober den Wein nachschenkt.

»Nein«, Ursula schüttelt den Kopf.

»Das ist schade«, bedauert Rainhard.

»Finde ich nicht. Und Sie?«

»Leider nicht. Meine Frau wollte nicht. Jetzt hat sie eines. Ein Mädchen. Drei Jahre alt.«

Er nimmt einen tiefen Schluck. »Ich lebe völlig alleine. Wenn ich mein Büro nicht hätte, wäre ich wahrscheinlich schon zu einem richtigen Einsiedler geworden.«

»Daran ist doch nichts Schlechtes!«

»Ich weiß nicht. Ich wäre lieber weniger allein.«

Jetzt fehlt's nur noch, daß er nach meiner Hand greift, denkt Ursula und schiebt den leeren Teller weg.

»Warum ändern Sie das dann nicht?« fragt sie nüchtern.

»Ich versuch's ja...«

Das Gespräch wird Ursula zu intim. Sie wird auf ein Dessert verzichten und schauen, daß sie nach Hause kommt. Spät genug ist es.

»Das kommt gar nicht in Frage«, tritt Rainhard ihrer Absicht entgegen. »Ich habe Sie zu einem Dinner eingeladen, und dazu gehört auch ein Dessert plus Digestif!«

»Wir wollten uns hier treffen. Von einer Einladung war nicht die Rede!«

»Das ist doch selbstverständlich, ich bitte Sie! Ich werde es jedenfalls nicht erlauben, daß Sie mittendrin abbrechen!«

Ursula ist verdutzt. Den Ton kennt sie, solche Gespräche sind ihr vertraut. Vielleicht steckt ja doch ein ganzer Kerl in ihm.

Wortlos greift sie nach der Karte.

Da ist es wieder, das Kribbeln im Bauch. Sie wird mit ihm schlafen, das weiß sie. Und sie weiß auch wo – auf der Swan. Und zwar möglichst bald.

Sie wählt eine Nachspeise aus und stößt mit Rainhard Ehler auf den gemeinsamen Abend an.

Erst zwei Stunden später ist Ursula zu Hause.

»Er hat etwas von dir«, sagt sie, als sie sich endlich ins Bett gleiten läßt, zu dem Silberrähmchen auf ihrem Nachttisch. »Ich werde herausfinden, was es ist!«

KONKURRENZ

Am nächsten Morgen liegt bereits ein Schreiben von Willy Waffel auf Ursulas Schreibtisch. Das ging ja schnell, lächelt sie in sich hinein. Es klopft. »Augenblick«, ruft Ursula und legt eine Zeitung darauf. »Ja, bitte!« Manfred Kühnen tritt ein. Er ist wohl neugierig, denkt Ursula und beschließt, ihm vorerst nichts von dem Brief zu sagen.

»Guten Morgen, Frau Winkler. Ich hätte gern eine dringende Sache mit Ihnen besprochen. Haben Sie Zeit?«

»Ach, worum geht's denn?« Sie bietet ihm mit einer Handbewegung Platz an.

»Auerbach hat seinen Auftrag storniert.«

»Auerbach? Wieso denn das?«

»Es läge ein besseres Angebot vor, stand in dem Begleitschreiben.«

»Die ganze Palette?«

»Zumindest alles, was ausgehandelt war und was sie am Montag unterschrieben hatten. Sämtliche Säfte!«

»Das ist ja ein Ding! Wie hoch war denn das Auftragsvolumen?«

»2,5 Millionen.«

»Hmmm«, Ursula überlegt. »Ist das rechtlich einwandfrei?«

»Er kann innerhalb einer Woche zurücktreten, wenn er das will.«

»Wissen wir denn, wer ihm das bessere Angebot unterbreitet hat?«

»Nein, leider nicht.«

»Haben wir jemanden in der Firma Auerbach, den wir fragen könnten?«

»Leider auch nicht!«

»Können wir nachverhandeln?«

Manfred Kühnen zieht die Stirn kraus. »So etwas macht keinen guten Eindruck.«

»Bei 2,5 Millionen ist mir der Eindruck egal. Ich möchte zunächst mal die Unterlagen sehen. Liegen die bei Ihnen?«

Manfred nickt: »Ich bring sie Ihnen schnell!«

So ein Ärger. Ausgerechnet jetzt, kaum daß sie die Firma übernommen hat. Das paßt Ursula gar nicht. Das Gegenteil hätte eintreten müssen, ein spektakulärer Auftrag, der alle Augen auf die Firma zieht.

Sie holt Willy Waffels Brief unter der Zeitung hervor. Zumindest will sie mal kurz einen Blick auf die Summe werfen, die er für ihre Firma bietet. Es steht aber kein konkretes Angebot darin, nur die Ankündigung, daß ein solches gerade erarbeitet wird. Das hätte sie sich denken können. Waffel, dieser Schwätzer. Viel Wind um nichts.

Es klopft, Manfred Kühnen trägt drei Aktenordner herein. »Die Firma Auerbach ist seit fast zehn Jahren WWV-Kunde«, sagt er dabei.

»Ich weiß«, antwortet Ursula ungeduldig. Sie holt tief Luft. »Die Firma Auerbach hat sehr gute Konditionen bei uns. Ich kann mir nicht vorstellen, wer das noch unterbieten will. Das müßte eine Produktionsfirma aus dem Ausland sein. Hier in Deutschland ist es jedenfalls nicht möglich. Bei unseren Lohnkosten?« Sie wirft Kühnen einen vielsagenden Blick zu. »Und Sozialabgaben? Steuern? Unmöglich!«

Ihr Geschäftsführer setzt die Aktenordner auf dem Tisch ab und legt ihr dann den jüngsten Auftrag vor.

Ursula geht die Zahlen langsam durch. Alles absolut korrekt, und zudem noch ein Treuerabatt von zehn Prozent. Mehr ist wirklich kaum zu machen, es sei denn, man möchte nichts mehr verdienen.

»Unsere Konkurrenz muß ein Wohltätigkeitsverein sein«, sagt sie schließlich und schiebt die Mappe von sich. »Also wirklich, das ist nicht zu verstehen!«

»Und? Was sollen wir jetzt tun?«

Was hätte Walter getan, fragt sich Ursula. Die Sache auf sich beruhen lassen? Gekämpft? Stolz ist die eine Sache, Gewinn die andere.

»Ich werde Herrn Dr. Berger von der Firma Auerbach anrufen. Ich will wissen, was das soll, ganz einfach. Und zuerst frage ich in unserer Rechtsabteilung nach. Das heißt, Sie können mir Herrn Müller eigentlich gleich mal herschicken.«

Ursula hat sich einen Pfefferminztee aufgebrüht und genießt ihn nun in ihrem Wohnzimmer. Sie hat die Beine neben sich auf die Couch gezogen und schaut durch die große Frontscheibe hinaus in den Garten. Obwohl es draußen bereits dunkel ist, kann sie jeden Baum und jeden Strauch erkennen. Es ist eine helle Nacht, und Ursula hat nur eine kleine Lampe eingeschaltet. Sie nippt nachdenklich an ihrer dünnen Porzellantasse. Dr. Berger hat ihr klar und deutlich gesagt, daß sie keine Chance hat. Er bedanke sich für die lange Zusammenarbeit, aber es sei unnötig, in dieser Angelegenheit noch ein Wort zu verschwenden. Seine Firma habe storniert, weil ein Angebot vorläge, das einfach nicht zu unterbieten sei. Ursula versuchte nachzuhaken. Welche Summe, welche Firma. Das spiele hier keine Rolle, bekam sie zur Antwort. Ob damit die Akte Auerbach ganz zu schließen sei? Man sehe weiter. Beim nächsten Auftrag.

Ursula nimmt einen weiteren Schluck. Sie ist ratlos. Wie kann so etwas sein? Ein solches Dumping-Angebot, daß Dr. Berger noch nicht einmal darüber sprechen will? Er hätte doch zumindest versuchen können, bei WWV ähnliche Preise zu erzielen. Aber »ohne Chance«? Sie wird daraus nicht schlau. Ob jemand neu ins Geschäft drängt? Vielleicht tatsächlich aus dem Ausland?

Sie stellt die Teetasse ab. Die morgige Konferenz soll ihr Aufschluß bringen. Es sollen sich alle mal umhören, was sich derzeit Geheimnisvolles auf dem Verpackungsmarkt tut.

Ursula würdigt Walter in seinem Silberrähmchen keines Blickes, als sie zwei Stunden später schlafen geht.

Helle Aufregung empfängt sie am nächsten Morgen. Schon Ferdinand Bauer sieht hinter seiner Glasscheibe aus, als hätte es einen zweiten Todesfall in der Firma gegeben.

»Guten Morgen, Herr Bauer.«

»Guten Morgen, Frau Winkler...«

Ursula bleibt stehen: »Ist was?«

Der alte Portier zögert, kratzt sich verlegen am Kopf: »Ich weiß nicht, ich habe nur so was gehört...«

»So? Was haben Sie denn gehört, Herr Bauer?«

»Ich weiß nicht so recht, Frau Winkler. Wir scheinen zur Zeit Pech zu haben.«

»Na, das wollen wir doch mal sehen!«

Ein ahnungsvolles Gefühl beschleicht sie, als sie Manfred Kühnen bereits vor ihrer Tür stehen sieht, einen dicken Aktenordner unter dem Arm.

»Guten Morgen, Herr Kühnen. So eilig heute?«

»Das ist leider gar kein Ausdruck, Frau Winkler. Guten Morgen. Es brennt. Es ist brandeilig!«

»So? Dann kommen Sie doch erst einmal herein!«

Kaum sind sie im Zimmer, steht auch Regina Lüdnitz schon da. Sie wirkt ebenfalls aufgeregt. »Darf ich Ihnen die Morgenpost bringen, Frau Winkler?«

»Gleich, Frau Lüdnitz. Ich rufe Sie dann.«

Wahrscheinlich hängt sie sowieso mit einem Ohr an der Tür, denkt Ursula dabei. »Bitte«, bietet sie ihrem jungen Geschäftsführer Platz an. Während sie sich selbst setzt, beobachtet sie ihn. Dieser modische Schnickschnack, ein gelbes Sakko zu giftgrüner Krawatte und giftgrüner Hose. Ein schrecklich eitler Fatzke, dieser Manfred Kühnen.

»So, Herr Kühnen, wo brennt's denn?«

Ihr Gegenüber legt einen Brief auf den Schreibtisch.

»Distel hat storniert!« Er klappt den Aktenordner auf. »Einen Auftrag von weiteren 1,7 Millionen!«

»Hmmm«, Ursula muß sich sammeln. Ihre Gedanken schwirren durcheinander. Distel? Jetzt auch Distel? Warum denn auf einmal?

»Welchen Grund führen sie an?«

»Den gleichen wie Auerbach. Auch sie geben ein weitaus besseres Angebot an, und auch sie liegen mit ihrer Stornierung noch innerhalb der Frist. Das ist ein herber Verlust. Ich weiß nicht, wie wir das alles so schnell ausgleichen können!«

»Das sind zusammen bereits über 4,2 Millionen. Und möglicherweise handelt es sich bei der betreffenden Konkurrenz um ein und dieselbe Firma. Ich möchte wissen, wer da dahinter steckt! Haben Sie eine Idee, Herr Kühnen?«

Sie schaut ihn an und dreht dabei den Kuli. Was kann dieses Milchgesicht schon wissen. Ein Mann von Walters Kaliber wäre jetzt vonnöten.

»Ich weiß es leider auch nicht!«

»Nun gut. Wir werden eine Konferenz einberufen und darüber sprechen. Ich möchte Klarheit haben, bevor alle in den Weihnachtsurlaub verschwinden. Lassen Sie mir die Akte mal da!«

Kaum ist Manfred Kühnen aus der Tür, klingelt das Telefon. Regina Lüdnitz verbindet. Rainhard Ehler meldet sich. Das paßt Ursula nun gar nicht, aber jetzt ist es schon zu spät, er ist bereits in der Leitung.

»Ich habe gestern schon versucht, Sie zu erreichen, leider vergebens. Ich wollte mich bei Ihnen für den schönen Abend in Walldorf bedanken!«

»Ach, ich bitte Sie. Ich habe zu danken. Sie haben mich doch schließlich eingeladen...«

»Es geht mir nicht ums Finanzielle, es geht mir um Ihre Gesellschaft. Ich fand es sehr angenehm, mit Ihnen zu speisen, und ich habe – Lust – nach mehr...«

Das hat ihn jetzt Überwindung gekostet. Ursula lächelt spöttisch. »So?«

»Ja, ich weiß ja nicht, wie es Ihnen geht, aber ich würde den Abend gern fortsetzen.«

»Und wie dachten Sie sich das?«

»Daß wir uns einfach wieder treffen. Im Restaurant, bei mir, bei Ihnen – wo Sie wollen.«

»Im Restaurant«, sagt Ursula schnell. Das fehlt noch, daß der Seemann sie in die heimische Koje ziehen will.

»Sehr gern. Heute? Morgen? Und dann dachte ich mir, daß wir vielleicht unseren Segeltörn planen. Für Weihnachten ist mildes Wetter angesagt. Haben Sie da schon etwas vor?«

Weihnachten im Segelboot. Köstlich. Sie hat Weihnachten immer gehaßt. Diese Rührseligkeit, dieses christliche Getue und Kirchengebimmel. Eigentlich hatte sie beschlossen, dieses Weihnachtsfest ganz einfach zu ignorieren. Schlafen gehen, oder ins Kino. Aber ein Weihnachtsfest auf der Swan?

»Bringen Sie einen Tannenbaum mit?«

Er lacht.

»Wenn Sie das wünschen? Weißtanne? Zwei Meter, oder lieber kleiner?«

Unwillkürlich muß Ursula mitlachen. Das ist ein Streich. Ein Weihnachtsbaum auf der heißgeliebten Rennjacht. Walter wird sich im Grabe umdrehen. »Ich sorge für das Lametta und die roten Glaskugeln!«

»Und ich für den Champagner und die Gans!«

Ursula lehnt sich entspannt zurück. »Können Sie die denn zubereiten?«

»Ich kann sie zumindest besorgen und fachgerecht tranchieren!«

»Das hört sich gut an«, nickt Ursula in den Hörer.

»Aber das dauert mir alles noch entschieden zu lang. Kann ich Sie heute abend sehen?«

»Ich schlage das Mövenpick bei der Oper vor. Kennen Sie das?«

»Ja, kenne ich. Gern. Acht Uhr?«

Ursula schaut auf die Uhr. Im Konferenzraum haben sich sicherlich schon alle versammelt. Sie will ihre Mitarbeiter nicht länger warten lassen. Sie verabschiedet sich von Rainhard Ehlers und streicht dann ihr dunkelblaues Mantelkleid glatt. Ein kleiner Handspiegel zeigt ihr, daß die Haare gut liegen und das Gesicht perfekt geschminkt ist, dann geht sie über den Gang zum Konferenzraum. Früher hat sie immer den Weg durch Regina Lüdnitz' Sekretariat und durch das Büro ihres Mannes genommen, aber diesen Raum scheut sie jetzt. Ursula weiß noch nicht, was sie damit anfangen soll.

Wie sie vermutet hatte, sind schon alle da. Sie meint, ganz unterschiedliche Empfindungen in den Gesichtern der Männer zu lesen. Die einen verlassen sich offensichtlich darauf, daß sie einen Weg aus dieser schwierigen Situation findet, die anderen haben einen mißtrauischen Zug um den Mund, der ihr nicht gefällt. Vornweg Manfred Kühnen.

Zwei Stunden lang reden sie sich die Köpfe heiß. Keiner hat bemerkt, daß sich irgendwo eine neue Konkurrenz niedergelassen hat. Alle sind gleichermaßen von den beiden Stornierungen überrascht, und Gernot Schaudt wagt es sogar, eine weitere Stornierung vorauszusagen.

»Wie kommen Sie denn zu einer solchen Prognose«, will Ursula verärgert wissen.

»Nach dem Gesetz der Serie…«, zuckt der Exportchef die Achseln.

»Kann nicht sein«, unterbricht ihn Arnold Müller von der Rechtsabteilung. »Wir haben keine weiteren Verträge, die jetzt noch fristgerecht storniert werden könnten!«

»Gut, dann werden uns die Kunden eben vor unserer Nase weggeworben!«

»Warum sollte dies geschehen?« fragt Ursula.

Gernot Schaudt sitzt rechts der Stirnseite auf Ursulas ehemaligem Platz und schaut seiner Chefin direkt in die Augen: »Bei den Asiaten sind solche Praktiken nicht ungewöhnlich. Damit zwingt man einen Gegner in die Knie. Das System könnte auch andersherum funktionieren. Wir bekommen Aufträge um Aufträge, investieren, vergrößern, modernisieren, stellen mehr Personal ein, und wenn wir dann so richtig groß sind, bleiben die Aufträge weg. Die

Folge ist, daß wir verkaufen müssen. Zu einem Konkurspreis!«

Ursula schluckt. Also will sie jemand in die Knie zwingen. Wer könnte das sein?

Auch die anderen haben still zugehört. Dann geht die Diskussion los. Jeder mit jedem, alle reden quer durcheinander, stellen Mutmaßungen an, um sie gleich darauf wieder zu verwerfen.

»Meine Herren«, ergreift Ursula nach einigen Minuten wieder das Wort. »Meine Herren, so kommen wir nicht weiter. Sollte Herr Schaudt die Lage richtig einschätzen, werden wir das bald merken. Bis zu diesem Zeitpunkt möchte ich aber, daß wir gewappnet sind. Ziehen Sie Erkundigungen ein, ob es neue Konkurrenten gibt. Ob sich vielleicht irgendwo zwei Firmen zusammengeschlossen haben. Und recherchieren Sie auch im Ausland. Dort vor allem. Lassen Sie alles liegen, was warten kann. Schieben Sie es von mir aus bis nach Weihnachten. Aber vor den Feiertagen möchte ich wissen, was Sache ist!«

Alle nicken.

»Und verteilen Sie bitte die Aufgaben nach Möglichkeiten, Kenntnissen und Beziehungen. Vielleicht kennt ja jemand unter Ihnen jemanden, der mehr weiß… Für besondere Informationen wäre ich sogar bereit, ein Honorar zu bezahlen.«

Sie schaut jeden einzeln an. Gernot Schaudt nickt ihr deutlich seine Anerkennung zu. Manfred Kühnen fragt dagegen skeptisch: »Und wenn das alles nichts nützt?«

»Dann werden wir uns die Zusammenarbeit mit einem entsprechenden Detektivbüro überlegen müssen! Ich hoffe aber, es kommt nicht soweit und wir sind fähig genug, die betreffende Firma selbst ausfindig zu machen!«

4,2 Millionen. Da kann sie nicht einfach so tun, als ob das nichts wäre. Ursula sitzt an ihrem Schreibtisch und überlegt.

Unter 20 Millionen darf der Umsatz nicht sinken, dann wird es kritisch. Aber was sind dagegen schon die 800 000 Mark, die sie noch über dieser Grenze hat? Nicht einmal mehr eine Million. Was werden ihre Banken sagen? Sie sollte so schnell wie möglich mit Roger Nordlohne von ihrer Hausbank einen Termin vereinbaren. Sie wird notgedrungen ihr Kreditvolumen erweitern müssen. Aber zuvor muß sie selbst auf dem neuesten Stand sein. Ursula ruft die Buchhaltung an und bittet, alles für ein ausführliches Informationsgespräch vorzubereiten.

Roger Nordlohne läßt Ursula warten. Das ist sie von Besuchen an Walters Seite nicht gewöhnt. Nach zehn Minuten erhebt sie sich aus ihrem Sessel im Vorzimmer und beginnt, hin und her zu wandern. Der Chefsekretärin ist es offensichtlich peinlich. Nach weiteren zehn Minuten bietet sie ihr Kaffee an. Ursula ist sich nicht sicher: Ist es wirklich Zufall, oder verfolgt der Bankdirektor eine bestimmte Strategie? Die hohe Politik der männlichen Wertigkeit? Er ist mehr wert, weil er sie warten lassen kann? Stiller Hierarchiekampf? Zurechtstutzen auf ihr Alter, ihr Geschlecht, ihre Falten? Die Alte hat die Kohle, aber ich die Macht?

Dabei weiß er noch nicht einmal, worum es geht.

Die kleine Demonstration hätte er sich sparen können.

»Bitte sagen Sie Herrn Nordlohne, er kann mich in meinem Büro anrufen. Wir können gern einen neuen Termin vereinbaren, aber diesmal in meiner Firma!«

Ursula geht. Sie muß mit ihren Kreditzinsen nicht unbedingt Herrn Nordlohne das Gehalt zahlen. Die WWV arbeitet noch mit anderen Banken zusammen.

Sie nimmt den Lift. Unten erwartet sie bereits Sina Zimmermann vom Service. »Guten Tag, Frau Winkler, Herr Nordlohne läßt sich entschuldigen, daß er so lange aufgehalten wurde. Er erwartet Sie jetzt.«

»Da kann er lange warten. Ich hab's auch getan, beste Grüße!«

Komisch, denkt sie, während sie in den Wagen steigt. Seit vielen Jahren arbeiten sie jetzt mit Nordlohne zusammen, er hat ihnen die wahnwitzigsten Kredite verschafft, und jetzt hält er es noch nicht einmal mehr für nötig, sie im Vorzimmer zu begrüßen und ihr den Grund für die Verzögerung zu nennen. Bei einer entsprechenden Information wäre sie einfach eine halbe Stunde später wiedergekommen. Aber so?

Sie fährt zu ihrer nächsten Bank.

»Meinen Sie, Herr Wiedenroth hätte eine Minute Zeit für mich – auch ohne Terminabsprache?«

»Für Sie doch immer, Frau Winkler!« Die junge Frau von der Beratung geht ans Telefon. »Herr Wiedenroth erwartet Sie«, nickt sie ihr kurz darauf freundlich zu.

Na also. Julius Wiedenroth steht bereits an der Türe zum Vorzimmer. »Freut mich, Sie zu sehen, Frau Winkler. Wie geht es Ihnen denn?«

»Wollen Sie die Wahrheit hören?«

»Ja doch, bitte!« Erstaunt schaut er sie an, öffnet dann die Türe zu seinem Büro. »Bitte!«

Ursula schildert die finanzielle Situation. Willy Waffel erwähnt sie nicht, wohl aber, daß jemand aus der Branche versucht, mit der Dumping-Methode ihre Firma zu übernehmen.

»Nun, Ihr Mann ist tot, Sie sind eine Frau, das lockt die Haie an.«

»Ich weiß selbst, daß ich eine Frau bin, danke. Ich bin schließlich so geboren. Es gibt aber auch weibliche Tiere unter den Haien, Herr Wiedenroth, sonst wären sie nämlich schon ausgestorben. Und die haben auch Zähne!«

»Ja, ja, ähm, ich wollte Ihnen nicht zu nahe treten.«

»Das beruhigt mich!«

Julius Wiedenroth räuspert sich, dann holt er sich die WWV auf den Computer.

»Tja, also, Ihr Rahmen ist ziemlich ausgeschöpft, um nicht zu sagen, sehr viel mehr ist nicht drin. Tut mir leid.«

»Was? Das haben Sie noch nie gesagt. Als ich das letzte Mal mit meinem Mann da war, haben Sie ein höheres Kreditvolumen angeboten, als wir überhaupt benötigt haben. Und Sie haben uns Sonderkonditionen für unsere Zinsen gewährt. Wie soll ich das denn verstehen?«

»Nun, Frau Winkler, das waren andere Zeiten. Einfach andere Zeiten. Die Wirtschaftslage hat sich verschlechtert, die Konjunktur ist rückläufig, Firmen gehen reihenweise in Konkurs, wir stecken mittendrin. Was sollen wir denn tun?«

»Nicht Ihr Geld an Betrüger verschleudern. Das wäre eine Möglichkeit, was Sie tun könnten. Dann hätten Sie nämlich mehr für rechtschaffene Unternehmer!«

»Ja, gut, Frau Winkler. Das passiert eben mal. Fehlkalkulation eben.«

»Mißwirtschaft nenne ich's.«

Er seufzt, streicht sich durch sein schütteres, braunes Haar.

»Ich werde sehen, was ich für Sie noch tun kann, Frau Winkler. Versprechen kann ich nichts. Und sehen Sie zu, daß es bei den 4,2 Millionen bleibt.«

»Danke für den Rat, Herr Wiedenroth. Sie waren mir eine große Hilfe!«

Er steht auf, begleitet Ursula zur Türe, öffnet sie und streckt ihr die Hand hin. Sie stehen sich gegenüber, und Ursula fallen plötzlich seine Augen auf. Ein seltsamer Ausdruck liegt darin. Freude? Triumph? Er scheint ihre Gedanken zu spüren, eine leichte Röte überzieht sein Gesicht. Wie ein kleines, dickes Schweinchen, denkt Ursula. Sie wendet sich ab.

»Ein Jammer, daß Ihr Mann so früh gestorben ist«, sagt er schnell.

»Peanuts«, antwortet sie im Weggehen.

Ursula sitzt in ihrem Golf und grübelt.

Es bleibt noch eine dritte Bank. Die hat aber nie eine große

Rolle gespielt, ihr Geschäftskonto dort war eher ein Gefälligkeitsdienst gegenüber ihren Kunden. Es kommt ihr blöd vor, jetzt ausgerechnet dort einen Kredit zu beantragen. Die werden den Braten doch sofort riechen. Auf der anderen Seite braucht sie Sicherheit. Es genügt ihr nicht, nur einfach zu hoffen, daß nichts mehr passieren wird. Und sollte sie mit dieser Bank klarkommen, kann sie den anderen eins auswischen. Mit allen Folgegeschäften. Das wäre ihr Preis gewesen.

Ursula befürchtet, daß die Bank schon geschlossen sein könnte, aber sie hat Glück. Zehn Minuten vor Schluß schlüpft sie hinein, und der Direktor hat auch noch Zeit für sie. Er sieht überhaupt kein Problem, ihr einen Kredit einzuräumen. Er möchte zwar noch einige Unterlagen dazu sehen, aber ein Kreditvolumen von vier Millionen Mark könnte er sich schon vorstellen.

Ursula ist völlig überrascht. Damit hat sie nicht gerechnet. Gibt es in diesem Teil der Stadt keine schlechte Wirtschaftslage, keine rückläufige Konjunktur?

Direktor Niemann scheint sich im Gegenteil wirklich zu freuen, ihr ein solches Angebot machen zu können. Und Ursula versteht. Er hat seine Chance erkannt. Er ahnt, daß sie in Zukunft ihre Geschäfte bei ihm abwickeln wird, wenn sie sich gut behandelt fühlt.

Sie schütteln sich die Hände, und Ursula geht. Das Thema ist zunächst einmal vom Tisch. Trotzdem versteht sie nicht ganz, wie sie in eine solche Situation geraten konnte. Sie hatten in den letzten Jahren doch beständig gute Umsätze – und somit war Geld für die Banken nie eine Frage. Ursula setzt sich hinter das Steuer und überlegt. Wo kommt dieser Umschwung her? Gab's da irgendwann eine Unregelmäßigkeit? Unmöglich, Walter hatte alles fest im Griff. Ihn hätte keiner hereingelegt. Oder doch?

Sie wird sich die Zeit für eine Bilanzprüfung nehmen müssen.

VORSPIEL

Ursula hat sich an denselben Tisch gesetzt, an dem sie vor drei Tagen die Segelanzeige entdeckt hat. Sie ist absichtlich zu früh dran, denn diesmal soll der Vorteil, den anderen beobachten zu können, auf ihrer Seite sein. Auf die Minute pünktlich sieht sie ihn zwischen den Tischen auftauchen. Suchend blickt er umher, anscheinend hatte ihm der Kellner nicht weiterhelfen können. Ursula bleibt ruhig sitzen. Rainhard trägt einen dunkelgrauen Zweireiher. Tadelloser Schnitt. Er wirkt sehr elegant, fast zu elegant für die Schnellrestaurant-Atmosphäre. In der Hand eine einzelne, langstielige Rose. Wirklich nicht übel, denkt Ursula. Auch das schüttere Haar beeinträchtigt die Erscheinung nicht. Die Halbglatze wirkt eher männlich, zumal er sie nicht unter Haarsträhnen zu verstecken sucht. Jetzt hat er sie entdeckt, kommt mit schnellen Schritten auf sie zu.

»Ursula, ich bin ja so froh, Sie zu sehen!«

Er führt ihre Hand leicht zu seinen Lippen. Ursula, denkt sie. Nennen wir uns bereits beim Vornamen? Seit wann denn das?

»Guten Abend, Herr Ehler«, sie lächelt ihm zu. »Setzen Sie sich doch. Die Freude ist ganz auf meiner Seite!«

Spinnst du, fragt sie sich im stillen, du flirtest ja mit dem Kerl. Walter würde ausflippen. Auf der Stelle. Aber Walter liegt zwei Meter tief, und dieser hier sitzt ihr genau gegenüber.

Sie bestellen beide ein großes Steak vom Angusrind.

»Ich weiß, in der heutigen Zeit sollte man sich damit zurückhalten«, sagt Rainhard entschuldigend.

»Man kann aber auch dazu stehen«, erwidert Ursula. »Ich zumindest brauche Fleisch. Ich habe manchmal geradezu eine Fleischgier. Als Kind habe ich es sogar heimlich roh gegessen!«

»Donnerwetter«, staunt ihr Gegenüber und hebt das Glas zum Anstoßen. »Muß ich mich jetzt fürchten? Trinken Sie auch Blut?«

Ursula verzieht leicht den schiefen Mundwinkel: »Wein ist mir lieber, Herr Ehler. Vor allem, wenn er so gut schmeckt wie dieser hier!«

Während des Essens denkt Ursula an die beiden stornierten Aufträge und an Gernod Schaudts Theorie. Sie ist sich nicht sicher, ob sie Rainhard davon erzählen kann. Wenn er Rechtsanwalt wäre, könnte sie das Abendessen gleich sinnvoll nutzen, aber ein Ingenieur?

»Sie grübeln doch nicht über unser Weihnachtsfest nach?«

»Nein, das hat schließlich noch zwei Wochen Zeit.« Sie schaut ihn prüfend an. »Ich habe da ein ganz anderes Problem…« In wenigen Sätzen schildert sie ihre Situation und den Verdacht ihres Exportchefs.

»Hmm«, Rainhard kaut nachdenklich an seinem letzten Bissen Fleisch, »ich würde mich mal in der Branche umhören, ob das anderen Verpackungsfirmen auch passiert oder ob nur Ihre betroffen ist!«

Ursula lehnt sich leicht über den Tisch: »Das ist ein neuer Aspekt. Ja, Sie haben recht! So kann ich herausfinden, ob es jemand speziell auf uns abgesehen hat oder ob es gegen uns alle geht. In diesem Fall könnte ich mich vielleicht sogar mit meiner Konkurrenz gegen diese obskure Firma zusammenschließen.« Sie legt eine kleine Denkpause ein. »Das ist genial! Ich muß mit Ihnen anstoßen!« Beide greifen nach ihren Gläsern. »Sie sind selbstverständlich eingeladen«, sagt Ursula dazu.

»Kommt gar nicht in Frage«, schüttelt Rainhard Ehler den Kopf, und Ursula fühlt das altbekannte Prickeln aufsteigen.

Weihnachten rückt näher. Seit fast zwei Wochen läuft der Betrieb auf Hochtouren. Jeder fühlt sich als Detektiv, aber handfeste Erkenntnisse liegen noch keine vor. Nur, daß andere Firmen aus der Verpackungsindustrie diese Schwierigkeiten anscheinend nicht haben. Mit Sorge beobachtet Ursula die Angebote, die hinausgehen, und die Aufträge, die hereinkommen. Es gelingen kaum noch Abschlüsse. Sie sieht keinen Weg, wie der Verlust aufgefangen werden könnte.

»Es trifft genau das ein, was ich verhindern wollte. Alle werden in die Weihnachtsferien gehen, und erreicht ist nichts!« beklagt sie sich bei einem Telefonat mit Rainhard Ehler. Ihn hat sie in der Zwischenzeit nur zweimal gesehen, dafür ruft er sie aber nahezu täglich an. Das ist ihr schon fast zuviel. Ganz so vertraulich möchte sie ihre Beziehung zu Ehler eigentlich nicht gestalten.

»Wir gehen doch auch«, antwortet er fast kindlich-trotzig, was Ursula nervt. Ihre Augenbraue zuckt. »Das löst in keinster Weise meine Probleme«, antwortet sie barsch. »Ich habe keine Ruhe, durch die Ostsee zu segeln, wenn hier meine Firma zusammenbricht!«

»Nun, so schlimm wird's schon nicht sein!«

»Was verstehen Sie denn davon!«

Auf der anderen Seite bleibt es für einen Moment still.

»Ich wollte nicht… es war nicht so gemeint«, hört sie ihn leise sagen.

Memme, denkt sie. Elende Memme. Zieht den Schwanz ein, wenn es darauf ankäme, Stärke zu beweisen! Auch wieder so einer!

Zum ersten Mal seit langem nimmt sie abends das Silberrähmchen vom Nachttisch in die Hand. »Seltsam«, sagt sie zu Walter. »Manchmal habe ich fast das Gefühl, ein Teil von dir ist plötzlich in mir. Ich sehe dann irgendwie alles mit deinen Augen. Wieso habe ich Schwarzenberg erschossen? War das ich? Warst das du? War er ein Konkurrent für dich? Habe ich ihn in deinem Auftrag aus dem Weg geräumt? Es wäre nicht nötig gewesen, er war schwach. Ein jämmerlicher Schwächling. Wie Ehler wohl auch.«

Sie stellt den Rahmen mit einem Ruck ab. »Eines kannst du dir merken, auch wenn du immer oben warst. Ich komme auch ohne dich klar – denn letztendlich blieb ich stärker. Ich lebe und du bist tot!«

Drei Tage vor Weihnachten sagt Ursula den Segeltörn ab, am 23. überlegt sie es sich wieder anders. Was ist schon gewonnen, wenn sie als einzige zu Hause sitzt und sich Gedanken über den Werdegang von WWV macht? Der Verlust der beiden Aufträge hat sie hart getroffen, aber er bringt sie noch nicht um. Im neuen Jahr wird sie einen Weg finden, um den Schaden auszugleichen und den Verursacher zu finden. Nachdem ihre eigenen Leute über Theorien nicht hinauskamen, hat sie sich nach einer guten Detektei erkundigt und mit dem Chef ein Treffen für den 28. Dezember vereinbart. Dieser Mensch ist ihr schon deshalb sympathisch, weil er mit diesem Termin ganz offensichtlich beweist, daß er über der allgemeinen Weihnachts-Silvester-Hysterie steht.

Sie wählt Rainhards Nummer. Sein Anrufbeantworter springt an. Ursula hat keine Lust, ihm ihren Stimmungswechsel auf Band zu erklären. Sie legt wieder auf. Selbst schuld, denkt sie dabei. Jetzt steht sie unentschlossen in ihrem Arbeitszimmer und überlegt. Morgen ist Weihnachten. Soll sie dableiben? Wegfahren? Alleine? Sie könnte den Ausflug nutzen, um den Hafenmeister über ihre Verkaufsabsichten zu informieren. Aber ob Björn Grammlich an Weihnachten gerade auf sie wartet?

Was ist mit ihr los? Sie muß zugeben, daß sie sich auf das kleine Segel-Weihnachtsfest irgendwie doch gefreut hat. Und jetzt? Sie fühlt sich wie abgeschnitten. Automatisch stellt sie Teewasser auf. Da klingelt das Telefon.

Erwartungsvoll nimmt sie ab. Es ist die Innenarchitektin. Sie erkundigt sich nach dem Flügel.

»Mein Schwager sucht noch ein Geschenk für meine

Schwester. Ihm ist dieses Jahr nichts eingefallen, und jetzt hat er Panik. Und ich dachte gleich an Ihren Flügel. Ist er denn noch da?«

»Ja«, antwortet Ursula einsilbig und geht mit dem Telefonhörer ins Wohnzimmer. Dort steht er. Breit, schwer, schwarz. Ein wahrer Seelenverkäufer.

»Störe ich Sie gerade bei irgend etwas?«

»Nein.« Der Teekessel pfeift, Ursula läuft in die Küche.

»Wissen Sie denn jetzt, was der Schimmel kosten soll? Und ist er denn noch zu haben?«

»Zu haben wäre er schon noch, aber ich weiß noch immer nicht, was er wert ist.«

»Ja, hat sich Herr Schwarzenberg denn nicht bei Ihnen gemeldet?«

»Doch, das eine Mal schon. Er hat ihn sich angeschaut und wollte sich erkundigen. Das war's dann.« Sie sieht sich wieder, wie sie in der Jagdhütte versucht hat, seine Überreste beiseite zu räumen und wie Walters Blicke sie dabei verfolgten. Sie hätte das Foto mit ihm und seinem erlegten Zwölfender von der Wand schießen sollen. Das wäre gescheiter gewesen.

»Hmm, seltsam sind die Leute manchmal. Dabei hatte er es doch so wichtig. Na ja, die Jahreszahl steht ja drauf, mein Schwager schätzte ihn so auf 20 000 DM.«

»Soviel würde er ausgeben? Für ein Weihnachtsgeschenk?« Sie überlegt, wann Walter ihr jemals ein so teures Weihnachtsgeschenk gemacht hätte. Der Nerz hat keine 20 000 Mark gekostet, und der Wein für 40 000 Mark war für Ludwig bestimmt. Ganz schön kurios.

»Seine Frau spielt recht gut Klavier, und da wäre ein so edles Stück schon ein tolles Geschenk.«

»Ich verstehe. Nur leider kann ich den Flügel nicht auf Verdachtsummen hin hergeben. Vielleicht ist er ja das Doppelte wert, wer weiß das schon?«

»Ich kenne einen Auktionator, einen seriösen. Wenn ich

mit dem heute nachmittag vorbeikommen würde, dürfte er ihn schätzen?«

Die Innenarchitektin kommt nicht nur mit ihrem Schwager und dem Auktionator, sie bringt auch gleich einen Umzugswagen mit. »Ich bewundere Ihr Organisationstalent«, nickt ihr Ursula zu. »Und das alles einen Tag vor Weihnachten...«

25 000 DM schätzt der Spezialist. Ursula willigt unter der Bedingung ein, daß sie mit einem weiteren Fachmann den Flügel nochmals im Hause des Schwagers schätzen läßt, um Irrtümer auszuschließen. Das Mittel zwischen beiden Summen soll dann der tatsächliche Kaufpreis sein.

Während die beiden Männer die großen Terrassenfenster öffnen und gemeinsam mit der Innenarchitektin versuchen, den Flügel in diese Richtung zu bugsieren, klingelt das Telefon.

Ursula, um ihre neuen Möbel besorgt, nimmt erst nach mehrmaligem Läuten ab.

»Ich wollte nur sichergehen, daß Sie zu Hause sind und ich Ihnen morgen ein Frohes Fest wünschen kann.«

Rainhard Ehler. Im größten Tumult.

»Vorsicht, die Bodenvase«, ruft Ursula, und dann, etwas leiser, in die Muschel: »Wo stecken Sie denn?«

»An der Ostsee. Sind Sie nicht alleine?«

»Nein, aber das ist nicht von Bedeutung. Was heißt, an der Ostsee?«

»Ich habe mich hier in einer Pension eingemietet. Ganz einfach. Ich werde Weihnachten an der Ostsee verbringen. Vielleicht in Neustadt, vielleicht in Timmendorf, vielleicht am Strand. Mal sehen.«

»Ist das nicht reichlich sentimental?«

»Mir war danach!«

»Hmmm.« Aus dem Augenwinkel heraus beobachtet Ursula den Möbeltransport. Hoffentlich hält der helle Teppichboden das aus.

»Hören Sie zu, rufen Sie mich doch einfach in einer Stunde nochmal an, ja? Im Moment geht es hier etwas hektisch zu. Ich würde gern in Ruhe mit Ihnen reden...«

Zwei Stunden später sitzt Ursula bereits im Auto. Sie hat sich warme Segelkleidung eingepackt, einige Flaschen Wein und Champagner aus dem Keller geholt, den Hafenmeister informiert und ein Hotelzimmer für die kommende Nacht gebucht. Jetzt steht sie in Richtung Kassel im ersten Stau. Es ist früher Nachmittag, und es fängt, ganz entgegen der Wettervorhersage, an zu schneien. Im Schrittempo kriecht die Kolonne vorwärts. Walter hat genau gewußt, warum du Synchro fahren mußt, sagt Ursula laut zu ihrem Lenkrad. Es reimt sich, darüber muß sie lachen.

WEIHNACHTEN

Es ist längst dunkel, und sie ist erschöpft, als sie in Neustadt ankommt. Ursula muß sich zu ihrem Hotel durchfragen, denn sie kennt sich in der kleinen Stadt, trotz all der Jahre, überhaupt nicht aus. Sie hat sich ein Doppelzimmer genommen, holt eine Flasche Mineralwasser aus der Minibar und greift zum Telefon. Nach dem ersten Läuten nimmt Rainhard ab.

»Wie schön, daß Sie da sind. Haben Sie denn noch Lust auf ein gemeinsames Gläschen Wein?«

»Wissen Sie, wie spät es ist?«

»Nun, hier um die Ecke ist eine Weinstube. Sie hat noch Licht.«

»Nein, danke. Die Fahrt war nicht gerade amüsant. Ich werde schlafen und mich morgen früh um das Schiff kümmern. Ich bitte Sie, nicht zum Liegeplatz, am besten überhaupt nicht an den Hafen zu kommen. Ich möchte dort keinen von unseren Bekannten irritieren, wenn Sie verstehen, was ich meine!«

Er zögert: »Ja, natürlich. Ich werde mich diskret verhalten. Wo liegt denn Ihr Schiff?«

»Im Ancora Yachthafen in der Neustädter Bucht.«

»Wie sollen wir uns dann treffen?«

»Ich werde Sie an einer geeigneten Stelle aufpicken. Am besten am städtischen Sportboothafen. Das ist an der Ostseite der Bucht. Sie werden es schon finden. Sagen wir, zehn Uhr?«

»Ich werde pünktlich sein – und, Frau Winkler –, ich freue mich.«

Ursula hat sich früh wecken lassen, schnell gefrühstückt und fährt jetzt durch die geöffnete Schranke hinunter zu den 1400 Liegeplätzen. Die Swan ist fast das einzige Boot im Wasser. Sie liegt am Steg Nr. 3, nahe am Kai, nur wenige Schritte vom nächsten Parkplatz entfernt. So hat Walter nie unnötig Zeit verloren. Ursula überfällt das Bedürfnis, möglichst schnell wieder umzukehren. Sie starrt die Swan an. Diesen schönen Schwan mit dem hochtrabenden Namen: »Winner«. Alles war bei Walter auf Sieg ausgerichtet. Warum er wohl ausgerechnet sie heiraten wollte? Ob er in ihr eine Wegbereiterin für seinen Erfolg gesehen hat?

Das Schiff sieht startklar aus. Die Persenning wurde bereits entfernt, die Fender auf zwei, die Festmacherleinen auf vier reduziert. Ganz wie früher. Sie parkt, wo auch Walter jahrelang geparkt hat. Ein junger Mann kommt aus der Kajüte heraus. Was hat der da zu suchen?

Ursula steigt aus und geht schnell auf den Holzsteg.

»Wer sind Sie denn?«

»Oh, Frau Winkler?« Behende springt er vom Schiff herunter neben sie auf den Steg. »Guten Tag. Herr Grammlich ist auf einer Weihnachtsfeier, er läßt sich entschuldigen. Ich habe Ihr Schiff klargemacht, es ist alles in Ordnung.«

Zumindest das hat sich geändert. Ursula verzieht ärgerlich das Gesicht, ihre Augenbraue zuckt. Das hätte sich Grammlich früher nicht erlaubt.

»Segeln Sie alleine?«

»Geht Sie das etwas an?«

»Nein, Entschuldigung. Es ist nur schwere See zu erwarten!«

»Damit werde ich fertig.«

Er schaut sie an, als ob er noch etwas sagen wolle, geht an ihr vorbei den Steg herunter, dreht sich dann aber nochmals um. »Es ist nur so, daß heute alle Weihnachten feiern. Ich meine, für den Ernstfall ist es vielleicht kein geeigneter Zeitpunkt...«

»Es gibt keinen Ernstfall, und außerdem ist das meine Sache. Guten Tag – ach, halt –, sagen Sie Herrn Grammlich, ich werde die Swan wahrscheinlich verkaufen!« Und er wird keinen Pfennig daran verdienen, fügt sie im stillen an. Aber der Junge hat recht. Der Himmel hängt tief und ist bleigrau. Wie das Wasser. Es herrscht die Ruhe vor dem Sturm. Walter-Wetter.

Gut, allzuweit will sie ja nicht hinausfahren. Sie wird Rainhard abholen und dieses Schiff zu *ihrem* Schiff machen. Ein einziges Mal. Ein letztes Mal!

Sie holt ihre große Sporttasche aus dem Wagen und die Getränke. Bei ihrem ersten Schritt auf Deck spürt sie es fast körperlich: Das Schiff mag sie nicht. Die »Siegerin« will mit der Ehefrau des Siegers nichts zu tun haben.

»Walter ist tot!« sagt sie zu dem Boot, und mit tiefer Genugtuung fügt sie an: »Er kann dich nicht vor mir beschützen!« Sie grinst, während sie die Flaschen in den Kühlschrank stellt, Gummistiefel, Öljacke und wärmende Segelkleidung auspackt und zurechtlegt. »Wir werden schon miteinander auskommen müssen!« Damit geht sie hoch, startet den Motor, löst die Leinen und fährt langsam aus ihrem Liegeplatz heraus. Der Hafen ist das reinste Labyrinth. Aber Ursula hat Walter oft genug beim Auslaufen beobachtet, sie kennt den Weg. Am Steg Nr. 3 entlang, dann links auf das Hafenrestaurant zu, rechts weg bis zur Hafenausfahrt. Und von dort aus war Walter, ohne sich je nach ihr umzusehen, mit voller Kraft auf die offene See hinausgefahren.

Sie nicht. Sie fährt um die Neustädter Landzunge herum tiefer in die Bucht hinein. Der Motor tuckert leise, und die Swan läßt sich leicht steuern. Es ist frostig, aber Ursula hat sich eine dicke Daunenjacke und warme Handschuhe angezogen. Die Kälte kann ihr nichts anhaben. Zunächst geleitet sie an einer kleinen Hafenmole vorbei. Die ist ihr noch nie aufgefallen. Hoffentlich hat sie Rainhard keine falsche Angabe gemacht. Sie meinte eigentlich den parallel zum Uferweg verlaufenden Steg. Dort sind einige Schiffe festgemacht, aber einen Menschen kann sie nicht entdecken. Auch der Uferweg ist wie ausgestorben. Wahrscheinlich sitzen schon alle um den Adventskranz und stimmen sich für den Abend ein. Wie romantisch, denkt sie spöttisch, da sieht sie ihn. Er hat sich, wie ausgemacht, diskret versteckt. Jetzt geht er schnell den Steg entlang, stellt sich abwartend an das Ende. Ursula spürt ihren Herzschlag. Nicht so sehr wegen Rainhard, sondern wegen des Manövers. Wie schafft sie es, ihn an Bord zu nehmen, ohne die Dalben zu rammen? Sie läßt die Swan vorsichtig darauf zugleiten. Rainhard hat Geschick, er ergreift den Bugkorb, stemmt sich mit voller Kraft gegen das Schiff und schwingt sich darauf. Ursula atmet auf und nickt ihm lächelnd zu.

»Das hat ja gut geklappt!«

Er turnt geschickt über das Vordeck und steht dann neben ihr in der Plicht. Über das ganze Gesicht strahlend schüttelt er Ursulas Hand. »Und ich freue mich, daß es überhaupt geklappt hat. Das gibt ein wahrlich außergewöhnliches Weihnachtsfest!« Er greift in die Innenseite seiner Seglerjacke und zieht eine Flasche Champagner heraus. »Fein«, sagt Ursula, während sie den Kurs ändert, »ich habe auch etwas dabei. Am besten legen Sie sie zu meinen Flaschen in den Kühlschrank.«

»Oh, nein, ich werde sie gleich öffnen. Darf ich hinein?« Er nickt in Richtung Kajüte. Das ist Ursula recht, somit ist er für die Augen eventueller Beobachter verschwunden. »Sie werden sich selbst umschauen müssen. Ich weiß auch nicht, wo die passenden Gläser verstaut sind.«

Indessen steuert sie am leeren Strandbad vorbei in Richtung Insel Fehmarn, Kurs Nord-Ost. Mit zwei gefüllten Bechern taucht Rainhard wieder auf. Er sieht gut aus, der kalte Wind hat Farbe in sein Gesicht gebracht, der kurze Vollbart gibt ihm etwas von einem verwegenen Seebären, die dunkelblaue Schildmütze und die warme Seglerjacke passen dazu.

»Ich habe nur diese beiden Plastikbecher gefunden, leider keine Gläser...«

Das sieht Walter ähnlich, denkt Ursula. »Wir wollten es ja zünftig«, sagt sie und lächelt ihn an.

»Wissen Sie, daß Sie eine sehr interessante Frau sind?« Rainhard setzt sich neben sie, streckt ihr beide Becher entgegen. »Rot oder blau?«

»Rot.«

»Wie die Liebe«, er nickt ihr wohlwollend zu und reicht ihr den Sekt.

»Wie Blut.«

»Na!« Rainhard lacht. »Hatten wir das Thema nicht bereits? Dabei sehen Sie überhaupt nicht so blutrünstig aus!«

»Bin ich auch nicht. Ich dachte eben auch nicht an Fleisch, sondern nur an mein Lieblingsmärchen aus Kindertagen. Rot wie Blut, weiß wie Schnee und schwarz wie Ebenholz.«

Sie streicht sich durch ihr Haar.

»Schneewittchen«, er nickt, »ich erinnere mich.«

»Ein Spiel zwischen Macht, Liebe und Tod.«

»Aber die Liebe siegt«, er hebt den Becher.

»Ja, die Liebe siegt!«

Sie stößt mit ihm an.

»Wann wollen wir die Segel setzen?« Er schaut zum Ufer hin und dann nach oben zum Himmel. »Es sieht nach schlechtem Wetter aus. Wir sind anscheinend auch die einzigen, die sich heute hinaustrauen.«

»Angst?« Sie mustert ihn.

»Bestimmt nicht.« Er lacht, und sie atmet auf. »Ich finde es herrlich. Ein Abenteuer mit Ihnen auf hoher See. Das hätte ich mir noch nicht einmal in meinen kühnsten Träumen erhofft.«

Seine Augen sprühen, sie spürt es kribbeln.

»Wir setzen sie *jetzt*«, bestimmt Ursula.

»Bleiben Sie am Steuer. Ich mach' das schon.« Rainhard springt auf, sie stellt das Schiff in den Wind. Dabei beobachtet sie, wie er mit Winsch und Kurbel das Fall holt. Er stellt sich geschickt an, das gefällt ihr.

Genua und Großsegel stehen, sie nehmen schnell Fahrt auf. Sie holt den Baum dicht, versucht, die richtige Stellung des Vorsegels zu finden, um optimal am Wind zu bleiben. Das verlangt hohe Konzentration, denn ihre letzte Segeltour liegt lange zurück.

Rainhard hat sich ihr gegenüber hingesetzt. Er reicht ihr den roten Becher. »Sie machen das ausgezeichnet.«

Ursula nickt ihm zu und schaut dabei zur Küste. Die Sicht ist schlechter geworden, aber sie kann die Sturmwarnung trotzdem gut erkennen. Ihr Kurs führt östlich vom Ufer weg. Sie überlegt, ob sie ihn korrigieren soll. Aber nichts deutet auf den vorhergesagten Sturm hin. Der Wind ist gleichbleibend, aber nicht besonders stark. Die Swan liegt gut und läuft schnell geradeaus. Sie wird sie zur gegebenen Zeit wenden. Fast beginnt sie, Walter zu verstehen.

Ursula lehnt sich entspannt zurück. Eine Weile segeln sie

still. Jeder hängt seinen eigenen Gedanken nach, die Küste ist nur noch als dünner Strich zu ahnen.

»Wollten Sie nicht ursprünglich einen Tannenbaum mitbringen?« fragt Ursula plötzlich.

»Und Sie Lametta und rote Glaskugeln?« grinst Rainhard.

»Ich habe gewußt, daß ich etwas vergessen habe!«

Rainhard greift in seine Innentasche und zieht einen jungen Tannenzweig mit einer kleinen, silbernen Kugel heraus.

»Fröhliche Weihnachten«, sagt er dazu.

Ursula schüttelt den Kopf: »Wo haben Sie das denn her?«

»Heute morgen im Frühstückszimmer geklaut…«

»Das ist nicht wahr…« Ursula lacht. Rainhard setzt sich. Sie riecht ihn. Seinen feuchten Bart, sein After Shave, seine Männlichkeit. Ihr Herz pocht. Er legt seine Hand auf ihren Oberschenkel. In ihren Ohren rauscht es. Dann bewegt sich sein Gesicht wie in Zeitlupe auf sie zu. Sie kommt ihm entgegen, saugt sich an ihm fest. Sie will ihn spüren. Jetzt gleich. Warum kann man das verdammte Schiff nicht anhalten.

Rainhard greift in das Ruder und belegt es. Dabei gleitet seine linke Hand unter ihre Daunenjacke. Sie spürt sie durch ihren dicken Pullover auf ihrer Brust. Alles in ihr streckt sich ihm entgegen. Sie fühlt sich wie angeknipst. Der Kuß ist heftig und tief und setzt sich durch ihren ganzen Körper fort. Sie fühlt ihn an einer völlig anderen Stelle. Wie ist es möglich, wie ist es nur möglich, fragt sie sich, aber es ist ihr egal. Ihr Körper will ihn, und sie gibt nach.

»Geh' runter«, sagt er heiser. »Ich fiere alle Schoten.«

Ursula hört kaum zu. Und wenn er die Swan auf Grund gelegt hätte, es wäre ihr egal gewesen. Sie steigt schnell die Stufen zur Kajüte hinab, zieht sich die dicken Kleider aus, zerrt ungeduldig an den Lederriemen ihrer Segelschuhe. Als er nachkommt, hat sie nur noch ein leichtes Unterhemd an. Er wirft seine offene Jacke in die Ecke, umarmt sie leidenschaftlich und drängt sie zum breiten Bett im Vorschiff. Dort fallen sie übereinander her. Ursula öffnet ihm den Reißverschluß, die Hose fliegt zu den Schuhen, die Unterhose hinterher. Er versucht, zu verzögern, will sie zärtlich stimulieren, aber Ursula ist stimuliert genug. Den Gelehrten kann er woanders spielen, sie will den ganzen Kerl. Sie zieht ihn auf sich. Das Schiff schaukelt stark. Die Swan wehrt sich, denkt sie, während sie spürt, wie er heftig eindringt. »Mach, komm, mach«, schreit sie ihn an. Um sie herum geht die Welt unter, er stößt sie der Holzwand am Kopfende entgegen, dort stützt sie sich ab, ihr Körper bestimmt den Rhythmus, peitscht gegen seinen, immer schneller, immer härter, sie hat jegliche Gewalt über sich verloren. Als sie schließlich beide aufschreien, ist es Ursula, als hätte sie vorher noch nie geliebt, als sei dies die Offenbarung ihres Lebens gewesen.

Das Schiff schlägt unruhig hin und her. Ursula richtet sich auf, schaut auf Rainhard hinunter. Sie ist schweißnaß, alles an ihr fühlt sich feucht und klebrig an. Sie mag das Gefühl nicht.

»Fröhliche Weihnachten«, sagt sie, während sie in die kleine Naßzelle geht und die Ecke eines Handtuches anfeuchtet, um sich wenigstens notdürftig zu reinigen.

Sie hört, wie er ebenfalls aufsteht. »Sie können gleich herein«, sagt sie, dann schießt ihr in den Kopf, daß jetzt eigentlich ein »Du« angebracht wäre. Es liegt ihr aber nicht auf der Zunge. Sie beschließt, es zu umgehen, und geht hinaus. Er steht halbnackt vor ihr: »Es war schön, Ursula, sehr schön.« Sie nickt und drängt sich schnell an ihm vorbei. »Das Schiff schwankt bedrohlich. Wir müssen schauen, was los ist!«

Ursula sucht ihre Kleidungsstücke zusammen, und während sie sich anzieht, spürt sie, wie er sie betrachtet. Sie dreht sich zu ihm um. »Ist es dir jetzt nicht mehr recht?« fragt er leise. Sie hat keine Antwort darauf. Es war unglaublich. Aber es hat sie erschreckt. Sie hatte ja mit dem Gedanken gespielt, mit Rainhard zu schlafen. Aber sie hatte es als kontrollierte

Entweihung des Heiligtums ihres Mannes gesehen. Was allerdings daraus geworden ist, war der Sieg ihres Körpers über ihren Verstand. Das kann sie sich selbst nicht erklären, und das würde sie ihm auch ganz sicherlich nicht erklären wollen.

»Es ist alles in Ordnung«, wehrt sie ab.

»Du bist wie ein Vulkan. Ich hatte noch nie eine Frau wie dich«, er bückt sich nach seiner Wäsche.

»Ich ... ich bin selbst überrascht.«

Rainhard schaut sie nachdenklich an: »Ist das ein gutes Zeichen für uns? Ich meine ...«

Mit einem Ruck legt sich die Swan schief. Ursula knallt gegen die Pantry, dann stürzt sie in Pullover und Strümpfen den Niedergang hinauf. Der Wind kommt in Böen, und mit ihm sprüht die Gischt über das Deck. Die Wellen rollen in kurzen Abständen heran, das Schiff schlägt von rechts nach links, die Segel flattern hilflos im Wind. Vom Land ist nichts zu sehen. Um sie herum sind das Wasser und der Himmel zu einer dunkelgrauen Masse zusammengewachsen.

»Rainhard!« schreit sie, der schwere Baum saust knapp an ihr vorbei in die andere Richtung, die Swan legt sich bedrohlich schräg. Sie wird jetzt zum Dank mit uns untergehen, flucht Ursula leise, während sie in die Kajüte zurücksteigt, in Gummistiefel und Öljacke schlüpft. »Schnell rauf«, sagt sie dabei zu Rainhard, der sich ebenfalls hastig anzieht.

»Das nennt man Seglerromantik«, versucht er schwach zu scherzen, aber Ursula ist schon wieder oben.

Noch ist der Sturm nicht losgebrochen. Aber sie könnten knapp davor sein. Ein Gedanke reizt sie plötzlich: Es ist der richtige Wind, um die »Winner« herauszufordern.

Eben kommt Rainhard herauf. »Au, das sieht nicht gut aus«, ruft er ihr zu und steigt auf das Kajütdach zum Mast.

»Was hast du vor?« Ursula hat das Ruder wieder in der Hand.

»Na, die Segel reffen.« Er zeigt zum Großsegel. »So werden wir nicht weit kommen!«

»Es ist doch noch nichts passiert – zu zweit sind wir stark genug, ihr den vollen Wind zu gönnen! Wir werden die Segel jetzt dicht holen, und sie soll uns zeigen, was sie kann!«

»Zunächst werden wir die Segel aber etwas reffen. Wir schieben zuviel Lage!«

Ärgerlich schließt Ursula für einen Moment die Augen.

»Wir können den Wind genausogut in einer anderen Segelstellung abreiten. Und – außerdem – das Schiff ist für Wind gemacht!«

»Aber nicht für Sturm mit vollen Segeln! Weißt du überhaupt, wo wir hinsegeln müssen? Hast du das schon bedacht?«

»Nun, in Richtung Westen. Da, wo wir hergekommen sind!«

»Wir sollten aber nicht nur die Küste, sondern vielleicht auch deinen Hafen finden. Und das möglichst schnell!«

Bei einem solchen Wetter ist Walter überhaupt erst aus dem Hafen losgesegelt, rebelliert Ursulas Innerstes.

»Wir werden, wenn es Zeit ist, einen Hafen finden. Es dürfte ja wohl egal sein, welcher! Okay, wir reffen. Wenn es unbedingt sein muß. Aber laß uns das dann auch jetzt tun!«

Die Wellen haben sich völlig verändert. Aus den kleinen, züngelnden Wogen, die sie beim Heraussegeln begleitet haben, sind rollende Wasserformationen geworden. Fortwährend peitscht das Wasser über das Deck. Das Schiff fällt erbarmungslos von einem Wellental ins nächste. Ursula hat das Kajütluk geschlossen, während Rainhard das Großsegel gerefft hat. Jetzt hilft sie ihm, die Genua zu bergen. Es ist schwierig, denn das Kajütdach ist glitschig. »Wir sollten das Großsegel auch bergen!«

»Wir sollten endlich lossegeln«, Ursula kämpft mit der Rollfock.

Der Himmel hängt direkt über ihr im Masttopp. Wenn er noch ein bißchen tiefer kommt, wird er sie verschlucken. Die Swan schießt los, kaum daß sie am Wind steht. Kurs Süd-West, Ursula luvt leicht an und versucht, irgend etwas im dunkelgrauen Einerlei vor ihr zu erkennen. Rainhard steigt vom Kajütdach zu ihr in die Plicht hinunter. Er ist weiß im Gesicht. »Das ist erst der Anfang, der Vorläufer des Sturmes«, versucht er gegen den Wind anzuschreien. »Es wird noch schlimmer werden!«

»Und wenn schon«, erwidert Ursula. Sie hat keine Angst. Sie wird das hier meistern, wie sie bisher alles in ihrem Leben gemeistert hat. Daran hat sie keinen Zweifel.

Aber Rainhard hat recht. Der Sturm wird schlimmer.

»Er wird dir das Segel zerfetzen!«

Stimmt, darüber hat sie auch gerade nachgedacht. Und außerdem ist die Krängung bereits sehr stark. Ab wann wird es wirklich brenzlig? Aber gleichzeitig hofft sie, bei dem Tempo, das sie jetzt machen, recht bald wieder in Küstennähe zu sein.

»Ursula, laß uns das Großsegel bergen!«

»Es ist doch schon gerefft!«

»Bergen, bergen! Nicht reffen! Wir schaffen es sonst nicht!«

Womit hat sie solche Männer verdient. Winselndes, lebensuntüchtiges Pack. Da hat sie geglaubt, es sei einer aufgestanden, der Walter ersetzen könnte, und jetzt zeigt sich, daß er sich vor Angst in die Hosen macht.

»Wir bergen nicht!« brüllt Ursula zurück.

»Doch, wir bergen!«

Mit einer Handbewegung reißt er das Fall aus der Klemme, das sofort unerreichbar in den Mast hochrauscht. Gleichzeitig rast das Großsegel herunter. Ein gewaltiger Ruck bremst das Schiff ab, es stellt sich augenblicklich quer, wird von der nächsten Wasserwoge überrollt und seitlich heruntergedrückt. Ursula sieht sich plötzlich auf Höhe des Wasserspiegels und kann sich gerade noch festhalten, sonst wäre sie in Sekundenschnelle über die Bordkante gegangen. »Idiot«, schreit sie, außer sich vor Zorn, »willst du uns umbringen?« Schon schießt der nächste Brecher über die Längsseite der Swan hinweg. Sie reißt das Ruder herum. Ohne Unterlaß schlagen die Wassermassen über ihr zusammen. Ursula bekommt kaum noch Luft, sie sind knapp vorm Kentern. Dann dreht sich das Schiff leicht in den Wind. Der nächste Wellenberg bricht sich über dem Bug. Das Schiff pendelt gewaltig, findet aber langsam ins Gleichgewicht zurück. Die »Winner« hat sich gefangen. Ursula atmet auf, wischt sich das Wasser aus dem Gesicht. Dann schaut sie nach Rainhard. Der Platz ihr gegenüber ist leer. Sie steht auf, blickt über das gesamte Schiff. Niemand zu sehen. Eine Weile schaut sie aufs Meer hinaus, dann öffnet sie die Backskiste und greift sich eine der Schwimmwesten heraus, die sie noch im Hafen für sich und Rainhard zurechtgelegt hatte.

Warum hatten sie sie nicht rechtzeitig angelegt? Wie konnte Rainhard so schnell über Bord gehen? Wie lange kann ein Mensch bei solchen Wassertemperaturen schwimmen?

Sie schaut nochmals genau in alle Richtungen, aber es ist aussichtslos. Die Wellen sind zu hoch, die Sicht ist zu schlecht.

Von Rainhard ist nichts mehr zu sehen, das Meer hat ihn verschluckt.

Ursula seufzt.

Wäre er ein Mann für sie gewesen?

Vielleicht schon.

Im Bett sicherlich.

Mußte er deshalb sterben?

Sie schaut zum Himmel, die Wolken hängen tief, sie ist naß bis auf die Knochen, und sie friert.

Sie war's nicht.

Wer dann?

Drei Stunden später steht Ursula im Rotkreuz-Zimmer der Küstenwache. Der junge Angestellte des Ancora-Yachthafens hatte sie alarmiert, nachdem die Swan nach Ausbruch des Sturms noch nicht zurück war. Sie hatten Ursula aufgespürt, als sie selbst nicht mehr wußte, ob sie den morgigen Tag noch erleben würde. Das nasse Großsegel war zu schwer für sie, sie bekam es nicht aus dem Wasser, somit war das Schiff manövrierunfähig. Sie sah kein Land mehr und hoffte schlicht auf ein Wunder. Es kam in Form eines Seenotrettungskreuzers. Die erste Frage, ob sie alleine gewesen sei, beantwortete sie mit einem klaren »Ja«. Sie war ganz offensichtlich alleine gestartet, was hätte es für einen Sinn gemacht, jetzt von Rainhard zu erzählen. Toten kann man nicht helfen.

In Decken gehüllt, trinkt sie einen heißen Tee und hört sich still an, was ihre Retter ihr zu sagen haben.

»Das wird ein teures Weihnachtsfest für Sie!« bekommt sie zu hören, aber auch die leise Frage, ob sie vielleicht über den Tod ihres Mannes nicht hinweggekommen sei? Darüber muß Ursula fast lachen.

»Im Gegenteil«, sagt sie, »wissen Sie, ein Teil meines Mannes ist wohl immer dabei – möglicherweise sogar in mir. Deshalb habe ich auch überlebt.« Sie schaut lächelnd in das verständnislose Gesicht eines der Beamten. »Aber das werden Sie in Ihrem Alter natürlich noch nicht verstehen. Sie müssen wissen, mein Mann war ein starker Mann, aber auch ein absoluter Herrscher. Er hätte keinen anderen Mann neben sich geduldet – noch nicht einmal den mit der Sense!«

DIE WAFFE

Am zweiten Weihnachtsfeiertag sitzt sie allein in ihrem Frankfurter Büro. In der Firma ist es still. Außer ihr und dem Wachdienst ist niemand hier. Sie hat ihren Schreibtischsessel in die Ruhestellung gekippt und schaut durch das Fenster in den grauen Winterhimmel. Ursula denkt an Rainhard Ehler. Wie seltsam das Leben doch spielt. Als er noch da war, waren ihr seine täglichen Anrufe zuviel. Und jetzt fehlen sie ihr. Daß er sich aber auch einfach so davongemacht hat! Sie reibt sich die Augen. Es hat keinen Sinn, darüber nachzudenken. Die Schuld lag eindeutig bei ihm selbst. Er war dem Leben nicht gewachsen, das hat sich eindeutig gezeigt. Wahrscheinlich hat er ganz schlicht nur den leichteren Weg genommen. Wie fast alle Männer!

Die Verantwortung für die arg gebeutelte Swan hat Ursula nun doch Björn Grammlich, dem Hafenmeister, übergeben. Das Schiff muß zunächst in die Werft gebracht und dort zum Verkauf hergerichtet werden. Ursula will damit nichts mehr zu tun haben, soll Grammlich schauen, wie er mit Madame »Winner« klarkommt. Ihr Bedarf ist fürs erste gedeckt.

Sie zieht die aufgeschlagene Akte ein Stückchen näher. Lutz Wolff scheint ihr ein ganz schlaues Kerlchen zu sein. Sie hat Erkundigungen über ihn einziehen lassen, und was sie da so sieht, gefällt ihr. Allerdings ist er noch verdammt jung – und das behagt ihr an dieser Geschichte nicht so sehr. Einem knapp Dreißigjährigen traut sie einfach nicht zu, ein Detektivbüro mit immerhin sechs Leuten leiten zu können. In diesem Alter hat man noch viel zu viel mit sich selbst zu tun. Sie versucht, zwanzig Jahre zurückzudenken. Aber in ihrer Erinnerung war sie schon immer fünfzig. Stets verantwortungsvoll, überlegen, einfach weiter als andere. Sie wußte schon immer, wie die Welt funktioniert. Wahrscheinlich schon bei ihrer Geburt.

Gut, sie wird es mit Lutz Wolff versuchen. Dazu soll ihr Arnold Müller von der Rechtsabteilung einen entsprechenden Vertrag entwerfen. Einen, aus dem sie ohne große Probleme aussteigen kann, sollte der Junior-Detektiv ihre Erwartungen nicht erfüllen. Sie schreibt sich eine entsprechende Notiz in ihren Terminkalender. Dabei fällt ihr auf, daß es sicherlich zehn Tage dauern wird, bis alle einigermaßen ansprechbar wieder in der Firma versammelt sind. Weihnachten, Silvester, die endlosen Feiertage. Wie schrecklich. Sie hätte jetzt gern einen Tee getrunken, aber es ist keiner da, der ihr einen hätte machen können. Und in der kleinen Kaffeeküche von Regina Lüdnitz will sie nicht herumhantieren. Sie überlegt. Walter hatte in seinem Schrank stets einige Flaschen Cognac, Whisky und Champagner bereitstehen. Das wäre zumindest eine Alternative. Ob sie wohl noch da sind? Auf der anderen Seite: Wer hätte sie wegnehmen sollen?

Sie geht den alten Weg durch das Sekretariat in Walters Büro. Wie selbstverständlich dieser Gang all die Jahre war, und jetzt kommt es ihr vor, als läge es Ewigkeiten zurück. An der Tür bleibt sie stehen. Es ist noch alles wie früher. Das Zimmer strahlt eine Autorität aus, die einen sofort klein macht. Wie hat er das nur geschafft!

Sie geht schnell hinein, zu dem großen Wandschrank. Er ist nicht verschlossen. Hinter einer kleinen Tür versteckt sich die Mini-Bar. Ursula öffnet sie, dann dreht sie sich erschrocken um. Sie hat das deutliche Gefühl, daß jemand hinter ihr steht. Aber sie ist alleine. Außer ihr ist kein Mensch im Zimmer. Sie nimmt schnell eine Flasche Cognac heraus und einen Schwenker. Dann setzt sie sich an seinen Schreibtisch. Das hat sie noch nie getan, und sonst hat es auch niemand gewagt. Langsam schenkt sie sich das Glas halb voll. Ursula nimmt einen Schluck und starrt auf das Foto, das auf seiner blankpolierten Schreibtischplatte im Silberrahmen steht. Es zeigt sie, kurz nach ihrer Hochzeit. Kunstvolle Locken zieren ihren Kopf, ganz im Stil der Sechziger. Sie hat sich einen breiten Katzen-Lidstrich gemalt, ganz wie es Sophia Loren und Brigit Bardot vorgemacht haben, und sie lächelt. Tatsächlich, sie lächelt. Ursula nimmt einen weiteren Schluck. Ihre Ehe. Was war das schon. Ein Foto von vor dreißig Jahren. Wahrscheinlich hat Walter nicht einmal gemerkt, daß sie das hier gar nicht mehr war. Wäre es anders geworden, wenn sie die Kinder bekommen hätte, die er ihr verordnet hatte?

Sie nimmt einen tiefen Schluck. Das Glas ist schon fast leer. Ihr Blick fällt auf die Schreibtischschubladen. Sie hat seine Privatsphäre nie berührt, seine persönlichen Sachen waren für sie und seine Mitarbeiter tabu. Nie hätte jemand gewagt, ohne seine ausdrückliche Erlaubnis eines seiner Schubfächer aufzuziehen. Es wäre einem Todesurteil gleichgekommen.

Sie trinkt in einem Zug den Rest, dann schaut sie sich um. Keiner da. Warum will sie es einfach nicht glauben? Dann zieht sie vorsichtig an dem Messingknopf der obersten Schublade. Ohne Widerstand gleitet sie langsam heraus. Mit einer schnellen Handbewegung stößt Ursula sie wieder zurück. Hat sie richtig gesehen? Vorne, in der Mitte, liegt ein Revolver. Jetzt zieht sie die Schublade ganz heraus. Tatsächlich. Wozu, um alles in der Welt, benötigte ihr Mann einen Revolver? Als Spielzeug? Er spielte nie. Was er tat, mußte einen Zweck erfüllen. Sinn haben. Hatte er etwa Angst? *Er?* Sie greift nach der Cognacflasche. Vor wem? Sie schenkt nach, dann legt sie zaghaft ihre Fingerspitzen auf die Waffe. Das glaube ich nicht, denkt sie, und doch liegt sie da. Das Metall fühlt sich kühl an. Sie nimmt den Revolver heraus. Hat er sich den für sich selbst gekauft? War er etwa krank? Unheilbar?

Sie muß lachen, und es steigert sich zu einem Lachkrampf. Mein Gott! Wie blöd! Sie versucht sich zu beruhigen, aber sie glaubt kaum, was sie da sieht. War ihr Walter im innersten Herzen etwa ein erbärmlicher Feigling? Versuchte er zeitlebens, mit seinen halsbrecherischen Aktionen dagegen anzukämpfen?

Sie legt die Waffe zurück, dann steht sie langsam auf. »Ich werde deinen Zauber brechen, Walter Winkler«, sagt sie laut. »Ich werde hier einziehen!«

Lutz Wolff ist ein Beau, und das bestärkt Ursula in ihrer Meinung, daß er trotz der guten Auskünfte über ihn nichts taugen kann. Eigentlich wundert es sie, daß er um diese Jahreszeit bei tristem Großstadtwetter in Frankfurt ausharrt und nicht die Glitzerwelt in St. Moritz unsicher macht.

Sie hat darauf bestanden, ihn in seiner Detektei aufzusuchen. Sie will wissen, in welcher Klitsche er haust. Aber sie muß zugeben, daß alles sehr professionell aussieht. Es ist ein modernes, großes Bürohaus, mitten in Frankfurt. Die »Detektei Wolff« umfaßt eine ganze Etage, ist in großzügig geschnittene, offene Zimmer aufgeteilt. Moderne Kunst hängt an den Wänden, die Schreibtische sind aus Glas und Stahl, Designerlampen bündeln das Licht. Ursula geht über den hellen Teppichboden zu einem der wandgroßen Fenster.

»Sie überraschen mich«, meint sie nach der Begrüßung. »Die Aufmachung hier dürfte eine Stange Geld kosten. Ich nehme an, das schlägt sich auf Ihre Tarife nieder.«

Er lacht. »Die Wohnung gehört meiner Mutter. Das zieht sie mir vom Erbe ab!«

»Mit dem Geld der Eltern läßt sich gut wirtschaften«, meint sie frostig. Hat sie also doch recht gehabt.

»Oh, nein. Bis auf die familiäre Miete gibt es hier keine mütterlichen Schenkungen. Sonst könnte sie ja eines Tages kommen und alles wieder ausräumen. Das Risiko will ich nicht eingehen!« Er wirkt noch immer ausgesprochen fröhlich.

»Ah, gibt's denn da eine Gefahrenquelle?«

»Sie ist blond!«

»Ach, da kann ich Ihre Mutter gut verstehen. Blonde Frauen fließen den Männern wie Gift durch die Adern!«

Lutz lacht herzhaft: »Ich werde Sie gegebenenfalls einmal miteinander bekannt machen… aber wollen wir jetzt zum Geschäft kommen?« Er deutet auf einen großen Schreibtisch, der chromglänzend neben einer Palme steht: »Darf ich Ihnen etwas anbieten? Kaffee? Tee? Einen Schluck Wein? Meine Leute sind alle im Urlaub, so bin ich heute der Self-make-man.«

Ursula schildert ihm ausführlich die Situation. Die betreffenden Unterlagen hat sie mitgebracht. Lutz Wolff hört aufmerksam zu, macht sich fortwährend Notizen.

»Und – was halten Sie davon?« will Ursula zum Schluß wissen.

»Na, eigentlich kann ich mir schon einen Reim darauf machen. Aber das ist nur eine Vermutung, und deshalb möchte ich sie auch noch nicht äußern. Lassen Sie mir Zeit, dann werde ich es genau herausfinden.«

»Wie lange?«

»Kann ich so nicht sagen. Vor dem 6. Januar gibt es erfahrungsgemäß keine Ansprechpartner. Und ich muß ja gründlich und vor allem heimlich recherchieren. Es nützt also nichts, irgendwelche voreiligen Versprechungen zu machen.«

»Hmmm. Mag sein. Aber mir wäre eine exakte Terminabsprache lieber. Sagen wir, zumindest ein Termin zum neuesten Stand. Was würden Sie vom 14. Januar halten? Das ist ein Montag!«

»Nun, gut. Warum nicht. Also, 14. Januar um zehn Uhr hier in meinem Büro.«

»Wie wollen Sie abrechnen? Wollen wir auf Erfolgshonorarbasis eine Pauschale vereinbaren?«

Er schüttelt bestimmt den Kopf. »Oh, nein. Ich gebe Ihnen unsere Tarife mit. Wir arbeiten mit Stunden- und Tageshonorar, zuzüglich der Spesen. Anders ist das nicht zu machen!«

»Meine Rechtsabteilung wird einen Vertrag ausfertigen.«

»Wollen Sie, daß ich für Sie arbeite oder nicht?«

Ursula zögert. Dann nickt sie: »Ja!«

»Dann akzeptieren Sie bitte auch meine Geschäftsbedingungen!«

Seine linke Augenbraue zuckt. Ursula starrt ihn an.

»Stimmt etwas nicht?«

»Es ist… nein, es ist nichts. Ein Zufall, sonst nichts. Gut, wir sehen uns am 14. Januar um vierzehn Uhr zu Ihren Geschäftsbedingungen!«

»Um zehn Uhr!«

»Ja, um zehn Uhr. Um zehn Uhr!«

Im Fahrstuhl schaut sie sich in der Spiegelwand frontal ins Gesicht. Was ist los mit dir, fragt sie sich. Walter ist tot. Und wenn tausend Augenbrauen zucken, seine und meine und die der ganzen Belegschaft, dann hat das nichts zu sagen. Er liegt in seinem Sarg und verrottet, und seine linke Augenbraue dazu!

IM SCHNEE

Silvestermorgen und Ursula ist unruhig. Was soll sie mit diesem Tag anfangen. Um Mitternacht Sektkorken knallen lassen? Sich um zehn Uhr schlafen legen? Essen gehen?

Sie kocht sich einen Pfefferminztee und setzt sich damit ins Wohnzimmer. Das Wetter weiß nicht, was es will. Es graupelt, halb Schnee, halb Regen. Sie steht auf und tritt ans Fenster. In den Bergen müßte es jetzt schön sein. Da wird es richtig schneien, große, saftige Schneeflocken. Wann war sie zuletzt im Winter in den Bergen?

Sie denkt nach. Walter war kein Skifahrer. Sie waren immer nur in den Bergen, wenn man über Klettersteige kraxeln konnte. Meistens im Spätsommer, kurz bevor die Herbststürme kamen. Die brauchte Walter dann wieder zum Segeln.

Ludwig hatte oft vom Winter in den Alpen erzählt. Er verbrachte manchmal die ganzen Feiertage oben. Ursula versucht sich zu erinnern. Aber sie kommt nicht auf den Ort und schon gar nicht auf das Hotel.

Kurz entschlossen greift sie zum Telefon und wählt seine Nummer. Zum ersten Mal seit Walters Tod. Falls er da ist, kann er ihr vielleicht einen Tip geben. Sie schaut auf die Uhr. Kurz nach neun. Die Zeit würde locker reichen. Warme Kleidung für drei Tage, das wäre keine Affäre.

»Fehr.«

Donnerwetter, er ist zu Hause.

»Winkler. Guten Morgen, Ludwig!«

»Oh, das ist aber eine Überraschung. Dich wollte ich auch gerade eben anrufen!«

»So? Weshalb denn?«

»Nun, ich gebe heute abend eine kleine Silvesterparty, und ich wollte dich fragen, ob du vielleicht Lust und Zeit hättest…«

Das fällt dir wahrlich früh ein, denkt Ursula.

»Das ist nett von dir. Aber ich staune, daß du überhaupt da bist. Warst du nicht alle Jahre zu Silvester in den Alpen?«

»Da hast du recht. Aber die haben momentan keinen rechten Schnee da oben, und wenn sich dann die Massen auf den paar Kunstschneepisten drängen, ist das nichts für mich!«

Aber für mich.

»Da werden wohl viele abgesagt haben!«

»Könnte möglich sein. Warum?«

»Ich habe mir vorhin überlegt, ob ich in die Alpen fahren soll. Ich weiß bloß nicht wohin, weil ich mich nicht auskenne. Wo warst du denn immer?«

»In Zürs am Arlberg. Das Hotel heißt Edelweiß. Sehr individuell eingerichtete Zimmer und eine schöne Badelandschaft. Und meistens gute Leute. Ich glaube nur nicht, daß die noch etwas frei haben. Aber probieren kannst du es natürlich. Warte einen Augenblick, ich suche dir die Nummer heraus.«

Die Stimme am Telefon klingt jung und freundlich, aber bestimmt: »Tut mir leid, wir sind schon seit Wochen ausgebucht.«

»Wie schade. Wüßten Sie eine andere Möglichkeit?«

»Bedauere, da kann ich Ihnen nicht helfen. Da müßten Sie den Verkehrsverein anrufen. Aber ob da heute…«

»Darf ich Ihnen meine Nummer hinterlassen? Vielleicht gibt's ja noch eine Änderung.«

»Bitte sehr«, hört sie von der anderen Seite, aber in einem Tonfall, der die ausgebildete Irrenwärterin oder die sechsfache Mutter ausweist. Ursula gibt ihre Nummer trotzdem an und brüht sich dann zum zweiten Mal einen Pfefferminztee auf.

Die Zeremonie soll sie beruhigen, tut es aber nicht.

Wie ein Tiger läuft sie hin und her.

Zu Ludwig wird sie heute abend nicht gehen, das steht fest. Was will sie dort. Überhaupt, die Frechheit, so zu tun, als hätte er sie einladen wollen. Wahrscheinlich hat er sie schlicht vergessen. Oder aber eine Frau Winkler ist ohne Herrn Winkler nicht gesellschaftsfähig. Sprich: unerwünscht. Oder auch: überflüssig!

Noch nie hat sie ihre neue Situation so empfunden.

Ist eine Frau ohne ihren Mann nichts wert?

Was ist denn das für eine Einstellung.

Sie steht ihren Mann mindestens wie ein Mann.

Wenn nicht noch mehr!

Sie geht in die Küche zurück.

Gut, ursprünglich wollte sie ja auch Weihnachten einfach verschlafen. Dieses sentimentale Kitschfest. Aber Silvester bedeutet den Aufbruch in ein neues Jahr.

Das kann man nicht vergleichen.

Und nicht so ohne weiteres übergehen. Schon gar nicht in ihrer Situation.

Das muß sie hellwach erleben.

Nomen est omen.

Wenn ihr gar nichts anderes einfällt, wird sie einfach durch die Stadt gehen und dem Geld nachschauen, das andere Leute in den Himmel jagen.

Vielleicht kommt ihr dabei eine Idee, wie sie ihre 4,2-Millionen-Mark-Stornos ausgleichen kann.

Willy Waffel fällt ihr dabei ein.

Zuerst eine große Klappe, und dann hört sie nichts mehr von ihm. Bei der Ankündigung ist es geblieben. Sie hätte ihn damals am Telefon nicht gleich unterbrechen sollen. Da lag ihm eine Summe auf der Zunge. Sollte er zwischenzeitlich von den Stornos erfahren haben, könnte er versuchen, sie im Preis zu drücken.

Belanglos.

Sie wandert mit ihrer Teetasse ins Wohnzimmer.

Sie wird sowieso nicht verkaufen. Dann kann ihr auch Willy Waffel egal sein.

Das Telefon klingelt.

Ein bedauerlicher Skiunfall läßt im Hotel Edelweiß ein Zimmer frei werden.

»Welch ein Glück«, sagt Ursula. Sie wird sofort packen und losfahren.

Bis zum Amberg-Tunnel bei Feldkirch sind die Straßen relativ trocken. Als sie auf der anderen Seite aus dem Berg hinausfährt, empfängt sie eine völlig andere Welt. Auf der Autobahn liegt Schnee, der Wagen vor ihr kommt ins Schleudern und dreht sich.

Das fehlt ihr noch, daß der durch seine Ungeschicklichkeit die Fahrbahn vor ihr blockiert.

Ihr Vordermann driftet rotierend nach rechts weg, saust

gegen die Leitplanken und bleibt in der Gegenrichtung dort liegen.

Wenigstens ist er aus dem Weg.

Ursula fährt vorsichtig weiter.

Sie hat länger gebraucht, als sie einkalkuliert hat. Es ist bereits dunkel, vor sechs Uhr wird sie wohl nicht oben sein. Obwohl, auf der Landkarte ist es wirklich nur noch ein Katzensprung.

Der Schneefall wird dichter und dichter, Ursula sieht ein einziges Schneeräumfahrzeug, es fährt auf der Gegenspur.

Sie ist keine geübte Winterfahrerin und hat, trotz des Allradantriebs, ein unsicheres Gefühl in ihrem Auto. Wie auf Eiern fühlt sie sich. Jeden Moment kann etwas passieren, kann der Wagen ausbrechen.

Sie schafft es bis nach Klösterle. Nach diesem Tunnel stehen schon die ersten und montieren Ketten. Daran hat sie überhaupt nicht gedacht, und außerdem besitzt sie gar keine.

In Langen fallen ihr die Schilder auf: Kettenpflicht für den Arlberg.

Eine Pflicht, die sie nicht erfüllen kann, ist für sie keine. Irgendwie wird es schon gehen.

Nach Stuben scheinen die Lichterkegel vereinzelter Autos vor ihr eine senkrechte Wand hinaufzusteigen. Sieht verdammt steil aus. Wird sie das schaffen? Ursula kennt den Weg nach Zürs nicht, war noch nie da. Aber es kann sich nur noch um wenige Kilometer handeln. So kurz vor dem Ziel aufzugeben entspricht nicht ihrer Art. Sie fährt weiter.

An einigen Stellen drehen die Räder bedenklich durch. Auf der langen Gerade nach den Serpentinen kommt ihr ein Wagen im Schneckentempo entgegen. Bergab scheint es noch schlimmer zu sein.

»Zeig, was du kannst«, sagt Ursula zu ihrem Auto, denn sie hat keine Lust, hier im Schneegestöber auf einer schmalen Straße steckenzubleiben. Sie schafft es bis zur Abzweigung. Arlbergpaß geradeaus, Zürs und Lech nach links.

»Geschafft«, sagt sie, biegt schwungvoll ab und gibt für den Endspurt Gas, da stellt sich der Wagen quer. Das kurze, steile Stück nach der Abzweigung ist pures Eis. Sie schlittert zurück, auf die Verkehrsinsel zu.

»Schitt«, schreit sie. Der Aufprall ist nicht hart, ein kleiner Schneewall fängt sie auf. Aber sie steckt fest. Die Räder drehen durch, der Wagen bewegt sich keinen Zentimeter nach vorn und auch nicht zurück. Sie flucht. Verdammt noch mal, der nächste knallt ihr sicherlich hintendrauf! Soll sie aussteigen? Und was dann? Sie sucht nach dem Schalter für die Warnblinkanlage. Die hat sie noch nie gebraucht. Welch peinliche Situation, so hilflos im Schnee festzusitzen. Welch idiotische Idee, nach Zürs zu fahren. Sie schlägt mit der Faust auf das Lenkrad, aber das nützt auch nichts.

Sie wird sich retten lassen müssen.

Sie!

Ursula Winkler, Chefin über 124 Männer und Frauen. Herrscherin über Millionenwerte. Gebieterin über Karrieren und Arbeitsplätze.

Sie steckt simpel im Schnee.

Festgeklebt an einer Verkehrsinsel.

Nicht zu fassen!

Am liebsten hätte sie sich in Luft aufgelöst und sich erst in ihrem Wohnzimmer wieder materialisiert.

Eine Weile sitzt sie brütend auf ihrem Sitz. Der Wagen kühlt schnell aus. Aber da die halbe Hinterfront, und damit auch der Auspuff, im Schnee begraben ist, traut sie sich nicht, den Wagen wieder anzumachen. Fehlt noch, daß die ganzen Abgase in den Innenraum umgeleitet werden und sie sich dann morgen Walter gegenüber sieht.

Zu den Stornos hätte er sicherlich etwas zu sagen.

Und erst zu dem lädierten Großsegel!

Walter!

Was hätte Walter in einer solchen Situation gemacht? Er hätte versucht, den Wagen irgendwie freizukriegen. Ursula greift nach ihrer Daunenjacke. Sie muß sich an der Türe festhalten, es ist wirklich höllisch glatt. Und stockdunkel.

Ursula versucht, mit bloßen Händen den Schnee wegzuschaufeln. Aber es ist sinnlos. Sie bläst sich Atemluft in die hohle Faust. Alleine wird sie es nie schaffen.

Da nähern sich von hinten zwei Autolichter. Sie dreht sich danach um. Kurz darauf hält ein Jeep neben ihr.

»Na? Schwierigkeiten?«

Ein rundes Männergesicht schaut zum Fenster hinaus.

»Wie kommen Sie denn darauf?« antwortet Ursula.

»Ich hätte es mal vermutet!« Der Mann zieht seinen Kopf zurück, schaltet und fährt davon.

Ursula sieht die Rücklichter, die langsam aber sicher in Richtung Zürs verschwinden.

»Idiot«, schimpft sie. »Schnösel! Depp! Was bildest du dir ein!« Sie setzt sich wieder in den kalten Wagen.

Frankfurter Nummer. Auch das noch! Sie hat sie sich genau gemerkt. F-W-666.

Es schneit leise vor sich hin, ansonsten ist die Umgebung wie ausgestorben.

Vielleicht wurde die Straße ja auch gesperrt, überlegt sich Ursula. Wegen Lawinengefahr, könnte ja immerhin möglich sein. Dann kann sie sich auf eine lange Nacht einrichten. Wenn sie nur wüßte, wie weit Zürs entfernt ist. Eventuell könnte sie sogar laufen.

Zwei Scheinwerfer durchpflügen die Dunkelheit. Es ist der VW-Bus eines Hotels, der neben ihr hält.

»Freimacha kann i de Wagen net«, brummt der Fahrer, »abr i künnt Sie mitnehmen. Dann künnent Sie ean morgen holen lassen.«

Das gefällt Ursula ausgezeichnet.

So braucht sie sich um das liegengebliebene Teil nicht weiter zu kümmern.

Sie holt schnell ihr Gepäck und steigt ein.

Zwei Paare in ihrem Alter sitzen schon im Bus. Sie machen ihr Platz.

»Wo fahren Sie denn hin?«

»Zur *Post*, nach Lech«, antwortet der Fahrer. »Wo müssen S' denn hin?«

»Nach Zürs, Hotel Edelweiß!«

»Des ischt am Weg, i lasse Sie dort hinaus!«

»Vielen Dank!« Ursula atmet tief durch.

»Glück gehabt«, bemerkt der Herr neben ihr.

»Tja, wie man's nimmt…«

»Wir kommen aus dem Grund in jedem Jahr mit dem Zug, lassen uns am Bahnhof in Langen abholen und haben mit glatten Straßen nichts zu tun!«

»Gute Idee«, antwortet Ursula. Sie ist keine Zugfahrerin, aber was soll sie sich auf eine solche Diskussion einlassen.

»Eine einzige Mieterin im Haus, und mit der hat man nur Ärger«, hört sie die eine Frau hinter sich sagen. »Blockiert wirklich alles. Es sind ja alles nur Zweit- und Drittwohnungen, aber wenn man als Eigentümer einmal im Jahr kommt, will man doch nicht ständig über etwas stolpern. Jetzt hat sie sich auch noch eine Kinderschaukel für den Garten angeschafft. Unseren gemeinsamen Garten, wohlgemerkt! Ich habe mich fürchterlich aufgeregt, was sich diese Person so herausnimmt. In der Eigentümerversammlung waren Gott sei Dank alle meiner Meinung. Sie steht jetzt auf den Schotterresten hinter dem Haus. Alleinerziehende Mutter. Wenn ich das schon höre!«

»Ich finde auch, daß man Kinder am besten in einen Schrank sperrt«, mischt sich Ursula ein. Die Leute sind nach ihrem Geschmack. Schade, daß sie nicht in der *Post* gebucht hat. Das wäre sicherlich amüsant geworden.

Es ist kurz still im Bus.

Sie sieht die Augen des Busfahrers im Rückspiegel.

Am liebsten hätte er sie wohl wieder hinausgeworfen.

Da sagt die wohlgenährte Frau neben ihr: »Alles kann man sich wirklich nicht gefallen lassen.«

»Gut, gut«, beschwichtigt einer der Männer, »sie hat die kleinste Wohnung von allen. Zwei Zimmer! Und sie ist die einzige von uns, die wirklich dort wohnt. Sie wird nicht alles, Sprudelkisten, Kinderroller und Fahrräder, im Kinderzimmer stapeln können! Dann hat ja die Kleine keinen Platz mehr!«

»Männe!« empört sich die erste wieder. »Was geht uns das an! Das ist doch wahrlich ihr Problem. Hätte sie eben kein Kind gekriegt, dann hätte sie Platz genug!«

»Mieter sind wahrlich eine Plage«, stimmt Ursula ihr zu. »Am besten wäre es, Sie würden ihre Miete bezahlen und ansonsten unsichtbar sein. Das hat mein Mann schon...«

»Das Edelweiß, bitte!« unterbricht sie der Fahrer.

»Oh, danke. Schade, ja dann...« Ursula steigt aus, der Fahrer reicht ihr das Gepäck nach. Sie streckt ihm einen Zwanzig-Mark-Schein hin. Ein Vermögen für einen Alpenmenschen, findet sie.

Er schaut sie an und schüttelt langsam den Kopf. »So nötig hab ich es net, als i von Ihnen eppes nehmen müßt.«

Ursula versteht kein Wort, aber sie steckt den Schein wieder ein. Hat sie gespart, auch gut!

Er läßt sie mit ihrem großen Hartschalenkoffer mitten auf der Straße stehen und gibt Gas.

Ungehobelter Klotz, schimpft Ursula und versucht, den Koffer auf seinen Rollen bis zur anderen Straßenseite zu ziehen. Aber die Schneedecke ist zu zerfurcht, er kippt ständig um. Schließlich schleppt sie ihn. Der Schweiß bricht ihr aus unter ihrer Daunenjacke, kurz vor dem Eingang muß sie ihr Gepäck absetzen. Sie beschließt, hineinzugehen und jemanden von der Rezeption zu holen. Da fällt ihr Blick auf einen

Wagen, der platzheischend quer vor dem Eingang parkt. Es ist ein Mercedes-Jeep mit Frankfurter Nummer. F-W-666. Ursula verzieht das Gesicht.

So ist's recht.

Jetzt kann sie ihm gleich Bescheid stoßen!

An der Rezeption stehen einige Leute. Manche bereits festlich gekleidet, andere noch in Skianzügen.

»Ich habe reserviert«, sagt sie. »Auf Winkler, Ursula Winkler!«

»Winkler?« sagt eine Männerstimme ungläubig.

Sie dreht sich überrascht um.

Hinter ihr steht Willy Waffel.

»Sie??!!«

Er schaut sie nur groß an.

»Gehört Ihnen etwa auch der Jeep, der vor dem Eingang?«

Ein schlankes, blondes Mädchen sagt keck: »Warum? Stehen wir im Weg?«

Ach, so ist das, denkt Ursula. Die Kleine ist für dich aber eine Nummer zu flott. Überhaupt – ist der Knabe nicht verheiratet?

»Sind Sie die Tochter?« fragt sie unschuldig.

Sie wird rot, er räuspert sich.

Touché, denkt Ursula und grinst.

»Interessant«, nickt sie ihm zu.

Das kann ja heiter werden.

Dann füllt sie ihren Anmeldebogen aus, während ein junger Mann ihren Koffer holt.

Ganz offensichtlich hat sie Willy Waffel die Silvesterparty verdorben. Er versucht, möglichst aus ihrem Sichtfeld zu bleiben, was nicht einfach ist, da sie zum Silvesterdinner alle im selben Raum sitzen. Willys Flamme hat ein kurzes, sehr eng geschnittenes schwarzes Paillettenkleid an. Es verrät mehr, als es ahnen läßt. Willy bildet dazu den perfekten Kontrast. Das einzig Glänzende an ihm sind seine polierten Schuhe. Der

Rest dürfte den Schneider zur Verzweiflung gebracht haben. Aber Geld macht ja bekanntlich schön.

Ursula genießt es, Willy Waffel in die Quere gekommen zu sein. Wer weiß, auf welche Karibikinsel er seine Frau verbannt hat, damit er freie Fahrt hat. Und dann taucht ausgerechnet sie auf. Er muß vor Wut zerplatzen.

Eben wird der Vorspeisenteller gereicht. Der Maître de Salle hat für Ursula einen Platz an einer langen Tafel eindecken lassen. Das ist ihr recht, so sitzt sie nicht völlig alleine. Es sind erstaunlich viele junge Leute da, und sie wundert sich, wie die sich ein solch teures Hotel leisten können. Wie sagte Lutz Wolff so schön? Wird vom Erbe abgezogen.

Sie hat keinem etwas zu vererben. Sie will auch nichts vererben. Sie hat zu hart dafür geschuftet. Und bezahlt. Vor allem das!

Ursula wählt sich einen alten, edlen Wein aus. Es ist der teuerste, den die Weinkarte zu bieten hat. Nur noch wenige Stunden, dann fängt ihr Leben neu an. Der zwölfte Glockenschlag ist ihrer.

Ihre Tischnachbarn versuchen, sie zu integrieren. Über Pisten und übers Skifahren kann sie nicht mitreden, da geben sie ihr allerlei Tips, wie sie die nächsten Tage als Nichtskifahrerin verbringen kann. Unbedingt muß sie mit dem Pferdeschlitten von Lech aus nach Zug fahren. Dort, im urigen Gasthof Auerhahn, würden sie sich morgen alle treffen. Sie soll doch einfach dazukommen.

Soviel Freundlichkeit liegt Ursula nicht. Es läßt sie mißtrauisch werden. Was wollen die wohl von ihr? Sie beschließt, nicht dorthin zu fahren. Sie wird sich etwas anderes ausdenken. Ganz für sich alleine.

Kurz vor zwölf sieht sie, wie Willy mit seiner Goldmarie an der Hand verschwindet. Nach und nach versammeln sich alle Gäste vor dem Haus. Ursula hat sich ihren Nerz übergelegt

und stellt sich dazu. Willy Waffel kann sie nirgends entdek-
ken. Sein Jeep steht anständig in Reih und Glied auf dem Ho-
telparkplatz. Schade, daß sie sich nie für Autos interessiert
hat, sonst wüßte sie jetzt, wo man an einem solchen Gefährt
die Bremsleitungen kappen kann. Die Beleidigung, sie einfach
auf der Straße stehenzulassen, wird sie ihm nicht vergessen.
»Nicht ärgern, sondern heimzahlen«, das sollen sich schon
die Kennedys auf die Familienstandarte geschrieben haben.

Punkt zwölf, großes Händeschütteln ringsumher, jeder hat
jemanden, mit dem er anstoßen kann. Sie nicht. Wie war das
all die Jahre vorher? Hat sie jemals um Mitternacht mit Walter angestoßen und ihm tief in die Augen geblickt? Hat er ihr
für das vergangene Jahr gedankt und ihr Versprechungen für
das neue gemacht? Sie kann sich nicht erinnern. Sie kann es
sich aber auch nicht vorstellen. Eher nein.

Sie geht hinein, an die Bar. Ein Angesteller läuft mit einer
riesigen Champagnerflasche umher und schenkt die Gläser
voll.

»Woher kommt das?« will Ursula wissen.

»Die ersten werden vom Haus ausgegeben, die nächsten
von den Gästen.«

Diese Art von Sozialismus behagt Ursula nun überhaupt
nicht. Sie will schon selbst bestimmen, wem sie etwas ausgibt
und von wem sie etwas annimmt. Sie nimmt ihr Glas und geht
ins Bett.

AHNUNG

In Oberlech, im *Goldenen Berg*, das hat ihr der Chef des Hauses empfohlen, soll immer etwas »los« sein. Vielleicht meint
er, daß alleinstehende und spätreife Damen wie ich dort auch
noch einen abkriegen, vermutet Ursula, befolgt jedoch seinen

Rat. Besser in der anonymen Masse zu stehen, als vertrauliche Tête-à-têtes in engen Bauernkneipen ertragen zu müssen.

Nach einem späten Frühstück bricht sie auf. Ihr Wagen steht bereits vor der Tür, die Wagenschlüssel hat sie gestern abend noch zur Bergung an der Rezeption abgegeben, die Rechnung geht aufs Zimmer. Sie läßt ihn stehen und nimmt ein Taxi bis nach Lech. Die Sonne wagt sich hervor, der Schnee glitzert, und das grelle Licht schmerzt ihr in den Augen. Sie macht einen Abstecher in das nächste Bekleidungshaus, um sich eine Sonnenbrille zu kaufen, und traut kaum ihren Augen. Ein gläserner Aufzug fährt durch die Stockwerke, die alle in hellem Holz gehalten sind. Sie schlendert langsam durch. Vom Spitzenbody bis zu geschäumten Skistiefeln ist alles zu haben – aber zu welchen Preisen! Sie staunt. Dagegen herrscht auf Frankfurts Goethestraße ja permanenter Ausverkauf.

Im obersten Stockwerk, in der Kinderabteilung, schaut sie zu, wie eine Mutter ihre vierjährige Göre gegen deren Widerstand mit Markenartikeln ausstattet, dann geht sie den Weg langsam wieder zurück. An der kleinen, offenen Getränketheke überlegt sie gerade, ob sie einen Tee trinken soll, da hört sie eine laute Frauenstimme.

»Au ja, Schatz, das ist toll! Einfach spitze! Gigantisch! Wie für mich gemacht! Findest du nicht auch?«

Beeindruckt von der Penetranz dieser Stimme sucht Ursula die gegenüberliegende Frauenabteilung mit den Augen nach der Urheberin ab.

Willy Waffels Gazelle ist es.

Sie steht, in einen über und über silber glitzernden Skianzug verpackt, vor ihm, reckt sich auf die Zehenspitzen, dreht sich vor dem Spiegel, wiegt sich in den Hüften, tanzt um den alternden Gockel herum, daß er nicht mehr anders kann. Er nickt.

Die Verkäuferin bringt die unentbehrlichen Accessoires. Den passenden Unterziehpullover, die passenden Handschuhe, das passende Stirnband, die passende Sonnenbrille. Dann fällt ihr nichts mehr ein.

Die Gazelle jauchzt »Oh, ich laß alles gleich an« und macht sich dann, ermutigt, an ein zweites Stück heran. Sie hält ein schwarz glänzendes Teil vor sich hin und dreht sich zu Willy um, der in einem konservativen, dunkelblauen Skianzug steckt.

Jetzt bekommt er es wohl mit der Angst zu tun.

Die Verkäuferin händigt ihm die Rechnung aus, er schnappt seine Blondy an der Hand und zieht sie mit sich hinunter, zur Kasse.

Ursula hat alles genau beobachtet. Jetzt ist sie neugierig geworden. Stück für Stück sucht sie heraus und addiert die Zahlen. Am Schluß ist sie bei umgerechnet knapp über 4000 Mark.

Kein Wunder, daß Willy es so eilig hatte, grinst sie in sich hinein.

Der Alte scheint ganz schön Kohle zu machen.

Ob seine Firma tatsächlich so gut läuft?

Mit einer neuen Sonnenbrille und einer dezenten Wollmütze mit Angoraanteil verläßt sie den Laden.

Sie stellt sich die Szene von eben mit Walter vor.

Ihn hätte vermutlich der Schlag getroffen.

Wenn es sonst kein Argument dafür gegeben hätte, warum er seine farblose Frau einer Blondy vorziehen sollte, das wäre eines gewesen.

Ursula bleibt kurz stehen und schaut dem Menschengewusel auf der breiten Piste zu, dann fährt sie mit der Bahn nach Oberlech. So nah hatte sie noch nie mit Skifahrern zu tun, überlegt sie, während sie das letzte Stück durch den Schnee nach oben stapft. Es ist eine ganz eigene Welt. Eine Mischung aus Sport und Spaß, aus Sehen und Gesehenwerden, aus Kontaktfreude und Partnersuche. Eine wogende Menschenmenge empfängt sie auf der großen Terrasse des *Goldenen Bergs*, eine Band heizt die Stimmung an, und reichlich Alkohol tut ein übriges. Ursula quetscht sich durch. Jetzt ist sie da, jetzt will sie es auch wissen. Sie schafft es dank ihrer Zähigkeit, an der Holztheke einen Barhocker zu ergattern. Aufatmend setzt sie sich und schaut sich um. Lachende Gesichter, wilde Gestikulationen, heiße Flirts. Die einzige Art, sich in diesem Tumult verständlich zu machen – schreiend bestellt sie einen Glühwein, bekommt zwei, reklamiert aber nicht. Ursula entdeckt eine neue Seite an sich.

Sie trinkt in kleinen Schlucken, immer darauf bedacht, keinen Ellenbogen oder sonst ein Körperteil gegen ihren Arm geschmettert zu bekommen. Nicht leicht, denn hinter ihr, gewissermaßen auf Tuchfühlung, tanzen gerade etwa hundert Après-Läufer Rock'n Roll. Sie dreht sich um, betrachtet das Gewühl, die wogenden Leiber, ist zwischen Abscheu und Amüsement hin- und hergerissen. Einige geben sich wahrhaftig unglaubliche Mühe, auf irgendeine Art herauszustechen. Silberne Arme fallen ihr auf, die sich aus der Masse heraus im Takt himmelwärts recken. Sie schaut genauer hin. Für einen Moment teilt sich die Pärchenmauer vor ihr, Ursula sieht, was sie schon vermutet hat, Blondy läßt ihre Reize spielen. Bloß mit oder gegen wen ist von Ursulas Barhocker aus nicht zu erkennen. Die Band fetzt nochmals ordentlich los, dann ist Pause.

Blondy steuert auf Ursula zu, und die wendet sich erschrokken ab, dann erkennt sie den Grund. Nur drei Barhocker weiter steht Willy, unscheinbar, klein und dick im illustren Getümmel. Mit großer Gestik stürzt sie sich auf ihn. Er verzieht säuerlich das Gesicht, Ursula vermutet eine ganz profane Eifersucht und macht sich hinter ihren Vordermännern klein. Gesehen werden will sie nicht. Blondy küßt ihren mißmutigen Gönner ab, und er redet auf sie ein. Wäre doch interessant, zu wissen, was er ihr so zu sagen hat, denkt Ursula und überlegt, wie sie näher an die beiden herankommen könnte. Der Barhocker neben ihr wird überraschend frei, sie zieht sich die Mütze etwas tiefer in die Stirn und rutscht hinüber. Dann schielt sie vorsichtig über ihre Schulter nach den beiden. Willy Waffel steht jetzt schräg hinter ihr, nimmt sein Kätzchen im 4000-Mark-Dress in den Arm. Sie schaut ihn mit tiefrotem Schmollmund an.

»Nein, Mäuschen, du mußt noch warten. Meine Frau darf es noch nicht erfahren…«

Aha, denkt Ursula, dachte ich mir's doch. Sie bringt ihr Gesicht mit einer leichten Rechtsdrehung aus dem Gefahrenbereich und spitzt die Ohren.

»Du hast es mir aber versprochen!« Das Kinderstimmchen klingt betont trotzig.

»Die Zeit ist noch nicht reif. Du weißt, daß ich dich liebe…«

»Dann schenk mir wenigstens das Appartement! Du weißt genau, daß du mich sonst nicht mehr besuchen kannst. Meine Eltern fragen schon immer…«

So, so, ein kleines Appartement, Ursula grinst in sich hinein. Na, Willy, alter Schwätzer, jetzt streng dich mal an!

»Ich werde dich heiraten, das habe ich dir doch versprochen! Aber du mußt noch warten…«

Klar doch, klar doch, nickt Ursula still.

»Das sagst du schon seit einem halben Jahr. Wie lange soll ich denn noch warten!!!«

»Mäuschen, pssst, ich mache gerade den Schnitt meines Lebens. Wenn ich das geregelt habe, ist alles okay. Dann lasse ich mich sofort scheiden, und wir haben das Geld für uns. Meine Frau weiß davon nichts. Aber ich muß das erst einfädeln, versteh doch. Das geht nicht von heute auf morgen!« Seine Stimme wird einschmeichelnd weich: »Schau, ich kauf dir doch alles, was du haben willst…«

»Ja, ich weiß ja, mein kleiner Schnucki-Putzi-Bär«, flötet

sie, und Ursula verdreht die Augen. »Ich schenke dir dafür ja auch ein süßes, kleines Bärchen. Habe ich dich nicht verwöhnt, heute nacht? War dein Schwänzchen nicht ganz geil nach mir? Bin ich nicht in Straps und hohen Hacken auf dir geritten? Habe ich deine Eier nicht ganz hart gemacht? Habe ich dich nicht ganz toll gefickt?«

Ursula traut kaum ihren Ohren. Das aus dem kleinen roten Kindermündchen? Kleinmädchen-Geplapper für den großen Onkel? Sie schaut heimlich wieder nach hinten. Willy Waffels Pupillen sind länglich geworden, und Blondys Patschhändchen sitzt frank und frei auf seiner Hose. Mittig.

Willy sagt nichts mehr.

Und wenn doch, dann kann Ursula es nicht mehr hören.

Leider.

Es hat Spaß gemacht.

»An a Wunder hab i glaubt«, singt die Band vierstimmig, und Ursula verrenkt sich vorsichtig den Hals nach den beiden. In enger Umklammerung bringt Blondy ihrem Schnucki-Putzi-Bär den Rhythmus bei. Bis die wieder zu Hause sind, wird er ihr nicht nur ein Appartement, sondern gleich seine ganze Firma geschenkt haben. Ursula lacht schadenfroh in sich hinein. Ein solch berechnendes Luder gönnt sie dem alten Sack. Mit seiner Heldentat am Paß wollte er wohl auch nur dieser Göre imponieren. Sie greift nach dem zweiten Glas, dann stellt sie es mit einem Ruck wieder ab. Der Glühwein schwappt über den Rand, läuft heiß über ihre Finger, tropft auf das Holz. Sie merkt es nicht.

Ein plötzlicher Gedanke versteinert sie völlig.

Dann sammelt sie sich wieder, ihre Augen sind zu kleinen Schlitzen geworden.

Sie dreht sich nach Willy Waffel um.

Er ist nicht mehr da.

Die sich wiegenden Menschenleiber haben die Lücke geschlossen.

Ursula steht auf.

Sie muß so schnell wie möglich an ein Telefon.

Bei der Fahrt nach unten fällt ihr auf, daß sie nicht bezahlt hat. Sie hat es schlichtweg vergessen.

Ich kann's ja schlecht überweisen, sagt sie sich, und außerdem hat die Bedienung sowieso einen Fehler gemacht. Bestellt hatte sie nur *einen* Glühwein. Strafe muß sein.

VERDACHT

Lutz Wolff ist von Österreich aus nicht so einfach ausfindig zu machen. Im Büro ist er nicht, da läuft ein Anrufbeantworter. Sie hinterläßt ihre momentane Adresse, Datum und Uhrzeit. Dann versucht sie es über die Auskunft. Er hat einen Geheimanschluß. Sie will sich die Nummern sämtlicher Wolffs in Frankfurt geben lassen. Es sind knapp 80. Nicht gerechnet die Doppel-Namen. Die schließt Ursula für Lutz Wolffs Mutter allerdings aus. Das Fräulein vom Amt ist langsam und müde und darf ihr außerdem nur jeweils drei Nummern geben, dann legt sie wieder auf. Ursula sitzt in ihrem schön ausgestatteten Zimmer und schwört sich, daß sie nie mehr in Skiurlaub fährt. Zumindest nicht ohne Frankfurter Telefonbuch.

Mit 21 Telefonnummern geht sie an den Start. Möglicherweise ist ihr das Glück ja hold, und Frau Wolff ist darunter.

Unter den ersten drei Nummern meldet sich schon mal niemand. Die vierte wird von einem Anrufbeantworter bewacht. Die fünfte zieht eine alte Dame hinter dem Ofen hervor, die sich freut, daß sie von ihrer Familie zu Silvester nicht vergessen worden ist, und enttäuscht wieder einhängt. Die sechste gehört einem Herrn Wolff, der dahinter einen schlechten Scherz seiner Ex-Frau vermutet und »Du hast doch schon alles, was willst du noch mehr!« ins Telefon brüllt. Die nächsten zwei sind wieder Leerläufer. Ursula zweifelt, ob die Aktion überhaupt einen Sinn hat. Wahrscheinlich feiern Mama und Sohn Wolff irgendwo den Untergang der Blondinen. Und Mama Wolff verspricht ihrem Sohn dafür einen weiteren Erbvorschuß.

Ursula holt sich in der Minibar ein Mineralwasser.

Es ist wirklich vertane Zeit, denkt sie dabei. Bis ich alle durchtelefoniert habe, ist es Abend, und dann weiß ich auch noch nicht, ob Frau Wolff darunter war oder nicht. Trotzdem kann sie, aus Gründlichkeitsliebe, nicht so einfach aufgeben. Die restlichen dreizehn Nummern wird sie noch anwählen und dann in die Sauna gehen. Morgen ist sie wieder in Frankfurt, was soll's also.

Eher unlustig telefoniert sie die Nummernreihe durch.

Einige zeigen sich leutselig, die meisten sind jedoch kurz angebunden. Sie wittern wohl eine Falle. Telefonsex, Telefonverkauf, Ausschnüffeln einer Einbruchmöglichkeit. Ursula kommt sich schon selbst vor wie eine Hausiererin und mag nicht mehr. Noch zwei, dann hat sie es endgültig hinter sich. Eine männliche Stimme läßt sich alles genau erklären. Zweimal fragt er nach. Ursula ist kurz davor, wieder einzuhängen, zur Gesellschafterin fühlt sie sich nicht berufen, da sagt die Stimme plötzlich: »Ich weiß schon, wen Sie meinen. Sie sprechen von meiner Schwägerin, Margarete Wolff. Sie hat eine Geheimnummer. Und ich weiß nicht, ob ich die Ihnen so ohne weiteres geben kann.« Innerlich seufzt Ursula auf. Alle 80 Nummern hätten ihr also nichts gebracht. Außer einer ordentlichen Rechnung.

»Darf ich Ihnen einen Vorschlag machen?«

»Ja, bitte?«

»Könnten Sie Ihre Schwägerin nicht ganz einfach anrufen und ihr für ihren Sohn meine Nummer hinterlassen? Er kann ja dann selbst entscheiden, ob er anrufen will oder nicht.«

»Ja, aber Lutz ist mit seiner Freundin für ein paar Tage zum Skilaufen gefahren. Das hatte er zumindest vor, wenn mich nicht alles täuscht.«

»Wunderbar!« entfährt es Ursula. »Wohin denn?«

»An den Arlberg. Wie immer.«

»Na, das trifft sich ja prächtig. Da bin ich auch gerade. Könnten Sie mir genauer sagen, wohin?«

»Ich überlasse das jetzt mal meiner Schwägerin. Ich bin sicher, sie ruft zurück.«

Ursula sitzt in ihrem Zimmer und ist unschlüssig. Wie lange soll sie warten? Soll sie an der Rezeption eine entsprechende Nachricht hinterlassen und in die Sauna gehen?

Sie zieht ihren Badeanzug an und legt sich im Hotelbademantel auf das Bett. Dann studiert sie die bemalte Zimmerwand gegenüber in allen Einzelheiten. Schließlich könnte sie das Motiv mit geschlossenen Augen nachzeichnen, aber das Telefon hat noch immer nicht geklingelt.

Sie schaut auf die Uhr.

Seit geschlagenen zwei Stunden sitzt sie jetzt schon hier. Gebracht hat es so gut wie nichts. Sie steht auf und will gehen, da läutet es. Schnell nimmt Ursula ab.

»Winkler?«

»Lutz Wolff, guten Tag, Frau Winkler, Sie wollten mich sprechen?«

»Ja! Wo stecken Sie denn?«

»In Frankfurt, bei mir zu Hause.«

»Ach so. Ihr Onkel meinte, Sie seien mit Ihrer Freundin vielleicht...«

»Ja, das hatten wir auch vor. Aber es hat sich etwas geändert.«

Ob das kleine, blonde Gift seinen Beschützer gewechselt hat? Ursula verwirft den Gedanken schnell wieder. Eine Blondy wie die Waffel-Braut traut sie Lutz nicht zu. Sonst müßte sie schnell die Detektei wechseln.

»Gut. Ich bin hier zufälligerweise auf etwas gestoßen, das mir schwer zu denken gibt. Ich weiß noch nicht, ob es in die richtige Richtung geht, aber ich befürchte es.«

»Ich habe auch eine Neuigkeit. Aber erzählen erst Sie einmal!«

»Sagt Ihnen der Name Willy Waffel etwas?«

»Verpackung-Waffel. Ja, natürlich.«

»Herr Waffel ist zufälligerweise im gleichen Hotel wie ich. Und er hat ein äußerst teures Mädchen dabei, die aufs Ganze will. Herr Waffel wird in absehbarer Zeit viel Geld brauchen, und ich habe ihn heute dabei belauscht, wie er lauthals erklärte, er würde demnächst – ich zitiere – den Schnitt seines Lebens machen.« Sie schweigt kurz und fügt dann an: »Die Vermutung liegt nahe, daß ich der Schnitt bin.«

Sie hört ein kurzes, trockenes Räuspern. Dann erklärt ihr Chefdetektiv: »Ich würde das bestätigen.«

Ursula zögert einen Moment.

»Wie?!« fragt sie dann, denn überzeugt war sie von ihrem eigenen Verdacht eigentlich noch nicht.

»Willy Waffel verursacht in der Branche Unruhe, indem er Ihre Kunden anruft und abzuwerben versucht. Mit idiotisch tiefen Angeboten. Mehr als nur Dumping-Preise.«

Ursula schluckt.

»Was bezweckt er damit?«

»Er will sie austrocknen und anschließend billig kaufen. Dann hat er ihre Firma und ihre Kundschaft, und das alles zu einem Schleuderpreis!«

»Das ist teuflisch«, sagt Ursula. »Der ist ja schlimmer als ich! Ungeheuerlich! Stellen Sie sich das mal vor! Mich, mich will er ruinieren. Die Firma meines Mannes! Dreißig Jahre aufgebaut! Nicht zu fassen! Ich bringe ihn um!« Sie läßt sich auf das Bett sinken. »Ich glaube, ich brauch einen Schnaps!« Ursula holt tief Luft: »Wie haben Sie das denn herausbekommen? Ich meine, sind Sie sicher?«

»Frau Winkler! Wenn ich Ihnen so etwas sage, können Sie hundertprozentig davon ausgehen, daß es stimmt. Ich habe schließlich auch meine Ehre! Und wir haben einen guten Ruf, wie Sie wohl wissen!«

»Ja, ja, schon! Ich bin nur fassungslos. Und erstaunt über Ihren schnellen Erfolg!«

»Tja, wenn ich etwas anpacke, kommt meist auch etwas heraus dabei!« Seine Stimme klingt stolz, er legt eine Kunstpause ein: »Übrigens kann ich Ihnen meine Quellen natürlich nicht verraten. Ich habe so meine Leute.« Auch diese Information läßt er wirken, bevor seine Stimme wieder sachlich wird. Ursulas Gedanken überstürzen sich derweil. »Was noch wichtig für Sie ist, Frau Winkler, Willy Waffel muß in Ihrer Firma einen Mitwisser haben. Sie können sich schon einmal überlegen, wer das sein könnte...«

»Einen Mitwisser? Sie meinen, ich habe einen Verräter in den eigenen Reihen?«

Ursula faßt sich an den Kopf. »Das wird ja immer besser!« Sie geht kurz die Namen der Leute durch, die in Betracht kommen könnten. »Wissen Sie es bereits?« fragt sie dann.

»Nein. Ich habe eine Vermutung, die möchte ich aber nicht aussprechen, solange sie nicht fundiert ist.«

»Eine Vermutung habe ich auch«, erklärt Ursula. »Vielleicht sollten Sie mir sagen, was Sie denken, dann sage ich Ihnen, was ich denke. Eventuell denken wir ja das gleiche«, versucht sie, ihm einen Namen zu entlocken.

»Mag möglich sein, daß wir das gleiche denken. Es ist dann aber noch nicht gesagt, daß das auch stimmt!«

Donnerwetter. Das ist zwar nicht das, was sie will, aber der Junge hat Stil. Das gefällt ihr.

»Sie haben recht. Morgen abend bin ich wieder in Frankfurt, könnten wir uns übermorgen treffen?«

»Am Sonntag?«

»Es muß schnell gehen. Wenn Willy Waffel mir meine

Kunden abwirbt, zählt jeder Tag. Da könnte der vereinbarte 14. Januar schon zu spät sein. Egal ob zehn oder vierzehn Uhr!«

»Gut. Wir müssen uns eine Strategie zurechtlegen. Sagen Sie Waffel gegenüber aber noch nichts. Wir brauchen erst noch Beweise. Die haben wir noch nicht. Bisher läßt sich nur nachvollziehen, daß zwei ihrer Kunden wegen eines besseren Angebotes storniert haben. Das reicht noch nicht aus.«

»Das ist mir auch klar. Wofür halten Sie mich. Ich werde Schnucki-Putzi-Bär bei Laune halten.«

»Bitte?«

»Ist schon gut. Wir sehen uns am Sonntag um zehn. Wollen Sie zu mir nach Hause kommen? Ich werde ein Frühstück richten. Dann fällt uns eventuell ein geeigneter Weg ein.«

»Das klingt verlockend. Also gut, um zehn.«

»Und, Herr Wolff – Sie haben gute Arbeit geleistet!«

»Danke, Sie auch!«

Ursula hat zwei Saunagänge hinter sich gebracht und liegt jetzt zur Entspannung auf einem der Liegestühle. Nach und nach füllt sich der Badebereich, ihre Tischnachbarn erkundigen sich, wo sie heute mittag abgeblieben sei, und sie erzählt etwas von einem unendlich schönen, weiten Spaziergang. Dann kommt, was sie erhofft hat. Das ungleiche Pärchen Waffel gibt sich in voller Schönheit dem erbarmungslosen Neonlicht preis. Dreißig Jahre Unterschied sind es mindestens, schätzt Ursula. Wenn nicht mehr. Willy zuckt zusammen, als er sie in ihrem Liegestuhl entdeckt. Ursula nickt ihm freundlich zu. Er versucht krampfhaft, neben seiner wohlgeformten Begleitung eine gute Figur zu machen. Es kann ihm nicht gelingen. Zu sehr hat er die letzten dreißig Jahre gelebt, und zu wenig hat ihm die Natur mitgegeben.

Seine Freundin stolziert aufreizend vorbei. »Kommst du mit in die Sauna, Schätzchen?« sagt sie überlaut zu ihm, obwohl er dicht neben ihr geht.

Ein junger Mann in einem Liegestuhl auf der anderen Seite erhebt sich.

Anscheinend verwechselt er etwas.

Oder Willy verwechselt etwas.

Fünf Minuten später steht Willy Waffel plötzlich vor Ursula. Er hat sich ein Badetuch um den ausgeprägten Bauch gebunden und schaut verlegen auf sie herab.

»Ist etwas?« fragt sie, setzt sich auf und zupft ihren Bademantel zurecht.

»Ja«, antwortet er gedehnt und zögerlich. »Darf ich?« Er zeigt auf den Liegestuhl neben Ursula.

»Bitte«, Ursula macht eine entsprechende Handbewegung und überlegt sich gleichzeitig, was das jetzt soll. Dunkel beginnt sie es zu ahnen.

Willy läßt sich deutlich widerwillig auf das Gestell sinken.

Dann holt er Luft. Augenscheinlich fällt ihm dieser Moment schwer. Er öffnet den Mund, verhält nochmals zögernd, um es dann endlich herauszulassen: »Es ist... meine Frau weiß von nichts. Sie könnten mir schwer schaden, wenn sie es erfahren würde.«

Ach, sieh mal an, denkt Ursula. Am liebsten hätte sie ihm ins Gesicht geschleudert, daß sie das einen Dreck interessiert in Anbetracht der Tatsache, daß er sie ruinieren will.

Aber sie lächelt ihm beruhigend zu.

»Ach, Gott, ich habe doch Verständnis. Sie ist ja nun wirklich ein junges, hübsches Ding. Und Ihre Frau ist nun doch auch schon in den Jahren...«

Wahrscheinlich so alt wie ich, denkt sie dabei.

»Ja, ja, genau«, bestätigt er eifrig, glücklich über ihre Einsichtigkeit. »Da haben Sie recht!«

»Das dachte ich mir«, nickt Ursula ihm zu. »Und sie beide passen so gut zusammen«, setzt sie noch eins drauf.

»Ja, finden Sie wirklich?« Jetzt strahlt er bereits. »Wissen Sie, ich finde das auch. Ich habe auch vor, Bianca zu...«, er bricht abrupt ab. Offensichtlich ist ihm in der letzten Sekunde eingefallen, daß er Ursula schlecht erläutern kann, wie er an ihr Geld zu kommen gedenkt. »Ja, ich«, versucht er sich zu retten, »ich finde das auch, aber ich weiß natürlich, daß die Geschichte mit Bianca keine Zukunft hat. Überhaupt keine. Ich will ja auch meine Frau nicht verletzen. Sie war mir all die Jahre eine gute Ehefrau. Das würde ich nie über mich bringen.«

Er schaut Ursula eingehend an. So, als ob er überprüfen wolle, ob er sie damit überzeugt hat. Anscheinend ist er mit dem Ergebnis noch nicht ganz zufrieden. »Ich würde meine Frau nie verlassen! Nie!« beteuert er nochmals. Ursula überlegt, ob sie ihm eine in seine wohlgefällige Visage scheuern soll. »Das würde ja an Verrat grenzen«, fügt er hinzu und bekräftigt dieses fiktive, abscheuliche Vergehen mit einem resoluten Kopfnicken.

»Tatsächlich, ja!« Ursula schaut ihm direkt in die Augen. »Ich verstehe Sie gut. Alte Bande zerschneidet man nicht!«

»Ja, ja, genau, genau! Ein Abenteuer, sonst nichts. Wissen Sie«, er lacht und macht Anstalten, sich wieder zu erheben, »ein bißchen was Frisches, Knuspriges – das schadet doch keinem. Was?«

Ursula schaut auf seine welkende Haut und auf seinen Bauch, der leicht über das Badetuch lappt.

»Ja«, sagt sie ernsthaft. »Das haben Männer uns eben voraus. Sie bleiben attraktiv bis ins hohe Alter.«

»Stimmt!« bestätigt er von oben herab. »Das ist eben die Natur, Frau Winkler.« Er lächelt selbstgefällig und bückt sich nochmals etwas zu ihr herunter: »Ganz im Vertrauen, bei uns war das auch so. Bianca hat sich auf der Stelle in mich verliebt. So einen Mann wie mich hatte sie noch nie, hat sie mir gesagt. Das ist doch was. Was?«

»Ja, tatsächlich, das ist was. Was ist denn mit dem Angebot, das Sie mir machen wollten?«

»Ach«, er zögert, »das ist in Arbeit. Die Feiertage – Sie verstehen. Ich werde meinen Leuten Dampf machen, wenn ich wieder zurück bin. Darauf können Sie sich verlassen!« Er zieht den Bauch ein und wendet sich zum Gehen, dreht sich aber nochmals um: »Haben Sie denn wirklich Interesse?«

»Vielleicht«, sagt sie leichthin.

Er grinst sie an: »Ja, ja. Ein Mann hat eben die Führungsnatur. Das ist gottgegeben. Sie werden schon sehen, Frau Winkler, Ihre Firma wäre in guten Händen. Sie bekommen von mir ein Top-Angebot!«

Er macht einen Schritt, verharrt, kommt zurück und bückt sich nochmals zu ihr hinunter: »Und, äh, Frau Winkler, das mit meinem Angebot – meine Frau darf davon nichts wissen. Erst, wenn wir wirklich abschließen. Es soll eine Überraschung für sie werden...«

»Oh«, Ursula macht große Augen, »das ist aber ein wahrlich großzügiges Geschenk! Eine ganze Firma! Wie originell!«

»Ja, nicht wahr?« Damit geht er davon zu seiner Bianca, die die Zeit ohne ihn wahrscheinlich gut ausgenützt hat, denn kurz darauf ist der junge Mann von gegenüber wieder da.

»Es liegt wirklich in der Natur«, sagt Ursula leise, und zum ersten Mal seit langem ist ihr danach, herzhaft zu lachen.

Am Samstagmorgen bestellt sie von ihrem Hotelzimmer aus telefonisch eine Frühstücksplatte bei Plöger, ihrem Lieblingsfeinkostgeschäft in der Frankfurter Freßgasse, denn es war ihr jäh eingefallen, daß sie überhaupt nichts zu Hause hat, was sie ihrem Besuch hätte anbieten können. So läßt sie eine Auswahl an kleinen Köstlichkeiten zusammenstellen, und zusätzlich so profane Dinge wie Eier, Butter und Brötchen. Vorsichtshalber auch noch Kaffee. Draußen scheint die Sonne, es verspricht ein herrlicher Tag zu werden. Sie setzt sich noch ein bißchen ins Freie und bestellt dann die Rechnung. Die schlägt ihr so auf den Magen, daß sie einen Pfeffer-

128

minztee braucht. Die Telefonate waren teurer als der Wein! Was haben die in Österreich denn für Tarife! Dafür telefoniert sie zu Hause einen ganzen Monat! Nicht ärgern, sagt sie sich, heimzahlen! An den Arlberg fährt sie nie wieder.

DER PLAN

Lutz Wolff ist pünktlich. Das gefällt ihr. Auf Disziplin legt Ursula wert. Er fährt einen Porsche. Das gefällt ihr weniger, denn für sie ist das ein ausgesprochenes Aufschneiderauto. Außerdem läßt das Rückschlüsse auf seine Preise ziehen. Er hält eine Flasche Champagner im Arm.

»Oh«, begrüßt sie ihn, »Ihnen scheint es ja wirklich gut zu gehen...«

»Der ist aus unserem Keller«, grinst er sie an und hält den Champagner hoch, »und der«, damit deutet er mit dem Daumen über seine Schulter zum Porsche,« ist von meiner Freundin.«

Sodom und Gomorrha, denkt Ursula, dagegen ist Willy Waffel ja ein Täufling.

»Na, dann kommen Sie doch erst einmal herein«, sie hält ihm die Tür auf.

Er schaut sich um und nickt ihr dann zu. »Gratuliere. Sie besitzen einen ausgesprochen guten Geschmack.«

Uwe Schwarzenberg fällt ihr ein. Aber komischerweise geht es ihr diesmal ganz anders. Der hier ist keiner, der ihr nach dem Mund redet. Er hat eine völlig andere Ausstrahlung. Einfach ein Mann, der sagt, was er denkt. Und seine Meinung vertritt. Sonst hätte er seinen Wagen um die Ecke gestellt. Er konnte sich ja ausmalen, was sie darüber denken würde.

Aus seinem Munde freut sie das kleine Lob sogar.

»Bitte, nehmen Sie doch Platz.«

Sie hat den niedrigen Acryltisch stilvoll gedeckt und deutet auf das leinenfarbene Dreisitzersofa. Sie selbst hat sich einen Sessel dazu geschoben.

»Es ist zum Frühstücken nicht ganz so praktisch wie am Küchentisch, aber ich denke, es geht schon.«

Er stellt seine Flasche mitten zwischen die verschiedenen Krabbensalate auf den Tisch.

»Ich habe eine gekühlt im Eisschrank«, beeilt sich Ursula zu sagen.

»Sie *ist* gekühlt«, sein scharfer Unterton läßt sie aufblikken.

Er erinnert sie zunehmend an Walter.

Nicht nur, wie er seine Sätze formuliert, sondern auch wie er dasitzt. Stocksteif wie auf einem Konferenzstuhl. Er bildet den perfekten Kontrast zu der weichen, tiefen Couch.

»Bitte, bedienen Sie sich.« Ursula beobachtet, wie er ein Brötchen aufschneidet und es mit Matjes belegt. Das hat sie bei Walter schon nie verstanden.

Merkwürdig.

Ob Walter mit Margarete fremdgegangen ist?

Blödsinn.

Sie schüttelt über sich selbst den Kopf.

Jetzt sieht sie schon Gespenster.

Lutz Wolff ist gut vorbereitet. Er zieht die Kopien zweier Briefe heraus. Der eine an die Firma Distel adressiert, der andere an die Firma Auerbach. Absender Verpackung-Waffel.

Ursula schaut Lutz überrascht an. Das hat sie nicht erwartet. »Sie haben Ihre Spione wohl überall sitzen«, sagt sie, und er lächelt geschmeichelt. Hier steht es schwarz auf weiß. Willy Waffel bietet auf den von WWV offerierten Preis, egal in welcher Höhe, zehn Prozent Nachlaß. Voraussetzung ist der schriftliche Nachweis des letzten WWV-Angebotes. Die

Briefe sind von Mitte November datiert. Keine vierzehn Tage nach Walters Tod.

»Also haben beide Firmen schon mit dem Vorsatz gehandelt, ihren Vertrag mit uns wieder zu stornieren. Sie brauchten ihn nur als Beweisstück zur Vorlage.« Ursula schluckt. »Das ist ein herber Schlag. Gut, daß ich das gestern noch nicht in allen Einzelheiten gewußt habe!« Sie sieht Willy Waffel wieder vor ihrem Liegestuhl stehen und hat das spontane Bedürfnis, seine Frau anzurufen.

Nein, das wäre feige.

Sie wird es ihm anders zurückzahlen.

Lutz schaut sie kurz an, dann zieht er seinen Trumpf aus der feinen Lederaktentasche, Marke Porsche-Design.

»Es sind noch weitere Briefe verschickt worden.«

Ursula flimmert es vor den Augen. Ihr gesamter Kundenstamm ist angeschrieben worden. Sowohl Firmen, mit denen sie schon seit Jahren zusammenarbeitet, als auch ganz neue.

Keiner hat ihr einen Tip gegeben, hat sich über diese Art von Kundenabwerbung aufgeregt.

Keiner war anständig genug, ihr einen solchen Waffel-Brief zu schicken. Noch nicht einmal vertraulich oder anonym.

»Das sitzt!« Ursula holt tief Luft. »Das muß ich erst einmal verdauen.«

Sie läuft in die Küche und brüht sich einen frischen Tee auf. Es ist eine sinnlose Verrichtung, aber sie beruhigt.

Es sind alle gegen sie.

Das ist nichts Neues, aber noch nie war es so offensichtlich.

Sie steht völlig alleine da.

Mit einem Verräter in der eigenen Firma.

Was würde Walter tun?

Sie geht ins Wohnzimmer zurück.

Lutz ist aufgestanden und hat zwei Champagnergläser aus dem gläsernen Sidebord geholt. Eben öffnet er seine Flasche.

»Ich denke, das ist der geeignete Moment!«

»So? Denken Sie?« Ursula setzt sich auf ihren Sessel. »Mir ist es eigentlich nicht nach Feiern zumute!«

»Warum nicht? Den Feind zu kennen, ist schon viel wert. Zumal er nicht weiß, was wir wissen. Wir haben die Asse in der Hand. Und jetzt werden wir überlegen, wie wir sie ausspielen!«

Er hat recht.

Er hat ja so verdammt recht.

Ihre gute Laune kehrt schlagartig zurück.

»Das gefällt mir. Ja, das ist ein Spiel nach meinem Sinn!« Sie stößt mit ihm an, die Gläser klingen hell.

Dann blättert Ursula die Papiere nochmals durch.

»Haben Sie Willy Waffels Sekretärin bestochen?« fragt sie dann plötzlich.

Lutz zuckt die Achseln: »So ähnlich.«

»Wir hatten bei unserem Gespräch vorgestern doch beide einen Verdacht. Gibt es inzwischen auch irgendwelche schriftlichen Hinweise darauf, wer in meiner Firma falsch spielt?«

»Eben nicht. Noch nicht. Ich meine auch, daß wir uns zunächst einmal von jeder puren Vermutung frei machen sollten. Das schränkt den Blick zu sehr ein. Die Informationen waren wohl auf einer Diskette. Also muß es jemand sein, der mit Datenträgern zu tun hat. Diesen Kreis können wir sicherlich schon einmal eingrenzen.«

Ursula überlegt.

»Das könnte fast jeder sein. Die meisten haben Zugang zu unserer Kundenkartei. Die einen, weil sie Angebote schreiben, die andern, weil sie die Abwicklung betreuen, und schließlich noch die, die abrechnen.«

»Könnten Sie mir die Namen Ihrer Führungscrew und der Büromitarbeiter geben und auch, falls möglich, ein bißchen Hintergrundmaterial?«

»Die Namen sind leicht. Das könnten wir gleich jetzt machen. Aber um den Hintergrund habe ich mich nie gekümmert. Ich bin schließlich nicht Mutter Teresa!«

»Nein, tatsächlich!« Er lacht herzhaft. Dann greift er nach Notizblock und Füllfederhalter. »Nun gut, machen wir eine Liste.«

Zwei Stunden später verabschiedet sie ihn. Er steigt in seinen Wagen und winkt ihr nochmals lächelnd zu. Der Motor klingt tief und zuverlässig.

Sie bleibt stehen, bis er um die nächste Kurve gebogen ist.

Der Porsche paßt zu ihm, denkt sie, während sie ins Haus zurückgeht.

»So, mein Lieber«, sagt sie zu dem Silberrahmen, als sie abends abgeschminkt im Bett liegt, »hast du dir einen neuen Wirkungskreis gesucht und läßt mich jetzt in Ruhe? Soll mir recht sein – Gute Nacht!«

DAS ANGEBOT

Ihr erster Weg in der Firma führt sie am nächsten Morgen in das Arbeitszimmer ihres Mannes.

Sie hat es sich anders überlegt.

Sie wird die Zimmer nicht tauschen.

Wozu soll sie sich ständig mit ihm auseinandersetzen.

Er hatte seine Welt, sie hat ihre.

Und zudem hat sie das schönere Büro.

Sie geht durch das Sekretariat und setzt sich an ihren Schreibtisch. Die Morgenpost liegt schon bereit, Regina Lüdnitz ist wirklich eine tüchtige und umsichtige Frau, denkt Ursula. Ob sie…?

Ursula ist auf alles gefaßt. Ihr Wunschkandidat wäre Manfred Kühnen. Aber Kühnen hat sich damals mit einem Eklat von Waffel getrennt. Kaum vorzustellen, daß er freiwillig wieder – obwohl, hat er nicht auch Waffels Geheimnisse an die WWV verraten? Möglicherweise glaubt er, auf diese Weise ihren Platz zu bekommen. Wer weiß das schon?

Und wie wäre es mit seiner Sekretärin Braun-Schmidt? Genausogut könnte es dann aber auch Verena Müller von der Buchhaltung sein. Arnold Müller von der Rechtsabteilung fällt ihr ein. Vielleicht braucht er Geld für sein Eigenheim – falls er eines hat. Das muß Lutz Wolff jetzt eben alles herausfinden. Pressechef Rainer Witzmann ist gleichfalls über alles informiert. Der tut immer so bedeckt. Stille Wasser sind tief. Das trifft auch auf Gernot Schaudt, ihren loyalen Exportleiter zu. Nein, das ist nun wirklich lächerlich. Oder etwa nicht?

Es ist ein seltsames Gefühl, in fast jedem Angestellten einen potentiellen Verräter zu sehen. Ursula hat Mühe mit ihrer Konzentration. Bei jedem Gespräch, das sie an diesem Tag führt, hat sie die quälende Frage im Hinterkopf: Ist er's oder ist er's nicht? Die Konferenz erinnert sie an alte Schulzeiten. Keiner bemüht sich, ernsthaft etwas zu tun, alle schwadronieren nur wild durcheinander. Natürlich: noch fühlt sich jeder als Detektiv, und Ursula kann sie nicht beruhigen. Sie will nicht verraten, daß Lutz Wolff sich der Sache angenommen hat. Ihr ungetreuer Angestellter soll sich sicher fühlen. Wie sie schon vorausgesehen hat, sind keine neuen Aufträge eingegangen. Sie denkt an die neue Maschine, die Walter vor einem halben Jahr noch angeschafft hat. Knapp vier Millionen Mark hat er dafür investiert, und es war klar, daß sie sich nur refinanzieren kann, wenn die kalkulierten 750000 Stück pro Tag durchlaufen, wenn sie also Tag und Nacht in Betrieb ist. Und es sah damals nicht so aus, als ob diese Vorgabe in absehbarer Zeit zu einem Problem werden könnte.

»Wir müssen unsere 25 Millionen Umsatz im Jahr halten«, wirft sie plötzlich in die Diskussion. Alle schauen zu ihr her. »Ja, meine Herren. Es geht uns alle an, es ist unsere gemeinsame Zukunft, was mit dieser Firma geschieht. Strengen Sie sich an, lassen Sie sich etwas einfallen. Wir brauchen Aufträge, wir brauchen Geld. Wir haben Stornierungen von 4,2 Millionen Mark. Wenn wir mit unseren Umsätzen unter die 20-Millionen-Mark-Grenze rutschen, wird es kritisch. Für uns alle!« Sie schlägt ihren Ordner zu, steht auf und geht hinaus. Als sie die Tür schließt, hört sie, wie der Tumult ausbricht. Wider Willen muß sie grinsen. Alle werden jetzt die Panik bekommen, und ihr kleiner, widerlicher Freund wird sich die Hände reiben und glauben, er habe es bald geschafft.

Zwei Tage später liegt ein Einschreiben auf ihrem Schreibtisch. Obwohl sie sich darüber erhaben fühlt, spürt sie, wie ihr der Schweiß ausbricht. Also, jetzt! Willy Waffel hat den Dolch gezückt.

Sie nimmt den Brieföffner, sticht hinein und fährt langsam und fast genüßlich am Falz entlang. Dann zieht sie den Brief heraus. Anrede, Geschmuse, blah, blah, blah, sie sucht nur nach der ausgedruckten Summe. Dann hat sie sie. Erbost schlägt sie mit der Faust darauf. 15 Millionen Mark hat er ihr geboten, das Schwein, und erdreistet sich auch noch, ihr zu schreiben, daß dies, angesichts der schwierigen Lage, in der sich ihre Firma nach Auskünften von Branchenkennern wohl befände, ein absolut faires Angebot sei. Er bietet gut zehn Millionen unter Wert! Ursula muß sich sehr beherrschen. Am liebsten hätte sie ihn direkt angerufen und zur Rede gestellt. Aber sie will ihn dingfest machen. Mitsamt seinem feinen Komplizen. Sie ruft Lutz Wolff an. Der lacht: »Prima, das ist ja schneller gegangen, als ich befürchtet hatte. Dem brennt der Kittel wohl wirklich, sonst hätte er, um auch wirklich sicher zu gehen, noch vierzehn Tage abgewartet. Wenn nicht sogar einen Monat!«

»So lange wollten Sie zuwarten? Sind Sie wahnsinnig? Das hätte wirklich meinen Ruin bedeuten können!«

»Wir hätten uns natürlich früher etwas überlegen müssen. Aber so ist es jetzt doch viel besser. Geradezu phantastisch!«

Ursula verzieht das Gesicht.

»Einen Preis von 15 Millionen nenne ich nicht gerade phantastisch. Das nenne ich eine Frechheit!«

»Mag sein. Aber er liefert uns einen wunderbaren, letzten Beweis. Jetzt können wir ihn anzeigen.«

»Oh nein. Dann finde ich seinen Hintermann oder seine Hinterfrau nie heraus. Ich will, daß der sich verrät!«

»Wie wollen Sie das denn anstellen?«

Ursulas stahlblaue Augen werden eisig.

»Ich finde einen Weg. Ich werde darüber nachdenken und Ihnen rechtzeitig Bescheid geben! Vorher unternehmen Sie bitte nichts!«

Sie nimmt den Brief, greift zum Hörer und ruft Willy Waffel an.

Die Vermittlung verbindet sie zunächst in eine falsche Abteilung, und Waffels Sekretärin fragt zweimal nach, wer sie nun eigentlich sei. Bis sie Waffel in der Leitung hat, ist Ursula bereits an ihrem nervlichen Limit.

»Herr Waffel«, beginnt sie, ohne sich noch mit irgendeiner Begrüßung aufzuhalten, »sollten Sie einmal an einen Laden wie den meinigen kommen, müßten Sie sich eigentlich *von* schreiben!«

»Wie bitte?«

»Ihre Leute sind unfähig, schwer von Begriff. Ich verstehe jetzt, warum Sie meine Mannschaft wollen! Damit Sie Ihre hinauswerfen können!«

Waffel überlegt kurz, dann wird sein Ton verbindlich: »Ah, ich sehe, Frau Winkler, Sie haben mein Angebot erhalten und wollen mir nun zusagen!«

Ursulas Mundwinkel zuckt.

»Ich sehe, Sie passen zu Ihren Leuten!«

»Wie?«

» Das, was ich sagte!«

»Aha ... und was sagen Sie zu meinem Angebot ...«

»Es ist, äh, überdenkungswürdig ...«

»Ja, ja, das denke ich auch!«

»Von Ihrer Seite aus überdenkungswürdig, Herr Waffel. Von Ihrer Seite!«

»Wie soll ich das verstehen?«

»Ich denke, daß Ihr Hauptgebiet Kartonage ist, meines aber Kunststoff. Wir stellen zwar auch Kartonagen her, im Recyclingverfahren wie Sie wissen, aber vor allem besitze ich eine moderne, große kunststoffverarbeitende Verpackungsfirma. Mag sein, daß Ihnen da manches fremd vorkommt. Wir fahren höhere Umsätze als Sie, weil die herkömmliche Kartonage, wie Sie sie herstellen, auf dem absteigenden Ast ist. Es ist vorstellbar, daß Ihre Firma mit 15 Millionen Mark überbezahlt ist. Meine ist damit weit unterbezahlt. Das ist der Unterschied zwischen uns beiden!« Sie macht eine kurze Pause. »Unter anderem!« setzt sie nach.

Sie hört, wie er Luft holt.

»Tut mir leid, wenn ich Sie enttäuschen muß, Frau Winkler. Ihre Firma ist nichts mehr wert. In der Branche wird gemunkelt, daß Sie keine Aufträge mehr einfahren. Keiner traut Ihnen ein sachkundiges Management zu. Kunden, die früher bei Ihnen waren, sind plötzlich wieder auf dem Markt – sie schauen sich nach neuen Partnern um.«

»Was Sie nicht sagen!«

»Und noch etwas, Frau Winkler, Sie wissen genau, daß wir ebenfalls im kunststoffverarbeitenden Gewerbe sind. Nicht so groß wie Sie, das gebe ich zu, aber immerhin. Deshalb haben wir ja auch Erfahrung genug, Ihre Firma wieder aufzubauen. Wir wissen genau, warum Ihre Firma unweigerlich dem Konkurs entgegensteuert.«

»Und Sie werden es mir auch sicherlich gern verraten?«

»Mißmanagement in seiner schönsten Form, Frau Wink-

ler. Ich habe nichts gegen Sie als Frau – aber im Geschäft…
Sie sehen ja jetzt selbst, wo's hinführt.«

Ursula spürt, wie ihr Kiefer knackst. Gleich beißt sie sich
vor unterdrücktem Zorn noch einen Zahn aus. Sie zwingt
sich zu einem verbindlichen Ton. Dann sagt sie langsam: »Ich
möchte Ihnen einen Vorschlag machen, Herr Waffel. Lassen
Sie sich durch meine Firma führen, dann reden wir nochmal.«

Er überlegt kurz.

»Das wird an meinem Angebot nichts ändern.«

»Nun, vielleicht doch. Sie dürfen sich auch die Bilanzen
anschauen.«

»Ja, ja, gern!«

»Und Sie können sich sogar aussuchen, wer Sie begleiten
und informieren soll.«

Ursula hält die Luft an.

Jetzt kommt's.

Sie wartet gespannt.

»Ich kenne doch niemanden in Ihrer Firma!«

»Wie wär's denn mit Manfred Kühnen?«

Kurze Pause.

»Kühnen?« fragt Waffel.

Verdammt, jetzt ist er mißtrauisch geworden, ärgert sich
Ursula.

»Nur über meine Leiche!«

Also Kühnen ist es nicht, denkt Ursula. Falsch getippt. Sie
streicht ihn in Gedanken von ihrer Liste ab.

»Führen Sie mich doch«, schlägt er vor.

Mist! Es hätte so einfach sein können!

»Wann wollen Sie denn kommen, Herr Waffel?«

Kurze Pause.

»Die Terminplanung obliegt meiner Sekretärin. Ich lasse
Ihnen Bescheid geben!«

Angeber, denkt sie. Dann schießt sie zurück: »Kommen Sie
alleine?«

Er räuspert sich. Die Stimme senkt sich: »Sie wissen doch, es soll eine Überraschung sein...«

»Ich dachte eigentlich nicht an Ihre Frau!«

»Ach, das – das ist – das hat sich längst erledigt, das war Urlaub. Aus und vorbei. Ich hab' s schon wieder vergessen. Am besten ist, Sie vergessen's auch!«

Ursula denkt den ganzen Abend darüber nach. Wenn Kühnen ausscheidet, wer ist es dann? Sie kann an den anderen nichts Verdächtiges finden. Oder aber, es sind alle verdächtig.

Sie geht essen, um sich auf andere Gedanken zu bringen. *La Fattoria* hat ihr recht gut gefallen. Und vor allem kann man dort auch ganz gut alleine hin.

Sie hat reserviert, aber als sie ankommt, stellt sie fest, daß es nicht nötig gewesen wäre. Ludwig sitzt bereits da, ebenfalls alleine.

»Na, das ist ja eine Überraschung!« strahlt er sie an.

Ursula ist nicht ganz so begeistert. Seit seiner Silvesterlüge bohrt ein kleiner Stachel in ihr. Hätte sie seinen Wagen draußen entdeckt, wäre sie bestimmt wieder weggefahren.

Jetzt ist es zu spät.

»Erwartest du noch jemanden?« fragt sie hoffnungsfroh.

»Nein, wir können uns ganz mit uns beschäftigen. Bitte setz dich doch!«

Sie mustert ihn kurz, aber er lächelt offen und rückt ihr einen Stuhl zurecht.

Vielleicht hat sie sich den etwas anzüglichen Unterton auch nur eingebildet.

»Wie geht's dir denn so?« Er greift nach ihrer Hand. »Ich habe oft an dich gedacht. Und ich denke auch oft an Walter. Ich dachte, ich lasse dich ein bißchen in Ruhe, damit du über den Schmerz hinwegkommst.«

»Ist es nicht eher so, daß dir deine Forschung keine Zeit für andere Dinge läßt?«

Sie zieht die Hand wieder zurück.

Er lacht: »Ich sollte eigentlich wissen, daß du mich einfach zu gut kennst. Gut, ich geb's zu, ich bin ein gutes Stück weitergekommen.«

»Ich werde nie verstehen, was dich daran so fasziniert. Tot ist tot. Wodurch, ist doch eigentlich egal.«

»Das ist es eben nicht, liebe Ursula.«

Der Kellner kommt, beide bestellen sie Fisch.

»Du mußt dir den menschlichen Körper einfach nur mal plastisch vorstellen. Klar kann man den mit allen möglichen Mitteln ausschalten. Aber denke doch einmal subtiler. Denke dich in den Körper *hinein*. Welches Zusammenspiel nötig ist, welche unglaublichen Mechanismen ablaufen müssen, nur damit du beispielsweise einen Finger bewegen kannst. Dazu noch deine ganzen Organe, die pausenlos Schwerstarbeit verrichten. Und jetzt stell dir mal das menschliche Nervensystem vor. Ein Gewirr von Hauptsträngen und Verbindungsstellen, das dichteste Eisenbahnnetz der Welt ist lächerlich dagegen. Und nun die Sabotage: einige Weichen werden vom Netz abgetrennt, stillgelegt. Die Züge bleiben stecken. Welches Chaos, welche Katastrophe, alles bricht zusammen.«

Ursula hat ihm kühl zugehört.

»Ich nehme an, du sprichst von Curare oder so etwas. Und deine Eisenbahnweichen sollen Synapsen sein.«

»Ja, eben. Welches Schicksal. Wenn diese klitzekleine Verbindungsstelle zwischen den Fortsätzen zweier Nervenzellen oder zwischen der Nervenfaser und der Muskelfaser lahmgelegt wird, geht nichts mehr. Das ganze Gerüst Mensch bricht zusammen. Exitus. Tot. Sag jetzt bloß nicht, daß das nicht faszinierend ist!«

»Könnten wir trotzdem mal anstoßen?«

Der Kellner hat Ursula aus Ludwigs Flasche eingeschenkt.

Sie läßt den Wein auf der Zunge zergehen, dann nickt sie Ludwig zu.

»Mit Weinen kennst du dich aus, das muß man dir lassen! Hast du die Geburtstagsflasche von Walter noch?«

Ludwig strahlt.

»Ich warte noch auf die besondere Gelegenheit. Einen 47iger Saint Emilion Impériale öffnet man nicht einfach so. Das muß schon etwas ganz Großes sein.«

Ursula lächelt: »Hoffst du etwa auf eine Hochzeit?«

»Ach, du lieber Himmel. Ich bin alleine auf die Welt gekommen und werde alleine sterben. Und die Frauen, mit denen ich zusammen war, haben nach einer Weile immer klar erkannt, daß es auch dabei bleiben sollte!«

Ursula nickt.

»Worauf wartest du denn dann? Auf den nächsten runden Geburtstag? Oder willst du ihn mit ins Grab nehmen?«

Ludwig schüttelt den Kopf: »Ich werde ihn schon noch trinken. Und zwar bald – darauf kannst du Gift nehmen!« Er lehnt sich etwas zu Ursula über den Tisch: »Ich bin ganz kurz davor, mit meinen Forschungsergebnissen an die Öffentlichkeit zu gehen. Was ich im Bereich der Toxine im Speichel von Insektenfressern herausgefunden habe, ist bahnbrechend, das garantiere ich dir. Keine Experimente mehr bei mir zu Hause, in meinem kleinen Labor. Meine Arbeit wird für Furore sorgen, Ludwig Fehr wird in die Wissenschaftsgeschichte eingehen. Und wenn ich meinen Namen zum ersten Mal in den Nachrichten höre, dann werde ich den Château Cheval Blanc öffnen, ganz still, ganz für mich alleine.«

Ursula hat interessiert zugehört.

»Soweit bist du schon?«

Ludwig lehnt sich wieder zurück. Sein Gesicht ist vor Aufregung ganz rot geworden, jetzt normalisiert sich sein Blutdruck langsam wieder.

»Nun, gut.«

Eine Weile schweigen beide.

»Wo Walter jetzt wohl ist?« fragt er dann plötzlich.

»Das kann ich dir genau sagen.« Ursulas Mundwinkel zuckt leicht. »Er hat mich noch nicht losgelassen.«

»Du meinst, er ist hier?«

Ursula zuckt die Achseln.

»Von Zeit zu Zeit spüre ich ihn. Jetzt zum Beispiel.«

Ludwig hebt das Glas: »Dann wollen wir mal mit ihm anstoßen!«

BEGEGNUNG

Es ist nachts um ein Uhr, als sie von *La Fattoria* losfährt. Ohne sich darüber voll bewußt zu sein, macht sie einen kleinen Umweg und fährt an der Firma vorbei. Sie ist schon ein gutes Stück vorbei, da tritt sie auf die Bremse. War da nicht ein Licht in einem der Fenster? Ob die Putzfrauen noch? – Nein, dazu ist es zu spät. Eine Spiegelung? Vielleicht der Mond? Sie schaut nach oben. Welcher Mond – der Himmel ist bedeckt.

Sie dreht um, fährt zurück.

Wenn sie unbemerkt in Walters Büro gelangen könnte. Jetzt hätte die Waffe in seiner Schublade wenigstens einen Sinn.

Sie fährt langsam auf die Firma zu. Alles ist dunkel.

Wo war das vorhin?

In welchem Fenster hat sie das Licht gesehen?

Sie stellt den Wagen auf der Straße ab, bleibt sitzen.

Oder hat sie sich getäuscht?

Was sollte jemand schon nachts in der Firma wollen? Sie denkt an Willy Waffel. Ob sein Agent gerade an der Arbeit ist?

Und was ist, wenn er die Firma genau jetzt verläßt und davonfährt, ohne daß sie erkennt, um wen es sich handelt?

Davonfährt – natürlich! Daß sie darauf nicht gleich gekommen ist! Auf dem Parkplatz muß das betreffende Auto stehen!

Sie greift nach ihrer dicken Jacke auf dem Nebensitz und steigt leise aus.

Den Schlüssel läßt sie in die Manteltasche gleiten, dann läuft sie schnell an der hohen Mauer entlang zur Pforte.

Der Parkplatz liegt vor ihr, sie bleibt kurz stehen.

Drei Autos stehen darauf.

Keines steht direkt am Eingang.

Sie weiß nicht, wem sie gehören.

Wie ärgerlich, daß sie sich nie um die Belange ihrer Mitarbeiter gekümmert hat. Der einzige Wagen, den sie erkennen könnte, ist Manfreds Kühnens neuer BMW. Aber Kühnen ist ja bereits aus der Reihe der Verdächtigen ausgeschieden, und es steht auch kein BMW auf dem Platz.

Eigentlich bräuchte sie jetzt nur hier stehenzubleiben. Der Firmeneingang ist gut zu sehen, es ist nur eine Frage der Geduld.

Ursula hat aber keine Geduld.

Nie gehabt, und in dieser Situation schon gar nicht.

Außerdem befürchtet sie, sich doch getäuscht zu haben.

Wie lächerlich. Frau Direktorin wacht nachts vor verlassenem Fabrikgebäude.

Womöglich entdeckt sie noch die Wach- und Schließgesellschaft.

Ursula versucht die Leuchtziffern ihrer Armbanduhr zu deuten.

Halb zwei. Der Schutzdienst kommt turnusmäßig alle zwei Stunden. Also in dreißig Minuten.

Sie geht schnell über den Hof, schließt leise auf, schleicht an der verlassenen Pförtnerloge vorbei in die Empfangshalle. Um sie herum ist es stockdunkel. Und still. Sie hört ihr eigenes Blut rauschen.

Vorsichtig tastet sie sich zur breiten Steintreppe, die zum ersten Stock hinaufführt.

Sie sieht kaum, wo sie hintritt.

Sie versucht, immer gleich große Schritte zu machen, um die dunklen Stufen etwa in der Mitte zu treffen.

Schon fast oben rutscht sie mit ihrer glatten Ledersohle ab, stürzt mit ihrem rechten Knie auf die nächste Treppenkante.

Es hallt durch das leere Haus, und der jähe Schmerz treibt ihr die Tränen in die Augen.

Sie hält die Luft an und verharrt regungslos.

Hat sie jemand gehört?

Dann richtet sie sich langsam wieder auf, versucht in der Dunkelheit etwas zu erkennen.

Zwecklos.

An der Wand entlang nimmt sie die restlichen Stufen.

Auf dem Treppenabsatz bleibt sie stehen.

Hier sind die Büros von Kühnen, Walter und ihr.

Die Buchhaltung liegt eine Etage höher, ziemlich genau über Walters Zimmer. Aus dieser Richtung kam ihrer Einschätzung nach auch der Lichtschein. Also weiter. In den nächsten Stock.

Worauf muß sie gefaßt sein?

Auf einen Gewaltverbrecher mit schwarzer Maske? Auf einen flinken Agenten mit Minikamera? Vielleicht auf Willy Waffel selbst??

Hätte der zu so etwas wirklich den Mumm?

Soll sie zuerst den Revolver holen?

Während sie noch überlegt, hört sie ein metallisches Klirren.

Sie zuckt zusammen.

Wo kam das her?

Es klang wie ein Schlüsselbund.

Sie starrt die Treppe hoch.

Es ist nichts zu erkennen.

Aber es kam von oben, sie ist sich sicher.

Leise geht sie Stufe für Stufe höher. Schon hat sie die Mitte hinter sich gelassen. Gleich wird sie wissen, was da gespielt wird.

Ein dumpfer Knall läßt sie herumfahren.

Das war eine Türe.

Irgendwo ist eine Türe zugefallen.

Sie steht stocksteif.

Was hat das zu bedeuten?!

Sie horcht.

Nichts rührt sich mehr. Absolute Stille.

Ursula beschließt, den Revolver aus Walters Büro zu holen.

Sie schlüpft aus ihren Schuhen.

So kann sie sich schneller bewegen und muß nicht immer auf die Geräusche ihrer Absätze achten. Dann läuft sie die Treppe wieder hinunter. Doch obwohl sie in Strümpfen geht, hört sie in der Stille ihre eigenen Schritte und befürchtet, daß ein anderer sie ebenfalls hören kann.

Ursula geht schnell den Gang entlang. Vor ihr ist es stock-dunkel, aber sie ist sich bewußt, daß sie sich als Silhouette gegen das große Fenster in ihrem Rücken abzeichnet. Ein schlürfendes Geräusch erschreckt sie. Sie drückt sich gegen die Wand, strengt ihre Augen an.

Was könnte das gewesen sein?

Eine Türe, die leise zugezogen wurde?

Wo?

Sie geht mit dem Rücken an der Wand einige Schritte wei-ter, da stößt sie mit der Schulter an etwas Leichtes, das hell klirrend auf dem Boden zerspringt.

Eine der eingerahmten Landschaftsfotografien.

Ursula erstarrt.

Wie ungeschickt.

Ein lauter Knall läßt sie herumfahren.

Das war ein Schuß!

Sie hält den Atem an.

Sie muß möglichst schnell die Polizei anrufen.

Und an den Revolver kommen.

Wer weiß, was noch alles passiert.

Ihr Herz pocht, und sie zwingt sich, vorsichtig an der Wand entlang weiterzugehen. Gleichzeitig hofft sie, daß Regina Lüdnitz das Sekretariat nicht abgeschlossen hat. Es könnte gefährlich werden, im Dunkeln lange nach dem richtigen Schlüssel suchen zu müssen.

Leise drückt sie die Klinke herunter.

Gut, offen!

Schlecht! Was denkt sich diese Person eigentlich? Morgen wird sie sie zur Rede stellen.

Keine Jalousien und keine Vorhänge verdunkeln die großen Fenster, trotzdem fällt kaum Licht herein. Die Nacht ist wirklich schwarz. Ursulas Augen haben sich zwar schon an die Dunkelheit gewöhnt, trotzdem kann sie kaum etwas erkennen. Sie bleibt kurz stehen, um sich zu orientieren. Dann geht sie langsam aber zielsicher zur gepolsterten Verbindungstüre. Die Klinke fühlt sich glatt und kalt an, sie läßt sich leicht hinunterdrücken. Geräuschlos öffnet sich die Türe zu Walters Zimmer. Auch nicht abgeschlossen! Ursula ärgert sich über die Nachlässigkeit ihrer Angestellten. Oder waren es die Putzfrauen? Sie wird der Sache jedenfalls nachgehen!

Es riecht merkwürdig. Abgestandene Luft, denkt sie. Es traut sich wohl keiner, hier zu lüften. Die denken wohl, Walters Seele könnte hinausfliegen. Oder befürchten sie eher, sie könnte wieder zurückkommen?

Ein leichtes Lächeln legt sich auf Ursulas Lippen, während sie um den mächtigen Schreibtisch herumgeht. Wenn es wenigstens ein bißchen heller wäre! Vor der rechten Seite des Schreibtisches geht sie in die Hocke und tastet nach der obersten Schublade. Ein unbestimmtes Gefühl läßt sie innehalten. Ursula fühlt sich beobachtet, sie spürt eine Eiseskälte in ihrem

Nacken. Wie in Zeitlupe dreht sie den Kopf nach links. Schräg über ihr schwebt ein Gesicht. Walter! Entsetzt springt sie auf, knallt schmerzhaft gegen die spitze Ecke des Schreibtisches, stürzt zur Tür. Fiebernd sucht sie den Lichtschalter, bereit zur Flucht. Die Neonröhre flackert kurz, dann wirft sie ein grelles, kaltes Licht auf Walters schwarzen Scheibtischsessel, der vom Schreibtisch weg in Richtung Fenster gedreht ist. Eine Gestalt hängt darin, der Kopf baumelt nach unten, durch die breite Lehne fast verdeckt. Walter kann's nicht sein, versucht sich Ursula zu beruhigen. Ein anderer. Aber wer?

Sie schaut sich um. Außer ihr und dieser Leiche ist niemand zu sehen.

Leiche? Tot? Wirklich tot? Und das in Walters Ledersessel?

Zögernd nähert sie sich, bleibt vor dem Schreibtisch stehen. Jetzt erkennt sie ihn, obwohl der Tod seine Gesichtszüge entstellt hat. Es ist Gernot Schaudt. Er hat ein gräßliches Loch in der Stirn, seine Augen sind hervorgequollen, das Kinn hängt herab, überall klebt frisches Blut. Auf dem Boden liegt Walters Revolver. Das war also der Schuß. Gernot Schaudt hat sich umgebracht. Oder war's Mord? Was hatte der Exportleiter dann in Walters Büro zu suchen? Und wenn es Mord war – wo ist der Mörder? Etwa noch im Haus? Hinter ihr?

Ursula dreht sich schnell um, schaut zur Tür. Niemand da. Sie ist vollkommen alleine. Mit einem Toten.

Was soll sie tun? Die Polizei rufen? Sie blickt zum Telefon und entdeckt einen Brief auf dem Schreibtisch.

Sie will danach greifen, überlegt es sich in der Bewegung aber anders.

Es steht kein Name darauf, nichts, der Umschlag ist blütenweiß.

Aber daß er hier, auf Walters Schreibtisch liegt, sagt alles!

Ursula holt tief Luft.

Also war's er! Gernot Schaudt, ihr loyaler Exportleiter, immer zuverlässig, voraussehend, geschniegelt und gebügelt – und jetzt das! Wahrscheinlich hat ihm sein schlechtes Gewissen keine Ruhe mehr gelassen. Oder Willy Waffel hat ihm erklärt, daß er ihm nach der Übernahme als Dank für die Spionage kündigen wird. Das sähe Waffel ähnlich!

In dem Brief wird Schaudt alles erklärt haben. Seinen Verrat, seinen Selbstmord.

Sie wirft nochmals einen Blick auf ihn. Soll sie jetzt die Polizei anrufen? Sie sieht Blaulicht, Polizisten, Fragen nach ihrem nächtlichen Aufenthalt in der Firma und Schlagzeilen vor sich. Irgend jemand wird Gernot Schaudt morgen schon entdecken. Dann läßt sich die Angelegenheit schonend bereinigen. Die Dinge gehen ihren Lauf.

Ursula schaut auf die Uhr. Kurz vor zwei. Gleich wird die Wach- und Schließgesellschaft vorbeikommen. Besser, sie löscht das Licht.

Sie spürt eine sanfte Erleichterung, als sie die Türe hinter sich zuzieht.

Der Fall ist abgeschlossen.

Willy Waffel wird sich wundern.

Ihre Augenbraue zuckt, und ein diebisches Lächeln stiehlt sich auf ihre Mundwinkel.

EINE LEICHE IM SESSEL

Der Donnerstag vergeht, ohne daß Gernot Schaudt entdeckt worden wäre. Ursula wundert sich. Keiner scheint ihn zu vermissen. Wenigstens seine Frau hätte doch einmal anrufen können. Aber auch seine Kollegen erwähnen ihn nicht. Wahrscheinlich glauben alle, er sei krank. Soll sie jemanden in Walters Büro schicken? Das hat sie noch nie getan, das würde auffallen. Ihn selbst entdecken? Der Gedanke behagt ihr auch nicht.

Sie wird auf ihrem Nachhauseweg bei Lutz Wolff vorbeifahren. Zumindest ihn sollte sie ja über die neue Entwicklung aufklären. Dann kann er den Fall abschließen und muß keine weiteren Stunden mehr auf die Rechnung setzen. Also drängt die Zeit. Sie blickt schnell auf ihre Armbanduhr. 16 Uhr. Ob eine Detektei um 16 Uhr noch besetzt ist? Vorsichtshalber ruft sie ihn an. Eine Sekretärin klärt sie auf, daß sie erst um 18 Uhr Feierabend hätten und daß Lutz Wolff bis etwa 17 Uhr bei einem Termin sei.

»Das paßt«, nickt Ursula und macht sich auf den Weg.

Wenn Gernot Schaudt morgen auch nicht entdeckt wird, muß sie sich etwas überlegen. Über das Wochenende kann sie ihn auf keinen Fall da drinnen sitzen lassen. Ein verwesender Exportchef in Walters Sessel!

Ursula quält sich in einer riesigen Autoschlange durch Frankfurt. Es ist bereits dunkel und naßkalt. Die Seitenscheiben ihres Golfs sind beschlagen, und der Scheibenwischer verteilt eine schmierige Schicht über die Frontscheibe. Ein leichter Nieselregen setzt ein. Ursula sieht kaum noch etwas, sie orientiert sich an ihrem Vordermann. Im Schrittempo nähert sie sich dem Messeturm.

Punkt 17 Uhr steht sie in Wolffs Detektei. Alles wirkt sehr beschäftigt, fast jeder hängt an einem Telefon, sie kommt sich vor wie in der Börse. Eine junge Frau erspäht sie, fragt sie, ob sie angemeldet sei. Nein, aber Lutz Wolff wird sie schon empfangen, gibt sie kühl zur Antwort. Sie erntet einen zweifelnden Blick, aber sie gelangt in Wolffs Büro. Er müßte jeden Augenblick kommen. Das ist Ursula recht, so kann sie sich noch etwas umschauen.

Kurz darauf steht ihr Chefdetektiv im Türrahmen. Er wirkt überrascht, fängt sich aber schnell: »Schönen guten Abend,

Frau Winkler, mit Ihnen habe ich nun überhaupt nicht gerechnet. Ist etwas passiert?«

Ursula nickt nur, und Lutz schließt die Türe, bevor er ihr die Hand reicht und Platz anbietet. Er setzt sich hinter seinen chromglänzenden Schreibtisch, springt aber gleich wieder auf: »Darf ich Ihnen etwas zum Trinken anbieten?«

»Stimmt etwas nicht?« fragt sie ihn statt einer Antwort.

»Warum?«

»Sie wirken so... so verfahren. Gar nicht Ihre Art!«

Er läßt sich in seinen Sessel zurücksinken. »Ich habe einen recht anstrengenden Tag hinter mir. Das ist alles. Eine Geschichte läuft quer, und das gefällt mir nicht!«

»Unsere?«

»Nein, nein! Überhaupt nicht«, winkt er ab. Kurze Zeit ist es völlig still im Raum. Dann ändert sich sein Gesichtsausdruck, er betrachtet Ursula aufmerksam. »Was gibt's denn?«

Ursula läßt sich den Satz auf der Zunge zergehen: »Wir sind am Ende!«

»Bitte?« Er runzelt die Stirn, beugt sich nach vorn: »Ich verstehe Sie nicht!«

»Der Fall ist gelöst!« Ursula betont jedes Wort. »Durch Selbstjustiz!«

»Sie wollen sagen... wer!?«

»Unser Exportleiter, Gernot Schaudt!« Ursula erzählt kurz, was sich in der vergangenen Nacht zugetragen hat. Lutz sitzt kerzengerade, unbeweglich. Schließlich sagt er: »Und er sitzt noch immer im Sessel ihres Mannes? Tot? Mit einer Kugel im Kopf?«

Ursula nickt.

»Sie können ihn da doch nicht sitzen lassen!«

»Ich kann ihn aber auch schlecht hinaustragen!«

»Die Heizungen laufen. Er wird verwesen. Bald riecht man ihn durch die ganze Firma!«

»Soweit will ich es natürlich nicht kommen lassen. Was würden Sie denn tun?«

Lutz fixiert mit zusammengekniffenen Augen die Zimmerpalme, dann läßt er sich in seinem Lehnstuhl zurücksinken. »Heute nacht wird er entdeckt werden!«

»Ach ja? Wer soll ihn entdecken?«

»Ganz automatisch. Die Putzfrauen!«

Daran hat Ursula noch überhaupt nicht gedacht. Natürlich. Das klingt logisch. Auf der anderen Seite ist es fraglich, ob ein unbenütztes Zimmer jede Nacht gereinigt wird. Eher unwahrscheinlich. Und dazu Zeit- und Geldverschwendung.

»Wir werden sehen«, Ursula zuckt die Achseln. »Was machen wir jetzt mit Herrn Waffel?«

»Wenn der Brief gefunden wird, ist er vermutlich ein weiteres Beweisstück gegen Willy Waffel. Damit sitzt er in der Falle!«

»Hoffentlich entwendet keiner den Brief!«

»Sie können ja immer noch in die Firma zurück und es der Polizei melden. An Ihrer Stelle hätte ich das gleich getan!«

»Nein, nein! Blaulicht und Tütata nachts vor meiner Firma. Glauben Sie, ich will das in allen Zeitungen lesen? Dann springen uns womöglich auch noch die letzten Kunden ab. Nein, nein, Herr Schaudt soll ganz unauffällig durch einen Krankenwagen entsorgt werden. Von mir aus auch noch durch einen Leichenwagen. Aber damit hat sich's dann auch. Soll er in Frieden ruhen. Aber ich halte mich da raus!«

Lutz nickt langsam. »Gut, ich verstehe. Warten wir ab, was bis morgen passiert!«

Ursula steht auf. »Ich werde Sie auf dem Laufenden halten.«

Lutz geht voraus zu seiner Bürotüre, öffnet sie für Ursula. Sie nickt ihm zu und will an ihm vorbei. Mit einem Ruck bleibt sie im Türrahmen stehen, geht blitzartig zurück und zischt: »Machen Sie die Türe zu!«

Lutz schaut sie verständnislos an.

»Sie sollen die Türe zumachen! Da ist sie!«

»Wer ist wo?« Er drückt die Türe zu.

»Die Freundin von Willy Waffel spaziert in Ihrem Büro herum. Wie kommt sie hierher? Was tut sie da?«

»Wer?«

»Na, Blondy. Ich habe Ihnen doch von ihr erzählt!«

»Zeigen Sie sie mir!«

Langsam zieht Lutz die Türe wieder auf. Aber Ursula kann das Mädchen nicht mehr entdecken. Zu viele Trennwände versperren die Sicht.

»Da!« In einem der großen Fenster spiegelt sich gegen die Dunkelheit etwas Rotes. »Sie hatte eine rote Bluse an, das muß sie sein!«

»Das ist Bianca Kleiner. Sie hilft im Sekretariat. Macht Ablagen, Kopien, Botengänge und solche Dinge. *Das* soll Willy Waffels Freundin sein?«

»Tausende von jungen Frauen leben in Frankfurt. Und Sie haben ausgerechnet Willy Waffels Freundin eingestellt? Das kann doch nicht wahr sein! Wenn die etwas in die Finger bekommt?«

Lutz verdreht die Augen: »Ich hab's doch nicht gewußt. Woher sollte ich das denn ahnen?!«

»Ist es nicht zufällig auch Ihre Freundin?«

»Meine? Wollen Sie mich beleidigen?«

»Sie sagten doch, ihre sei auch blond!«

»Das ist überhaupt kein Vergleich!«

Ursula schaut ihn kurz an.

»Na, schön. Sorgen Sie dafür, daß ich hier herauskomme, ohne daß sie mich sieht. Und daß sie nicht eine einzige meiner Akten in die Finger bekommt! Am besten nehme ich sie gleich mit!«

»Der Fall ist noch nicht abgeschlossen.«

»Für mich schon!«

»Ich werde die Akte einschließen!«

»Mitnehmen. Zu sich nach Hause! Nicht einschließen!«

»Nun gut. Bianca bekommt nichts von unseren Erkenntnissen in die Finger. Das verspreche ich!«

»Bianca???«

DIE ABSTEIGE

Zehn Minuten später versucht Ursula, ihren Wagen auszuparken. Sie wurde Stoßstange auf Stoßstange eingekeilt. Auch das noch. Entweder muß sie jetzt auf einen der Besitzer warten oder den Wagen stehenlassen. Sie wartet zehn Minuten, dann winkt sie einem vorbeifahrenden Taxi. Sie hat Glück, es hält. Während sie ihre Adresse angibt, sieht sie einen Jeep vor das große Geschäftshaus fahren. Er stellt sich quer auf den Gehweg. Ursula dreht sich nach ihm um, dann beugt sie sich hastig zu dem Taxifahrer vor: »Warten Sie einen Moment.«

»Ich blockiere hier den Verkehr!«

»Ich gebe Ihnen 50 Mark extra. Ich muß sehen, was dort passiert!«

Willy Waffel steigt aus. Hinter dem Taxi hupen die Autos. Der Fahrer schaltet die Warnblinkanlage ein. Kurz darauf kehrt Willy zurück. Im Arm Blondy, das Büromädchen von Lutz Wolff.

»Fahren Sie den beiden nach!«

»Spielen wir hier Rockford oder so was?«

»Ich erhöhe die Prämie auf 100 Mark, wenn Sie mich nicht mit Fragen belästigen!«

Wo war Willy Waffel? Etwa in der Detektei? Kennen sich die beiden feinen Herren? Heißt der wahre Feind möglicherweise Wolff und nicht Waffel? Was ergibt das für einen Sinn?

Der Jeep holpert den Gehsteig herunter, das Taxi fährt an.

»Machen Sie doch die Warnblinkanlage aus! Oder erwarten Sie von den beiden Hilfe?«

Der Taxifahrer wirft ihr im Spiegel einen mißmutigen Blick zu, dann drückt er auf den rotblinkenden Schalter und reiht sich hinter dem Jeep ein.

»Verlieren Sie ihn bloß nicht!«

»Wollen Sie nicht vielleicht selber fahren?«

Unter normalen Umständen wäre Ursula wütend ausgestiegen. Aber jetzt schweigt sie verbissen. Sie ärgert sich tödlich. Und ausgerechnet diesem Wolff hat sie alles erzählt. Was hat er vorhin noch gesagt? Hoffentlich verschwindet der Brief als Beweisstück nicht. Ha! Und wenn er ihn jetzt selbst verschwinden läßt? Oder war's vielleicht doch Mord, und der Brief ist fingiert, um den wahren Täter zu schützen? Stand einer von den beiden letzte Nacht hinter der Tür, als sie Schaudt entdeckte?

Ihre Gedanken drehen sich im Kreis. Was soll sie tun? Zur Firma fahren? Den beiden nachfahren?

Ihre Augenbraue zuckt unbeherrscht.

»Gut, daß du da bist, Walter! Ich brauch' dich jetzt!«

»Was ist?«

»Nichts ist. Fahren Sie weiter!«

Der Jeep vor ihnen hat es eilig. Willy Waffel wechselt häufig die Spur, zweimal muß der Taxifahrer bei Rot über die Ampel, um ihn nicht zu verlieren.

»Das kann mich den Führerschein kosten«, schimpft er.

»Ich kaufe Ihnen einen neuen!« entgegnet Ursula.

Über eine halbe Stunde kurven sie bereits hinter dem Jeep her, durch die Frankfurter Außenbezirke sind sie schon fast durch. Anscheinend will Willy mit Blondy aufs Land. Ursula kommt eben zum Entschluß, doch besser zur Firma zurückzufahren, als der Geländewagen verlangsamt, in ein eng bebautes Vorortviertel abbiegt und der Fahrer in einer der vollgeparkten Straßen ganz offensichtlich nach einem Parkplatz sucht.

»Und jetzt?« fragt der Taxifahrer.

»Abwarten. Aber so, daß er uns nicht unbedingt sieht!«

Willy Waffel stellt sich quer vor eine Hofeinfahrt und steigt aus. Blondy möchte sich über seine Dreistigkeit offensichtlich kaputtlachen. Er geleitet sie mit großspurigen Gesten in ein schwach erleuchtetes Lokal.

»War's das jetzt?«

»Fahren Sie näher ran, und dann suchen wir eine Telefonzelle.«

»Wohl Ihr Mann, was? Bei solchen Spielchen sollte ich überhaupt nicht mitmachen!«

»Fremdgeher aller Länder vereinigt Euch, was? Daß ich nicht lache!«

»Ist dann die Fahrt beendet?«

»Nein, Sie verdienen noch ein bißchen an mir. Wir fahren noch woanders hin!«

In eine Pizzeria hat sich Herr Waffel mit seiner Geliebten zurückgezogen. Wie praktisch, denkt Ursula, denn zu dem Restaurant gehört ein kleines Hotel. Blondy wird auf ihr Appartement hinarbeiten, und Willy wird sich gebauchpinselt fühlen. Sie merkt sich den Namen des Etablissements. Zwei Straßen weiter finden sie eine Telefonzelle. Dort schlägt sie im Telefonbuch nach und ruft dann in der Pizzeria an.

»Guten Abend, ich hätte gern Herrn Waffel gesprochen.«

»Herrn Waffel? Kenne ich nicht.«

»Er hat mir aber gesagt, daß ich ihn heute abend bei Ihnen erreichen kann. Er muß da sein!«

»Wie soll er denn aussehen?«

»Um die Fünfzig, mit einer blonden jungen Begleiterin.«

»Aha. Herrn Weber meinen Sie?«

»Habe ich das nicht gesagt?«

»Ja, der ist Stammgast bei uns. Augenblick bitte!«

Durch die Geräuschkulisse hindurch hört sie eine erregte Diskussion. Ursula grinst. So, das Spiel habe ich dir jetzt vermasselt, was? Sie wartet noch, bis Willy Waffel sich mit einem zögernden »Hallo?« meldet, dann legt sie auf.

Sie gibt dem Taxifahrer ihre Firmenadresse und lehnt sich zurück. Winterliches Schneetreiben hat den leichten Nieselregen abgelöst. Dicke, schwere Flocken kleben an den Scheiben und an den Mänteln und Jacken der Menschen, die die Gehwege entlangeilen. Nur auf den Straßen bleibt der Schnee noch nicht liegen. Schade, denkt Ursula. Ein weicher, frischer Schneeteppich vor dem Firmeneingang hätte ihr einige Geheimnisse erzählt. So bleibt ihr nichts übrig, als selbst nachzuschauen.

Die Zeiger von Ursulas Armbanduhr stehen auf acht, als der Taxifahrer vor dem Firmeneingang hält. Die Fenster sind noch hell erleuchtet. Wahrscheinlich sind die Putzfrauen mitten in ihrer Arbeit.

»Da ist keiner mehr«, sagt er und deutet auf die leere Pförtnerloge.

»Das ist gut so«, antwortet sie.

Es ist noch zu früh. Es hat keinen Sinn, jetzt da oben herumzumarschieren. Ob Lutz Wolff schon da war? Oder erst noch kommt? Oder bereits wartet? Dann müßte sein Wagen irgendwo stehen. »Warten Sie einen Augenblick«, Ursula will aussteigen.

»Oh, nein! Nicht, bevor Sie bezahlt haben. Nachher verschwinden Sie hier, und ich habe die kurzen Hosen an!«

»Das wird nicht passieren!«

»Weiß ich's?«

198,30 DM rechnet der Taxifahrer aus. Inklusive seines 100-Mark-Bonus. Ursula blättert ihm einen 200-Mark-Schein hin und wartet mit ausgestreckter Hand auf ihr Rückgeld. Kaum ist sie ausgestiegen, gibt er Gas und fährt davon.

»Idiot!« brüllt sie ihm hinterher, »wer hat denn gesagt, daß die Fahrt beendet ist?«

Sie schaut an der Firma hoch. Klar, sie könnte hineingehen und nach einem anderen Taxi telefonieren. Aber wie würde das aussehen? Die Chefin mitten in der Nacht – und möglicherweise auch noch in der Nacht, in der Gernot Schaudts Leiche entdeckt wird? Putzfrauen sind die schlimmeren Boulevardzeitungen. Sie wird sich nach dem Porsche von Lutz Wolff umsehen und dann zur nächsten Telefonzelle gehen.

Der Schnee klebt bereits in ihren Haaren, die Pumps werden naß, und ihr leichter Kaschmir-Mantel ist auch nicht für winterliche Gewaltmärsche bei Minustemperaturen gedacht. Ursula klappt den Mantelkragen hoch. Ein ekelhaftes Wetter! Aber nun gut. Jetzt ist es so, und sie wird damit fertigwerden.

Ein leichter Lichtschein fällt aus den erleuchteten Fenstern auf den Parkplatz. Ganz einsehen kann sie ihn trotzdem nicht. Sie muß ihn ablaufen. Noch nie ist ihr aufgefallen, welche Ausmaße er hat. Zunächst ärgert sie sich darüber, dann denkt sie plötzlich: »Alles meins!« Der Gedanke gefällt ihr. Jeder Quadratmeter unter ihrer Schuhsohle ist ihr Grund und Boden. Und Willy Waffel kann gern hineinbeißen, wenn er das will. Kriegen wird er ihn nicht! Sie bekommt fast gute Laune. Auch, weil sie keinen Porsche 928 entdecken kann. Aber das heißt noch nichts. Vielleicht kommt er später.

Dicht am Straßenrand entlang geht sie in Richtung Niederrad. Die Gegend ist einsam, die Straße breit, aber kaum beleuchtet und in schlechtem Zustand. Immer wieder tritt sie in wassergefüllte Schlaglöcher. Autos sind ihr eher unangenehm. Sie fühlt sich dem hellen Lichtkegel preisgegeben. Ein Gefühl, das sie verabscheut. Ihre Hoffnung, es könnte vielleicht ein Taxi kommen, sinkt. Es kommt aber auch keine Telefonzelle. In einem Gewerbegebiet setzt Telekom wohl voraus, daß jeder ein Handy hat. Ursula nicht. Und sie will auch keines. Lieber läuft sie. Da hat sie Zeit, sich alles in Ruhe durch den Kopf gehen zu lassen, klare Gedanken zu fassen.

Wie soll Lutz Wolff in die Firma kommen?

Mit Nachschlüssel.

Von wem?

Von seinem Spion.

Gernot Schaudt?

Wenn der's war. Vielleicht hat er aber auch nur den Spion in dem Brief entlarvt und wollte das Dokument anonym auf Walters Schreibtisch deponieren. Dabei hat ihn der Mörder überrascht.

Warum hat der Mörder den belastenden Brief dann nicht mitgenommen?

Wurde er dabei gestört – etwa durch sie?

Ein großer Wagen rast auf sie zu, mit voll aufgeblendeten Scheinwerfern. Erschrocken macht Ursula einen Schritt zur Seite, versinkt mit den Schuhen in der aufgeweichten Rasennarbe. Eine Wasserfontäne schießt auf sie zu. Ganz offensichtlich hat der Fahrer sie nicht gesehen. Oder doch? Sie steht und schaut den Rücklichtern nach. Sie ist sich nicht sicher. War es ein Porsche?

Welchen Grund hätte Lutz Wolff überhaupt für sein falsches Spiel? Welchen schon – Geld! Gemeinsame Sache mit Willy Waffel. Vorschuß aufs Erbe. Vielleicht hat er schlicht *sie* gemeint. Genauso wie Waffel mit seinem »Schnitt«.

Ihre Füße sind eiskalt. Zu Hause wird sie zunächst einmal ein Erkältungsbad nehmen. Bis Mitternacht ist noch lang.

DER BRIEF

Um 0.30 Uhr steht Ursula vor der offenen Doppelgarage. Sie hat sich entschlossen, den Golf in der Innenstadt stehenzulassen. Das Risiko, ihn nach einer weiteren Taxifahrt unverändert zugeparkt vorzufinden, ist ihr zu groß. In der Hand hält sie Walters Wagenschlüssel.

Ein seltsames Gefühl.

So, als würde sie seinen Sarg öffnen, sich neben ihn legen.

Sie steht und schaut den Wagen an.

Irgendwelche feindlichen Anzeichen? Der anthrazitfarbene Lack schimmert metallisch, die Fenster sind dunkel getönt. Sie streicht mit den Fingerspitzen über das Schlüsselloch, schließt dann langsam auf. Noch nie hat sie auf dem Fahrersitz gesessen. Sie läßt sich hineingleiten. Es riecht nach Walter. Eine unbestimmte Mischung aus Düften, die ihn ausgemacht haben. So nah ist sie ihm schon lange nicht mehr gewesen. Fast erwartet sie, ihn im Rückspiegel auftauchen zu sehen. Wie in einem Schwarz-Weiß-Film, den sie vor Jahren gesehen hat. Da rutschte beim Bremsen plötzlich eine Leiche vom Rücksitz nach vorn. Schnell dreht sie sich um. Der Rücksitz ist leer. Bis auf seine Aktentasche. Die hat sie bis heute nicht vermißt. Seltsam.

Reiß dich zusammen, Ursula, es geht um die Firma. Um deine Existenz!

Sie startet den Wagen, der Motor springt sofort an. Dann zirkelt sie den Mercedes aus der Einfahrt. Im gegenüberliegenden Haus sind bereits alle Lichter aus. Gut so. Ihre alte Nachbarin würde in Ohnmacht fallen. Sie würde glauben, er sei tatsächlich auferstanden.

Es hat aufgehört zu schneien. Der Wagen läuft gut. Breit, leise und sicher. Trotzdem ist Ursula froh, als sie ihn in einer Nebenstraße in der Nähe der Firma abstellt. Sie steigt aus und versucht, die Wagentüre möglichst leise zuzudrücken. Jetzt ist sie besser ausgerüstet als gestern. Ursula hat sich dunkle Hosen und einen dunkelblauen, warmen Blouson angezogen. Außerdem Schuhe mit Kreppsohlen. In der Hand hält sie die Schlüssel und eine Taschenlampe.

Ihre Gedanken kreisen pausenlos um den Brief. Wenn er weg ist, ist alles klar. Dann strickt Lutz Wolff an einer Geschichte mit, deren Dimensionen ihr noch nicht ganz klar sind. Wenn der Brief aber noch da ist – was dann? Ihn liegenlassen? Aufmachen und zumindest kopieren?

Wie gestern liegt das Firmengebäude in völliger Dunkelheit da. Somit ist zumindest sicher, daß Gernot Schaudt noch nicht entdeckt wurde. Ursula läuft schnell einmal quer über den Parkplatz. Es stehen erneut einige Autos da, von denen sie nicht weiß, wem sie gehören. Ein Porsche ist nicht dabei. Auch kein Jeep. Dann geht sie zurück und schließt die große, gläserne Eingangstüre auf, schaut sich um und drückt sich hinein. Wieder kann sie sich nur tastend vorwärtsbewegen. Mehrmals ist sie versucht, die Taschenlampe einzuschalten. Aber dann denkt sie, daß sie damit alles verderben könnte, und geht langsam, Schritt für Schritt weiter. Ursula hat die erste Treppenstufe erreicht. Sie bleibt stehen und schließt für einen Moment die Augen. Vielleicht adaptieren sich ihre Pupillen noch stärker, paßt sich ihr Auge besser an. Es nützt nichts. Oder doch? Steht vor ihr nicht etwas? Ursula starrt in die Finsternis. Sie ist sich nicht sicher. Es kann ebensogut eine Täuschung sein. Ein Schatten. Nein, schwärzer als schwarz geht nicht. Sie entschließt sich weiterzugehen. Es ist nichts. Trotzdem schlägt ihr Herz so laut, daß sie es hören kann. Wovor soll sie schon Angst haben – in ihrer eigenen Firma? Stufe für Stufe geht sie höher. Oben bleibt sie kurz stehen. Sie sieht nichts, und sie hört nichts. Sie ist völlig alleine. Und jetzt wird sie es schnell hinter sich bringen.

Eine Hand zur Orientierung an der rechten Wand läuft sie rasch den Gang entlang. Eben will Ursula die Flurseite wechseln, da stößt ihr Fuß gegen etwas Großes, Weiches. Vor Schreck verliert sie das Gleichgewicht, stürzt darüber und verliert dabei ihre Taschenlampe. Noch im Fallen erwartet sie einen Schlag auf den Kopf. Sie reißt die Augen auf, kann aber nichts sehen. Regungslos bleibt sie liegen. Aber nichts passiert. Im Zeitlupentempo richtet sich Ursula etwas auf. Was war das? Vorsichtig tastet sie nach ihrer Taschenlampe. Erschrocken zieht sie die Hand zurück. Sie hat Stoff berührt. Was liegt hier neben ihr? Noch eine Leiche? Gernot? Langsam schiebt sie sich über den glatten Fußboden nach hinten weg. Noch immer ist sie auf einen Angriff gefaßt. Sie weiß nur nicht, von welcher Seite er kommen könnte. Und womit. Ihr Fuß stößt an etwas. Es klirrt leise. Die Taschenlampe! Sie verharrt kurz, dann greift sie schnell danach, sucht hastig den Schalter, schiebt ihn nach vorn. Im Scheinwerferlicht liegt ein umgefallener Wäschesack, schräg vor der Tür zur Damentoilette. Vergessen. Von der Putzfrau einfach vergessen! Ursula ist versucht, zu lachen. Zu blöd! Einfach zu blöd! Nachts entdeckt sie eine Schlamperei nach der anderen. Sie sollte öfter mal nach Mitternacht durch ihre Firma gehen und Mängelberichte erstellen. Ursula leuchtet den Flur einmal kurz in jede Richtung ab. Leer. Kein Mensch zu sehen. Dann schirmt sie die Lampe mit der Hand ab. Das Risiko geht sie jetzt ein. Einen zweiten Schock in dieser Nacht will sie ihrem Herz nicht zumuten. Das würde Willy Waffel so passen!

Ursula drückt die Türklinke zum Sekretariat. Abgeschlossen. Na also, geht doch! Recht so. Sie schließt auf, zieht die Türe hinter sich zu. Sie durchquert schnell den Raum. Die gepolsterte Türe zu Walters Büro ist ebenfalls abgeschlossen. Jetzt haben sie's aber genau genommen. Oder ist er etwa schon entdeckt, und ich habe davon nichts mitbekommen, weil ich ständig unterwegs war? Sie kontrolliert die Türe. Kein polizeiliches Siegel, nichts. Also gut. Der Schlüssel dreht sich leicht. Sie drückt die Klinke. Gleich werden Scheinwerfer aufflammen, und sie wandert wegen Mordverdacht ins Gefängnis. Willy Waffel wird sich freuen. Ursula drückt die Türe auf. Der Raum ist dunkel. Sie kann nichts erkennen. Am liebsten würde sie das Deckenlicht einschalten oder den Lichtstrahl ihrer Taschenlampe auf den Schreibtisch richten. Aber das große Fenster geht auf die Straße hinaus. Und das erscheint ihr zu gefährlich. Also geht sie langsam in das Zimmer hinein. Es ist warm, und es riecht süßlich. Also ist er noch da. Wo soll er auch sonst sein. Der Schreibtisch zeichnet sich als dunkler Schatten ab, dahinter der breite Ledersessel. Er wirkt leer. Wo ist Gernot? Erschrocken hält Ursula inne. Dann sieht sie ihn. Er ist völlig in sich zusammengesunken. Sie richtet das gedämpfte Licht auf ihn. Besonders gut schaut er nicht mehr aus. Ursula hält die Luft an und leuchtet kurz auf den Schreibtisch. Da liegt der Brief. Sie atmet auf.

Und jetzt? Ursula greift in ihre Blousontasche und zieht ein Paar Einmal-Handschuhe heraus. Jetzt muß es schnell gehen. Sie nimmt den Brief und geht damit in den Kopierraum. Der ist fensterlos, da kann sie endlich Licht machen. Das Kuvert ist offen. Eine leichte Übung. Ursula zieht einen eng beschriebenen Brief heraus.

Liebe Frau Winkler,
ich weiß, ich habe Sie enttäuscht. Sie haben
mich für einen loyalen Mitarbeiter gehalten.
Sie werden sicher schon herausgefunden
haben, daß ich das nicht war. Es war
Ihr Mann, der mich gezwungen hat, diese
hohen Summen an der Steuer vorbei ins
Ausland zu transferieren. Ich hab's getan, und
mein Traum von einem idyllischen Häuschen
wurde dadurch wahr. Doch der

überraschende Tod Ihres Mannes hat alles
geändert.
Es ist eine Frage der Zeit, bis alles auffliegt.
Nicht nur, daß Walter und ich das Finanzamt
betrogen haben, sondern daß ich selbst auch
Walter betrogen habe. Den Konsequenzen
kann ich mich nicht stellen.

Gernot Schaudt

Ursula läßt den Brief sinken.

Was hat das zu bedeuten? Wovon spricht dieser Schaudt bloß?

Walter soll ihn zum Betrug angestiftet haben?

Das hatte doch Walter überhaupt nicht nötig.

Schaudt hat die Firma hintergangen.

Aber wie?

Was blüht ihr da, wenn das Finanzamt zur Steuerprüfung kommt?

Und wo liegt das Geld? Im Ausland?

Ursula steckt den Brief ein.

Das Ausland ist groß.

Und sie kann keinen von beiden mehr fragen.

ORGASMUS

Freitagmorgen. Ursula ruft nach dem Frühstück ein Taxi, das sie in die Innenstadt bringen soll. Das ist der erste Schritt für heute. Und dann muß dieser Selbstmörder irgendwie entfernt werden. Ursula hat die ganze Nacht darüber gerätselt, was Schaudt gemeint haben könnte. Aber sie kann es sich einfach nicht erklären.

Fest steht nur, daß er mit den Dumping-Preisen nichts zu tun hatte.

Damit nicht! Womit dann?

Also fängt das Ganze wieder von vorn an.

Ursula ist übermüdet und gereizt. Die halbe Nacht hindurch hat Walter sie in seinem Silberrahmen spöttisch angegrinst, bis sie ihn zur Wand gedreht hat. Das hat auch nichts genützt. Sie war versucht gewesen, ihn anzuschreien, das Foto mit aller Kraft gegen die Wand zu schleudern. Aber sie traute sich nicht. Wer weiß, was dann passiert wäre. So hat sie die Nacht damit zugebracht, sich über ihre Unwissenheit zu ärgern.

Während sie in einen warmen Steppmantel gehüllt im Flur auf ihr Taxi wartet, klingelt das Telefon.

Um diese Uhrzeit?

Mißtrauisch geht sie hin, nimmt ab.

Es ist Lutz Wolff: »Schönen guten Morgen, Frau Winkler. Ich wollte nur kurz wissen, ob es eine neue Entwicklung gibt?«

Ursula sagt zunächst nichts. Dann räuspert sie sich. Gut, Gernot Schaudt hat nichts mit der Dumping-Aktion zu tun. Was bedeutet das für Lutz Wolff? Wenn er wirklich mit Waffel gemeinsame Sache macht, dann hat er gewußt, daß Schaudt der falsche Mann war. Und deshalb hat ihn der Brief auch nicht interessiert. Sie beschließt, die Karten verdeckt zu halten.

»Es gibt leider noch nichts Neues.«

»Gut. Ich werde Bianca heute mal etwas aushorchen. Vielleicht gibt sie ja eine ganz gute Quelle ab.«

»Ja, möglich. Wer weiß.«

Es klingelt an der Haustüre.

»Das ist mein Taxi, Herr Wolff, wir sprechen uns später.«

Ruhelos geht Ursula in ihrem Büro auf und ab. Lauter Betrüger um sie herum und keine Aufträge. Was soll sie tun?

Hake Schaudt ab und konzentriere dich auf die Kunden, sagt sie sich.

Aber wie? Sie kann sie schließlich nicht an den Haaren herbeiziehen. Sie muß eine Kampagne starten. Oder sie muß ihren Plan aufgeben, den Handlanger Waffels in ihren Reihen zu überführen. Die Kopien, die sie von Wolff hat, reichen für eine Anzeige. Wegen unlauteren Wettbewerbs. Aber dann? Den Verräter hat sie weiterhin auf dem Hals, und Waffel wird nur lachen. Was kann ihm denn schon geschehen? Eine Geldstrafe, wenn überhaupt.

Recht bedeutet nicht Gerechtigkeit.

Sie sagt Regina Lüdnitz Bescheid, läßt sich ihren weißen Arbeitsmantel und eine weiße Hygienemütze bringen und geht in die Fertigungshallen. Noch ist die Katastrophe nicht perfekt. Viele Kunden haben mehrjährige Rahmenverträge. So schnell kommen die da nicht heraus. Die Maschinen laufen alle. Ursula geht zu dem neuen Extruder. Zwei bis drei Stunden braucht er nach dem Anlaufen, bis er in Betrieb gehen kann. Ein Wahnsinn, was in dieser Zeit für Ausschuß produziert wird. Eigentlich dürfte man ihn überhaupt nie ausschalten. Wenn es nach Ursula ginge, müßte er 24 Stunden am Tag durchlaufen. Am Wochenende auch. Sie würde ein völlig neues Arbeitsmodell einführen. Drei Wochen durcharbeiten, acht Tage frei. Aber die Gewerkschaft will ja nicht auf sie hören. Auf die Arbeiter übrigens auch nicht, denn als ihr Mann dieses Modell einmal anregte, stimmten etliche sofort dafür. Nun gut. Sie beobachtet, wie das Kunststoffgranulat vom Extruder erhitzt und verflüssigt wird. Eine Düse preßt das Material durch einen breiten Schlitz, aus der Masse wird eine glatte, endlose Folie. Ästhetisch schön, findet Ursula. Und sie muß über die sogenannten bewußten Verbraucher lachen. Kaufen den Käse, weil er in Pappe verpackt ist. Daß darunter aus Hygiene- und Haltbarkeitsgründen längst wieder Kunststoff ist, interessiert keinen. Hauptsache, es sieht außen nach Öko aus. Lug und Trug, wie alles im Leben. Sie beobachtet einen der Arbeiter, wie er mehrere bereits extrudierte Folienrollen auf einen Gabelstapler lädt. Hunderte von kleinen Bechern hängen in der Folie nebeneinander. Nur noch nicht ausgestanzt. Werden sie auch nicht werden, denn das ist Ausschuß. Ursula weiß, wo er damit hinfährt. Sie folgt ihm, zwischen weiteren Maschinen hindurch. Hunderte von tiefgezogenen Bechern, Joghurtbecher, werden eben an ihr vorbeigefahren. Sie sind billiger als die spritzgegossenen Becher, werden in größeren Stückzahlen angefertigt. Die Mitarbeiter nicken ihr zu. Manche lächeln sogar. Klar, die wissen noch nicht, daß 4,2 Millionen Mark in der Kasse fehlen und in Walters Sessel ein Toter sitzt.

Ursula hat den Arbeiter mit dem Ausschußmaterial eingeholt. Er steht an der Häckselmaschine.

Fasziniert beobachtet sie, wie er eine der langen Kunststoffrollen über den Boden zu dem gähnenden Loch im Boden schleift, über dem ein großes Totenkopfzeichen angebracht ist. Er gibt der Maschine den Anfang der Folie zu fressen, und sofort beginnt sie, wie das Ungeheuer aus der Sage, den meterlangen Rest rasend schnell in sich hineinzuschlingen. Wer mit dem Fuß daran hängenbleibt, hat keine Chance. In einer Papierfabrik würde man zu so einem Unfall sagen: Der Aschegehalt hat sich erhöht. Was schlicht bedeutet, daß der Anteil von Nichtpapier höher ist als normal üblich.

Mit gierigen Augen schaut Ursula zu, wie die Maschine eine Kunststoffplatte nach der anderen verschlingt und zu winzigen Kunststoffgranulaten verhäckselt. Genau zu den Granulaten, die später wieder als Ausgangsmaterial für die Plastikbecher in die Maschinen gefüllt werden. Der perfekte Kreislauf. Vielleicht sollte sie Willy Waffel in seiner Papierfabrik einmal einen Besuch abstatten? Sich die Firma, ihre zukünftige *Mutter*-Firma, einmal zeigen lassen? Ein Schritt zu nah zu seiner häckselnden Papiermühle hin, und er würde in seinen Produkten weiterleben. Das muß doch für jeden wahren Fabrikanten wie ein Orgasmus sein – vereint mit seinem Lebenswerk. Sie grinst, und ihre Augenbraue zuckt. Es ist zu schön, um wahr zu sein. Es hat nur einen Haken. Von alleine wird er nicht hineinspringen, und stoßen kann sie ihn nicht. Das wäre Mord. Klar nachzuweisen. Ob er ausrutschen könnte? In Begleitung anderer Augenzeugen?

Ein Mitarbeiter kommt auf sie zu, spricht sie schüchtern an. »Entschuldigen Sie, Frau Winkler, Herr Kühnen sucht Sie.«

»Ach ja? Wo?«

»Am Haustelefon, dort drüben bitte!«

Gott sei Dank, jetzt haben sie Schaudt gefunden. Welch Lichtblick am Freitagmittag!

Der Hausapparat hängt an der Wand, der Hörer liegt darauf. Erwartungsvoll greift sie danach, doch Kühnen verkündet ihr nur, daß Willy Waffel in der Leitung wartet. Er hat einen verächtlichen Tonfall.

Ein süffisantes »Ach, der Herr Weber«, liegt ihr auf den Lippen, als sie das Gespräch annimmt. »Was verschafft mir das freudige Ereignis Ihres Anrufes?« sagt sie statt dessen.

Willy Waffel schweigt verdutzt, dann räuspert er sich. »Es ging um Ihr Angebot, die WWV zu besichtigen. Darauf wollte ich zurückkommen.«

»Jetzt gleich?«

»Äh, wie meinen Sie?«

»Ob Sie die Firma jetzt gleich besichtigen wollen, oder ob es bis Montag Zeit hat.«

»Ja, ich dachte, vielleicht zunächst einmal ein Blick in die Bilanz…«

»Zuerst die Firma, dann die Bilanz.«

»Hier oben haben Sie es zumindest schon mal recht nett!«

»Wo oben?«

»Na, hier. In Ihrem Büro!«

Ein Adrenalinstoß jagt durch Ursulas Körper. Sie glaubt, auf der Stelle abzuheben oder umzufallen. Er besitzt die Frechheit, sich ohne Termin in Ihrem Büro breitzumachen? Ja, ist Regina Lüdnitz denn von allen guten Geistern verlassen?

Ihre Stimme bebt: »Wer hat Sie da hineingelassen?«

»Ein paar Mitarbeiter haben Sie gesucht, und ich wollte nicht länger im Flur oder im Sekretariat stehen!«

»Ich komme!«

Hinauswerfen wird sie ihn. Hochkant. Ein Sturz aus dem Fenster dürfte in dieser Höhe einer Bekanntschaft mit der Häckselmaschine gleichkommen. Ursula geht, so schnell sie es im engen Kostüm vermag, durch die Fertigungshalle zurück. Es dauert trotzdem fast zehn Minuten, bis sie endlich im Bürotrakt ankommt. Während Ursula die Treppe zum ersten Stock hinaufläuft, nimmt sie ihre Mütze ab und knöpft den weißen Mantel auf. Der Lärm bremst sie, bevor sie noch ganz oben ist. Der Flur ist voller Menschen. Die halbe Belegschaft steht da, debattiert aufgeregt durcheinander. Was ist los, hat Willy Waffel etwa erzählt, daß er WWV übernehmen will?

Die ersten haben Ursula entdeckt, brechen das Gespräch ab. Schließlich drehen sich alle nach ihr um. Schweigen. Ursula bleibt kurz stehen, dann geht sie auf die vordersten Mitarbeiter zu: »Was ist los? Was ist denn los?« Sie sagen nichts, weichen nur zurück, eine Gasse bildet sich. Sie führt direkt zu Regina Lüdnitz' Büro. Ursula stürmt hinein. Regina Lüdnitz liegt auf dem Boden, offensichtlich bewußtlos. Verena Müller und Arnold Müller kümmern sich um sie. Willy Waffel sitzt kreidebleich am Schreibtisch. Ursula schaut auf ihre Sekretärin hinunter. »Was ist denn passiert? Ist sie gestürzt? Krank? Oder was?«

Verena Müller deutet wortlos zu Walters Büro. Die Türe steht sperrangelweit offen. »Was ist da?« will Ursula wissen.

»Gehen Sie nicht hinein«, Arnold Müller richtet sich auf. »Gernot Schaudt hat sich augenscheinlich im Büro Ihres Mannes umgebracht. Herr Waffel hat ihn entdeckt. Wir wissen nicht, wie lange er da schon... äh... sitzt.«

Jetzt halte deine Sinne beisammen, denkt Ursula.

»Wie, wie kann das passieren, ich meine, ich verstehe nicht. Und was ist mit Frau Lüdnitz? Hat schon jemand den Arzt gerufen?« Ursula schaut sich um. Willy Waffel sieht aus, als ob er sich jeden Augenblick übergeben müßte. Geschieht ihm gerade recht, diesem Schnüffler. Nur blöd, daß nun ausgerechnet er von der Geschichte weiß.

»Der Krankenwagen ist unterwegs.«

»Für Gernot Schaudt?«

»Der ist tot!«

»Tatsächlich?« Sie geht an die Türe, schaut in Walters Büro, dann geht sie langsam hinein. Bei Tageslicht sieht Gernot Schaudt wirklich zum Fürchten aus. Die Verwesung hat bereits eingesetzt, sein entstelltes Gesicht hat dunkle und okkerfarbene Flecken, mit dem eingetrockneten Blut und den herausgequollenen Augen gleicht es einem Klumpen Fleisch aus einer Horrorszene. Kein Wunder, daß Frau Lüdnitz umgekippt ist. Sie geht ins Sekretariat zurück. »Ich glaube, wir schließen die Türe«, sagt sie leise.

Regina Lüdnitz schlägt die Augen auf. Verena Müller stützt ihren Kopf, Arnold Müller schraubt das Fläschchen zu, das er ihr unter die Nase gehalten hat.

»Das ist doch nicht wahr«, ist ihr erster Satz.

»Doch, leider ja!« Ursula nickt ihr zu. »Es ist ein Schock für uns alle!« Damit geht sie hinaus, auf den Gang.

Mittlerweile haben sich gut fünfzig Personen versammelt, und es werden immer mehr. Eine Weile schweigt Ursula mit gesenktem Kopf, dann schaut sie auf: »Es ist ein schreckliches Unglück geschehen. Gernot Schaudt, unser geschätzter und fähiger Exportleiter, ist tot. Wie es passieren konnte, wissen wir noch nicht. Auch nicht, warum es ausgerechnet im Arbeitszimmer meines Mannes geschah. Wer noch von ihm Abschied nehmen will, kann das tun. Doch ich möchte Sie warnen, es ist kein schöner Anblick. Und ich möchte Sie bitten, nichts zu verändern. Ich werde jetzt die Polizei verständigen.«

Die Beamten verhalten sich diskret, Willy Waffel weniger. Kaum daß er sich wieder einigermaßen gefangen hat, sagt er in arrogantem Ton: »Eine Firma, in der sich die Mitarbeiter schon umbringen, ist nicht einmal mehr 15 Millionen wert. Wenn sich das herumspricht, können Sie froh sein, wenn ich mein Angebot überhaupt noch aufrechterhalte!«

Betroffen starren die im Sekretariat versammelten Mitarbeiter zunächst Willy Waffel an, dann Ursula. Ursula will eben scharf antworten, da wird Gernot Schaudt in einem geschlossenen Blechsarg herausgetragen. Einige schlagen das Kreuzzeichen, alle weichen unwillkürlich zurück.

Der Arzt und die Polizeibeamten begleiten ihn, bleiben bei Ursula stehen. »Ein schwerer Schlag für Sie alle«, sagt der Arzt freundlich. »Todesursache war ein Schuß in den Kopf, aber es deutet alles auf Selbstmord hin. Selbstverständlich müssen wir die Obduktion abwarten.«

Also zunächst einmal keine unangenehmen Ermittlungen, atmet Ursula auf und verabschiedet die Männer erleichtert. Der Zug setzt sich in Bewegung. Hinter dem Sarg spaziert Willy Waffel hinaus. Der Raum leert sich. Einer nach dem anderen geht, schweigend begleiten die Mitarbeiter Gernot Schaudt bei seinem letzten Gang durch die Firma. Ursula bleibt zurück. Sie sieht durch das Fenster, daß der Hof bereits voller Menschen ist. Alle nehmen sie Abschied von ihrem Kollegen.

DIE AKTENTASCHE

Ein schwerer Schlag, hat der Doktor gesagt. Es ist tatsächlich ein schwerer Schlag, daß ausgerechnet Willy Waffel die Leiche gefunden hat. Sie konnte aus Pietätsgründen noch nicht einmal fragen, was er überhaupt in Walters Büro wollte. Aber sie wird ihn anrufen, bevor er sein Klatschmaul aufreißt und einen Skandal daraus macht. Brütend sitzt Ursula an ihrem Schreibtisch.

Wie ist Willy Waffel, das rasende Klatschmaul, aufzuhalten?

Wie ist herauszufinden, was Schaudt eigentlich gemeint hat?

Ihr Telefon klingelt.

Das Display zeigt eine Außenleitung an.

Ist Regina Lüdnitz nicht da?

Sie nimmt ab.

»Prima, daß ich Sie direkt erreiche, Frau Winkler. Lutz Wolff, guten Tag!«

»Ich muß Ihnen ehrlich sagen, Herr Wolff, so prima finde ich das jetzt nicht. Gernot Schaudt ist eben hinausgetragen worden.«

»Na, Gott sei Dank. Wer hat ihn denn entdeckt?«

»Willy Waffel.«

»Nein!«

»Doch! Und die Sache mit Ihrer Bianca finde ich auch nicht so prima, wenn wir schon dabei sind!«

»Nun, Sie ist nicht *meine* Bianca, aber ich kann Sie in gewissem Sinne verstehen. Trotzdem geht von ihr keine Gefahr aus. Oder denken Sie das?«

»Sie können mir ja einmal erklären, was ich denke…«

»Glauben Sie etwa, ich mache mit Waffel gemeinsame Sache?«

»Er hat sie bei Ihnen abgeholt.«

»Er geht sicherlich nicht freiwillig in ein Detektivbüro. Er wird unten auf sie gewartet haben. Aber wenn Sie kein Vertrauen mehr zu mir haben, müssen Sie den Vertrag lösen. Das hat sonst keinen Sinn mehr.«

Ursula kritzelt mit einem Kugelschreiber kleine Kreuze auf ihren Notizblock. Einen Moment lang schweigen beide.

Es knackst in der Leitung. Ursula schaut schnell auf ihr Display. Sie kann nicht erkennen, ob jemand mithört.

»Augenblick mal bitte«, sie legt ihren Hörer auf den Tisch und läuft ins Sekretariat. Regina Lüdnitz hält den Hörer noch in der Hand. Sie schaut erschrocken auf, als Ursula hereinstürmt.

»Was tun Sie da?«

»Ich wollte eben meinen Freund anrufen, damit er mich abholt. Ich fühle mich nicht gut, Frau Winkler, ich möchte nach Hause.« Dabei blickt sie völlig ins Leere, durch Ursula hindurch.

»Ach so, ja. Ich verstehe.« Wenn sie einen Freund hat, war sie wohl kaum Walters Geliebte. Ursula will die Türe wieder hinter sich zuziehen, dreht sich aber nochmals kurz nach ihr um: »Ich wünsche Ihnen gute Besserung. Aber wieso haben Sie Herrn Waffel überhaupt ohne meine Erlaubnis in Walters Büro geführt?«

»Er sagte zu mir, eine Besichtigung sei sowieso mit Ihnen ausgemacht und er wolle sein zukünftiges Chefzimmer mal anschauen. Etwas, was ich überhaupt nicht verstanden habe. Fusionieren wir denn?« Ihre Augen zeigen wieder etwas Leben.

»Willy Waffel hofft, daß uns die Stornos, von denen Sie ja auch wissen, den Hals brechen. Aber da kann er lange warten. Er ist ein unverschämter Mensch, sonst nichts!«

Regina Lüdnitz nickt langsam.

Ursula schließt die Türe.

»Ich weiß nicht, ob mitgehört wurde oder nicht. Jedenfalls

ist es mir unangenehm, solche Dinge am Telefon zu besprechen.«

»Gut, ich würde mich freuen, wenn Sie zu mir kommen würden.«

»Nein, kommen Sie zu mir. Heute abend um acht. Paßt Ihnen das?«

Lutz Wolff zögert kurz. Sicherlich hat er ein Date, denkt Ursula zynisch, seine Freundin ein bißchen mit *ihrem* Porsche ausfahren.

»Gut. Ja, gut, ich komme!«

Ursula greift nochmals zum Hörer: »Herr Witzmann, bitte sorgen Sie dafür, daß die Firma WWV gebührend von ihrem Mitarbeiter Abschied nimmt. Melden Sie schon mal für die morgige Samstagausgabe Platz an, und zwar in der FAZ und in der Frankfurter Rundschau je dreispaltig. Trauervorlage – Sie wissen schon. Den Text schieben wir dann nach. Sobald Sie einen Vorschlag haben, kommen Sie bitte zu mir in mein Büro!«

Ursula fährt zügig nach Hause. Wenn ich schon Anzeigen aufgebe, könnte ich den Mercedes auch gleich anbieten, denkt sie, und während sie das denkt, hat sie plötzlich das Bild der Aktentasche wieder vor Augen. Daß Walter sie so einfach auf dem Rücksitz liegengelassen hat, ist eigentlich gar nicht seine Art. So penibel, wie er mit allem war. Aber Ursula hat seit seinem Tod auch noch nie in den Kofferraum hineingeschaut. Vielleicht sollte sie das zu Hause gleich einmal tun.

Der Kofferraum ist völlig leer. Typisch Walter. Die Aktentasche nimmt sie mit. Sie fühlt sich schwer an. Im ersten Moment denkt sie an ihre Arbeiter, die in der Pause Stullen und Thermosflaschen auspacken. Die Vorstellung, Walter hätte eine Thermosflasche mit sich herumgeschleppt, fällt ihr allerdings schwer. Fast muß sie darüber lachen.

Es ist kurz vor acht Uhr. Viel Zeit bleibt ihr nicht mehr.

Ursula stellt schnell Wasser für Tee auf, legt die Aktentasche dabei auf den Küchentisch. Dann geht sie nach oben, um sich frischzumachen. »Bei Willy Waffel könntest du mir mal helfen. Dann hättest du wenigstens eine Aufgabe«, sagt sie im Vorbeigehen zu Walter im Silberrähmchen. Könnte ihn heute nacht nicht einfach der Schlag treffen?

Es klingelt.

Ursula mustert sich kurz im Spiegel. Sie muß dringend zum Friseur. Vielleicht bekommt sie ja morgen einen Termin bei Zieger. Sie legt noch schnell etwas Lippenstift auf und geht dann hinunter.

Lutz Wolff hat seine Lederaktentasche unter dem einen Arm, im anderen trägt er eine Flasche Wein.

»Kommen Sie, bleiben wir in der Küche. Ich habe eben einen Tee aufgestellt.« Ursula nimmt Walters Aktentasche vom Tisch, dann schaut sie in den Kühlschrank. Frau Paul hat für sie eingekauft. Wieder Marke billig statt Marke Qualität. Daß sie ihr das aber auch nicht beibringen kann. Sie legt Wurst und Käse auf eine Platte und stellt Brötchen dazu. Soll Lutz Wolff das Zeug essen. Sie gießt ihren Pfefferminztee auf und setzt sich dann. »Oder hätten Sie lieber Wein? Bier?«

»Ich schließe mich Ihnen an.«

»Gut so!«

Sie erzählt Lutz, was tagsüber geschehen ist. Bis hin zu Reginas Antwort, wie es überhaupt soweit kommen konnte.

»Dieser Herr Waffel ist ja ganz schön unverschämt!«

»Der Name wächst sich für mich zum Reizwort aus! Aber ich muß ihn stoppen, bevor er in der Branche Lügen verbreitet. Wie kann ich das?«

Lutz fährt sich durch sein kurzes, schwarzes Haar.

»Wir müssen ihn mundtot machen.«

»Ganz tot wäre er mir lieber!« Ursula stellt die Teekanne unsanft auf den Tisch.

Lutz lacht. »Ja, das kann ich mir vorstellen. Aber den Gefallen wird er uns nicht tun. Wir können ihn anzeigen, aber das wird seine Energie nicht unbedingt bremsen. Vielleicht vorübergehend, und dann wird er um so mehr versuchen, Sie zu vernichten.«

»Verlockende Aussichten!« Ursula nimmt einen Schluck Tee. In jungen Jahren hätte ihr Lutz Wolff gefallen können. Nur sein Beruf wäre ihr zu windig gewesen. Detektiv. Wie seine Freundin das wohl findet?

»Der Schlüssel zu Willys Mundwerk könnte Bianca heißen. Ein paar eindeutige Fotos könnten ihn vermutlich bremsen. Was meinen Sie?«

Ursula lächelt leise. »Ja, gefällt mir.« Dann wiegt sie bedenklich den Kopf: »Wer sagt uns denn, daß ihn die Meinung seiner Frau überhaupt noch interessiert? Vielleicht will er sich ja wirklich scheiden lassen?«

»Ja. Aber erst mit Ihrer Kohle. An seiner Frau vorbei, wie Sie ja selbst gehört haben. Vermutlich kann er sich gar nicht scheiden lassen, ohne in Konkurs zu gehen. Das müßte man sich mal genauer ansehen.«

»Schade, daß ich in Oberlech keine Videokamera dabei hatte. Das wäre ein perfekter Beweis gewesen!« Ursula zögert, dann schaut sie Lutz schräg an. »Ich hätte noch eine Adresse. Aber die habe ich mir nun wahrscheinlich selbst verdorben.« Sie erzählt Lutz kurz von ihrer Detektivarbeit im Auto, von der Pizzeria und dem Anruf.

Er lacht. »Nun gut. Ich kann mir schon vorstellen, daß dieser Anruf für Sie reizvoll war. Somit wissen wir zumindest, daß er sich, wenn er mit Bianca unterwegs ist, in der Frankfurter Öffentlichkeit einen anderen Namen gibt. Also muß ihm etwas daran liegen, daß die Geschichte geheim bleibt. Ich schau mir diese Pizzeria mal an.«

Ursula nimmt einen Schluck giftgrünen Tee. Dann stellt sie die Porzellantasse langsam ab, blickt Lutz Wolff direkt in die

Augen. »Wenn Sie mich hinters Licht führen, wäre ich wahrscheinlich zu einem Mord fähig!«

Ihr Gegenüber stutzt, dann schüttelt er leicht den Kopf. »Bianca ist kein Indiz dafür, daß ich falschspiele, sondern ein Glücksfall. Sie liefert uns die Munition gegen Waffel.«

Ursula betrachtet ihn regungslos. Dann greift sie nach seiner Weinflasche. »Gut, darauf wollen wir trinken!«

DIE AKTE

Frau Zieger kann ihr noch kurzfristig einen Termin einräumen. Die wissen auch, daß es noch andere Friseure gibt, denkt Ursula am Samstagmorgen um acht Uhr und macht sich eine Stunde später auf den Weg.

»Ist das nicht schrecklich?« begrüßt sie Herr Zieger sensationslüstern.

»Was?« fragt Ursula ahnungslos.

Er fuchtelt ihr mit der FAZ vor dem Gesicht herum. »Na, das. Ihre Todesanzeige. Ihr Mitarbeiter!«

O Gott, das hat sie völlig vergessen.

»Ein wirklich tragischer Fall. Ja. Geben Sie mal her.« Sie setzt sich hin und blättert die Anzeigenseiten durch, während der Friseurmeister ungeduldig hinter ihr steht. »Ich habe die Ecke umgeknickt. Darf ich Ihnen das einmal zeigen?« Er greift nach vorn, deutet auf die betreffende Seite.

»Ah, sehr scharfsinnig«, nickt Ursula.

Oben rechts plaziert. Sehr auffallend. Sehr gut. WWV tut etwas für ihre Mitarbeiter.

»Woran ist er denn verschieden, der selige Herr Schaudt?« Herr Zieger beugt sich neugierig vor.

»An einer Kugel im Kopf«, entgegnet Ursula, aber kaum hat sie es gesagt, tut es ihr leid.

176

Sie wirft einen Blick in den Spiegel. Sein Gesichtsausdruck verrät ihr, was ihr die nächste halbe Stunde blüht. Er wird alles wissen wollen. Die kleinste Kleinigkeit.

»Wollte nicht Ihre Frau meine Haare…«

»Meine Frau mußte schnell zur Post. Tut mir leid. Dreißig Minuten wird sie dazu schon benötigen. Wenn ich solange…?«

Er wird sie verdonnert haben, 30 Minuten hinter dem Vorhang zu stehen, bis er alles weiß. Seufzend ergibt sich Ursula ihrem Schicksal.

Ein ganzes Wochenende liegt vor ihr, Zeit genug, sich über alles ausführlich Gedanken zu machen. Ursula steht vor ihrem Badezimmerspiegel, betrachtet sich. Er ist zwar eine fürchterliche Schwatznatter, aber schneiden und färben kann er. Das muß sie Herrn Zieger lassen.

Ursula zieht sich um. Das Kostüm hängt sie zum Lüften auf den Balkon, sie sucht sich einen warmen, weiten Pullover und eine alte, bequeme Hose heraus. Jetzt wird sie zunächst einmal in aller Ruhe frühstücken. Sie richtet sich Pfefferminztee, Brötchen, Butter und Honig auf ein Tablett und trägt es ins Wohnzimmer.

Eigentlich geht es ihr ja gut.

Wenn nicht dieser Stachel namens Waffel in ihrem Fleisch herumbohren würde, ginge es ihr sogar sehr gut.

Sie trinkt langsam ihren Tee und schaut durch das große Fenster in den Garten. Es liegen noch Schneereste da, aber es ist wärmer geworden. Die Sonne wagt sich sogar etwas hervor.

Wie herrlich.

Sie kann ganz alleine entscheiden, was sie heute tun will.

Sie kann spazierengehen, sitzenbleiben, arbeiten, lesen.

Kein Mensch jagt sie durch die Gegend, treibt sie auf einen Berg oder verdammt sie zum Warten in kalten Häfen.

Sie schenkt sich noch eine Tasse nach.

Walter war stark. Selbst wenn ein Schwächling wie Schaudt ihn schlechtmacht. Er hatte keine Konkurrenz. Und es gibt auch keinen, der ihm gleichkommt. Das ist ihr jetzt klar.

Aber sie ist froh, daß sie ihn loshat.

Trotz allem.

Die Aktentasche fällt ihr ein.

Mal schauen, welche Goldbarren er da mit sich herumschleppte. Eine Akte ist drin, das hat sie sich gleich gedacht. Entweder hatte er immer Schiffsprospekte und Messeneuheiten dabei, oder stapelweise Akten.

Sie zieht sie heraus. Sie ist ziemlich dick. Mehrere Trennkartons ordnen den Inhalt. Allerdings ohne Beschriftung.

Ursula schlägt den Deckel auf, fängt vorne an.

Bankverträge. Gut, die kennt sie alle, damit hat sie sich erst kürzlich auseinandergesetzt. Was wollte er mit den Kopien?

Sie blättert sie durch. Die verschiedenen Abschlüsse reichen ziemlich weit zurück. Bis 1986.

Soweit zurück ist sie bei ihren Recherchen natürlich nicht gegangen. Sie hatte sich nur die neuesten Verträge angeschaut.

Ursula beginnt die Unterlagen zu vergleichen.

Interessanterweise werden die Konditionen im Laufe der Zeit auffallend besser, obwohl sich doch die allgemeine Zinssituation gerade in den letzten Jahren ganz deutlich verschlechtert hat. Vor zwei Jahren hat vor allem Herr Wiedenroth nochmals kräftig nachgebessert. Gut, sie hat gewußt, daß er ihnen gute Konditionen eingeräumt hat. Aber so deutlich wie bei der chronologischen Auflistung ist ihr das noch nie aufgefallen. Da hat Julius Wiedenroth ja fast gegen seine eigene Bank gearbeitet. Und jetzt stellt er sich plötzlich so seltsam an, angeblich wegen schlechter Konjunktur und mieser Wirtschaftslage?

Auch Herr Nordlohne hat die WWV ganz offensichtlich bevorzugt behandelt. Wieso hat er Walter von heute auf morgen ein fast zinsloses Darlehen über 250 000 Mark gewährt? Sie schaut sich das Datum an, versucht sich zu erinnern. Wozu hätten sie in der Firma 250 000 Mark zusätzlich gebraucht?

Der Teekessel pfeift. Sie schüttet die grünen Pfefferminzblätter direkt auf den Kannenboden, gießt dann langsam das heiße Wasser darauf.

250 000 Mark? Das Auto kostete keine 250 000 Mark – aber die Swan! Aber warum? Was hat er dann mit den 250 000 Mark gemacht, die er vom Privatkonto für die Swan abgehoben hatte?

Sie läßt alles stehen und läuft in ihr Arbeitszimmer. Wo

sind die Bankauszüge von vor fünf Jahren? Ordentlich nebeneinander in einer großen Schublade verstaut. Sie zieht einige heraus, dann hat sie das betreffende Jahr. Schnell geht sie zu Walters Akte zurück. Tatsächlich. Das gleiche Datum. Bedeutet das, daß dieses ekelhafte Schiff etwa 500 000 Mark gekostet hat, statt der von ihm angegebenen 250 000 Mark? Hat er sich etwa nicht getraut, ihr das zu sagen? Den Kaufvertrag auf eine andere Summe ändern lassen – wegen ihr?

Fast muß sie lachen.

Wie er sie wohl gesehen hat?

Wohl völlig anders als sie sich selbst.

Nicht zu fassen!

Sie blättert weiter.

Wieder ein Vertrag mit einer Bank. In Luxemburg. Warum in aller Welt in Luxemburg? Sie hatten dort doch überhaupt kein Konto!

Ursula verzieht das Gesicht.

Wir nicht.

Er schon!

Das Ausland?

Kontoeröffnung, erste Einzahlung: 250 000 Mark. Das Datum fällt mit dem des Darlehens fast zusammen. Nur zwei Tage später. Was hat das zu bedeuten?

Wozu hast du ein Geheimkonto gebraucht, Walter?

Was hast du vor mir verborgen?

Wozu hast du Gernot Schaudt alles benutzt?

Regelmäßige Abbuchungen, stets über dieselbe Summe: 8000 Mark. Sie vergleicht die Zeitabstände. Mal vier Wochen, mal sechs oder auch acht. Aber stets exakt 8000 Mark. Jedesmal bar abgeholt, keine Überweisungen. Es gibt keine weiteren Hinweise, sie stößt auf den nächsten Trennkarton.

Wieder Verträge. Diesmal mit der Stadt. Es geht ums Abwasser. Das hat Ursula auch noch in Erinnerung. Es hat endlose Gespräche um das Abwasser der Verpackungsfirma gegeben. Vor zwei Jahren verlangte eine städtische Abwasserkommission den Einbau einer völlig neuen Technik. Ihre Abwasserwerte seien nicht mehr umweltverträglich. Walter hatte geschäumt. In mühsamen Gesprächen hat er es dann geschafft, daß alles beim alten blieb. Zum Schluß hatte sich Ursula aus den Verhandlungen ausgeklinkt, sie konnte es sich einfach nicht mehr anhören.

Hier hatte Walter nun sämtliche Protokolle zu sämtlichen Verhandlungen schön säuberlich abgeheftet.

Sie blättert weiter.

Alles hat er aufbewahrt. Sie stößt auf die Baugenehmigung für die neuen Lagerhallen, auf die Leasingverträge über ihren Fuhrpark und auf einen ausführlichen Briefwechsel mit dem Finanzamt. Überall hängen Protokolle dabei. Wie die ursprünglichen Forderungen ausgesehen hatten und wie die Sache schließlich ausging. Meistens überraschend gut für die WWV.

Sie hatte Walters Verhandlungsgeschick immer bewundert. Aber jetzt fällt ihr zum ersten Mal auf, wie oft er es geschafft hat, seine Vorstellungen durchzusetzen. Oder auch seinen Hals zu retten, was das Abwasser anging, das Finanzamt oder auch die Baugenehmigung, die zunächst unwahrscheinlich schien und dann doch erteilt wurde. Mit weniger Auflagen als ursprünglich angedroht.

Er war wirklich ein ganz besonderer Mann. Trotz allem.

Sie holt die Teekanne aus der Küche, schenkt sich vorsichtig ein. Gut, die Pfefferminze hat sich bereits gesetzt.

So heiß trinkt sie den Tee am liebsten.

Sie nimmt einen vorsichtigen Schluck aus der dünnen Porzellantasse.

Das nächste Trennblatt.

Ursula blättert weiter.

»Autsch!« Der heiße Tee schwappt über ihre Finger auf ihre Hose, als sie die Tasse hastig absetzt.

Was ist das?

Das Farbfoto eines Paares in eindeutiger Pose. Eine Frau mit langem, schwarzem Haar reitet, nur mit Strapsen, schwarzen Strümpfen und hochhackigen Schuhen bekleidet, auf einem Mann, der den Mund weit aufreißt. Walter? Schwer zu erkennen. Ursula läuft los, eine Lupe zu suchen.

Sie zieht wahllos Schubladen auf, sie kann keinen klaren Gedanken fassen. Was bedeutet das? Walter bei einer Prostituierten?

Walters Lesebrille kommt zum Vorschein. Besser als nichts.

Sie läuft zurück.

Nein, es ist nicht Walter. Wer dann?

Fiebrig blättert sie weiter.

Wieder ein Foto. Das gleiche Paar. Nur hat sich der Mann diesmal aufgerichtet, wohl, damit er besser zusehen kann, wie sie ihm einen bläst.

Ursula lehnt sich zurück, holt tief Luft. Das ist unglaublich. Es ist Julius Wiedenroth. Der Bankdirektor als geiler Vogel im Bett einer Hure. Ursula kennt seine Frau. Ein zurückhaltendes, graues Wesen. Unförmig und traurig. Kein Wunder.

Sie blättert weiter.

Dritter Akt. Julius' hochrotes Gesicht ist gut zu erkennen, während er die Frau von hinten stößt. Frontal zur Kamera. Man sollte sich mit Bluthochdruck nicht so anstrengen, denkt Ursula. Das Gesicht der Frau ist auf keinem der Bilder zu sehen. Auch jetzt sind wieder die schwarzen Haare davor. Wer ist sie?

Es steht nichts dabei. Keine Zeile.

Ursula blättert weiter.

Vierter Akt. Sie liegt zwischen seinen Beinen. So ähnlich hatten wir das doch schon mal, denkt Ursula. Nächste Seite. Aber halt – sie schlägt das Blatt nochmals zurück.

Es ist ein anderer Mann.

Ursula greift nach ihrer Tasse, trinkt einen Schluck, dann schaut sie eine Weile regungslos in den Garten, ohne etwas zu registrieren.

Erpressung.

Walters Erfolgsgeheimnis war Erpressung.

Ganz ordinär, simpel und einfach.

Seine Überzeugungskunst beruhte auf keinem brillanten Genius, auch nicht auf einer unschlagbaren Verhandlungsstrategie, sondern höchst unspektakulär auf einem einfachen Foto.

Welche Überraschung!

Sie blättert schnell weiter.

Sex in allen Posen. Immer die gleiche Kamerastellung, immer die gleiche Frau, immer andere Männer. Manche kennt sie, andere nicht. Aber sie ahnt, wer sich da alles an der großen Schwarzen austobt. Die Namen der Unterzeichnenden auf den verschiedenen Verträgen dürften das Unterleibsrätsel entschlüsseln. Das letzte Foto – es überrascht sie nicht – zeigt Gernot Schaudt. Und dahinter eine Aufstellung mit erheblichen Zahlungen zwischen 30 000 und 60 000 Mark.

»Walter, du verdammter Hund!« sagt sie laut. »Tricks! Nichts als Tricks! Hattest du das nötig?« Ihre Augenbraue zuckt. Sie läuft in ihr Schlafzimmer. Das Foto von Walter liegt auf dem Glas. Hat sie es heute morgen aus Versehen umgestoßen? Sie weiß es nicht. »Hast du dich selbst entthront?« Sie läßt ihn liegen, greift in ihren Schrank. Sie muß dringend an die frische Luft. Laufen. Und nachdenken. Wenn Walter bei jedem seiner Fälle dieselbe Frau genommen hat, muß er sie natürlich gut gekannt haben. Über Jahre. Hat er sie vielleicht selbst…? Ursula greift ihre Daunenjacke heraus. Sie muß dieses Weibsstück ausfindig machen. Aber wie? Anhand der schwarzen Haare? Des Zimmers? Woher kann sie Hinweise bekommen?

Sie läuft mit der Jacke hinunter. Das Puzzle ergibt langsam

einen Sinn. Dazu brauchte er also das Konto in Luxemburg. Sie muß dorthin!

Und diese Frau ist die Schlüsselfigur.

Irgendwo hat er vielleicht die entsprechende Korrespondenz versteckt. Mit diesen Knaben. Und dieser Schlampe! Aber wo?

Ursula, sagt sie sich, beruhige dich. Denke klar darüber nach. Geh an die frische Luft, und ordne deine Gedanken.

Und dann fängst du an zu suchen!

DIE UNBEKANNTE

Ursula sucht den ganzen Samstag und den halben Sonntag. Systematisch geht sie das Büro durch, räumt jede Schublade aus, durchblättert jeden Aktenordner, schaut im ganzen Haus hinter jedes Bild, wühlt im Abstellraum und schaut selbst im Heizungsraum und in der Garage nach. Nichts.

Am Sonntagnachmittag greift sie wieder nach ihrer Daunenjacke. Die erfolglose Suche nervt sie. Sie braucht Auslauf.

Und während sie über die weiten Felder läuft, weiß sie plötzlich, wie sie sich Willy Waffel wirklich vom Hals schaffen könnte. Eindeutige Fotos mit Bianca, wie Lutz es vorgeschlagen hat, sind ihr zu unsicher. Möglicherweise sind sie kein wirksames Druckmittel mehr, wer weiß schon, welche Macht Biancas Unterleib inzwischen über ihn hat. Vielleicht ist ihm die Reaktion seiner Frau ja längst egal. Auch wenn Lutz anders denkt. Außerdem sind solche Bilder schwer zu bekommen. Will sich Wolff mit der Kamera in die Bettritze legen? Und wenn ja, in welche? Einfacher und vermutlich auch effektiver wäre ein Foto von Waffel mit der Schwarzen in den bewährten Posen. Dort scheint der Fotoapparat ein fester Bestandteil des Mobiliars zu sein. Und sie hätte Waffel zweifach in der Hand. Sie könnte das Foto sowohl gegen seine Frau als auch gegen seine Geliebte einsetzen.

Ursula kickt einen großen Stein vor sich her, sie grinst.

Gut, zu Hause hat sie nichts über die große Unbekannte gefunden. Aber sie wird sie aufspüren. Und wenn die Schwarze für Walter gearbeitet hat, kann sie das auch für sie tun. 8000 Mark sind 8000 Mark. Sie wird morgen früh einen Termin in Luxemburg vereinbaren und so schnell wie möglich hinfahren. Womöglich findet sie dort ein paar Anhaltspunkte. Und vor allem dürften dort ein paar herrenlose Millionen herumdümpeln. Nur gut, daß sie die Unterlagen gefunden hat – und, sie grinst, wie ärgerlich für die Bank.

Der Wertpapierberater in Luxemburg erklärt Ursula am Montag morgen in ihrem Büro telefonisch, daß eine Übergabe in ihrem Fall problemlos sei. Sie benötige nur einen Erbschein, der sie als Alleinerbin ausweise. Ursula vereinbart einen Termin für den nächsten Tag und überläßt es ihrem Anwalt, alle erforderlichen Unterlagen für sie zusammenzustellen. Dann ruft sie ihren Pressechef an. Er soll sie und die Mitarbeiter rechtzeitig über den Beerdigungstermin von Gernot Schaudt informieren. Diesen Wunsch hätten heute morgen schon gut zwanzig Firmenangehörige geäußert, und auch von außerhalb würde er mit Anrufen überhäuft, erklärt ihr Rainer Witzmann.

»Sagen Sie den Leuten, daß Sie dafür nicht bezahlt werden. Sie sollen sich an seine Frau wenden«, entgegnet Ursula ärgerlich. »Setzen Sie einen von unseren Azubis ans Telefon. Und tun Sie Ihre Arbeit!«

Ursula legt auf und wählt die Nummer der Detektei Wolff.

»Na, was gibt es Neues?«

»Ich habe in der besagten Pension für diese Woche ein Zimmer gemietet und werde heute abend dort einziehen. Ich habe mich als Vertreter ausgegeben. Wenn Waffel in diesem

Etablissement wirklich Stammgast ist, wird er mir zwangs-
läufig über den Weg laufen.«

»Aber Bianca auch! Und die wird sie erkennen!«

»Da pass' ich schon auf!«

»Mit Perücke und falschem Bart, oder wie?«

»Das lassen Sie meine Sorge sein!«

»Ich hoffe, Sie haben nicht das teuerste Zimmer genommen!«

»Es wird sich in der Gesamtrechnung kaum auswirken.«

Ursula schweigt. Diese Aussicht beruhigt sie nicht. Ganz
im Gegenteil. »Nun, ich hoffe, Sie haben Erfolg.«

Sie legt auf. Regina Lüdnitz kommt mit der Morgenpost.
Sie ist schwarz gekleidet und sieht blaß aus. Völlig übernäch-
tigt. Keine Nerven mehr, die jungen Leute. Wenn die Lüdnitz
jetzt eine Kur beantragt, kostet sie das unnötig Geld. Und sie
müßte für vier oder sechs Wochen für Ersatz sorgen. »Bleiben
Sie drei Tage zu Hause, Frau Lüdnitz. Erholen Sie sich von
dem Schreck. Frau Braun-Schmidt wird diese drei Tage für
Sie einspringen können.«

Ein dankbarer Blick trifft Ursula. Tatsächlich, sie nimmt
das Angebot an, stellt Ursula fest. Spricht nicht gerade für
großes Pflichtbewußtsein. Auch gut. Das kann sie anführen,
wenn es um die nächste Gehaltserhöhung geht.

Aber nach der Montagskonferenz hält auch Ursula nichts
mehr in der Firma. Sie fährt zu ihrem Rechtsanwalt, holt die
für sie vorbereitete Mappe ab und überprüft alles zu Hause.
Auch die beste Fahrstrecke nach Luxemburg. Autobahn über
Koblenz oder über Mannheim, das dürfte sich gleich bleiben.

Kurz nach dreizehn Uhr trifft sie am nächsten Tag in der
Hauptstadt des Großherzogtums ein. Sie fährt in die Innenstadt und läßt sich dort von einem Taxifahrer den Weg erklären. Die Bank hat eine Tiefgarage. Wie praktisch. So hat sie
keine Parkplatzprobleme, und die Diskretion bleibt gewahrt.
Sie parkt ihren Golf zwischen zwei Limousinen. Neugierig

schaut sie beim Aussteigen auf die Nummernschilder. Aus Deutschland, natürlich. Andere Nationalitäten haben es schließlich auch nicht nötig, ihr Geld ins Ausland zu baggern. Könnte interessant sein, hier mal einige Tage eine Kamera aufzustellen…

Auf der anderen Seite, denkt sie, während sie ihre Tasche aus dem Kofferraum nimmt, könnte sie sich ja auch einmal erkundigen, wie Walter das so gedeichselt hat. Warum soll ausgerechnet sie für die dicken Bäuche der Politiker sorgen? Und im Anschluß dann auch noch die Abmagerungskuren bezahlen?

Harald Fuchs, der Wertpapierberater, mit dem sie gestern telefoniert hat, erwartet sie schon. Die Türe zu seinem Büro steht weit offen. Ursula zögert kurz an der Schwelle, aber er steht sofort auf, kommt ihr mit ausgestreckter Hand entgegen und spricht ihr sein Beileid aus. Dann bietet er ihr Platz an. Anschließend setzt er sich selbst, faltet abwartend die Hände.

Ursula beugt sich auf ihrem Stuhl etwas vor und streckt ihm den Erbschein entgegen: »Wieviel Geld ist auf diesem Konto, Herr Fuchs?«

Er wirkt äußerst verbindlich, betrachtet das Dokument ausgiebig: »Alles in Ordnung, Frau Winkler. Das können wir schnell abwickeln.«

»Wieviel?«

Harald Fuchs legt die Fingerspitzen aneinander, akribisch genau.

»Fünf Millionen.«

»Wieviel??«

»5,36 Millionen.«

»Das ist unglaublich!«

Er lächelt ihr freundlich zu: »Jeder Mann hat eben sein kleines Geheimnis!«

Ursula nickt grimmig und denkt an die Unbekannte.

TUCHFÜHLUNG

Elisabeth Stein war der einzige Name, der ihr in den Unterlagen unbekannt war. Sie startet den Wagen in der Tiefgarage.

Das muß sie sein!

Gleich nach der Grenze steuert Ursula die nächste Telefonzelle an und fragt die Auskunft nach der Nummer von Elisabeth Stein in Frankfurt. Wenn die Stein im Telefonbuch steht, womöglich noch mit Straßenangabe, gibt es heute noch eine spannende Nacht. Am meisten interessiert Ursula doch die Frage, ob Walter mit ihr ein Verhältnis hatte.

Aber die Dame hat keinen Anschluß oder eine Geheimnummer, oder sie wohnt in einer anderen Stadt. Jedenfalls kann die Auskunft über Elisabeth Stein keine Auskunft geben.

Wäre ja auch zu schön gewesen.

Ursula setzt sich hinters Steuer und fährt weiter. Möglicherweise benutzt sie einen Zweitnamen. Lisa? Lisbeth? Betty? Bei Betty muß Ursula unwillkürlich lächeln. Betty wäre der geeignete Künstlername für eine Prostituierte. Vielleicht sollte sie sich mal im Rotlichtmilieu umtun? Andererseits könnte Elisabeth auch einen absolut bürgerlichen Beruf haben und sich bei Walter nur ein Zubrot verdient haben. Möglicherweise ist sie sogar Hausfrau und hat zwei süße Kinderlein.

Ursula überlegt hin und her und beschließt, zunächst einmal in aller Ruhe das Frankfurter Telefonbuch zu studieren. Und zwar am besten ein altes aus der Zeit, als Geheimnummern noch nicht für jedermann erhältlich waren.

Am Mittwochmorgen beauftragt Ursula gleich Rainer Witzmann damit, ihr ein altes Telefonbuch aufzutreiben. Zu Hause hat sie keines gefunden. Telefonbücher gehören nicht zu den Dingen, die Walter oder sie aufgehoben hätten. Aber ihrer Presse- und Informationsstelle sollte das keine Schwierigkeiten bereiten. Nach einer halben Stunde klopft es an ihrer Türe, aber statt ihres Pressechefs steht Manfred Kühnen vor ihr. Ohne Chefsekretärin ist es hier das reinste Tollhaus, denkt Ursula und bietet Kühnen Platz an. Sein Gesichtsausdruck ist unbeweglich, sein Sakko kornblumenblau mit stechend gelber Krawatte.

»Hoffentlich keine weitere Stornierung.«

»Wir hatten leider in der letzten Zeit keine Aufträge, die man hätte stornieren können. Das macht mir Sorgen. Und wir haben keine neuen Kunden, mit denen wir das 4,2-Millionen-Loch stopfen könnten, das macht mir auch Sorgen. Und wir wissen auch noch immer nicht, wer uns dieses faule Ei legt. Ich meine, wir müßten etwas tun!« Sie denkt an Luxemburg und würde gerne grinsen.

»So? Und was schwebt Ihnen da vor, Herr Kühnen?«

Jetzt wird er ihr gleich eine Detektei vorschlagen.

»Entweder ein professionelles Detektivbüro, oder Sie stellen einen von uns für diese Aufgabe frei!«

»Ach, und an wen dachten Sie da?«

Manfred Kühnen reibt sich die Nase, dann zuckt er die Achseln: »Beispielsweise an mich. Ich kenne die Szene recht gut. Nur müßte ich mich da eben richtig hineinknien. Dafür braucht man Zeit. So nebenher, neben der eigentlichen Arbeit, geht das eben nicht!«

Ursula nickt. »Ja, das sehe ich ein. Wer soll Sie in dieser Zeit vertreten? Und an welchen Zeitraum dachten Sie?«

»Zunächst einmal eine Woche. Für diesen Zeitraum braucht mich auch niemand zu vertreten.«

»Gut, ich werde es mir durch den Kopf gehen lassen.«

Kühnen steht auf, dreht sich dann nochmals zu Ursula um.

»Es ist noch etwas. Kirschning GmbH möchte ein Angebot haben. Zu besonders guten Konditionen, sagte der Geschäftsführer, als er mich vorhin angerufen hat. Ich befürchte, da liegt schon wieder etwas in der Luft.«

Ursula verzieht das Gesicht und holt tief Luft.

»Sie haben recht, es wird Zeit, daß wir dem Spuk ein Ende bereiten. Machen Sie ihm ein Angebot zum Selbstkostenpreis. Und schreiben Sie das dazu. Auch, daß es sich um ein einmaliges Entgegenkommen für einen langjährigen Kunden handelt. Eine Art Dankeschön. Nicht, daß er sich später auf diesen Preis berufen kann. Und dann werden wir sehen. Wenn er trotzdem zur Konkurrenz geht, dann macht sich unser Konkurrent über kurz oder lang auch selbst fertig. Denn zu lange unter dem Selbstkostenpreis zu arbeiten bekommt niemandem.«

Kühnen geht zur Türe: »Fragt sich nur, wer schneller fertig ist. Der oder wir ...«

Kühnen hat recht, denkt Ursula. Es muß etwas passieren. Sie muß diese Elisabeth schnell finden und sie auf Waffel ansetzen.

Es klopft wieder. Ein Mitarbeiter aus dem Pressebüro bringt ihr drei Frankfurter Telefonbücher aus den vergangenen drei Jahren. Ursula schließt kurz die Augen, dann blättert sie. Jetzt gilt's!

Schon im ersten wird sie fündig. Eine Telefonnummer ist angegeben, keine Adresse. Immerhin! Erleichtert wählt sie die Nummer. Tü – tü – tü – kein Anschluß unter dieser Nummer.

Enttäuscht legt Ursula auf. Sie blättert die beiden anderen durch, dieselbe Nummer, keine Adresse. Also nichts, Fehlanzeige. Ursula trommelt mit den Fingern auf dem Buch, schaut in den Himmel hinaus. Zwischen den grauen Wolken zeigt sich ein leichtes Blau.

Ein leichtes Blau an ihrem persönlichen Horizont würde ihr auch guttun, denkt Ursula. Dann hält sie inne. Ihr ist eine Idee gekommen, schnell sucht sie die Telefonnummer der Frankfurter Rundschau.

Dreispaltig und mit doppeltem Rahmen prangt ihre Anzeige am nächsten Tag oben rechts. Ursula nimmt die Seite heraus und legt sie neben sich auf den Küchentisch. Sollte Elisabeth Stein die Frankfurter Rundschau lesen, dann muß sie wissen, was gemeint ist.

8000 Mark für E.S.
Bitte dringend melden bei U.W.

Ursula überlegt, ob Elisabeth eher bei ihr privat oder in der Firma anrufen wird. Mit Walter lief es sicherlich über die Firma. Aber für ein solches Gespräch ist Ursula der häusliche Rahmen lieber. Wer weiß, wer in der Firma alles in der Leitung hängt. Da Regina Lüdnitz heute wieder da ist, kann sie alle eingehenden Anrufe zu ihr nach Hause umleiten.

Ursula geht eben zum Telefon, um ihre Sekretärin zu benachrichtigen, als es klingelt. Das ging aber schnell, denkt Ursula erfreut und hebt ab.

»Gut, daß ich Sie erreiche«, es ist Lutz Wolff.

»Gibt's Neuigkeiten?« Ursula nimmt das Telefon mit in die Küche.

»Das kann man wohl sagen. Kann ich Sie sehen?«

»Können Sie es mir nicht am Telefon...«

»Nein, wirklich nicht. Könnten Sie heute vorbeikommen?«

Ursula zieht mit zwei Fingern ihre Anzeige zu sich. »Unmöglich. Ich erwarte einen dringenden Anruf. Und zwar hier.«

»Hmm, Augenblick mal«, Ursula hört gedämpft, wie sich Lutz mit jemandem unterhält, dann ist er wieder dran.

»Gut. Meinen Vormittagstermin kann mir ein Mitarbeiter abnehmen, aber meine Besprechung heute nachmittag muß ich wahrnehmen. Wenn es Ihnen recht ist, komme ich gleich!«

Eine Stunde später sitzen sie im Wohnzimmer. Ursula hat

für Lutz Wolff einen Kaffee gemacht, sich selbst hat sie einen Tee aufgebrüht.

Lutz sitzt tief versunken im Sessel. Er trägt Jeans und einen naturfarbenen Rollkragenpullover. Für Ursula fast etwas zu salopp, aber na gut, es ist ja ein Hausbesuch. Er fährt sich mit allen fünf Fingern durch die Haare, dann schüttelt er den Kopf: »So etwas erlebt man sonst nur im Kino!« Er lacht, und seine ebenmäßigen Zähne blitzen.

»Also, bitte!« dämpft ihn Ursula kühl.

Lutz beugt sich etwas vor. »Sie müssen sich das so vorstellen. Ich habe die beiden im Restaurant sitzen sehen – übrigens ißt man dort wirklich nicht schlecht. Das Hotel ist schmuddelig, eine richtige Absteige, aber das Restaurant ist nicht übel – also, ich beobachte sie so und kann mir ausmalen, was folgt. Ich richte Utensilien wie Fotoapparat und Tonband, und dann höre ich sie auch schon die Treppe heraufkommen. Das Hotel hat nur einen Gang, ich konnte also bequem zuschauen, wie sie in die Nummer 7 gingen. Ich lief schnell an die Rezeption, wie üblich war sie nicht besetzt, schnappte mir den Zimmerschlüssel von 5, 9 war nicht da, und sauste damit wieder hoch, schaute mich in dem Zimmer um. Vom Balkon aus hatte ich eine ganz gute Sicht, die Deckenlampe war noch an, und die beiden hatten in der Eile die Vorhänge nicht ganz zugezogen. Jedenfalls waren sie schon schwer zugange«, er grinst, »die sind von der schnellen Truppe. Es war ideal. Ich ging also in Schußposition.« Er lacht laut los.

»Jetzt hören Sie aber auf!« Ursula schlägt unwillig drei Finger auf die Tischplatte. »Was ist denn so witzig daran, wenn zwei miteinander im Bett sind?«

Lutz lacht unvermindert weiter.

»Das da!« Er legt einige Schwarz-Weiß-Fotos auf den Tisch. »Es ist einfach nicht zu fassen!«

Ursula schaut sich das oberste Bild an. Willy Waffel hat sich in Unterhemd und Socken schwer auf Bianca geworfen, von der auf dem Bett nur Beine und blonde Locken zu sehen sind. »Äußerst erotisch«, nickt Ursula. »Nur kann man die Dame so schlecht erkennen!«

»Sie kommt gleich besser«, lacht Lutz.

»Jetzt ist es aber gut!« weist ihn Ursula ohne Erfolg zurecht. Auf dem zweiten Foto sind plötzlich drei Personen im Bild. Die eine durch die lange Brennweite etwas verwischt, aber offensichtlich mit Hut und Mantel. Bianca schaut mit großen Augen unter Willy hervor.

»Was ist denn das?« Ursula mustert das Bild. »Wer ist das?« Sie schaut Lutz an, der sich eine Träne aus den Augenwinkeln wischt. Ursula schüttelt den Kopf und blättert ein Foto weiter.

Die Person im Mantel wird offensichtlich handgreiflich gegen Willy. Willy hat sich aufgerichtet, kniet auf dem Bett, versucht sich zu wehren. Sein Penis baumelt hilflos unter dem Unterhemd hervor. Bianca versucht, sich unter der Decke zu verstecken.

Auf dem nächsten Foto steht die Frau mit Hut still. Sie hat den ausgestreckten Zeigefinger auf Willy gerichtet. Willy hat sich zurücksinken lassen, ist offensichtlich sprachlos. Von Bianca ist nur noch ein Hügel unter der Bettdecke zu sehen.

Letzter Akt, die Frau hat alle Kleidungsstücke auf das Bett geworfen. Bianca ist wieder aufgetaucht, zieht sich ein Hemd über den Kopf. Willy schlüpft in die Unterhose. Die Frau ist jetzt klar zu erkennen.

»Frau Waffel! Mein Gott, seine Frau!« Ursula schaut Lutz aufgebracht an. »Wieso lachen Sie denn so blöd? Damit ist unser Plan futsch. Bianca hat ausgespielt!« Und mein Plan ist auch dahin, denkt sie wütend. Ausgerechnet jetzt muß diese Kuh ihren Mann stellen.

»Tut mir leid«, Lutz zieht die Stirn hoch, »die Situation war einfach einmalig. Ich lauere in Zimmer 5 und Frau Waffel in Zimmer 9. Das muß man sich mal vorstellen. Sie hatte übrigens auch einen Detektiv auf ihn angesetzt. Mit dem hatte sie den In-flagranti-Coup geplant!«

Ursula überlegt. Soll sie ihm von Elisabeth Stein berichten? Aber hat er sie dann nicht wegen Erpressung in der Hand? Es ist ihr zu gefährlich. Walter hatte sicherlich auch keine Mitwisser. Höchstens noch Ludwig. Aber selbst das glaubt sie nicht.

»Und weshalb finden Sie das alles zum Lachen?«

»Weil sich Willy Waffel nun sicherlich nicht mehr trauen wird, seine Trennungsabsichten weiterzubetreiben. Somit fällt auch der Schnitt seines Lebens flach, den er für ein Leben mit Bianca machen wollte.«

»Hoffentlich täuschen Sie sich nicht. Warum sollte er seine Pläne so schnell aufgeben?«

»Hmm«, Lutz blättert die Fotos nochmals durch. »Ich glaube, er hat jetzt genug damit zu tun, seine Ehe und seinen Besitz zu retten. Ich glaube, das Schicksal war uns gnädig.« Seine Augenbraue zuckt.

Ursula starrt ihn an. »Daß uns das nicht selbst eingefallen ist!«

Er nimmt einen Schluck Kaffee, schaut sie über den Tassenrand an. »Ist was?«

»Es ist nur so seltsam. Sie haben einige Dinge an sich, die mich stark an meinen Mann erinnern.«

Lutz stellt die Tasse ab. »Ach, ja? Was, beispielsweise?«

»Ihre Art zu essen, das, was Sie essen, und auch ihre zukkende Augenbraue.«

Lutz überlegt. Dann lacht er. »Ich kann ja mal meine Mutter fragen, ob wir einen Winkler in der Linie haben. Zum guten Schluß sind wir auch noch verwandt!« Lutz schaut sie an, dann lacht er wieder laut. »Das wäre ja fürchterlich!«

Irritiert kneift Ursula die Augen zusammen. »Was wäre daran so fürchterlich?«

Lutz lacht noch immer: »Dann müßte ich Ihnen einen Verwandtschaftspreis machen!«

Das findet Ursula nun überhaupt nicht komisch. Sie will ihn gerade auf eine Zwischenrechnung ansprechen, da klingelt das Telefon. »Sie haben heute ausgesprochen gute Laune!« sagt sie böse, während sie aufsteht. Das Telefon liegt noch in der Küche. Ursula schließt die Türe hinter sich.

DAS TELEFONAT

»Ja«, meldet Ursula sich.

»Mit Ja telefoniere ich nicht«, sagt eine weibliche Stimme kratzig.

»Frau Stein?« fragt Ursula vorsichtig.

»Frau Winkler?« Der Tonfall ist nicht besser geworden.

»Ja«, antwortet Ursula.

Es ist kurz still in der Leitung. Sie wird doch nicht aufhängen, befürchtet Ursula.

»Ich nehme an, diese Anzeige heute in der Frankfurter Rundschau war an mich gerichtet.«

»Ich wußte nicht, wie ich Sie sonst hätte erreichen können.«

Es ist wieder still.

Das Schweigen macht Ursula nervös.

»Ich stehe in seinem Adreßbuch«, kommt es nüchtern durch die Leitung.

Ursula schnappt nach Luft. Dann setzt sie sich. Das darf nicht wahr sein! »Ich stöbere nicht in seinen Sachen«, versucht sie, sich zu retten.

»Sehr ehrenhaft«, der Spott ist unüberhörbar.

»Kann ich Sie sehen, Frau Stein?«

»Was hätte das für einen Sinn?«

»Möglicherweise können Sie mir helfen.«

»Sie haben die Fotos entdeckt!«

»Richtig!«

Elisabeth zögert: »Und wie haben Sie meinen Namen herausgefunden?«

»Ich war in Luxemburg. Ganz legal.«

Es ist wieder still.

Ursula sucht den Tisch mit den Augen nach einem Stift ab.

»Ich nehme an, Sie wollen mir einen Job anbieten?« Die Stimme ist leise, so, als wäre Elisabeth nicht alleine.

Ursula überlegt. Hat sie noch einen Job? Was, wenn Lutz recht behält, und sich die Sache durch Frau Waffels Eingreifen erledigt hat?

»Vielleicht. Auf jeden Fall möchte ich mit Ihnen sprechen.«

»Für Gespräche habe ich keine Zeit. Ich muß arbeiten!«

Ursula zieht unter der Zeitung einen Kuli hervor.

»Das Gespräch ist mir 8000 Mark wert.«

Ruhe.

Verdammt, was ist los? Warum sagt sie nichts?

»Es ist keine 8000 Mark wert!«

Ursula schweigt verblüfft. Das ist ihr noch nie passiert.

»Mir schon!«

»Das ist Ihre Sache!«

Ursula möchte endlich Klarheit haben. Lutz könnte ja auch längst mit einem Ohr an der Küchentüre kleben.

»Soll ich Ihnen das Geld vorab zukommen lassen«, Risiko, Risiko, alle Gehirnzellen blinken rot, »oder kann ich es mitbringen?«

»Ich rufe Sie wieder an, ciao!«

Klick, aufgelegt. Ursula läßt ihren Kuli sinken. Mist! Jetzt ist sie soweit wie vorher.

Dann springt sie auf. Das Adreßbuch! Sie muß Walters Adreßbuch finden, dann ist das Rätsel gelöst. Aber zunächst einmal muß sie Lutz Wolff loswerden.

Ursula geht ins Wohnzimmer zurück, Lutz steht am Fenster, schaut in den Garten.

»Tolles Grundstück«, sagt er, »wie geschaffen für rauschende Sommernachtsfeste. Hier haben Sie sicherlich schon viel gefeiert, stimmt's?«

Sommernachtsfeste? Wie kommt er jetzt darauf?

»Kein einziges Fest«, sie stellt sich neben ihn. »Auf diese Idee sind wir überhaupt nicht gekommen!«

»Nein?« Erstaunt schaut er sie an. »Also, ich möchte ja nichts sagen, aber Ihr Mann muß schon ein seltsamer Heiliger gewesen sein. Ein sehr fröhlicher Mensch war er wohl nicht gerade?«

Was geht das diesen jungen Lümmel an!

Soll sie ihm darauf überhaupt antworten?

Er lacht sie an: »Jetzt zuckt Ihre Augenbraue. Dabei haben Sie doch vorhin noch gesagt, es sei ein Merkmal Ihres Mannes gewesen!«

»War es auch«, sagt Ursula unwillig und dreht sich weg. Noch gar nicht richtig auf der Welt und wagt es, ihren Mann zu kritisieren, denkt sie wütend. »Sie sind wirklich auffallend fröhlich«, sagt sie über die Schulter, während sie beginnt, den Tisch abzuräumen. Hoffentlich versteht er den Wink.

»Es gibt Szenen im Leben, die belustigen mich einfach. Nachhaltig. Und wenn das Problem damit aus der Welt wäre, wäre es schließlich die eleganteste Lösung. Bianca hat sich übrigens für drei Tage krank gemeldet.« Lutz lacht schon wieder.

Ursula dreht sich mit den Tassen in der Hand nach ihm um: »Somit hätte sich der Fall dann automatisch gelöst. Von ganz alleine. Ohne unser – respektive ohne *Ihr* – Zutun!«

Das Lächeln auf seinem Gesicht erlischt. »Wollen Sie damit etwas Bestimmtes sagen?«

»Ich sage selten etwas Unbestimmtes.«

»Es ist nicht einfach, mit Ihnen zu arbeiten, Frau Winkler.«

»Wenn es einfach wäre, wäre ich nicht da, wo ich heute bin.«

»Wo sind Sie, Frau Winkler, wo?«

Er geht an ihr vorbei, greift nach seinem Mantel.

»Schönen Tag noch«, damit ist er draußen.

Ursula steht wie angewurzelt. Sie hört den Motor anspringen und sich entfernen. Dann schüttelt sie den Kopf und geht in die Küche. So hat noch keiner mit ihr gesprochen, denkt sie, während sie die Geschirrspülmaschine einräumt. Dann macht sie sich an die Suche. Walters Adreßbuch muß schließlich irgendwo sein. Sie geht den Inhalt einer Schublade durch, schließt sie, öffnet sie wieder, denn sie hat nicht registriert, was sie gesehen hat. Was ist denn los, schilt sie sich. Wo ist deine Konzentration?

Das Telefon klingelt.

Rainer Witzmann teilt Ursula mit, daß die Beerdigung von Gernot Schaudt auf Freitag, 14 Uhr, angesetzt worden ist.

»Gut«, Ursula steht vor einer geöffneten Schranktür, durchforstet sie mit einer Hand, »gut! Veranlassen Sie bitte einen entsprechenden Anschlag am Schwarzen Brett. Die Stunden können gegen Überstunden verrechnet werden.« Sie klappt die Schranktüre zu. »Das schreiben Sie natürlich nicht. Das richten Sie bitte der Verwaltung aus.«

Dann sucht Ursula weiter. Es war ein in rötliches Leder gebundenes Buch. Es kann sich schließlich nicht aufgelöst haben. Nach einer Stunde gibt es Ursula auf. Es kann höchstens noch in seinem Schreibtisch im Büro liegen. Da, wo der Revolver lag. Sie sieht wieder Schaudts zerschossenes Gesicht vor sich. Das hätte sich Walter auch nicht träumen lassen. Dabei fällt ihr der Waffenschein ein, den sie der Polizei noch vorlegen muß. Wo er den wohl aufbewahrt hat?

Jetzt geht die Sucherei wieder los. Aber wahrscheinlich liegt er ebenfalls in einer der Schubladen. Morgen wird sie sich endlich einmal um den Inhalt seines Schreibtisches kümmern müssen.

Ursula stellt Wasser auf. Und während sie zuschaut, wie das Wasser zu kochen beginnt, steigt der Ärger über Lutz Wolff mächtig in ihr auf. Was bildet der sich eigentlich ein, so mit ihr umzuspringen? Er wird seine Lektion lernen müssen, wenn die Rechnung kommt. Grimmig schüttet sie Pfefferminze aus dem Beutel in die Teekanne. Und das wird schätzungsweise schon morgen sein.

Wieder klingelt das Telefon.

Vielleicht hat es sich Elisabeth Stein ja anders überlegt.

Es ist Manfred Kühnen.

»Entschuldigen Sie, wenn ich Sie störe, Frau Winkler, aber Herr Waffel hat es plötzlich sehr eilig. Er will morgen die Firma mit Ihnen besichtigen.«

Ha, denkt Ursula, Lutz Wolff, du neunmalkluges Bürschchen – was sagst du jetzt? »Haben Sie mit ihm selbst gesprochen?«

»Er spricht nicht mit mir. Frau Lüdnitz hat mich benachrichtigt.«

»Morgen sind wir auf Herrn Schaudts Beerdigung. Hat sie ihm das gesagt?«

»Er sagte ihr, er könne den angebotenen Preis nur halten, wenn es schnell ginge. Ansonsten sei die Firma nicht mehr zu retten.« Manfred Kühnen räuspert sich. Dann senkt er seine Stimme: »Frau Winkler, ich glaube, wir müssen uns einmal unterhalten. Frau Lüdnitz war durch die Mitteilung ziemlich verstört, die Leute bekommen langsam den Eindruck, daß ihre Arbeitsplätze gefährdet sind, daß Sie tatsächlich verkaufen wollen. Sollten Sie nicht einmal für Klarheit sorgen?«

»Die Klarheit ist, daß sich Herr Waffel die Firma ruhig ansehen soll. Er führt uns vielleicht auf die Spur desjenigen, der uns mit Dumpingpreisen in die Knie zwingen will. Er kann sich Angebote überlegen, wie er will, ich werde nicht verkaufen.«

Ursula setzt sich an den Küchentisch.

So, jetzt mal ganz langsam.

Willy Waffel will sein Schäfchen ins Trockene bringen, bevor um ihn herum die Fetzen fliegen. Möglicherweise hat er schon jemanden, dem er meine Firma zu einem höheren Preis versprochen hat. Mit der Differenz setzt er sich dann ab. Sie überlegt. Das könnten etwa zehn Millionen sein. Nun gut, ob er Bianca mitnehmen will?

Oder er würde ihre Firma tatsächlich behalten. Ohne daß es seine Frau erfährt? Aus der Zugewinngemeinschaft schön heraushalten? Ob sie so blöd ist? Waffel wird das Geschäft höchstwahrscheinlich streng von Kinderkircheküche getrennt halten. So hätte sie zunächst einmal keinen Einblick. Bis zur Scheidung. Und dann?

Garantiert hat er sich einen schönen Plan zurechtgelegt, der alte Fuchs. Sie, Ursula, will er betrügen, seine Frau betrügt, er und Bianca wird er betrügen, sobald Elisabeth Stein ihre Reize spielen läßt. Dessen ist sie sich sicher.

Ein Schmarotzer, ein widerlicher Geschäftemacher.

Ursula gießt grünen Tee in die dünne Porzellantasse, dabei grinst sie grimmig. Was würde wohl der Herr Chefdetektiv sagen, wenn er wüßte, daß Willy wieder auferstanden ist?

DIE BEERDIGUNG

Ursula steht hinter Schaudts schwarzgekleideter Familie und schaut auf den Sarg, der eben versenkt wird. Wie sich alles wiederholt. Sie tritt vor, wirft eine Handvoll Erde auf den Sarg. Es prasselt, und der Ton fährt ihr durch Mark und Bein. Nicht vorzustellen, daß ihr das eines Tages auch blüht. Ein

Rendezvous mit den Würmern. Aus Staub bist du gekommen, zu Staub sollst du werden. Ich bin nicht aus Staub gekommen, ärgert sich Ursula, bei mir waren es Ei und Samenfaden. Sie schüttelt der Witwe die Hand und beugt sich zu den beiden Kindern hinunter. Alle drei viel zu teuer gekleidet. Dann geht sie wieder an ihren Platz zurück.

Ursula fühlt sich unwohl. Feuchter Lehm klebt an ihren Schuhen, nasse Kälte kriecht unter ihren Mantel. Sie stellt den Kragen auf. Eigentlich wäre sie jetzt gern gegangen. Aber sie will sehen, wer aus ihrer Firma da ist. Schon aus verwaltungstechnischen Gründen. Und da hat sie hier, direkt am Grab, den besten Überblick.

Erstaunlich viele Menschen begleiten Gernot Schaudt zur letzten Ruhe, findet Ursula. Nicht so viele wie bei Walter, aber bei Walter war die Masse auf formelle Gründe zurückzuführen. Die hier kommen aus Freundschaft. Er muß ein beliebter Mensch gewesen sein.

Ursula blickt auf die vielen schwarzgekleideten Männer und Frauen neben ihr. Es schaudert sie wieder, da entdeckt sie jemanden, der sie sofort alle anderen Überlegungen vergessen läßt. Willy Waffel besitzt die Frechheit, den Trauernden zu spielen.

Er nickt ihr zu. Als er so am offenen Grab steht, hat Ursula den starken Impuls, zwei Schritte vorzutreten. Ein kleiner Schubs, und alles wäre erledigt.

Walter würde sich im Grab umdrehen, wenn er wüßte, wie schändlich sie dieser Kerl betrügen will. Ihr gemeinsames Lebenswerk. Und dann so ein Schmiersack!

Los, wirf ihn rein! Die Stimme hört sie deutlich. Ursula dreht sich um. Keiner hinter ihr. Was war das??

Willy Waffel kondoliert mit theatralischer Mimik. Schweinebacke, denkt Ursula und betrachtet sein feistes, rötlich angelaufenes Gesicht und den teuren, dunkelblauen Mantel, der ihn wohl als seriösen Geschäftsmann ausweisen soll.

Er blickt auf und ihr direkt in die Augen. Ursula senkt schnell den Blick. Er soll nicht erraten können, was sie denkt.

Als sie wieder hochschaut, ist er weg.

Ursula vergräbt die Hände im Mantel. Lange bleibt sie auch nicht mehr. Sie hat gesehen, was sie sehen wollte. Sie wartet nur noch auf eine passende Gelegenheit, sich von der Familie zu verabschieden. Auf den Leichenschmaus ist sie nicht scharf. Schon bei dem Wort wird ihr übel. Da streckt ihr plötzlich eine hochgewachsene, schlanke Frau mit einem eleganten Hütchen und schwarzem Netz vor den Augen die Hand hin.

»Danke, aber ich gehöre nicht zur Familie«, sagt Ursula abwehrend.

»Frau Winkler? Ich bin Elisabeth Stein.«

Vor Überraschung ist Ursula sprachlos.

»Wie – was tun Sie hier?« fragt sie schließlich leise.

»Ich habe Gernot Schaudt gekannt.« Sie macht eine Pause. »Und ich habe Sie beobachtet.«

Ursula räuspert sich. Sie fühlt sich in der falschen Rolle.

»Können wir miteinander reden?« Der volle, dunkelrote Mund unter dem Netz deutet ein leichtes Lächeln an.

Ursula schaut sich schnell um. Fallen sie wie zwei Verschwörerinnen auf?

Nein, niemand beachtet sie.

»Ja, natürlich. Gern. Wo?«

»Gehen wir doch zum Leichenschmaus in die *Traube*.«

»Wäre ein anderes Restaurant nicht, ähm, gemütlicher?« In die schwarze Masse wollte sie sich eigentlich nicht gerade setzen.

»In der Masse lebt sich's anonym.«

Ursula nickt Frau Schaudt zu. »Bis später«, dann geht sie den matschigen Pfad voraus bis zum breiten, mit Kies bestreuten Friedhofsweg. Elisabeth Stein folgt ihr, eine Weile gehen sie schweigsam nebeneinander. An der Seite von Elisabeth Stein kommt sich Ursula klein und gedrungen vor. Sie hat Klasse, diese Frau, gesteht sich Ursula neidvoll ein. Kaum vorstellbar, daß sie mit der Foto-Hure identisch sein soll.

»Wollen wir noch Ihren Mann besuchen? Wenn wir schon einmal da sind?«

»Bitte?« Ursula schaut sie ungläubig an. Auf diese Idee wäre sie nie gekommen. Strenggenommen hatte sie diesen Gedanken nicht ein einziges Mal seit seiner Beerdigung. Und folglich war sie auch nie hier gewesen. Wozu auch. Sie hat eine Marmorplatte über das Grab legen lassen, um sich jeglichen Ärger mit einer Gärtnerei und jede weitere Rechnung zu ersparen. Eine einfache, saubere Sache.

Ursula zuckt die Achseln.

»Ja, wenn Sie wollen?« Sie überlegt noch, welcher der vielen Seitenpfade der Weg zu Walters Grab sein könnte, da hat ihn Elisabeth Stein schon zielsicher eingeschlagen. Nun ist Ursula doch massiv erstaunt. Und beunruhigt.

Auf Walters Grabplatte steht eine kleine Vase mit drei erfrorenen Rosen darin. Nicht rot, sondern gelb.

»Waren Sie das?« Ursula bohrt ihre Hände in die Manteltaschen. Was hat das zu bedeuten?

Elisabeth nickt leicht, sagt nichts.

»Wollen Sie mir damit etwas sagen?«

Mein Gott, war sie etwa doch seine Geliebte? Hatte er eine Zweitfrau? »Er hat mir geholfen, als ich keinen Weg mehr sah. Das ist alles!«

Walter? Als edler Samariter?

»Und Sie haben dafür mit ihm geschlafen!?« Ursula schaut ihr ins Gesicht, versucht durch das feinmaschige Netz die Augen zu erkennen.

»Nur einmal. Ich sah es als Möglichkeit, ihm zu zeigen, was ich kann. Und als Dankeschön. Für ihn war's wahrscheinlich eher das Besetzen eines Territoriums. So, wie ein Kater seine Marke setzt.«

Ursula ballt in ihrer Manteltasche die Hände zu Fäusten. Das sagt sie ihr so einfach? Einfach so? Hier, vor Walter?

Elisabeth schaut sie lächelnd an: »Er hat mich danach nie mehr angerührt. Wahrscheinlich schon, weil die ganzen anderen…«, sie bricht ab, schaut auf die Rosen, bevor sie wieder aufblickt. »Ich will Ihnen das erklären, Frau Winkler. Es geht hier nicht um 8000 Mark. Heute nicht mehr. Es geht darum, daß Sie verstehen!«

»Ja«, Ursula holt tief Luft, »dann erklären Sie mir das mal. Ich bin…«, ja, was ist sie? Verletzt? Gespannt? Ursula horcht in sich hinein. Wütend?

Sie geht neben Elisabeth den Weg zurück.

Sie ist leer. Völlig leer.

AUFBRUCH

In der *Traube* setzen die beiden Frauen sich etwas abseits, an einen kleinen Tisch.

Der Nebenraum mit der langen Tafel war von der Familie offensichtlich zu spät gebucht worden, und er reicht längst nicht aus. Hektisch versucht das Personal, die Situation zu retten. Im Gastraum werden unaufhörlich Tische zusammengeschoben, es wird aufgedeckt, dem Buffett gehen Torten und Kuchen aus, bevor alle Trauergäste da sind. Der Wirt ist schon losgefahren, um für Nachschub zu sorgen.

Ursula ist der Wirbel recht. So sitzen sie unbehelligt in ihrer Ecke.

Die Bedienung kommt. Elisabeth bestellt einen Kaffee, Ursula einen Tee. Und einen Obstler. »Den brauche ich jetzt«, sagt sie zu Elisabeth. Elisabeth nimmt ihr Hütchen ab. Sie hat tiefe, braune Augen, ihr schwarzes Haar trägt sie hochgesteckt. Feine, fast aristokratische Gesichtszüge, eine edle,

204

schmale Nase. Eigentlich eine Schönheit. Was kann sie bewogen haben, diese Jobs zu machen? Liebe zu Walter?

Elisabeth streicht sich kurz über die Frisur, dann legt sie die langfingrige, schmale Hand ruhig auf den Tisch. Gepflegte Fingernägel, aber kein Nagellack. Und keine Ringe. Nicht ein einziger.

»Walter hat Sie als harte Frau beschrieben. Hart im Nehmen.«

»So? Hat er das? Walter hat über mich gesprochen? Das erstaunt mich!«

»Doch, sicher. Er hatte Hochachtung vor Ihnen.«

»Ich habe immer gedacht, er hätte mich überhaupt nicht registriert.«

»Vielleicht konnte er seine Gefühle nicht so ausdrücken.«

Nicht zu fassen, jetzt läßt sie sich von einer Fremden erklären, wie ihr Mann war. Und sie hört auch noch zu!

»Ähm, Frau Stein, wie sind Sie denn zu diesen… Jobs gekommen? Haben Sie das früher schon… getan? Oder war das exclusiv für Walter?«

Elisabeth lacht. Ein warmes, aber auch ein frisches Lachen. Nur einmal? denkt Ursula. Wirklich nur ein einziges Mal?

»Ich möchte Ihnen etwas über das Wesen einer Hure erzählen. Über Sinn und Unsinn bürgerlicher Normen. Es kostet Sie nichts. Hören Sie zu?«

Mehr kann der Freitag nicht bringen. Warum also nicht. Ursula nickt.

»Sie waren mit Walter verheiratet. Haben Sie gern mit ihm geschlafen?«

»Ich wüßte nicht, was Sie das anginge!« Ursula zieht die Stirn unwillig kraus.

»Ich frage das nicht aus Neugierde. Mir ist es völlig egal. Ich frage das für Sie. Damit Sie sich über manche Dinge klar werden können.«

Ursula schweigt. Die Getränke werden gebracht, Ursula

trinkt den Schnaps in einem Zug. »Wollen Sie auch einen«, fragt sie Elisabeth, während sie das leere Glas abstellt.

»Wenn es Ihnen hilft?«

Die Frau ist unverschämt! Langsam findet Ursula Gefallen an ihr. Sie entspannt sich. »Es hilft mir. Zwei Doppelte«, ruft sie der Bedienung nach.

»So, also. Gut, klären Sie mich auf. Ich erzähle Ihnen, was Sie vermutlich sowieso schon wissen. Anfangs hat es Spaß gemacht, ja. Später war es, nun ja, ich habe mir keine großen Gedanken darüber gemacht. Walter hat es eben gebraucht!«

»Walter hat mir darüber nichts erzählt. Nicht, daß Sie das denken. Aber sehen Sie, das, was Sie da sagen, ist in Tausenden von Schlafzimmern der Ehealltag. Oder besser, die Allnacht. Die Männer brauchens, glauben die Frauen, und die Frauen langweilen sich dabei. Manche nervt's, einige fühlen sich benutzt, andere ekelt es an. Für Geld ist es ein Job wie jeder andere. Ein Job, den man gut macht und für den man anschließend kassiert. Verstehen Sie? Wenn's die Herren angeblich brauchen und mit diesem Argument ihre Frauen zu etwas zwingen wollen, dann sollen sie eben dafür bezahlen. Dann braucht die Frau dabei nicht über die Vesperbrote für morgen nachzudenken, sondern kann sich auf ihren Job konzentrieren. Kommt's ihm, ist kein Stöhner fällig, sondern Kohle. Das ist höchst motivierend. Glauben Sie's mir!«

»Und Sie glauben, ich hätte mich von meinem eigenen Mann bezahlen lassen sollen? Ich brauchte doch überhaupt kein Geld.«

»Vielleicht brauchten Sie etwas anderes. Was haben Sie sich denn gewünscht?«

»Ein Haus an der Algarve!«

»Na also. Hätten Sie ein Puzzle daraus gemacht. Sich die Freude am Spiel erhalten, das ist doch alles.«

»Ein Puzzle? Wie?«

»Nun, Ihr Traumhaus an der Algarve fotografieren, auf Pappe vergrößern lassen und zum Puzzle zerschneiden lassen. Und bei jedem Mal kommt ein Puzzleteil dazu, bis das Bild fertig ist. Was meinen Sie, wie oft Sie ihn ins Bett gezogen hätten. Sie hätten Spaß daran gehabt, und er auch!«

Ursula lehnt sich zurück. »Auf so etwas wäre ich nie gekommen. Und Walter auch nicht. Wahrscheinlich hätte er es albern gefunden.«

»Er hätte es nicht mehr albern gefunden, wenn Sie nicht mehr mit ihm geschlafen hätten!«

Die Schnäpse werden serviert, Ursula stößt mit Elisabeth an. »So eine Frau wie Sie ist mir noch nie begegnet!«

»Haben Sie überhaupt Frauenfreundschaften?«

Beide trinken in einem Zug.

»Ich pflege überhaupt keine Freundschaften. Ich war mir immer selbst genug.«

»Haben Sie Tiere?«

»Wozu?«

Elisabeth stellt ihr Glas langsam ab. »Meinen Sie nicht, daß Sie eines Tages eine verbitterte, alte Frau sein könnten? Die von niemandem geliebt wird? Einsam und gemieden?«

Ursula spürt den Alkohol. Sie trinkt sonst nie etwas.

»Ich habe nie um etwas gebeten. Nie um etwas gebettelt. Ich brauche keine Liebe.«

»Jedes Lebewesen braucht Liebe. Ob Mensch, Tier oder Pflanze. Wie wir die Sonne zum Leben brauchen. Ohne Liebe gehen wir zugrunde!«

»Sie vielleicht!« Ursula lacht, denn ihr sind eben die Fotos wieder eingefallen.

»Oh nein, Frau Winkler. Sex ist etwas Natürliches. Aber ständig mit dem gleichen Partner kann es auf Dauer keinen Spaß machen. Da fehlt der Funke, das Feuer. Ein Mann kann an seiner Frau vielleicht noch seine Bedürfnisse befriedigen.

Eine Frau kann das nicht. Da muß es im Bauch kribbeln, sie muß ihn haben wollen, jetzt und gleich. Machen Sie das mal nach vier Jahren Ehe!«

»Ich war dreißig Jahre verheiratet!«

»Und?«

»Ja, stimmt. Sie haben recht.« Ursula denkt an Rainhard. Sie kann sich genau an dieses Gefühl erinnern. Ziehen, stechen, brennen, alles schrie nach ihm. Sie könnte jetzt auftrumpfen, daß sie diese Erfahrung auch hat. Nein, besser nicht.

»Wissen Sie, die meisten Männer drohen ihren Frauen damit, daß sie sich eine andere suchen. Nach dem Motto: Auf der Straße will jede. Das Witzige dabei ist, daß diese Frau auf der Straße nur deshalb will, weil sie zu Hause genau so einen Langweiler hat wie den, der nun glaubt, sie aufzureißen. Dabei ist es meist andersherum. Er ist der Frau in die Falle gelaufen und fühlt sich dabei auch noch als toller Hecht. Und sie wischt mit diesem Seitensprung ihrem Alten daheim eins aus. Eigentlich muß eher der tolle Hecht aufpassen, daß er auf diese Art keine Hörner abbekommt!«

Ursula denkt nach. Klingt logisch.

»Schaffen wir noch einen?« fragt sie, bereits leicht unartikuliert.

»Wenn wir uns nachher ein Taxi nehmen!«

»Zu dir oder zu mir?« Sie lacht über ihren eigenen Witz. Wie lange hat sie nicht mehr gelacht?

Elisabeth lacht auch. Sie winkt der Bedienung.

»Sie scheinen einiges zu vertragen«, nickt Ursula.

»In welcher Beziehung?«

Ursula lacht wieder. Sie schiebt den kalten Tee an die Tischkante.

»Den können Sie mitnehmen«, grinst sie die Bedienung an und nimmt die beiden Schnapsgläser in Empfang. »Ich vertrage überhaupt keinen Schnaps«, sie reicht Elisabeth ein

Glas, »morgen bin ich tot. Nur gut, daß Wochenende ist! Prost!«

Ursula schlüpft unter dem Tisch aus ihren eiskalten Schuhen und streckt ihre Füße an den alten, großen Heizkörper neben sich. Das hat sie in ihrem Leben noch nie gemacht. Sie fühlt sich, als hätte sie einen Panzer gesprengt.

»Wahrscheinlich bin ich gleich zum ersten Mal in meinem Leben richtig blau, aber vorher sagen Sie mir noch bitte, wo Sie Ihre Weisheiten herhaben!«

»Wer dem Leben zuhört, erfährt einiges, Frau Winkler. Und ich habe ihm nicht nur zugehört und zugeschaut, sondern ich steckte mittendrin. Und als ich auf dem Seil tanzen wollte, wurde daraus ein Strick. Ich habe gekämpft, aber ich sah gleichzeitig keinen Weg, mich zu befreien. Dann kam Ihr Mann. Und er klärte mich über den Rest auf. Heute weiß ich, daß fast alles im Leben Fassade ist. Die ehrbaren Familienväter, die sich heimlich Kinderpornos anschauen, die hohen Herren, die sich im Puff bepieseln lassen, die Machthaber, die Vergewaltigungslager einrichten, und der Mann von nebenan, der seiner Frau mit einer Straßenbekanntschaft droht. Sie alle halten sich für zivilisiert, und sie sind in Wahrheit doch nur die Untertanen ihrer Schwänze. Wie hat Heiner Geißler gesagt? Wären in Jugoslawien die Frauen an der Macht gewesen – sie hätten ihre Söhne nicht in einen so zersetzenden, entmenschlichten Krieg geschickt. Ein Mann, der es erkannt hat. Respekt!«

Ursula zwängt ihre Zehen zwischen die Heizungsrippen.

»Sie sagen Dinge, über die ich noch nie nachgedacht habe. Für mich gab es in meinem Leben nur einen Mann. Über andere habe ich mir keine Gedanken gemacht. Walter war stark und ließ sich von niemandem beeinflussen!«

»Sie meinen, er war stur und rücksichtslos.«

Ursula schaut Elisabeth groß an. Die zuckt leicht mit den Schultern. »Oder nicht?«

»Sie hätten mir früher von dem Puzzle erzählen sollen. Dann hätte ich jetzt ein Haus an der Algarve!«

»Sie können es sich doch immer noch kaufen?«

»Kann ich das?« Elisabeth lächelt und winkt der Bedienung. »Ich glaube, wir gehen. Es wird hier zu voll, und wir wollen doch keine Mithörer haben. Sonst werden Sie am Ende noch zum Thema in Ihrer Firma!«

»Da haben wir im Moment andere Sorgen«, winkt Ursula ab, bestellt zum Abschied noch zwei schnelle Doppelte und angelt nach ihren Schuhen. Gleichzeitig fällt ihr ein, daß sie mit Elisabeth Stein über das eigentliche Thema, über Willy Waffel, noch überhaupt nicht gesprochen hat.

KLEINE KREUZE

Der Kopf dröhnt Ursula, als sie am nächsten Morgen aufwacht. Sie hat, nachdem sie trotz der Schnäpse nicht einschlafen konnte, in der Nacht noch zwei Schlaftabletten genommen und sie, betrunken wie sie war, mit einem Glas Whisky hinuntergespült. Ursula tastet benebelt nach ihrem Wecker. 10.15 Uhr. Sie kann sich nicht entsinnen, jemals so lange geschlafen zu haben.

»Feine Freundin hast du«, nickt sie Walter in seinem Silberrahmen zu, »wollt ihr beide mich umbringen?«

Sie stöhnt und läßt sich wieder zurücksinken. Draußen strahlt die Sonne, auch das noch. Aber Ursula fehlt die Energie, aufzustehen, um die Jalousien herunterzulassen. Sie dreht sich mit dem Rücken gegen die Sonnenstrahlen und versucht, nochmals einzuschlummern. Gerade spürt sie, wie sie in die Tiefe des Schlafes abgleitet, als das Telefon klingelt. Ursula schlägt die Augen auf, schlagartig setzt der Brummton im Kopf wieder ein.

Sie angelt nach dem Telefonhörer: »Hallo?«

»Hier auch Hallo!« Die frische Stimme von Elisabeth Stein ist kaum zu ertragen. »Wie geht's denn, alles in Ordnung?«

»Oh, Gott!«

»Das hört sich aber nicht gut an. Was ist denn?« Ursula will schon bissig antworten, aber sie bremst sich. Die Stimme hört sich tatsächlich besorgt an, kein bißchen sarkastisch.

»Mein Kopf ist kurz vorm Explodieren«, sagt sie mühsam. »Das war kein Schnaps, das war Nitroglyzerin!«

Elisabeth lacht. Hell und glockenklar.

Ursula hält den Hörer vom Kopf weg.

»Haben Sie jemanden, der Sie pflegt?«

Der mich pflegt? Kurioser Gedanke, Ursula weiß im Moment nicht, was sie antworten soll. »Ich brauche niemanden«, wehrt sie ab. Aber sie spürt selbst, daß es nicht sehr überzeugend klingt.

»Alles klar, wir kommen!«

»Wie bitte?«

»Sind Sie fit genug, uns die Türe aufzumachen? Ich bringe Sie wieder auf Vordermann, Sie werden sehen. Schließlich habe ich Ihnen die Suppe eingebrockt…«

»Oh, reden Sie nicht von Suppe. Mir wird's gleich übel.« Ursula spürt, wie ihr Magen rebelliert. Sie schafft es gerade noch zur Toilette. In ihr dreht sich alles, und auch ihr Kopf ist ein einziges Karussell. In Schüben übergibt sie sich, bis ihr Kreislauf versagt und sie vor der Schüssel in die Knie geht. Schweiß bricht ihr aus, die Stirn ist feucht, gleichzeitig friert sie. Als nichts mehr kommt, tastet sich Ursula ins Bad, putzt die Zähne und wäscht sich das Gesicht. Zu mehr ist sie nicht fähig. Dann sinkt sie völlig ermattet wieder ins Bett. Der Hörer liegt neben dem Telefon. Es kostet sie Kraft, ihn aufzulegen, erschöpft schließt sie die Augen. Walter, ich komme, ist der einzige Gedanke, den sie noch fassen kann.

Ein stetes, schrilles Geräusch kriecht langsam in Ursulas

Bewußtsein. Schließlich nimmt ihr Verstand es wahr. Es ist die Türglocke. Jemand ist an der Haustüre. Wer könnte es sein? Dann fällt ihr Elisabeth ein. Ob sie wirklich...? Wir kommen, hat sie gesagt. Wer ist wir?

Ursula setzt sich auf. Sofort wird ihr schwindelig. Sie braucht eine Weile, bis sie am Türöffner ist.

»Ja?« haucht sie, und schon bricht ihr wieder der Schweiß aus.

»Elisabeth!«

Also doch! Ursula drückt und hält sich erst gar nicht damit auf, den Besuch zu begrüßen. Mit wenigen Schritten ist sie wieder im Bett. Dabei kommt ihr noch nicht einmal in den Sinn, daß Elisabeth jetzt ihre Wohnung ausräumen oder zumindest durchstöbern könnte. Ursula ist zu überhaupt keinem Gedanken mehr fähig.

Kurz danach klopft es an der Schlafzimmertüre.

Ursula hat die Augen schon wieder geschlossen, die Türe wird leise geöffnet.

»Nicht erschrecken, wir sind's«, Elisabeths Stimme dringt von fern an ihr Ohr. Eine kühle Hand legt sich auf Ursulas Stirn. Sie hört im Hintergrund ein feines Kinderstimmchen, aber sie traut ihren Sinnen nicht.

Elisabeth legt den Zeigefinger auf den Mund. Ihre kleine Tochter lächelt und nickt. Gemeinsam ziehen sie die Vorhänge zu, dann gehen sie miteinander in die Küche. Die Vierjährige räumt den Korb aus, den Elisabeth mitgebracht hat. Rindfleisch und Gemüse für eine kräftige Bouillon, Fencheltee, Honig. Elisabeth stellt Wasser auf, dann sucht sie nach einem Schnellkochtopf.

»Ist die Frau arg krank?« fragt ihre Tochter. Elisabeth gibt ihr einen Kuß. »Sie hat Kopfweh. Da muß man ganz leise sein!«

»Ich bin ganz leise, Mami!«

»Du bist ja auch meine Supermaus!«

Dann gibt sie zwei Aspirin-Brausetabletten in ein Wasserglas und reicht es ihrer Tochter. »Trägst du das bitte zu Frau Winkler und sagst ihr, es sei Aspirin? Ja, kannst du dir das merken? Aspirin, Aspirin.«

Die Vierjährige betrachtet fasziniert die sprudelnden Tabletten, nickt und balanciert das Glas die Treppe hinauf.

Ursula öffnet ein Auge, als die Schlafzimmertüre aufschwingt. Sie hat einen fürchterlichen Durst. Aber jetzt traut sie ihren Augen kaum. Halluziniert sie schon?

»Die Mutti sagt, das sollst du trinken. Es heißt Astien.«

Ursula schluckt trocken: »Wer bist denn du?«

»Ich.«

Ursula stützt sich auf ihrem Ellbogen ab. »Und wie heißt du?«

»Jill.« Sie reicht Ursula das Glas. »Das ist Astien, das tut dir gut!«

»Aspirin. Ja, danke. Das ist eine gute Idee.« Sie trinkt das Glas in einem Zug leer, dann läßt sie sich wieder zurücksinken. »Wo ist deine Mutti jetzt?«

»Sie kocht dir eine Suppe. Damit dein Kopf wieder gesund wird.«

Jill nimmt Ursula das Glas ab, betrachtet sie noch kurz und geht hinaus.

Das Aspirin tut Ursula gut. Sie spürt, wie ihre Lebensgeister wieder erwachen. Ein hübsches Mädchen, denkt sie. Trotzdem ist sie erstaunt, Elisabeth hat die Kleine mit keinem Wort erwähnt. Und sie sieht, mit den langen, blonden Haaren, ihrer Mutter auch überhaupt nicht ähnlich.

Die Türe geht schon wieder auf. Elisabeth kommt herein, mit einer Thermoskanne Tee und einem großen Becher auf einem Tablett.

»Fencheltee, Frau Winkler. Sie brauchen jetzt viel Flüssigkeit, und am besten legen Sie die Beine etwas hoch. Haben Sie irgendwo ein geeignetes Kissen?«

»Das ist ja… Sie bringen mich in Verlegenheit, Frau Stein. Ich bin so etwas nicht gewöhnt…«

Elisabeth stellt das Tablett auf das Nachttischchen und räumt dazu Walters Foto weg. »Na, da haben wir ihn ja, unseren Freund«, meint sie dazu. Dann schüttelt sie Ursulas Kissen im Rücken auf und legt ihr das von Walter unter die Beine. »Am besten trinken Sie noch eine Tasse und schlafen dann eine Runde. Die Fleischbrühe braucht ihre Zeit. Wenn wir Ihnen noch etwas besorgen können?«

»Nein, vielen Dank. Aber müssen Sie denn nicht – haben Sie keine Verpflichtungen?«

»Meine Verpflichtung habe ich mitgebracht. Sie bewacht unten gerade den Schnellkochtopf. Um uns machen Sie sich mal keine Sorgen. Wir machen nachher einen Spaziergang bei dem strahlenden Wetter, und heute nachmittag geht es Ihnen schon besser!«

Ursula nimmt vorsichtig einen Schluck Fencheltee.

»Dann nehmen Sie den Schlüssel mit. Er hängt an der Garderobe!«

Sie hört es sich sagen und glaubt es nicht. Was ist in sie gefahren? Einer wildfremden Person vertraut sie ihren Generalschlüssel an? Ursula horcht in sich hinein, aber sie empfindet keine negativen Gefühle, kein Mißtrauen. Wahrscheinlich liegt es daran, daß ihre gesamte Körperabwehr gegen die Kopfschmerzen kämpft und alles andere außer acht läßt.

Ursula trinkt den Becher aus, dann schläft sie ein.

Gut dreißig Minuten wird es dauern, bis die Fleischbrühe im Schnellkochtopf fertig ist. Elisabeth geht mit Jill ins Wohnzimmer. Die Sonne flutet herein. Elisabeth öffnet die Türe zum Garten und setzt sich auf die Stufen. Sie hat nur Jeans und ein Jeanshemd an, aber es ist windstill und warm genug. Elisabeth streckt sich genüßlich, lehnt ihren Kopf an die Scheibe und hält ihr Gesicht der Sonne entgegen. Jill springt im Garten hin und her.

»Spielst du mit mir, Mutti?«

Elisabeth gähnt verhalten. »Was willst du denn spielen, Jill?«

»Verstecken. Der Garten ist so schön. Suchst du mich, ja? Ich verstecke mich dort unter der Tanne, du darfst mich aber nicht gleich finden, okay?«

»Gut, ich suche dich!«

Im Schlaf hört Ursula das glockenhelle Kinderlachen. Sie baut es in ihren Traum ein, in dem sie über ein unendlich großes Stoppelfeld geht. Die abgeschnittenen, trockenen Ähren knacken unter ihren Füßen, sie hat kein Ziel, keine Eile, sie läuft einfach. Der Himmel ist hoch, weiße Wolken ziehen vorbei, Vögel zwitschern, und Kinder lachen. Da tut sich vor ihr plötzlich ein Spalt in der Erde auf. Er wird größer und größer, erschrocken bleibt Ursula stehen, weicht dann zurück. Ein Schatten läßt sie nach oben blicken. Die weißen Wolken sind schwarz geworden, verdecken die Sonne, werden zu einer gigantischen Front, die immer tiefer herabsinkt und Ursula zu zerquetschen droht. Ursula schaut sich nach einem Fluchtweg um. Die Ähren sind tiefschwarz verfärbt, stehen wie Tausende von kleinen Kreuzen in Reih und Glied dicht nebeneinander. Die schwarze Wolkendecke hängt bereits bedrohlich nah über ihr, greift nach ihr. Ursula bleibt nur noch der Sprung in die Erdspalte, ins Ungewisse. Sie springt – und wacht auf.

AUSTAUSCH

Ursula ist naßgeschwitzt, und ihr Herz schlägt rasend schnell. Nur ein Traum, sagt sie sich und will darüber lachen. Aber es gelingt ihr nicht. Sie sieht ihn in jeder Einzelheit vor sich. Wieso hat sie ihn nicht gleich wieder vergessen? Sie kann sich doch sonst nie an einen Traum erinnern?

Ursula zieht ein frisches Nachthemd an und versucht, ihre Gedanken abzuschütteln. Unten ist alles still. Die beiden werden unterwegs sein, denkt Ursula. Sie trinkt noch einen Becher Tee und legt sich dann wieder hin.

Elisabeth hat die fertige Bouillon vom Herd genommen und ist mit Jill losgegangen. Als sie gegen zwei Uhr zurückkehren, treffen sie Ursula unten im Wohnzimmer an. Sie hat sich einen Morgenmantel angezogen und liegt mit einer Kamelhaardecke auf der Couch.

»Schön, daß Sie da sind«, begrüßt Ursula die beiden. Und sie meint es ehrlich. »Ich habe es oben nicht mehr ausgehalten. Ich weiß nicht warum, aber ich hatte lauter schreckliche Träume.«

»Vielleicht arbeitet Ihr Unterbewußtsein irgend etwas auf. Eine Suppe wird Ihnen jetzt guttun. Und uns auch, was Jill?«

Elisabeth deckt schnell den Couchtisch, während sie die Bouillon nochmals aufkocht. Jill setzt sich völlig ungezwungen zu Ursula auf die Couch.

»Tut's noch weh?« fragt sie und tippt Ursula auf die Stirn.

»Es ist viel besser geworden, danke«, sagt Ursula und fühlt sich befangen. Sie hat keine Ahnung, wie man mit Kindern umgeht. Elisabeth kommt mit dem Topf und einem großen Schöpflöffel. »So, die ist sehr kräftig, mit reichlich Rindfleisch und Gemüse!«

Ursula schüttelt den Kopf. »Ich weiß überhaupt nicht, was ich sagen soll. Eigentlich wollte ich *Ihnen* Geld geben, und jetzt bewirten Sie *mich* in meinem eigenen Haus. So etwas ist mir noch nie passiert. Sie müssen mir aber sagen, was Sie ausgelegt haben!«

Elisabeth lacht herzhaft: »Einen Teufel werde ich tun!«

»Mutti, das sagt man nicht!« Jill ist eifrig dabei, alle Lauch- und Karottenstückchen einzeln an den Tellerrand zu legen.

»Sie ist im katholischen Kindergarten«, zwinkert Elisabeth Ursula zu.

Gemeinsam essen sie fast den ganzen Topf leer. Ursula löffelt bedächtig und nutzt dabei die Gelegenheit, Elisabeth heimlich zu beobachten. Sie wirkt in ihrem Jeanshemd und der Jeans jung und unbeschwert, ihre Art ist unkompliziert. Sie hat irgend etwas an sich, das einen in ihren Bann zieht.

Ursula überlegt, was es sein könnte.

Als sie nach ihrer Serviette greift, ist es ihr plötzlich klar. Wärme, schießt ihr in den Kopf. Herzenswärme. Und sie denkt darüber nach, erstaunt, daß es ihr überhaupt aufgefallen ist.

Jill möchte noch ein bißchen in den Garten, und Elisabeth stellt für Ursula einen Tee und für sich selbst einen Kaffee auf. Dann setzt sie sich zu ihr.

»Fühlen Sie sich jetzt wieder besser?«

»Sie haben mir das Leben gerettet«, seufzt Ursula. »Hoffentlich bekommen Sie dafür einen Platz im Himmel.«

»Damit habe ich es noch nicht so eilig«, sie lacht. »Aber Ihnen liegt doch sicherlich etwas auf dem Herzen, wobei ich Ihnen helfen kann?«

Willy Waffel, denkt Ursula, aber irgendwie widerstrebt es ihr, jetzt über ihn zu reden.

»Beruflich?« hakt Elisabeth nach, »privat?«

Ursula seufzt. »Ich weiß nicht, wo ich anfangen soll.« Und sie ist sich auch noch nicht schlüssig, wieviel sie erzählen kann. Schließlich beginnt sie bei dem Moment, als ihr klar wurde, daß jemand die Firma ruinieren will. Sie erzählt von Lutz Wolff und von ihren Erkenntnissen in Oberlech und von ihrer Reise nach Luxemburg, nachdem sie Walters Geheimakte gefunden hatte. Ursula schildert ihre Idee, Walters Album in der bewährten Weise fortzusetzen, dann von der Fotosession mit Frau Waffel, dem explosiven Zusammentreffen des Ehepaars, das zunächst alles zu ändern schien. Als Ursula schließlich mit dem jüngsten Anruf von Willy Waffel in ihrer Firma den Schlußpunkt setzt, ist es draußen dunkel geworden. Jill hat sich zu ihrer Mutter gekuschelt, Ursula hält ihre leere Teetasse in den Händen.

»Nun gut«, sagt Elisabeth nach einer kurzen Pause. »Ich kenne Willy Waffel. Was Sie vielleicht nicht wissen, ist, daß er einen sehr guten Freund hat, der ihm immer ein bißchen geholfen hat, wenn's hart auf hart ging. Dafür hat Willy dann mal wieder ein Treffen für ihn arrangiert.«

»Treffen arrangiert? Mit wem – wozu?«

»Willy hat immer Mädchen gekauft, bis er an Bianca kam. Die Kleine weiß noch nicht einmal genau, was sie da tut, aber sie hat Macht über ihn. Witzig, was?«

»Hmmm«, Ursula stellt die Tasse auf den Tisch. »Und, wer ist – dieser – Freund? Sagen Sie mir das auch?«

»Wenn Sie das wissen, wird Ihnen einiges klar werden.«

»Dann bitte!«

Elisabeth streichelt ihrer Tochter liebevoll über den Kopf. Jill räkelt sich und brummt zufrieden.

»Julius Wiedenroth!«

Elisabeth spielt mit Jills Haaren und beobachtet Ursula.

»Nein!« Ursula schlägt mit der Faust auf die Couch. »Das ist ein Ding. Und ihm habe ich noch lang und breit erklärt, daß uns jemand mit Dumpingpreisen zu ruinieren versucht – das ist ja – nicht zu fassen! Deshalb dieser Gesichtsausdruck – der hat sich über mich totgelacht!«

»Nun, Willy hat schon einmal ein ähnliches Ding versucht, nur hatte Walter ihn über Wiedenroth in der Hand!«

»Wie denn das?«

»Wenn es um Wiedenroth einen Skandal gegeben hätte und er hätte seinen Stuhl räumen müssen, wäre auch Willy Waffel mit seinen Good-will-Krediten nicht mehr gedeckt gewesen. Ganz einfach!«

Ursula läßt sich zurücksinken.

»Ganz einfach,« sie schüttelt den Kopf. »War ich ein Pflänzchen. Von nichts habe ich etwas gewußt. Ich dachte immer, Walter richte das so... so mit links. Weshalb hat er mich da ausgegrenzt?«

Elisabeth schließt kurz die Augen, dann runzelt sie die Stirn: »Ich würde meinen, er wollte für Sie einfach der große Zampano sein.«

»Er wollte kein Risiko eingehen, daß ich mich auf die gleiche Stufe stellen könnte.«

Elisabeth zuckt die Achseln.

Ursula senkt die Stimme: »Er versucht immer noch, mich zu beherrschen. Können Sie das verstehen, Frau Stein? Manchmal kann ich ihn riechen, ihn spüren. Ich meine, ich tue Dinge, da habe ich das deutliche Gefühl, das bin nicht ich!«

»Vielleicht haben Sie nur das eine oder andere von ihm übernommen, Frau Winkler. Unbewußt – und jetzt fällt es Ihnen auf.«

Ursula kneift die Augen zusammen. Ihre Augenbraue zuckt, sie greift danach: »Kann er in mir drin sein? Ein Teil von ihm? Seine Psyche? Irgendwas?«

»Daß er nach seinem Tod in sie gefahren ist? Wer weiß das schon so genau. Möglicherweise haben sie ihm den geeigneten Nährboden geboten.« Elisabeth deutet auf Ursulas Augenbraue. »Das kenne ich von ihm auch. Immer wenn er zornig oder aufgeregt war, fing das an. Haben Sie es schon lange?«

Ursula schüttelt vehement den Kopf: »Eben nicht! Das kam – jetzt ist es weg. Oder ist er jetzt bei Ihnen?«

Elisabeth lacht auf: »Bei mir war er nie. Ich bin für solche Dinge nicht empfänglich. Kein Opfer für Esoteriker, Hexenmeister und sonstwelche Gurus und Propheten. Sie müssen einfach einmal herzhaft, aus tiefster Seele, über ihn lachen, dann sind Sie ihn los!«

Ursula seufzt. »Das konnte ich noch nicht einmal zu seinen Lebzeiten...«

»Gehen wir jetzt heim? Ich habe Hunger!« Jill richtet sich auf, rutscht von Elisabeths Schoß. »Mir ist langweilig. Hast du Kassetten da?«

»Kassetten?« fragt Ursula verdutzt. »Was denn für Kassetten?«

»Na, Kinderkassetten natürlich!« Ursula erntet von Jill einen Blick, als sei sie eben vom Mond gefallen. »*König der Löwen, Die Schöne und das Biest, Susi und Strolchi* – irgend etwas halt!«

Ursula schaut hilflos zu ihrem Fernseher.

»Ich habe noch nicht einmal einen Videorecorder...«

»Bist du so arm?«

Ursula schaut Jill verblüfft an und bricht dann in lautes Lachen aus. »Ja, tatsächlich! Ich bin... ich weiß auch nicht, was ich bin. Wahrscheinlich nicht ganz up-to-date!«

»Ist das ansteckend, was du da hast?« Jill mustert sie neugierig, bleibt aber vorsichtshalber dicht bei ihrer Mutter stehen.

»Nein, nein!« wehrt Ursula ab. »Was hältst du denn jetzt von einer Pizzeria? Ist das so gut wie eine Kassette oder so etwas?«

»Eine Pizza ist doch keine Kassette!« Jill verzieht das Gesicht. »Das weiß doch jedes Kind!«

»Sei nicht so naseweis, mein Fräulein«, Elisabeth gibt ihr einen Stupser, dann streckt sie sich: »Fühlen Sie sich denn schon wieder so gut?«

»Ich lasse es auf einen Versuch ankommen!«

Sonntag morgen. Zeit zum Ausschlafen. In diesem Bewußtsein dreht sich Ursula nochmal um, zieht sich die Decke zurecht, drückt das Kopfkissen passend. Doch der ersehnte Schlaf will sich nicht mehr einstellen, erste Gedanken schleichen durch ihr Bewußtsein. Sie versucht abzuschalten, aber es will nicht mehr gelingen. Sie öffnet ihre Augen, um nach der Uhr zu schauen. Ihr Blick fällt auf Walter. »Na«, sagt sie laut, »das hättest du auch nicht gedacht, was?« Und einem plötzlichen Impuls folgend nimmt sie das Bild und drückt einen Kuß darauf. »Walter, alter Despot. Tot wirst du mir fast sympathisch. Warum hast du denn so lange damit gewartet?« Ursula stellt den Silberrahmen zurück und deckt sich wieder zu, schließt die Augen. Wenige Sekunden später reißt sie sie wieder auf. Sie spürt etwas kommen, ein Gefühl, eine Gewißheit wie eine Flutwelle, die weit draußen beginnt, aber die Atmosphäre verdichtet und unweigerlich eintreffen wird. Ursula liegt zum Zerreißen angespannt in ihrem Bett, hält die Luft an und bewegt sich nicht. In ihrem Kopf schwirrt es, und sie fühlt Eiseskälte. Der Schweiß bricht ihr am ganzen Körper aus. Sie starrt auf die gegenüberliegende Wand. Gleich wird sich die Luft spalten, wie in ihrem Traum die Erde, und er wird heraustreten. Mit einem Ruck richtet sie sich auf, brüllt »Geh weg! Hau ab!«, greift nach dem Foto, schmettert es durchs Zimmer gegen den Schrank und läuft hinaus. Erst im Wohnzimmer bleibt sie stehen, stellt sich zitternd an die Verandatüre. Die Sonne fällt auf die Stufen, wo gestern noch Elisabeth gesessen hat. Ursula fährt sich über die Stirn. Du bist noch krank, sagt sie sich dann. Das sind Nachwirkungen von gestern, Alpträume am frühen Vormittag. Wahrscheinlich war es wirklich eine Alkoholvergiftung.

Ursula beschließt, wieder nach oben zu gehen. Sie öffnet in ihrem Schlafzimmer die Jalousien, läßt die Sonne herein und bückt sich dann nach Walters Foto. Das Glas über seinem Bild ist heil geblieben. Seine Augen blicken spöttisch. Was hat Elisabeth gesagt? Lachen soll ich. Herzhaft, aus voller Seele lachen. Ursula stellt die Fotografie unsanft auf ihren Platz zurück. »Ich gehe heute zu Elisabeth, mein Lieber. Sie hat mich eingeladen. Das ist doch was zum Lachen, wie? Lach doch mal!« Ursula geht zur Badezimmertür und dreht sich nochmals zu Walter in seinem Silberrahmen um. »Du kannst ja mitkommen«, grinst sie zynisch, bevor sie die Türe hinter sich zuschmettert, »dann haben wir beide was zu lachen!«

Mit dem Finger auf dem Stadtplan fährt Ursula langsam durch Bornheim. Sie findet, daß jede Straße gleich aussieht. Wohnblöcke um Wohnblöcke, dazwischen Einkaufszentren mit Kindergärten und Schulen. Ein richtiges Trabantenviertel, denkt Ursula, und es schaudert sie bei dem Gedanken, hier leben zu müssen. Wie kann sich ein Kind wie Jill in so einer Umgebung überhaupt entwickeln? Jeder Block ist gleich, jede Wohnung hat den gleichen Grundriß, hundertfach, tausendfach, wie mag es da in den Gehirnen aussehen? Konformismus, Sozialismus, Kommunismus – die Brutstätten der Gleichmacherei, des Sozialneids, der Kriminalität. Ganz so, wie Walter das schon gesehen hat. Am liebsten wäre Ursula gleich wieder zurückgefahren. Aber sie hat die Straße gefunden. Jetzt fehlt nur noch der Block. Ob sie ihr Auto hier überhaupt abstellen kann?

Sie parkt auf einem riesigen Parkplatz, schaut mißtrauisch in die Runde und überprüft zweimal, ob das Lenkrad eingerastet und der Wagen richtig abgeschlossen ist. Dann klemmt sie ihre Handtasche im Sicherheitsgriff unter ihren Arm und geht an endlos scheinenden Waschbetonwänden vorbei zum Block 8 A. Grafittis und Parolen wechseln sich ab, sie werden dichter, je näher sie dem Eingang kommt. Vor der zweiflügeligen, gläsernen Außentüre bleibt Ursula kurz stehen. Ein tiefer Riß teilt die dicke Glasplatte in zwei Hälften. Als hätten

wir hier Krieg, denkt Ursula und drückt die schwere Schwingtüre zum Vorraum auf. An der rauh verputzten Wand ist eine
Tafel mit unendlich vielen Klingeln angebracht. Ungeduldig
beginnt Ursula zu lesen. Es ist mühsam, und es sind viele aus-
ländische Namen dazwischen. Sie ist mit ihrem Zeigefinger
knapp bei der Hälfte, da hört sie die Lifttüre aufgehen. Ursula, um ihre Sicherheit besorgt, dreht sich schnell um. Jill
kommt ihr fröhlich entgegengesprungen, dahinter steht Elisabeth in einer dunkelbraunen Lederhose und einem naturfarbenen Pulli. Sie sieht gut aus, der vollkommene Kontrast
zu ihrer Umgebung.

»Schön, daß Sie da sind«, Elisabeth bleibt mit einem Bein
in der Lifttüre stehen, »kommen Sie, solange er da ist. Man
muß immer so endlos warten. Es gibt nur den einen.« Dabei
wirkt sie so fröhlich, als hätte sie eben den gläsernen Aufzug
zu ihrem Penthouse präsentiert. Ursula gibt ihr die Hand,
hinter Jill schließt sich die Türe, und mit einem asthmatischen
Stöhnen bewegt sich der Verschlag nach oben. »Es ist ein
etwas alter Herr, aber er tut seinen Dienst«, lächelt Elisabeth.

»Noch!« antwortet Ursula trocken, denn sie beobachtet
die Etagenanzeige und rechnet bereits aus, mit welcher Fall-
geschwindigkeit sie vom 8. Stock aus hinuntersausen würden. Zu einer Wiedervereinigung mit Walter dürfte es reichen.

»Wie können Sie hier leben?« fragt Ursula und betrachtet
sich die bekritzelten Wände angewidert.

»Och, eine ganze Menge von Ihren Arbeitern wohnt auch
hier«, erwidert Elisabeth leichthin.

»Was? Wieso denn das? Haben die alle keinen Geschmack?«

Elisabeth dreht sich nach Ursula um. »Wenn Sie im Monat
2800 Mark brutto verdienen und dazu eine Familie ernähren
müssen, sind die Mieten hier mit 1200 Mark reichlich genug.
Da bleiben einer Normalfamilie für den Rest des Monats, für

Auto, Essen und Kleidung nämlich nur noch etwa 1000 Mark. Damit erledigt sich die Frage des Geschmacks mit ziemlicher Gewißheit von selbst!«

Ursula schweigt. Auch, weil der Lift eben mit einem Ruck hält und seine Fahrgäste mit einem lauten Quietschen verabschiedet.

Jill springt den langen Gang voraus und bleibt vor einer der abgestoßenen, braunen Türen stehen. »Da wohnen wir!« ruft sie Ursula stolz zu und zeigt auf die große, bunte Holzente, die die Türe über die halbe Länge ziert. »Die habe ich mal gebastelt, damit Jill weiß, welches unsere Wohnung ist«, erklärt Elisabeth und schließt auf. »So, bitte!«

Ursula ist überrascht. Ein heller Flur, mit Spiegeln optisch vergrößert, führt in einen offenen Wohnbereich. Ein cremefarbener Teppichboden veredelt den großen Raum, eine gemütliche Sitzgruppe mit warmen Laura-Ashley-Stoffen macht ihn gemütlich. Um die Ecke schließt sich der Eßbereich mit einem hellen, ovalen Tisch und langen, schmalen Stühlen an. Über eine Theke sieht man in die teilweise mit Edelstahl verkleidete Küche. Überall hängen große Drucke zeitgenössischer Künstler.

»Das hätte ich nicht erwartet«, gibt Ursula zu.

»Wie sollten Sie auch«, Elisabeth weist zur Couch. »Bitte, machen Sie es sich gemütlich, ich habe Teewasser aufgestellt. Ich nehme an, das ist Ihnen recht?«

»Gern«, Ursula nickt, da spürt sie, wie sich ein kleine Hand in ihre schiebt. »Ich zeige dir jetzt mal, wie Videokassetten aussehen«, bestimmt Jill und zieht Ursula mit sich fort.

Elisabeth schaut ihnen nach, ein Lächeln in den Augen.

Der Tisch ist gedeckt, der Tee fertig, kleine Biskuits sind arrangiert, nur von Ursula und Jill keine Spur. Elisabeth schaut um die Ecke zur Couch. Im Fernseher läuft ein Zeichentrickfilm, doch niemand sitzt davor. Leise geht Elisabeth zum Kinderzimmer. Auf dem Boden lagern Ursula und Jill und spielen *Als die Tiere den Wald verließen.* Jill klärt Ursula gerade über die Problematik der gejagten Hasen im Wald auf, als sie Elisabeth entdeckt. »Mutti, wir können jetzt noch nicht kommen. Das Spiel ist noch nicht fertig!«

»Ihre Tochter gewinnt«, Ursula verlagert ihr Gewicht auf die andere Seite und würfelt.

»Vier«, sagt Jill spontan. »Du kannst mich jetzt werfen. Du brauchst aber nicht, wenn du nicht willst!«

Elisabeth grinst und geht ins Wohnzimmer. Sie packt die beiden Teetassen und die Kanne auf ein Tablett, geht wieder zurück und kniet sich zwischen den beiden nieder.

»Eigentlich ist es ein simples Mensch-ärgere-dich-nicht«, sagt sie, während sie Ursula eine Tasse Tee einschenkt. »Der Rote hier«, sie deutet auf eines der Hütchen, »ist Willy Waffel. Er glaubt, daß er kurz vor seinem Ziel ist, aber er weiß nicht, daß sich alle Gelben gegen ihn verschworen haben.«

Ursula horcht auf, Jill protestiert: »Das ist kein Willy Waffel, sondern das ist der Fuchs!«

»Ist Ihnen was eingefallen?«

»Fünf!« triumphiert Jill. »Ich bin gleich drin! Du bist dran!«

»Ach, das brauchte mir nicht einzufallen. Es ist ein As, das ich nicht gern verspiele.«

Ursula würfelt und überlegt. Geht's jetzt um Geld? Sie würfelt eine Eins. »Mein Angebot steht noch«, sagt sie zögernd. Ihre Hand schwebt über dem Spielbrett. Mit einer Eins könnte sie jetzt Jill kurz vor ihrer Höhle werfen, dann wäre sie mit der Figur wieder am Ausgangspunkt. Sie schaut Jill an, die zieht das kleine Näschen kraus und pustet sich dann den Pony aus der Stirn. »Erwachsene sollten Kinder immer gewinnen lassen«, läßt Jill Ursula wissen und schaut sie groß an.

»Warum eigentlich?« fragt Ursula.

»Weil ihr größer seid!«

»Aha. Das ist natürlich ein Argument.« Ursula streckt das

eine Bein etwas. Hilfesuchend dreht sie sich nach Elisabeth um. Die zuckt lächelnd die Achseln.

»Aber ein bißchen was will ich auch dafür, wenn ich dich jetzt gewinnen lasse. In Ordnung?«

Jill schaut sich schnell in ihrem Zimmer um: »Den Papagei dort kannst du haben, oder das Bilderbuch, das ich zum Geburtstag bekommen habe. Das gefällt mir sowieso nicht. Okay?«

Ursula schüttelt den Kopf. »Ich will etwas, das man nicht kaufen kann.«

»Soll ich dir was malen?«

»Das wäre auch eine schöne Idee, aber eigentlich dachte ich an einen kleinen Kuß.«

»Okay«, Jill würfelt bereits und hält mit einer Zwei triumphierend Einzug in ihre Höhle, »bekommst du beides! Gewonnen!«

Sie springt auf und drückt Ursula einen Kuß auf. In ihrem ganzen Leben hat Ursula noch keine Kinderlippen gefühlt, noch nicht einmal in ihrer eigenen Kindheit. Sie war bei den anderen Kindern nicht sehr beliebt, von den kindlichen Zärtlichkeiten untereinander blieb sie stets ausgeschlossen. Sie holt tief Luft und blickt Jill nach, die laut lachend aus dem Zimmer stürmt. Dann schaut sie Elisabeth an: »Langsam fange ich an, Sie zu beneiden.« Ursula beginnt, die Spielfiguren aufzuräumen. »Muß ich jetzt, mit 53, mein Leben in Frage stellen?«

»Oh nein!« widerspricht Elisabeth schnell. »Das müssen Sie nicht. Bestimmt nicht. Sehen Sie, ich habe gekämpft. Jills Vater hätte es gern gesehen, wenn ich vor ihm auf die Knie gegangen wäre. Sie müssen wissen, vor Jill arbeitete ich für eine Kosmetikfirma als freie Vertreterin. Ich war immer unterwegs, verdiente recht viel Geld, hatte Spaß an der Arbeit. Ich hatte ein hübsches Appartement in Sachsenhausen. Jills Vater sah ich sporadisch, wir verstanden uns gut – bis das

Kind kam. Die Entstehung fand er noch toll und auch die erste Zeit nach der Geburt. Dann sah er plötzlich, daß ich nicht mehr arbeiten konnte. Plötzlich war das Geld ein Problem, das sorglose Leben ohne Verantwortung war vorbei. Er setzte sich mit seiner Kohle ins Ausland ab. Ich hatte keine Chance – mit dem Baby konnte ich nicht mehr tagelang reisen, meine Firma fand einen Ersatz. Ich nicht, ich sah keinen Weg. Das Geld ging mir aus. Jills Vater bezahlte über eine Briefkastenadresse in Deutschland die Mindestalimente. Er, der für eine Nacht im Hotel locker mal 1000 Mark ausgab, sich von Champagner und Hummer ernährte und ausschließlich große Autos fuhr, er brachte für das Wohl und das Leben seiner Tochter gerade mal den Satz für Arbeitslose auf. Ich ging vor Gericht. Dort spielte er den mißverstandenen, verarmten Mann. Der Richter fragte ihn mitleidsvoll, ob er die 256 Mark im Monat denn überhaupt aufbringen könne. Wo ich den Rest herholen sollte, die Differenz zu den 1000 Mark, die ein Kind inclusive Einrichtung, Kleidung, Ernährung und Babysitting laut Statistik in Wahrheit kostet, wollte niemand wissen. Das Hohe Gericht ging offensichtlich davon aus, daß Frauen das schon irgendwie schaffen. Sie haben zwar kein Einkommen und keine Chance, mit einem Baby unterm Arm zu arbeiten, aber das tut nichts zur Sache. Mich hat zumindest keiner gefragt, wie ich es eigentlich hinkriegen will, mich und das Baby am Leben zu erhalten. Jills Vater hat mir dann noch gnädig gesagt, daß er vielleicht einmal einen halben Nachmittag auf die Kleine aufpassen könnte. Mehr sei nicht drin, schließlich könne er seine Geschäfte nicht vernachlässigen. Das war der Moment, als ich ihn hätte erschießen können – oder besser noch kastrieren. Sozusagen als nachträglicher Liebesdienst, damit der Arme für seinen wertvollen Samen nicht noch einmal so gewaltig zur Kasse gebeten werden kann. Trotzdem wäre ich nie in die Knie gegangen. Schließlich blieb mir nur noch der Weg zum Sozialamt. Das zögerte ich hinaus, weil ich zu stolz war. Als die Banken nicht mehr mitspielen wollten, kam ihr Mann. Für ihn habe ich zwar meinen Körper verkauft, aber meinen Stolz und meine Seele behalten. Verstehen Sie das?«

Ursula steht langsam auf, streckt ihren Rücken. »Hätten Sie den Typen doch erschossen!« sagt sie dann. »Was hat Sie gehindert?«

»Er ist es nicht wert, daß ich mir an ihm die Finger schmutzig mache!«

Elisabeth steht ebenfalls auf.

Ursula nickt. »Und Sie haben Jill!«

»Ja, ich habe Jill!«

»Können Sie wieder arbeiten?«

»Seitdem Jill im Kindergarten ist, bin ich wieder bei meiner Kosmetikfirma. Allerdings im Innendienst.«

»Gut. Zeigen Sie mir mal Ihren Arbeitsplatz?«

Elisabeth überlegt kurz, dann grinst sie. »Sie meinen, für meine Übergangsbeschäftigung?«

Ursula nickt. »Und dann erklären Sie mir mal bitte, wie wir Willy Waffel schachmatt setzen können.«

Das Schlafzimmer ist groß und lichtdurchflutet, und es fällt Ursula schwer, einen Zusammenhang zwischen diesem Raum und den Fotos herzustellen. Elisabeth setzt sich auf das Bett und streicht mit beiden Händen über die in warmen Blumenfarben bezogene Daunendecke, die sich rechts und links neben ihr aufwirft. »Laura Ashley im Puff«, sagt sie dabei, »hätten Sie das vermutet?«

Ursula antwortet nicht. Hinter Elisabeth hat sie auf einem kleinen Beistelltisch ein Foto von Walter entdeckt. Es zeigt ihn lachend. Ein kleines schwarzes Band ist in der Ecke des Holzrahmens befestigt.

»Sprechen Sie auch jeden Abend mit ihm?« will Ursula wissen.

»Nein. Ich bedanke mich manchmal bei ihm.« Elisabeth

steht auf und geht an Ursula vorbei zur Tür. Sie weist auf einen großen, gerahmten Druck von Spitzweg. Es zeigt eine Familie beim Sonntagsspaziergang. Vornweg das schirmbehütete, ergebene Weib, dann die kleine, vorwitzige Tochter unter einem riesigen Hut und schließlich der Patriarch, der wohlgefällig und mit dickem Bauch hinter den beiden herstolziert.

»Mein Lieblingsbild«, sagt Elisabeth dazu. »Es erinnert mich jeden Morgen daran, daß ich gern so lebe, wie ich lebe!«

Dann hängt sie es ab.

In der Wand ist ein rundes Loch, groß genug für ein Objektiv.

»Walter stand auf der anderen Seite im Flur, er arbeitete mit einem sehr lichtempfindlichen Film. Wir hatten vorher durchgesprochen, was er haben wollte, und ich ließ dann unter einem Vorwand das Licht an.«

»Walter selbst?« Irgendwie war Ursula stillschweigend davon ausgegangen, daß ein anderer den Auslöser betätigt hatte. Aber Walter? Einen Moment lang fühlt sie sich benommen.

Elisabeth wirft ihr einen kurzen Blick zu, dann hängt sie das Bild wieder auf. »Er wollte keine Mitwisser haben. Und er war Perfektionist. Er hat ein Bild anfertigen lassen, in dem sich das Objektiv perfekt verspielte. Auch bei genauem Hinsehen konnte kein Verdacht aufkommen.«

»Haben Sie das Bild noch?«

Elisabeth schüttelt den Kopf. »Ich brauche es nicht mehr. Es war ein Abschnitt in meinem Leben. Ich war eine Hure, ich habe es bewußt getan, und ich bin heute noch stolz darauf, denn ich habe vieles dabei gelernt. Aber es ist vorbei!«

»Haben Sie mich am Telefon nicht gefragt, ob es sich um einen Job handele? War das nicht so gedacht?«

»Ich wollte nur wissen, was Sie wollen. Mir ein Bild machen. Schließlich hatten Sie die Geheimakte in den Händen. Das hätte auch eine Gefahr für mich bedeuten können.«

»Haben Sie geglaubt, ich zeige meinen eigenen Mann an?«

»Die Tatsache, daß Sie mir einen Job anbieten wollten, war mir jedenfalls lieber. Das hat mir gezeigt, wo Sie stehen.«

»Wo bleibt ihr denn?« Jill steht in der Türe. »Was macht ihr denn da?«

Elisabeth zupft spielerisch an ihrem Haar: »Ursula wollte sehen, wo ich schlafe.«

»Wieso – bleibt sie hier? Sie kann auch bei mir schlafen!«

Ursula dreht sich nochmals zu dem Spitzweg um. »Er erinnert mich an Willy Waffel!«

»Schläft der auch bei uns?« Jill zerrt ungeduldig an der Hand ihrer Mutter. »Komm jetzt endlich!«

Elisabeth gibt lachend nach. »Willy Waffel wird nicht bei uns schlafen«, sagt sie dabei zu ihrer Tochter und wartet, bis Ursula an ihr vorbei ist. »Der schläft in Zukunft auf einer Parkbank!« Damit schließt sie die Türe und zwinkert Ursula zu. Hoppla, denkt Ursula, jetzt wird's spannend!

ZUVERSICHT

Während der Montagskonferenz strahlt Ursula eine Zuversicht aus, die auffallend ist. Sie gehen die einzelnen Abteilungen durch, die üblichen Fragen nach Abläufen, Besonderheiten, Zahlen. Als es nichts Nennenswertes mehr zu besprechen gibt, meint Ursula, ihre gute Laune erklären zu müssen.

»Es ist fast noch zu früh, überhaupt etwas zu sagen, aber ich glaube, unsere Probleme sind bald gelöst«, sagt sie in die Runde.

»Nur schade, daß Gernot Schaudts Probleme nicht gelöst werden konnten«, erwidert Rainer Witzmann leise.

Ursula stockt. Dann schaut sie auf den leeren Platz, rechts neben sich.

»Wir wissen ja noch nicht einmal, um welches Problem es ging.« Sie schaut jeden einzelnen an. »Oder wissen Sie Näheres?« Keiner antwortet. »Vielleicht hat er zu früh aufgegeben«, fährt sie fort. »Er war ein guter Mann. Er hätte kämpfen müssen!«

Alle schweigen.

Ursula überlegt.

»Wie hätten wir ihm denn helfen können?« hört sie sich dann fragen und schüttelt gleichzeitig innerlich den Kopf über sich. Ursula, was ist denn in dich gefahren?

»Seine Frau sagte mir, daß er Krebs hatte, Magenkrebs!« Arnold Müller von der Rechtsabteilung rollt seinen Kugelschreiber hin und her.

»Krebs?« Ursula horcht erstaunt auf.

»Und den hatte er wohl wegen seiner Familie. Sie muß ihm bös zugesetzt haben«, fügt Stefan Peters, ein Ingenieur aus der Produktion, hinzu.

»Ja, so etwas kann auf den Magen schlagen«, nickt sein Kollege.

Ursula ist gerade gewillt, die Sitzung für beendet zu erklären, da fügt Rainer Witzmann an: »Die kleine Verena Müller scheint ja auch massive Magenprobleme zu haben. Hoffentlich greift das nicht um sich!«

In Ursulas Kopf klickt es. »Krebs ist nicht ansteckend«, sagt sie automatisch, aber sie denkt schon eine Stufe weiter. »Wieso kommen Sie darauf?« hakt sie schnell nach.

»Nun, so oft wie sie fehlt, so dünn wie sie ist und all die Mittel, die sie schluckt, das ist doch alles typisch Magen. Sie wird ja immer nervöser davon. Vielleicht sollte man sie mal in Kur schicken – bevor es endet wie bei Gernot«, sagt Witzmann, korrigiert sich aber schnell: »Ich meine den Krebs, nicht den Selbstmord.«

231

Ursula ordnet ihre Papiere, legt ihren Füller obenauf. »Ich danke Ihnen für den Tip, Herr Witzmann. Ich werde mich um Frau Müller kümmern.« Dann steht sie auf: »Ich danke Ihnen, meine Herren!«

In ihrem Büro fährt sie mit dem Finger nachdenklich die Kante ihres Schreibtisches entlang. Verena Müller. Die Kleine aus der Buchhaltung. Sie muß blind gewesen sein. Sie hatte ihr doch zur Beerdigung ihres Mannes diesen seltsamen Brief geschickt. Eine Spende für irgendeinen grünen Blödsinn wollte sie haben. Und sie hatte Verena kommen lassen und ihr klipp und klar erklärt, was sie von Bettelbriefen dieser Art hält. Und Verena hatte noch versucht, sie in eine Diskussion zu verwickeln. Ob sie denn kein Herz für Tiere hätte und ähnlichen Unsinn. Ursula hatte ihr mit Kündigung gedroht, falls sie hier im Haus radikale Ideen entwickeln würde. Fanatismus, egal welcher Couleur, dulde sie in ihrer Firma nicht, hatte sie getobt, und Verena war mit trotzigen Augen gegangen.

Ursula läßt sich Verenas Akte aus dem Personalbüro kommen. Stimmt, sie hat in letzter Zeit ziemlich häufig gefehlt. Magenbeschwerden, bescheinigen die Atteste. Ob sie mit Drogen zu tun hat? Ursula greift nach dem Telefon. Der Vertrauensarzt soll klären, welcher Art Verenas Beschwerden sind.

Ein Anruf kommt ihr zuvor. Sie schaut auf das Display, interne Leitung, Regina Lüdnitz. »Ja, bitte«, meldet sie sich.

»Willy Waffel möchte Sie sprechen, Frau Winkler. Ist es Ihnen recht?« Ihrem säuerlichen Tonfall nach hätte sie Waffel wohl am liebsten die Leitung gekappt.

»Ich übernehme ihn, Frau Lüdnitz«, Ursula zögert kurz. »Und anschließend können Sie mich mit Frau Waffel verbinden.«

Sie hört, wie es im Gehirn ihrer Sekretärin arbeitet. »Privat?« fragt sie dann.

»Privat!« bestätigt Ursula.

Willy Waffel drängt auf einen Termin.

»Soll ich Ihnen ein bißchen was von der Firma zeigen?« fragt Ursula unschuldig. »Die Fertigung? Die Lagerung? Unsere geniale Häckselmaschine? Die kriegt alles klein!«

Willy Waffel scheint der Sarkasmus in ihrer Stimme nicht aufzufallen. »Ich stehe zu meinem Angebot von 15 Millionen, Frau Winkler. Auch wenn es zu hoch gegriffen ist – aber, na ja. Sie müssen ja auch leben, nicht wahr? Es muß nur bald zu einem Abschluß kommen, es gibt da sonst noch ein anderes Projekt..., wie gesagt, die Bücher müßte ich natürlich schon noch sehen, aber trotzdem, ein Mann, ein Wort!«

Julius Wiedenroth macht wohl Druck, denkt Ursula.

»Hat Ihre Frau denn bald Geburtstag?« fragt sie süffisant. Sie dreht ihren Schreibtischsessel und schaut nach draußen. Blauer Himmel, es riecht nach Frühling.

»Was hat meine Frau... Wieso?« Er klingt völlig daneben.

»Nun, weil Sie es mit der Überraschung für Ihre Frau plötzlich so eilig haben, die Zeit so drängt.« Sie lächelt.

»Ja, ja, nun, ja. So ist es... ähm, die Zeit drängt eben. Wann haben Sie Zeit?«

Ursula überlegt. »Es gibt noch ein paar wichtige Dinge, die ich vorbereiten muß, Gespräche mit meinen Anwälten, Steuerberatern, mit der Bank – Sie und ich müssen für eine Übernahme ja einige Voraussetzungen erfüllen, nicht wahr?«

»Meine Voraussetzungen sind schnell erfüllt!«

»Das könnte möglich sein«, Ursula dreht sich an den Schreibtisch zurück. »Wie dem auch sei, Herr Waffel, ich melde mich bei Ihnen. Wenn alles reibungslos geht, schon morgen!«

»Ich verlaß mich drauf!«

»Verlassen Sie sich drauf!« Ihr Ton klingt fast drohend, und Ursula legt schnell auf, bevor ihre Fassade zusammenbricht. Dreckskerl, denkt sie und beißt sich auf die Lippen.

Wenn ihre Rechnung aufgeht, dann kommt die Übernahme schneller, als er sich vorstellen kann. Ursula streicht sich durch die Haare. Der Gedanke an das bevorstehende Gespräch macht sie nervös. Davon hängt alles ab. Sie steht auf, geht einige Schritte hin und her. Das Telefon klingelt. Sie nimmt im Stehen ab.

»Ich habe Frau Waffel erreicht, Frau Winkler, darf ich verbinden?«

»Bitte sehr!«

Lena Waffel hört schweigsam zu, was Ursula ihr zu sagen hat. Ihre Einsilbigkeit macht Ursula noch nervöser, sie spricht schneller, zwingt sich dann aber selbst zu einer Pause.

Lena Waffel schweigt mit.

»Sind Sie noch dran?« fragt Ursula und wippt auf den Absätzen.

»Es ist ein… ungewöhnlicher Vorschlag – aber es ist… überlegenswert.«

Ursula schließt die Augen.

»Gut. Wann?«

»Von Frau zu Frau?«

»Wir werden völlig alleine sein.«

»Von mir aus so schnell wie möglich.« Lena Waffel überlegt. »Heute noch. Am Nachmittag.«

Ursula ballt die Hand zur Faust. »Gut. Und wo?«

»Meine Tochter hat Springstunden. Draußen im Verein. Wir können uns ins *Reiterstübchen* setzen. Ich sehe Isabelle zu, und Sie können mir erzählen, was Sie auf dem Herzen haben.«

Wenn das der richtige Rahmen ist, denkt Ursula skeptisch, aber sie sagt zu und läßt sich die genaue Adresse des Reitstalls geben. Schließlich legt sie auf.

Eine Weile steht sie einfach da. Ursula, Ursula, Ursula, sagt sie sich und freut sich diebisch. Dann ruft sie Elisabeth an und erzählt ihrem Anrufbeantworter von ihrem Treffen mit Lena

Waffel. Sie endet mit einem Gruß an Jill und zieht die Stirn darüber kraus. Hat sie jemals Kinder auf Anrufbeantwortern gegrüßt? Verena Müller und die Vertrauensarztfrage übergibt sie an Regina Lüdnitz. Auch auf die Gefahr hin, daß diese vielleicht zunächst Verena selbst anruft. Dann greift Ursula nach dem Mantel. Sie hält es in der Firma nicht mehr aus, sie braucht frische Luft. Und sie muß nachdenken, denn noch ist nichts gewonnen. Dieses Treffen erfordert Fingerspitzengefühl.

Ursula fährt in die Innenstadt. Die Sonne scheint, sie hat Lust zum Bummeln. Sie schaut sich in der Goethestraße in einer Boutique um, aber das herablassende Desinteresse der Verkäuferin verjagt sie. Im Schuhgeschäft an der Ecke ist es anders. Dort herrscht eine nette Atmosphäre, und es macht ihr Spaß, sich einige Modelle zeigen zu lassen. Eigentlich hatte sie es nicht vor, schließlich kauft sie aber doch ein Paar dunkelblaue Pumps. Mit der Tüte in der Hand schlendert sie in die Freßgasse. Am Feinkostgeschäft Plöger kommt sie nicht vorbei. Gleichzeitig merkt sie, wie ihr Magen knurrt. Vor der Tiefkühltruhe mit vakuumverpackten Schlemmermenüs bleibt sie stehen. Wann hat sie zuletzt frisch gekocht? Seitdem Walter tot ist, erscheint es ihr als zu großer Aufwand. Tiefgekühltes mitzunehmen ist unsinnig. Sie wird vor heute abend nicht zu Hause sein, dann ist es aufgetaut. Vor dem Salatbüffett mit Schüsseln voller Krabbensalate, Nudelvariationen und anderen Delikatessen kann sie sich nicht entscheiden. Jetzt ist sie bereits so hungrig, daß sie alles nehmen würde. Ursula entschließt sich, einiges zusammenzustellen und für heute abend nach Hause schicken zu lassen. Hundertfünfzig Meter weiter läßt sie sich in einem italienischen Restaurant aufseufzend an einen freien Tisch am Fenster sinken. Sie bestellt Spaghetti all' Arrabbiata und hofft, daß es schnell geht. Bei einem Glas Rotwein beobachtet Ursula die Passanten. Kaum zu glauben, daß es der Wirtschaft schlecht gehen soll. Die meisten haben Tüten in der Hand, viele sogar gleich mehrere. Ursula schaut auf die Uhr. Noch zwei Stunden Zeit bis zu ihrem Treffen mit Lena Waffel.

Dreißig Minuten später ist sie bereits wieder draußen. Sie wird noch bis zur Zeil gehen und dann zum Auto zurück. Bei der Zeilgalerie muß sie an Deutschlands größten Baulöwen denken und grinst. Irgendwann stolpern die Knaben alle über sich selbst. Egal ob Honecker, Schneider oder Waffel. Ohne Macht sind sie kleine Würstchen. Wie das, was sie am Leibe tragen. Ihr Blick fällt schräg auf ein Geschäft auf der gegenüberliegenden Straßenseite, das ihr noch nie aufgefallen ist. *Walt Disney* steht in großen Buchstaben zu lesen. Zeit zum Umkehren, denkt Ursula, geht dann aber wie magisch angezogen auf den bunten Eingang zu. Was will ich denn da, verweigert sie sich noch, aber dann ist sie schon drin. Alles, was bunt, unsinnig und teuer ist, erwartet sie. Der rechte Platz für ihren beißenden Zynismus, aber er meldet sich nicht zu Wort. Statt dessen kauft sie einen Kinderbecher aus doppeltem Plexiglas, in dem kleine Löwen auf und ab tanzen, und die Videokassette *Die Schöne und das Biest*. Ich bin das Biest, sagt sie sich dabei, und als sie wieder auf der Straße ist, greift sie sich an den Kopf. Ursula, du hast Fieber, oder du tickst nicht mehr richtig. Vermutlich aber beides!

SIEG

Pferde waren Ursula schon immer suspekt. Zu groß, zu unberechenbar, zu lebendig.

Hoffentlich läuft ihr keines dieser Untiere über den Weg. Ursula steht zögernd an der hölzernen Schwingtüre, hinter der es kein Zurück mehr gibt. Sie hört vielfältige Geräusche,

Lachen, Scharren, Klirren, Schnauben, und das alles ist nicht dazu angetan, sie über die Schwelle in den Reitstall zu locken. Der Geruch nach feuchtem Leder, schwitzenden Leibern und Pferdeäpfeln kommt noch dazu. Sie schaut sich um. Kein Mensch zu sehen. Zahlreiche Fahrräder, Mofas und an der Straße die Autos der pferdebegeisterten Mütter. Keiner, den sie fragen könnte, wie sie unter Umgehung des Stalles in das *Reiterstübchen* gelangen könnte.

Ein Blick auf die Uhr. Zwei Minuten vor drei. Das gibt den Ausschlag. Pünktlichkeit vor Pferdangst! Sie stößt entschlossen die quietschende Türe auf und bleibt erschrocken stehen. Kurz vor drei, die Kinder führen ihre Pferde in einer langen Schlange an ihr vorbei in die Reitbahn. In der Hauptsache sind es Mädchen, die lässig neben ihren übergroßen Vierbeinern daherschreiten. Ursula wartet, bis sie den letzten Schweif nur noch aus der Entfernung sieht, dann schaut sie sich um. Ein Mann um die fünfzig tritt aus einem Büro heraus. Er hat Reithosen an, wahrscheinlich der Reitlehrer. Sie fragt ihn nach dem *Reiterstübchen*, er betrachtet sie aufmerksam, zeigt ihr dann den Weg. Seine graublauen Augen, die fest auf sie geheftet sind, verwirren Ursula. Sein Blick erzeugt ein merkwürdiges Gefühl in ihr. Er wirkt so intensiv, so authentisch. Sein Pferd wird herangeführt, und Ursula beeilt sich, aus der Gefahrenzone zu kommen. Sie geht in die Richtung, die er ihr gewiesen hat. Eine dunkle, abgetretene Treppe führt nach oben. Es riecht nach Sägemehl, dichter Staub liegt in der Luft. Hätten wir uns nicht einfach in irgendeinem Café treffen können, denkt sie ärgerlich, dann ist sie oben. Es ist eine offene Tribüne, vor der sie steht. Kalt ist es und ungemütlich. Dann erkennt sie die schmale Türe links neben sich. Und sie sieht, daß die Schmalseite der Halle im ersten Stock verglast ist. Sie schaut genau hin. Die Fensterscheiben spiegeln, aber es läßt sich doch erkennen, daß jemand dahinter sitzt. Ursula drückt die Türe auf. Ein enger Gang und dann die

Türe in die Gaststube. Die hat offensichtlich schon bessere Zeiten gesehen. Das dunkle Holz an den Wänden wirkt alt und spröde, der Fußboden ist aus einfachen Bretterbohlen. Der Raum ist muffig und überheizt, Reitutensilien hängen an den Wänden, jede Menge Pferdebilder, Schleifen und Pokale. Die eine Seite wird von einer Theke eingenommen, an der anderen sitzen einige Frauen am Fenster. Eine hat sich etwas abgesondert, Ursula erkennt Lena Waffel. Alle haben sich nach ihr umgedreht. Solche Auftritte schätzt Ursula überhaupt nicht, aber sie grüßt freundlich und geht dann zu Frau Waffel, die ihr entgegenlächelt: »Bitte, nehmen Sie doch Platz.«

Irgendwie erscheint Ursula die Situation absurd. Lena Waffel benimmt sich formvollendet, als säße sie an einem Tisch im Grand Hotel. Ursula bedankt sich höflich und setzt sich ihr gegenüber hin.

»Eigentlich ist heute ja Ruhetag für die Pferde. Aber die Kinder bereiten ein Frühlingsfest vor und üben ausnahmsweise am heiligen Montag«, klärt Lena Waffel sie auf. Ursula findet das nur komisch. Ein Ruhetag für Pferde klingt für sie wie die 36-Stunden-Woche für Arbeiter. Ob Pferde eine Gewerkschaft haben? Überstunden abfeiern können?

»Das ist meine Tocher. Die auf dem Falben, hinten, mit dem braunen Zopf.«

Aha. Für Ursula sind alles Falben, weil sie keine Ahnung hat, was das ist, und alle Mädchen tragen mehr oder weniger Zöpfe.

Der Reitlehrer, der eben in ihr Blickfeld reitet, interessiert sie um so mehr. Er wirkt auf seinem Pferd wie maßgeschneidert.

»Ein guter Mann?« fragt sie mit einem Kopfnicken zu ihm.

»Eigentlich zu gut für uns. Ich befürchte, daß wir ihn nicht allzu lange halten können. Er hat hier zu wenig Möglichkeiten. Er müßte sich mehr entfalten können, bräuchte bessere Pferde. Einen Sponsor.«

»Sponsern Sie ihn doch!?«

»Ich??« Lena Waffel schaut sie überrascht an. »Dazu habe ich keine Möglichkeit, kein Geld.«

»Ich könnte Ihnen helfen.«

»Sie wollen ihn sponsern?« rutscht es Lena Waffel vor lauter Überraschung laut heraus. Die Blicke richten sich auf sie, Lena senkt den Kopf. Ursula verzieht den Mund. Warum sollte sie ihn sponsern? Weil er blaugraue Augen hat und nach Mann riecht? Eine Frau in einem angegrauten Arbeitsmantel kommt an den Tisch, fragt, was sie Ursula bringen soll. Ursula ist die Unterbrechung recht. Sie bestellt sich einen Kaffee und einen Kuchen.

»Wir haben selbstgebackenen Marmorkuchen«, wird sie nicht ohne Stolz unterrichtet.

»Sehr schön«, antwortet Ursula. Sie hätte auch Sandkuchen aus der Halle gegessen, wenn sie ihrem Ziel damit näher gekommen wäre.

Lena beugt sich zum Fenster, sucht nach ihrer Tochter.

Alle reiten im Schritt quer durcheinander.

»Sie reiten sich warm«, erklärt Lena, was nun Ursula überhaupt nicht interessiert. »Lieben Sie Pferde auch?« hängt sie unvermittelt an.

»Ja, doch, schon«, Ursula schaut blicklos in die Bahn.

»Sind Sie schon mal geritten?«

»Leider noch nie...« Ich muß das Gespräch wieder in den Griff bekommen, denkt Ursula dabei.

Lena wendet sich ihr tröstend zu: »Ich werde Sie nachher mit unserem Fixus bekanntmachen. Es ist ein Prachtpferd, er wird Ihnen gefallen. Schauen Sie nur, welchen Gang er hat, wie stolz er seinen Kopf, seinen Schweif trägt!«

Ursula sitzt stocksteif. Oh, Horrorgedanke. Wo ein Schweif sitzt, sind auch Beine, genauer Hinterbeine, und die können ausschlagen. Und wo der Kopf ist, ist das Maul nicht fern. Sie sieht große, gelbe Pferdezähne vor sich. Sie wird

Fixus keinen Meter zu nahe kommen, eher küßt sie Willy Waffel.

»Lieben Sie Ihren Mann?« Die Frage reißt Lena vom Fenster weg.

»Ich... wie kommen Sie darauf?« Lena schweigt kurz, dann schüttelt sie den Kopf: »Nein!«

»Entschuldigen Sie, daß ich so direkt frage, aber wir wollen hier ja etwas Wichtiges besprechen«, entschärft Ursula ihre Indiskretion.

»Sie haben mich am Telefon neugierig gemacht...« Lena senkt die Stimme, die Bedienung serviert Ursula Kaffee und Kuchen.

»Darf ich fragen, warum Sie ihn nicht lieben?«

Lena rührt in ihrem Kaffee, der kalt vor ihr steht. Dann schaut sie aus dem Fenster hinaus, während sie spricht: »Es war keine Liebesheirat. Mein Vater wollte die Firma sichern, sie sollte ihm und meiner Mutter im Alter noch ein gutes Leben ermöglichen, und er wollte für mich ein vernünftiges Auskommen. Er fand, Willy sei der Richtige.« Sie dreht langsam den Kopf zu Ursula. »Wenig romantisch, wie?«

Touché, denkt Ursula und bemüht sich, ihren Triumph zu verbergen. Hat Elisabeth doch recht gehabt! »Und«, fragt sie weiter, »war er denn der Richtige?«

Lena überlegt, sie streicht sich vorsichtig über ihren Dauerwellenkopf.

»Für die Firma wohl schon. Das kann ich nicht beurteilen. Willy wollte von Anfang an nicht, daß ich da mitmische. Mein Vater wäre auch dagegen gewesen. Eine Frau in der Firma bringt Unfrieden, hat er immer gesagt«, sie sieht Ursula unsicher an, »war wohl auch besser so. Für die Kinder...«

Ursula schüttelt den Kopf. »Die Kinder sind das Alibi der Männer, sich die Frauen vom Hals zu halten!«

Lena schweigt, ihr Blick sucht ihre Tochter. »Ich bin froh, daß ich sie habe. Ohne sie wäre alles noch unerträglicher!«

Ursula überlegt. »Wer hat die Verträge gemacht? Ist Ihr Mann beteiligt? Hält er Prozente? Haben Sie einen Ehevertrag?«

»Mein Vater hat darauf geachtet, daß ich die Eigentümerin bleibe. Daraufhin ist auch unser Ehevertrag ausgerichtet. Willy ist als Geschäftsführer bei mir angestellt. Er bekommt ein Gehalt!«

»Und der Verkauf von Geschäftsanteilen ist laut Gesellschaftsvertrag auch nicht an besondere Voraussetzungen geknüpft?«

»Natürlich nicht. In einer Ehe verstößt keiner gegen die Interessen des anderen!« Ein verlegenes Lächeln huscht über Lenas Züge.

Ursula atmet tief durch. »Mein Gott, und da haben Sie ihn noch nicht hinausgeschmissen?«

»Ich bin doch mit ihm verheiratet! Wir sind eine Familie!«

»Von Gottes Gnaden«, schlüpft es Ursula heraus.

Lena nimmt einen Schluck aus ihrer Tasse. Sie verzieht noch nicht einmal das Gesicht. »Was hätte ich tun sollen. Ich kenne mich in dem Geschäft nicht aus. Jeder kann mich übers Ohr hauen. Und Kartonagen sind heute auch nicht mehr so problemlos wie noch vor Jahren. Ich bin machtlos!«

»Ihr Mann betrügt Sie!« sagt Ursula sachlich.

Lena verzieht das Gesicht zu einem bitteren Lächeln. »Das tat er vom ersten Tage an. Bis heute demütigt er mich, wo immer sich eine Gelegenheit findet. Am liebsten vor andern Leuten! Trotzdem erstaunt mich, daß Sie das wissen!«

»Das weiß jeder«, winkt Ursula mit einer Handbewegung leichthin ab, dann beugt sie sich zu ihr vor, schaut sie durchdringend an: »Schlagen Sie zurück!«

Lena antwortet nicht. Sie starrt in ihren Kaffee.

»Was hindert Sie? Wie alt sind Ihre Kinder?«

»Isabelle ist vierzehn und Oliver neunzehn. Er macht gerade sein Abitur und will später Informatik studieren. Tag und Nacht hängt er vor dem Computer.«

»Hat er Ambitionen, die Firma zu übernehmen?«

Lena schüttelt langsam den Kopf: »Überhaupt nicht. Er sagt, er ist froh, wenn er nichts mehr davon sieht. Damit schließt er Willy wohl ein. Er hat sich mit seinem Vater nie richtig verstanden. Er ist ein sehr introvertierter Junge. Willy hat ihn immer als Stubenhocker beschimpft, bloß weil er nicht boxen wollte wie Willy in seiner Jugend.«

»Und Isabelle?«

»Will Tierärztin werden.«

»Leben Ihre Eltern noch?«

Lena verneint.

»Wo ist dann das Problem?«

»Ach«, seufzt Lena aus tiefstem Inneren. »Sie sagen das so einfach. Aber was soll ich jetzt mit der Firma am Hals? Ich bin fünfzig. Ich kann nicht mehr von vorn anfangen.«

Ursula lehnt sich zurück, und ein diebisches Lächeln überzieht ihr Gesicht. »Sie verkaufen sie mir! Ich mache Ihnen ein faires Angebot – ein wirklich faires. Von Frau zu Frau. Und Sie schicken Ihren Willy auf die Parkbank, auf die er gehört, und leben ein sorgenfreies Leben. Wenn Sie Lust haben, sponsern Sie unseren Freund hier«, sie macht eine Handbewegung zur Bahn hin, »und wenn nicht, kaufen Sie ihrer Tochter ein richtiges… Superpferd.«

»Einen Kracher«, korrigiert Lena automatisch.

»Von mir aus auch einen Kracher.«

»Wissen Sie, was Sie mir da vorschlagen?« Lenas Wangen sind von einem zarten Rot überzogen. »Das wäre der härteste Kampf in meinem Leben!«

»Lohnt es sich nicht, für sein Leben zu kämpfen?« Ursula rückt näher an den Tisch. »Sie sprechen mit Ihren Kindern darüber, Sie informieren Ihren Scheidungsanwalt, und wir setzen einen Vertrag auf. Und Sie nehmen sich endlich den Mann, der Ihnen gefällt!«

»Mit fünfzig?«

»Wollen Sie damit warten, bis Sie achtzig sind?«

»Ich bin... ich weiß nicht. Ich weiß nicht, ob ich das schaffe!« Sie dreht sich wieder zur Bahn. »Jetzt baut er die Cavalettis auf. Das ist Gymnastik für die Pferde.«

Paradox, denkt Ursula. Gymnastik für die Pferde. Pferdeballett oder was? Sie schaut auch hinunter. Der Reitlehrer verteilt mit ein paar Helfern wadenhohe Hindernisse in gleichmäßigen Abständen an der Bande. Sein Pferd hat er einem Mädchen in die Hand gedrückt. Die Kleine tätschelt es hingebungsvoll. Ursula verzieht das Gesicht und wendet sich wieder Lena zu.

»Ich werde Ihnen jetzt einmal haarklein erzählen, was Ihr Göttergatte in der letzten Zeit so angestellt hat. Und ich glaube, danach schlagen Sie liebend gern in meine Hand ein! Das ist doch so beim Pferdehandel, oder?« Das Witzchen kommt nicht ganz echt über ihre Lippen, sie merkt es selbst.

Aber Lena nickt ihr zu. »Eigentlich will ich es nicht hören. Ich hatte erst kürzlich wieder ein höchst unliebsames Erlebnis mit ihm. Aber vielleicht haben Sie ja recht. Vielleicht ist die Zeit gekommen, daß ich alles wissen, mich dem allem stellen muß. Also, erzählen Sie!«

Ursula läßt nichts aus. Sie klärt Lena bis ins Detail über den »großen Schnitt« auf, den er zu ihrer beider Schaden ausgetüftelt hat. Als sie in Oberlech angekommen ist, unterbricht Lena sie aufgeregt.

Isabelle geht jetzt über den Parcours. Dann mach voran, Mädchen, denkt Ursula, beherrscht sich aber. Sie kann nichts Tolles daran finden, aber Lena strahlt: »Sie ist ein richtig kleines Talent«, um im selben Augenblick mit verdüsterter Miene hinzuzufügen: »Und Willy ist eine richtig große Drecksau!« Da erzählt ihr Ursula auch noch den Rest.

Lena ist in die Bahn gesprungen, um ihrer Tochter, die den Parcours mit abbauen muß, das Pferd trocken zu führen, und Ursula hat sich zum Büro geflüchtet. Hier wird sie drin bleiben, bis alle diese Biester sicherheitsverwahrt sind, schwört sie sich. Es ist abgeschlossen. Sie steht unentschlossen vor der Türe herum, aber es ist das einzige Telefon im Reitstall, hat ihr Lena gesagt. Eines hängt für Notfälle noch mitten in der Stallgasse, aber so groß kann ihr Notfall gar nicht sein. Sie wartet lieber.

Der Reitlehrer kommt um die Ecke. »Warten Sie auf mich?« fragt er, und Ursulas Herz macht einen Hüpfer. Was ist denn das jetzt, fragt sie ihr Innenleben, aber sie kann es nicht verleugnen, dieser Mensch spricht sie an. Trotz Pferdegeruch. Oder vielleicht gerade deshalb? Ist sie auf dem sicheren Weg, pervers zu werden? Er steht dicht neben ihr, als er die Türe aufschließt. Sie kann ihn spüren. Eine starke Energie geht von ihm aus. Sportsponsering könnte der Firma WWV eigentlich auch ganz gut anstehen, überlegt Ursula und beobachtet seine Bewegungen.

Er läßt die Türe aufschwingen und lädt sie mit einem herzlichen: »Bitte sehr« zum Eintreten ein. Dann reicht er ihr die Hand: »Ich bin Michael Fürst.« Sein Händedruck ist fest und warm, seine Augen blicken sie forschend an, sein Gesicht ist kantig, ein kleines Grübchen kerbt das Kinn ein.

Ursula erwidert den Händedruck und stellt sich ebenfalls vor.

»Was kann ich für Sie tun?« fragt er, und Ursula betrachtet seine abgeschabte Wildlederweste. Normalerweise müßte sie bei einem solchen Anblick das Grausen kriegen, aber es graust sie nicht. »Dürfte ich telefonieren?« fragt sie artig.

»Bitte«, er schiebt ihr ein altes, ziemlich ramponiertes Telefon hin.

»Nach Frankfurt«, präzisiert Ursula. »Haben Sie einen Zähler?«

Er grinst sie an: »Wir zählen es nachher zusammen.«

Ursula beginnt, an der Wählscheibe zu drehen. »Soll ich dem Verein mal ein neues Telefon stiften?« fragt sie beiläufig.

»Dann dürfen Sie auch kostenlos telefonieren«, nickt er. »Heute zumindest.«

Michael Fürst setzt sich, zieht die Schreibtischschublade auf und holt ein großes Buch und eine alte Kasse heraus.

Elisabeth meldet sich.

»Elisabeth, ich möchte Ihnen die 8000 Mark überweisen!« Der Reitlehrer horcht auf.

»Ich möchte kein Geld!« Elisabeths Stimme klingt bestimmt.

»Ich überweise es trotzdem!«

»Sie sind stur!«

»Ja, danke!« Ursula betrachtet den geöffneten Inhalt der Geldkassette. Einige Zwanziger, ein Fünfziger, Kleingeld. Lukrativ scheint das Pferdegeschäft wahrhaftig nicht zu sein.

»Ich sage nein! Und wenn Sie nicht aufhören, lege ich jetzt auf!« hört Ursula. »Im übrigen freut es mich, wenn es geklappt hat.« Elisabeth hat ein Lächeln in der Stimme.

»Einigen wir uns auf Ihre Tochter!« Ursula zeichnet mit dem Zeigefinger die Wählscheibe nach.

»Jill? Was? Wieso?«

»Auf ihr Ausbildungskonto!«

»Jill hat eine Ausbildungsversicherung!«

Herrgott, ist das Weib störrisch.

»Dann eben für eine zweite Ausbildung. Oder einen zweiten Studiengang. Oder für ein Semester im Ausland.«

Es ist ruhig auf der anderen Seite. Ursula fällt ein, daß sie in ihrem dunklen Kostüm auf Pferdeleute ziemlich seltsam wirken muß.

»Einverstanden!«

Kurz und knapp.

»Das freut mich!« Ursula legt auf. »So, das wär's«, sagt sie zu dem Reitlehrer, der sie aufmerksam betrachtet.

»Verschenken Sie Ihr Geld immer so bereitwillig an andere Leute? Hier ein Telefon, dort eine Ausbildung?«

Fast muß Ursula lachen. Ausgerechnet sie. Sie hat ihr Geld stets zusammengehalten, stand jeder Verlockung immun gegenüber. Und jetzt steht sie hier als die große Wohltäterin. »Der Schein trügt«, sagt sie ehrlich. Hinter ihr klopft es, die Kinder der Übungsstunde stürmen herein, wollen den nächsten Termin wissen.

»Nun, dann gehe ich besser«, Ursula streckt ihm die Hand hin.

»Lassen Sie sich mal wieder sehen, mit oder ohne Telefon«, er lächelt ihr zu, und sie schilt sich selbst. Bild dir bloß nichts darauf ein, Ursula Winkler. Er hat jede Menge schwärmerischer Mädels in petto, und zu Hause wahrscheinlich drei plärrende Blagen. Trotzdem dreht sie sich beim Hinausgehen nochmal nach ihm um. Er schaut ihr tatsächlich nach.

Sie hat Glück, Lena stapft gerade aus der Bahn, solo. Isabelle hat Fixus wieder übernommen. Sie bleiben beieinander stehen.

»Ich werde es also so einrichten, daß wir übermorgen, am Mittwoch, um 14 Uhr in Ihrer Firma sind, Frau Waffel, wie abgemacht. Ich lotse Ihren Mann zur selben Zeit in meinen Betrieb. Ich bringe Fachleute mit, die Ihnen nachher ganz genau sagen, was Sie erwarten können. Sie könnten aber auch selbst ein bißchen recherchieren. Zur eigenen Sicherheit, meine ich.«

»Wie denn?« Lena reibt ihre vom Pferdemaul vollgesabberten Hände ausgiebig an ihrer Hose ab.

»Fragen Sie doch einfach Ihren Mann. Ganz unschuldig, ganz dumm.«

Lena zwinkert ihr zu: »Ja, das kann ich tun!«

Ursula geht ein Stück auf den Ausgang zu, sie sieht von weitem Pferde kommen. Lena läuft mit.

»Und denken Sie dran«, sagt Ursula beschwörend und bleibt vor der Schwingtüre stehen, »Sie sind auch wer!«

»Waren Sie wer?« fragt Lena zurück. »Ich meine, als Ihr Mann noch lebte?«

»Nein!« Nur ein toter Mann ist ein guter Mann, denkt sie. Oder hat sie es laut gesagt?

Wie zwei Verschwörerinnen drücken sich die beiden Frauen die Hände, dann geht Ursula durch die Schwingtüre ins Freie. Sieg, Sieg! Eigentlich müßte sie jetzt feiern, jauchzen, Hurra schreien. Aber es ist ihr nicht danach. Sie wird heute abend ein Glas Champagner trinken. Nicht auf Willy Waffels Untergang, sondern auf Lena Waffels neues Leben. Ursula schließt den Wagen auf. Du redest schon wie Elisabeth, denkt sie plötzlich. Laß das schnellstens wieder sein, das paßt nicht zu dir. Du warst nie ein Samariter, und du wirst nie einer werden. Da kannst du dich also auch ruhig an Willy Waffels Untergang ergötzen! Mit einem zweiten Glas Champagner!

INTRIGE

Ludwig ist auf dem Anrufbeantworter und bittet um Rückruf, und zwischen der Post liegt ein dicker Brief von Lutz Wolff. Aha, die Rechnung. Sie fischt den Brief heraus, legt ihn auf den Küchentisch. Dann stellt sie Wasser auf, schaut auf die Uhr. Erst sechs, der Abend ist noch jung. Sie öffnet den Kühlschrank, da klingelt es. Unwillig geht sie an die Türe. Unangemeldete Besuche sind ihr ein Greuel. Es ist der Feinkost-Service. Das hat sie ganz vergessen. Welch ein Fest. Der junge Mann trägt Tüte um Tüte in die Küche, Ursula begleicht die Rechnung.

Das Teewasser pfeift. Sie verstaut die Tiefkühlkost und überlegt. Wen soll sie einladen? Ludwig fällt ihr ein. Was der wohl von ihr will? Sie brüht den Tee auf und holt dann ihr Telefon. Er meldet sich beim zweiten Klingelzeichen.

»Ursula, meine Liebe«, tönt es höchst erfreut aus dem Hörer.

Ursula kneift die Augen zusammen. Seit wann ist sie denn »seine Liebe«?

»Du hast um einen Rückruf gebeten«, sagt sie förmlich und greift mit der freien Hand nach einer Tasse im Schrank.

»Ich dachte, ich muß dich endlich einmal einladen. Es ist schon so lange her, daß wir gemeinsam zu Abend gegessen haben.«

In Walldorf, denkt Ursula und rechnet nach, wann das in etwa war. Es ist noch nicht allzu lang her. Und es war auch nicht verabredet, sondern purer Zufall. Verwechselt er das?

»Ja, Ludwig, wolltest du denn heute abend ausgehen?« fragt sie und überlegt gleichzeitig, welche Ausrede sie bringen könnte.

»Nein, das nicht. Ich dachte an einen gemütlichen Abend bei mir, wie in alten Zeiten.«

In alten Zeiten, Ursula zieht spöttisch die Augenbraue hoch. Walter ist tot, es gibt keine alten Zeiten mehr.

»Wann hättest du denn gedacht, Ludwig?«

»Nun, vielleicht dieses Wochenende? Oder das nächste? Ich habe herrliche Weine zum Degustieren da.«

»Was meinst du mit Wochenende, Ludwig?«

»Na, den Sonntag. Wie eh und je.«

Stimmt. Am Samstag mußte Walter ja immer noch mal schnell zum Boot, auf die Berge oder sonstwohin.

Aber schöne Weine hat Ludwig. Das muß man ihm lassen. Und vielleicht wird's ja auch ganz nett… »Nette Idee, Ludwig, ich komme gern. Möglicherweise schon an diesem Sonntag. Laß uns nochmal telefonieren.«

Nachdem sie aufgelegt hat, schlitzt sie den Brief von Lutz Wolff auf. Sie hätte Ludwig auch leicht selbst einladen können. Genug wäre schließlich da. Aber sie hat keine Lust auf Ludwig. Dann schon eher auf Elisabeth und das Kind. Bloß, für die beiden dürfte es schon zu spät sein. Die Walt-Disney-Tüte mit ihren Geschenken fällt ihr ein. Sie grinst. Liegt noch im Kofferraum – zusammen mit ihren neuen Schuhen. Michael Fürst hat wohl doch recht, sie ist dem Konsum- und Schenkrausch verfallen.

Lutz Wolff hat seine Leistungen säuberlich auf zwölf Seiten aufgelistet. Ursula blättert schnell durch. Sie interessiert nur die Endsumme. Knapp 25 000 Mark. Dafür kauft man heutzutage einen Kleinwagen, denkt sie. Lutz Wolff spinnt. Sie schenkt sich einen Tee ein und geht die Seiten durch. Er hat wirklich jede Kleinigkeit berechnet. Jedes Telefonat und auch ihr Besuch bei ihm im Büro. Und selbst sein sonntägliches Frühstück bei ihr. Auf die Minute.

Sie blickt auf. Soll sie sich darüber ärgern? Weil sie die Brötchen gekauft hat? Sei nicht dumm, Ursula, er ist Geschäftsmann. Er hat nur das getan, was du auch getan hättest.

Ursula packt die Tüten aus und drapiert anschließend einige der leckeren Salate auf eine Platte. Sie wird ihm 17 000 überweisen, und über den Rest soll er sich mit ihr streiten. Es ist der Erfolgsbonus, den sie ihm abzieht. Den bekommt Jill.

»Na, da staunst du, Walter«, sagt sie und steckt sich eine Krabbe in den Mund, »aber ich bin auch nicht ohne. Das hast du nur nicht erkannt!« Sie stellt die Platte auf den Tisch. »Und ich auch nicht!«

Ihr erster Weg führt Ursula am nächsten Tag zur Bank. Direktor Niemann hat ihr ausreichend Zeit für ein Gespräch eingeräumt. Sie setzt ihm alles genau auseinander, erzählt, warum sie um die vier Millionen nachgefragt hat, die bisher aber nicht benötigt worden seien, und erklärt ihm die Gründe für den angestrebten Kauf der Verpackung Waffel. Sowohl wirtschaftlich als auch finanziell. Arthur Niemann möchte einen seiner Sachverständigen mitschicken. Ursula ist es recht, sie verabreden sich auf morgen, 14 Uhr, bei den Waffel-Werken.

Im Büro läßt sie Manfred Kühnen rufen. Während Ursula auf ihn wartet, gibt sie schnell bei Telekom ein Telefon mit Gebührendisplay für den Reitstall in Auftrag. Kühnen klopft bereits, als sie noch überlegt, wie sie die Ausgabe verbuchen könnte. Sie begrüßt ihren Geschäftsführer und denkt dabei, daß ihr der Verein wohl oder übel eine Spende bescheinigen muß. Das Baujahr der Schreibmaschine, die er dafür vermutlich aus seinem alten Schreibtisch hervorkramen wird, möchte sie sich lieber nicht vorstellen.

»Es ist eine delikate Situation, und Sie sind mein Verbündeter«, beginnt sie feierlich, kaum daß sich Kühnen in seinem Sessel installiert hat. Kühnen, solche Töne von seiner Chefin nicht gewöhnt, reagiert vorsichtig. Er sitzt regungslos und sagt zunächst nichts.

»Auf welchen Kaufpreis schätzen Sie Waffel-Verpackungen?«

Kühnen überlegt. »Höchstens 20 Millionen. Eher weniger. In der Zwischenzeit vielleicht sogar nur noch 15.«

»Also 10«, sagt Ursula und setzt ein schiefes Grinsen auf. Sie denkt an Lena Waffel. »Oder sagen wir mal 12.«

Dann richtet sie sich auf, schaut Kühnen direkt in die Augen. »Glauben Sie, Sie könnten die Kartonage wieder auf Vordermann bringen? In Zusammenarbeit mit WWV natürlich?«

»Wie? Ich verstehe nicht. Ich soll zurück zu Waffel? Das geht nicht…«

»Als Direktor, Herr Kühnen. Falls es klappt.«

Manfred Kühnen streicht sich über sein knitterfreies hellgrünes Jackett. »Sie wollen Waffel-Verpackungen kaufen!« dämmert es ihm plötzlich.

»Sehen Sie in einem solchen Schritt eine Bereicherung für WWV – oder eher eine Belastung?«

»Wir brauchen ja Pappe. Fast alle unsere Käsebehälter tragen heute Pappe über dem Plastik. Und andere Märkte sind auch immer noch da. Ja, das wäre ideal!«

Er schaut sie an.

»Das finde ich auch, Herr Kühnen. Dazu müssen Sie aber morgen ab 14 Uhr Herrn Waffel aufs Gewissenhafteste durch unsere Räume führen. Lassen Sie nichts aus, hören Sie? Dienern Sie sich ihm an, so daß er den Eindruck bekommt, Sie seien dafür, daß er WWV übernimmt. Lästern Sie ruhig ein bißchen über mich – wenn es sonst keiner hört. Das dürfte Ihnen nicht schwerfallen – und, geben Sie ihm Tips, falsche, versteht sich – zeigen Sie ihm alles. Jeden Schreibtisch, jede Abrechnung, jede Maschine und von mir aus auch jede hübsche Sekretärin. Lassen Sie ihn unter keinen Umständen vor 17 Uhr hier aus dem Haus. Und wenn Sie ihm Frau Lüdnitz persönlich auf den Schoß binden müßten. Oder besser noch, Verena Müller. Die kennt er ja wohl schon!«

Manfred Kühnen staunt jetzt ganz offen.

»Er wird nicht mit mir gehen wollen!«

»Er muß. Sie sind die einzige Chance, die er hat!«

Kühnen räuspert sich. »Und – und wo sind Sie?«

»Mit unseren Fachleuten und seiner Frau in seiner Firma.«

Er überlegt.

»Ich fürchte, ich verstehe immer noch nicht ganz. Warum mit seiner Frau?«

»Weil sie die alleinige Eigentümerin der Waffel-Verpackung ist. Wußten Sie das nicht?«

Er schüttelt langsam den Kopf. »Das hätte sein Ego nicht verkraftet, wenn das jemand gewußt hätte.«

»Sehen Sie«, lächelt Ursula ihn an, »deshalb hat er den Firmennamen geändert, als er nach seiner Hochzeit Geschäftsführer wurde. Aber gehört hat ihm der Betrieb nie!«

Er steht langsam auf. »Hut ab, Frau Winkler, Hut ab. Sie können sich auf mich verlassen!«

ÜBERFALL

Ursula spürt, daß sie Ähnlichkeit mit einem Überfallkommando haben, wie sie so unangemeldet durch die Räume und Hallen der Waffel-Verpackungen gehen. Aber Lena macht ihre Sache gut, tut so, als sei eine solche Besichtigung das Natürlichste auf der Welt. Und als sei auch nichts daran auszusetzen, daß der Chef, ihr Mann, an der Spitze der Delegation fehlt. Lena gibt sich harmlos. Sie zeigt ihrer Freundin, Ursula Winkler, die Firma. Das ist schlichtweg alles. Die fünf Männer im Schlepptau übergeht sie. Aber Ursula sieht trotzdem, wie die Unsicherheit und die Neugierde unter den Betriebsangehörigen wächst. Sie ist in der Branche schließlich keine Unbekannte.

Ursula spielt den Freundinnen-Part mit, so stimmt zumindest das äußere Bild. Auf dem ganzen Weg durch die Firma unterhält sie sich angeregt mit Lena, täuscht eine leichte Konversation vor.

»Julius Wiedenroth war gestern abend noch bei uns«, sagt Lena gerade und grüßt lächelnd nach links und rechts.

»Ach, interessant. Er wollte wohl mit Ihrem Mann die heutige Taktik festlegen. Wie sie mich am besten übers Ohr hauen können.«

»Ich habe versucht, etwas mitzuhören, aber sobald ich in die Nähe kam, wurden sie einsilbig.«

»Hätten Sie doch mal nach den Mädchen gefragt, die Ihr

Mann Julius Wiedenroth diskret und zuverlässig besorgt hat. Vielleicht wäre den beiden dazu etwas eingefallen.«

Lena schweigt kurz, dann sagt sie: »Das ist mir neu!«

Ursula zuckt gleichmütig die Achseln. »Aber es vervollständigt das Bild.« Sie geht einige Schritte weiter.

»Haben die Kerle außer ihrem Gehänge denn nichts im Kopf?« fährt Lena Ursula an.

»Fragen Sie doch den da«, grinst Ursula, denn ein Arbeiter in ihrer Nähe hat sich nach ihnen umgedreht.

»Sehen Sie was, wenn Sie so durch Ihre Firma gehen?« will Ursula kurze Zeit später von ihr wissen.

»Wie meinen Sie das?«

»Nun, hat sich was verändert, seitdem Sie zuletzt hier waren?«

Lena schaut sich um. »Ist schon eine Weile her.«

»Und?«

»Mir fällt nichts auf.«

»Das denke ich auch«, nickt Ursula.

Sie bleiben an einer Maschine stehen. Ursula mustert sie eingehend.

»Sie sind alle gut gewartet, aber mit Investitionen scheint sich Ihr Mann nicht gerade hervorgetan zu haben.« Sie schaut wieder zu Lena hinüber. »Haben Sie ihn gefragt, wie er den Wert der Firma einschätzen würde?«

»Er ist gleich wütend geworden und hat mich angeschrien, ob ich ihm denn jetzt überall nachspionieren wollte.«

Ursula ist klar, was gemeint ist. »Soviel ich weiß, haben *Sie* ihn doch beim Fremdgehen erwischt und nicht umgekehrt!« Lena nickt.

»Weshalb schreit er dann Sie an?«

»Das weiß ich auch nicht.«

»Na, eine große Hilfe ist uns Ihr Mann jedenfalls nicht!«

Nach zweieinhalb Stunden haben sich Ursulas Fachberater ein Bild gemacht. Die beiden Ingenieure haben sich die Maschinen und die Fertigung angesehen, Wolfgang Hagen, der Chef der Buchhaltung, und ein Spezialist von der Bank die Bücher und Bilanzen. Ursula bespricht sich mit ihrem Anwalt, Werner Karloff.

»Hmmm«, macht sie.

»Das wollte ich auch gerade sagen«, er wiegt den Kopf. »Als Schnäppchen würde ich sagen, okay. Ansonsten wird das Abenteuer wohl zu teuer.«

»Hören wir, was die anderen sagen!«

Sie gehen alle in Willy Waffels Büro, Lena schließt wie selbstverständlich die Türe hinter ihnen. Ursula lehnt sich gegen den alten, schwarzen Schreibtisch, der wie ein Symbol für die stehengebliebenen Jahre in dieser Fabrik den Raum beherrscht.

Sie schaut von einem zum anderen. »Die Zeit drängt, wir müssen schnell zu einer Entscheidung kommen. Bloß – dieser Ort ist für längere Beratungen unpassend, in unserer Firma weilt zur Zeit der Herr dieses Hauses, in einem Restaurant sind wir zu gestört, und morgen ist es zu spät!«

Sie denkt kurz nach, und dann tut sie etwas, was es bei Winklers in dreißig Jahren noch nicht gegeben hat. Sie lädt alle zur Besprechung zu sich nach Hause ein, einschließlich Lena Waffel. »Wir spielen mit offenen Karten«, sagt sie zu ihr.

Und weil sie schon einmal dabei ist, ruft sie an Ort und Stelle auch gleich noch Elisabeth an.

»Es könnte dann aber sein, daß Jill bei Ihnen einschläft«, gibt Elisabeth zu bedenken.

»Ich habe ein Gästezimmer«, setzt Ursula dem entgegen, »groß genug für Sie beide.« Und noch nie benutzt, ergänzt sie im stillen.

Alle einigen sich auf 18 Uhr, Ursula will zuvor nochmal

kurz in ihre Firma fahren. Sie hofft, Willy Waffel noch anzu-
treffen.

Ursula kommt gerade noch rechtzeitig an. Willy Waffel verläßt eben das Hauptgebäude, begleitet von Manfred Kühnen,
der ihr einen erleichterten Blick zuwirft.

»Wo waren Sie denn, meine Teuerste?« begrüßt Willy sie
großspurig. Sie bleiben zu dritt auf der Treppe stehen.

»Dringende Geschäfte, Herr Waffel. Tut mir leid.«

»Jetzt noch?« grinst er anzüglich.

»Haben Sie sich denn entschieden? Wurden Sie mit allem
vertraut gemacht?«

»Herr Kühnen hat sich sehr bemüht«, die Zweideutigkeit
ist nicht zu überhören.

Ursula nickt Kühnen zu. »Das freut mich.« Der Geschäftsführer verzieht leicht den Mund.

»Wir können gleich nach oben gehen, Sie brauchen nur
noch zu unterschreiben!« dröhnt Waffel und klopft vielsa-
gend auf seine Aktentasche.

Deshalb saß Julius Wiedenroth gestern abend also bei ihm.
Sie haben nach ihrem Anruf schnell den passenden Vertrag
aufgesetzt. Ob sie die Firma wirklich umgehend weiterver-
kaufen wollen? Der schnellste Reibach wäre es. Und an wen?
Schade, das läßt sich nach Waffels Entmachtung wohl nicht
mehr herausfinden.

»An welche Summe haben Sie gedacht?« fragt sie kühl.

»Mit 15 sind Sie gut bedient!«

»Sie schon, aber ich nicht.« Ihre Stimme ist scharf.

Willy Waffel scheint die Veränderung zu spüren. »Ich verstehe Sie nicht.«

»Für Ihre Firma wären 15 Millionen zuviel. Für meine ist es
zuwenig! Habe ich Ihnen das nicht schon einmal auseinandergesetzt?«

Er schaut sie groß an. Mach dir dein schönes Spiel nicht

kaputt, halte dich zurück, sagt sich Ursula und setzt eine freundliche Miene auf.

»Was ich damit sagen möchte, denken Sie noch über ein Milliönchen nach, Herr Waffel.« Sie dreht sich zur Tür. »Ich muß jetzt noch schnell in mein Büro. Mein Anwalt wird die Sache morgen mit Ihnen regeln, Herr Waffel.«

Von wegen Anwalt, grinst sie in sich hinein. Das Blatt gönne ich mir selbst. Im Flur bleibt sie stehen und wartet. Wie sie gedacht hat, folgt Manfred Kühnen ihr schnell nach.

»Und, wie war's?«

Er grinst säuerlich: »Grauenhaft. Die ganze Firma denkt jetzt wohl, ich kollaboriere.«

Ursula lacht. »Wir werden das Bild morgen zurechtrükken.«

Manfred Kühnen verzieht die Mundwinkel: »Ich fand das gar nicht so witzig. Aber er ist natürlich voll mitgegangen – obwohl«, er schaut ihr direkt in die Augen, »mir heute auch klar geworden ist, welches Spiel Sie treiben.«

»Ich? Ein Spiel?« tut Ursula überrascht.

»Er ist der Kerl, der hinter dieser Dumpingsauerei steckt!«

»Freut mich, daß Sie doch noch drauf gekommen sind, Herr Kühnen«, antwortet Ursula mit einem leichten Anflug von Spott in der Stimme. Sie hat den Türgriff schon wieder in der Hand, um zu ihrem Wagen zu gehen, dreht sich aber nochmal kurz zu ihm um und informiert ihn über das Treffen bei ihr. Er schaut kurz auf die Uhr und sagt dann zu.

VERSCHWÖRUNG

Viertel vor sechs ist Ursula zu Hause. Elisabeth und Jill kommen als erste, was Ursula sehr recht ist.

Als Elisabeth erfährt, worum es heute abend geht, will sie

gleich wieder gehen. »Damit habe ich doch überhaupt nichts zu tun. Da stören wir doch nur!« Sie knöpft Jills Jacke kurz entschlossen wieder zu.

»Ich will aber nicht gehen, Mami«, wehrt sich Jill.

»Und ich finde, Jill hat recht!« stellt sich Ursula dazwischen. »Sie sind doch die Ursache, daß jetzt alles ins Rollen gerät. Ohne Ihre Information hätte ich doch nie herausbekommen, was für ein besitzloser Hanswurst unser aufgeblasener Freund ist!«

»Für die Information haben Sie ja auch reichlich bezahlt!«

»Es war ja auch Ihr As!«

Sie funkeln sich an, und dann müssen sie beide lachen. »Nur, wenn ich Ihnen irgendwie helfen kann. Brote belegen oder so.«

»Dafür sollten Sie eben gerade nicht herkommen!«

»Müßt ihr euch denn streiten?« Jill hat ihre Jacke wieder aufgeknöpft und drückt sie Ursula in die Hand. Ursula steht mit der Jacke da und schaut die Kleine an.

»Jill hat recht«, nickt sie. »Wenigstens ein vernünftiges Wesen hier!«

»Gut, dann gehe ich jetzt in die Küche!« Elisabeth geht an ihr vorbei.

»Bist du auch so dickköpfig wie deine Mutti?« Ursula beugt sich zu Jill hinunter.

»Weiß nicht«, sagt Jill und faßt sich an den Kopf.

Es klingelt. Jill springt zur Türe, Ursula drückt den Türöffner.

»Na, wer bist du denn?« Manfred Kühnen reicht Jill die Hand. Jill zögert.

Ursula geht ihm entgegen. Manfred Kühnen hat sich umgezogen, trägt einen dunkelgrauen Wollpullover zu schwarzen Jeans. Er sieht direkt wie ein Mensch aus, denkt Ursula. Sie bittet ihn herein, aber er bleibt im Flur bei Jill hocken.

»Was meinst du denn, was ich da habe?« fragt er und hält

Jill, die ihre Hände auf dem Rücken versteckt hat, eine Faust hin.

Ursula schaut den beiden kurz zu, dann geht sie zu Elisabeth in die Küche. Die richtet bereits Platten mit den restlichen Delikatessen aus dem Feinkostgeschäft. Ursula wirft einen Blick darauf. »Viel ist es ja gerade nicht mehr«, sie öffnet den Gefrierschrank und wühlt darin herum. »Darf ich mal?« Elisabeth steht ungeduldig hinter ihr, es klingelt wieder. »Ihr Job!« Elisabeth macht eine Kopfbewegung zur Türe.

Es ist ihr Anwalt, und eben steigt auch Stefan Peters, ihr Ingenieur, aus dem Wagen. Ursula geht mit beiden ins Wohnzimmer. Dort liegen schon Manfred Kühnen und Jill vor einem Puzzle auf dem Bauch. Jill hat einen ganzen Koffer mit Spielsachen mitgebracht, das meiste liegt schon wild verstreut auf dem Boden. Ursula fallen ihre Geschenke ein. Später, denkt sie und wundert sich über Manfred Kühnen. Nie hätte sie einen Kinderfreund in ihm vermutet. In mir auch nicht, sagt sie sich und geht wieder in die Küche.

»Zeigen Sie mir noch, wie Ihr Herd funktioniert, und dann nichts wie raus hier!« droht ihr Elisabeth mit einem Kochhandschuh.

»Es fehlen aber noch Getränke«, Ursula öffnet den Kühlschrank. »Das erledige ich«, sagt ihr Anwalt und wendet sich an Elisabeth: »Sie müssen mir nur sagen, wo ich alles finde.«

Elisabeth grinst, und es klingelt wieder. Arnold Müller steht in der Türe. Er hat einen Strauß Blumen dabei, rosafarbene Fresien und gelbe Rosen. Ursula ist völlig verdutzt. Sie bedankt sich artig und sucht eine Vase. Der Sachverständige von der Bank kommt, und mit ihm Wolfgang Hagen und ihr zweiter Ingenieur. Jetzt sind bis auf Lena Waffel alle da. Aus der Küche duftet es durchs Haus, und Elisabeth trägt die ersten beiden Platten herein.

Jill dreht sich nach ihr um: »Das ist meine Mami«, sagt sie laut zu ihrem Spielkameraden, »sieht sie nicht toll aus?«

Alle lachen, und Manfred Kühnen bestätigt: »Ja, stimmt. Du hast eine tolle Mami!«

Dabei fällt es nicht nur Ursula auf, daß sein Blick tatsächlich interessiert wirkt. Elisabeth lächelt beiden zu und geht wieder hinaus.

Ursula schaut sich um. Leben. Zum ersten Mal ist richtig Leben in ihrem Haus. Fast schon eine Party. Sie grinst über sich selbst. »Greifen Sie zu«, fordert sie auf, »sicherlich haben Sie alle noch nichts gegessen. Wir warten noch auf Frau Waffel, ich meine, das sind wir ihr schuldig.«

Hoffentlich weiß Willy Waffel noch nichts von ihrem nachmittäglichen Überfall, denkt Ursula und greift nach einer der heißen Bouletten, die Elisabeth gezaubert hat. Nicht, daß er ihr vor lauter Wut etwas antut. Sie wird langsam unruhig. Auch die anderen haben ihren Smalltalk beendet und warten darauf, was nun geschehen soll. Ursula legt die Kopien der Waffel-Briefe an die Konkurrenz auf den Tisch. Damit liefert sie Zündstoff für die nächste halbe Stunde. Manfred Kühnen hat sich die Blätter wortlos angesehen und sich dann wieder zu Jill gesetzt. Mittlerweile, sie warten nun schon seit über einer Stunde, haben die beiden das vierte Puzzle beendet, und Jill hat keine Lust mehr. Kühnen steht auf und klopft sich die Hose ab. »Ich habe auch so eine Kleine«, sagt er fast entschuldigend in die Runde.

»Ich wußte gar nicht, daß Sie verheiratet sind«, Arnold Müller wirft ihm einen erstaunten Blick zu.

»Bin ich ja auch nicht. Und war ich auch nicht. Das ist ja das Dilemma!«

»Verstehe ich nicht«, mischt sich Stefan Peters ein und setzt das Bierglas ab. »Wieso ist denn das ein Dilemma? Heutzutage sind doch viele unverheiratet und haben Kinder!«

Manfred Kühnen steht unentschlossen mitten im Raum.

»Wir sind aber getrennt, und ich habe keine Rechte an meinem Kind!«

Alles schweigt, Jill zupft ihn fröhlich am Hosenbein: »Du, ich habe auch keinen Papi!« Und, als wollte sie ihn trösten: »Das ist nicht so schlimm!«

Es klingelt. Alle atmen auf.

Lena Waffel kommt mit ihrem Anwalt. Sie entschuldigt sich für die Verspätung. »Ich weiß, ich hätte anrufen sollen, aber es war alles so hektisch...«

»Wir hatten schon Angst, Ihr Mann wäre aus der Firma unterrichtet worden und hätte Ihnen etwas angetan!«

Sie lacht abwehrend, aber es klingt nicht ganz echt. »Er ist nach Hause gekommen, hat sich pfeifend umgezogen und ist wieder weg. Ich nehme an, er feiert mit seiner Freundin seinen Triumph!«

Ursula ist über ihre Offenheit erstaunt. Sie sieht den Männern an, daß sie sich auch ihre Gedanken machen.

»Ich möchte Sie mal aufklären«, beginnt Ursula, »aber zunächst brauchen wir mehr Sitzgelegenheiten.« Wenn Walter das hören könnte, würde er mich auslachen, denkt sie dabei. »Draußen auf der Veranda stehen noch einige Gartenmöbel unter einer Plane. Ich glaube, die müßten uns genügen.« Während die Männer die zusätzlichen Klappsessel holen, sagt Ursula zu Elisabeth: »Und Sie setzen sich jetzt dazu!«

»Jill und ich gehen jetzt nach Hause!«

»Ich bring Sie um!«

»Das würde Ihnen ähnlich sehen!« Aber die beiden Ingenieure machen für Elisabeth das Sofa frei, auf dem sich Jill sofort an ihre Mutter kuschelt, und Ursula beginnt, nachdem endlich jeder einen Sitzplatz gefunden hat, die Aktion Willy Waffel zu durchleuchten.

Am Schluß sind sie sich alle einig, daß 12 Millionen ein faires Angebot wären. Lena berät sich mit ihrem Anwalt und stimmt dann zu. »Ich muß ehrlicherweise sagen, daß wir mit weniger gerechnet haben«, sagt sie zu Ursula. »Mehr als 10 hätte ich nicht erwartet.«

Ursula blickt zu dem Sachverständigen ihrer Bank, Ralf Liesen. Er zögert. Die Versuchung ist groß, aus Lenas Ehrlichkeit Nutzen zu ziehen.

Ursula überlegt. »Wie wär's mit einem Kompromiß? 11?« Sie schaut Lena an. »Dann liegen Sie höher als erhofft, und ich niedriger als befürchtet.«

Lenas Anwalt runzelt die Stirn. Klar, denkt Ursula, seine Kohle. Lena schaut ihn kurz an, es ist ihm deutlich anzusehen, was sich in seinem Gehirn abspielt. Eine Million durch einen Satz verschenkt. Sie nickt. Ralf Liesen nickt auch.

Lena reicht Ursula die Hand. »Pferdehandel«, sagt sie dabei.

Jill, längst im Arm ihrer Mutter eingeschlafen, öffnet ein Auge: »Mami, wo sind Pferde?« und schläft direkt weiter.

Ursula schlägt vergnügt ein. Pferde bleiben ihr wohl nicht mehr erspart. Dann steht sie auf und holt zwei Flaschen Champagner. »Meine Bank sagt ja, meine Ingenieure sagen ja, meine Buchhaltung sagt ja und mein Geschäftsführer wird Direktor der Waffel-Verpackungen, was sage ich da, der Walter-Winkler-Verpackungen, kurz WWV. Das heißt, das müssen wir uns noch überlegen, wie das Kind zu nennen ist. Aber Hauptsache, es ist schon mal da!« Und sollten alle Stricke reißen, habe ich immer noch fünf Millionen cash, denkt Ursula, lacht übermütig und läßt den ersten Korken knallen.

Ihr Anwalt springt auf. »Wo sind die Gläser?«

Elisabeth weist mit einer lässigen Handbewegung hinter sich: »Im Sideboard, dort in der Ecke«, und Manfred Kühnen läßt keinen Blick mehr von ihr.

Ursula reicht Lena das erste Glas und drückt die nächsten beiden Elisabeth und Manfred in die Hände. »Und im übrigen säßen wir ohne Elisabeth heute nicht hier«, sagt sie und prostet ihr zu, bevor sie die übrigen Gläser verteilt.

Es ist Mitternacht vorbei, als alle gehen. Die beiden Anwälte haben die Zeit für einen Vertragsentwurf genutzt, den sie auch gleich am Laptop realisiert und über den mitgebrachten Mini-Drucker ausgedruckt haben. Die anderen haben die ersten Schritte für die praktische Zusammenarbeit und Verschmelzung der beiden Firmen diskutiert. Elisabeth steht kurz nach zwölf Uhr als erste auf und gibt damit den Anstoß.

Ursula hätte die beiden gern dabehalten und bietet ihnen erneut das Gästezimmer an, doch Elisabeth hat sich fürs Heimfahren entschieden. »Es wird morgen zu kompliziert«, erklärt sie. »Ich muß früh zur Arbeit, Jill in den Kindergarten, das kriegen wir von hier aus so unorganisiert nicht in den Griff!«

Ursula bedauert und nickt. »Ich sollte mit Ihnen trotzdem noch etwas unter vier Ohren klären«, sagt sie leise.

»Kommen Sie mit ans Auto«, Elisabeth trägt ihre schlafende Tochter schon im Arm. »Dann können Sie mir auch gleich aufschließen.«

Ursula dreht sich nach ihren übrigen Gästen um. Sie stehen und unterhalten sich noch, Manfred Kühnen sammelt das Spielzeug zusammen. Dieser Mann erscheint ihr als das größte Wunder des heutigen Abends. War das noch Manfred Kühnen? Der blasierte, konkurrenzgeile, farbenprächtige Gockel?

Als Ursula wieder zurückkommt, ziehen sich die Männer gerade ihre Jacken und Mäntel an, Kühnen hält den Kinderkoffer in der Hand. Nur Lena Waffel steht noch etwas zögernd im Hintergrund. Ursula verabschiedet alle und geht dann zu ihr: »Wollen wir noch ein Gläschen auf die Zukunft trinken?«

Lena holt tief Luft.

»Oder ist etwas?«

»Ich… ich glaube, ich habe Angst vor meiner eigenen Courage.« Lena greift sich an die Stirn. »Ich weiß nicht, was passiert, wenn er das herausfindet!«

»Kann das denn heute nacht schon passieren?«

Lena zuckt die Achseln. »Es waren schon jede Menge Anrufe für ihn auf unserem Anrufbeantworter. Leute aus der Firma, die wollten, daß er zurückruft. Ich habe sie alle gelöscht. Und mein Sohn achtet darauf, daß auch die Neuzugänge gelöscht werden. Er ist ganz auf meiner Seite. Isabelle übrigens auch. Vor allem, nachdem ich ihr von unserem Sponsoring erzählt habe...« Sie lächelt leise.

»Wie kann er sonst erreicht werden?«

»Wenn er mit diesem Mädchen unterwegs ist, schaltet er das Autotelefon immer aus. Das Handy auch, das ist mein Glück. Bliebe noch die Mailbox...«

»Und wenn Sie jetzt nach Hause gehen und ihn gar nicht mehr erst hereinlassen?«

Lena schaut sie unsicher an. »Das kann ich nicht, das ist nicht meine Art.«

»Wieso? Sie wollen doch nur sein Glück – er kann sich postwendend mit seiner Grazie absetzen. Das wollte er doch sowieso!«

Lena denkt kurz nach. Es ist still, Ursula wartet.

»Wann möchten Sie es ihm denn sagen?« fragt sie dann.

»Morgen, wenn ich die gültigen Verträge habe.«

»Die liegen doch schon da!« Ursula weist auf den kleinen Tisch, wo die Vorverträge liegen.

»Die sind noch nicht rechtsgültig!«

»Aber es ist schon klar, worum es geht. Die Summe steht drin, und wir können beide unterschreiben. Der Preis geht Ihren Mann nichts an. Machen Sie nicht den Fehler, ihm...« Ursula schaut ihr in die Augen. »Sie wollen, daß wir es heute nacht noch hinter uns bringen? Sie wollen nicht alleine nach Hause gehen?«

Lena nickt zaghaft: »Ich glaube, ich brauche Begleitschutz. Ich bin nicht so stark.«

»Und ich glaube, das bin ich Ihnen schuldig!«

Lena holt die Verträge, Ursula greift nach ihrem Mantel. »Lassen Sie Ihren Wagen stehen. Wir nehmen meinen!«

Sie greift nach ihrem Schlüssel, legt ihn aber gleich wieder in die Schublade zurück und nimmt den anderen, den Mercedesschlüssel. Dieser Coup ist mehr wert, als alle Pornoerpressungen dieser Welt. Sie hat gesiegt.

TODESSTOSS

Lena dirigiert sie in die Auffahrt einer alten Backsteinvilla.

»Das Haus meiner Eltern, hier bin ich aufgewachsen«, erklärt Lena fast entschuldigend, »wir haben es nach ihrem Tod übernommen.«

Die Auffahrt ist breit, feudalistisch, so wie es sich für einen Fabrikanten alten Stils gehört. Auf Ursula wirkt alles eine Spur zu protzig, aber sie sagt nichts. Sie parkt auf der rechten Seite vor der Garage und steigt mit Lena aus.

Das Haus wirkt nicht nur von außen düster, auch innen ist Ursula alles zu dunkel. Sie steht im Wohnzimmer, während Lena ihre Mäntel versorgt. Schwere Eichenmöbel, schwere Teppiche, schwere Ölbilder.

»Machen Sie es sich doch gemütlich«, sagt sie, als sie zurückkommt, und weist zu der klobigen Sesselgarnitur. Gemütlich kann man es sich hier wirklich nicht machen, denkt Ursula und setzt sich.

»Hätten Sie gern einen Kaffee?« Lena wirkt rastlos. Vermutlich hat sie tatsächlich einfach Angst.

Ursula stimmt zu. »Kann ich Ihnen helfen?«

»Bitte, nein!« Ursula steht trotzdem auf und folgt ihr in die Küche. In dem Moment schwebt eine Gestalt im weißen Nachthemd die breite Holztreppe herunter. Es ist Isabelle, die sich wie eine Schlafwandlerin an ihre Mutter drückt.

»Warum schläfst du denn nicht, mein Schatz?«

»Was ist dann, wenn Vati uns verläßt?« Ihr Gesicht sieht mit den langen, verwuschelten Haaren viel kindlicher aus als noch im Reitstall.

»Vati hat uns doch eigentlich schon lange verlassen, mein Mäuschen. Das hast du doch selbst am Nachmittag gesagt.«

Das blasse Gesicht kämpft mit den Tränen. »Ja, ich weiß schon. Ich bin aber trotzdem traurig«, sie schluckt, »wenn ich keinen Vati mehr habe.« Kleine Tropfen stehlen sich aus ihren Augenwinkeln, laufen wie verirrt über die Wangen.

Lena nimmt sie in den Arm, küßt ihr Gesicht und schaut dann auf die bloßen Füße ihrer Tochter. »Komm, mein Herzstück, ins Wohnzimmer. Der Steinboden ist zu kalt.«

»Ich versuche mich mal an einem Kaffee«, sagt Ursula und stiehlt sich in die Richtung, in der sie die Küche vermutet, davon. Finster rustikal, auch hier. Sie findet den Kaffee, Zucker und Sahne und schließlich einige Becher, sicherlich nicht das Sonntagsgeschirr, aber brauchbar. Sie wartet, bis der Kaffee durchgelaufen ist. Das gibt Lena Zeit, mit ihrer Tochter zu sprechen, und sie steht nicht so als Anstifterin dazwischen.

Ursula packt alles auf ein Tablett und geht vorsichtig ins Wohnzimmer zurück. Isabelle liegt zugedeckt auf der Couch, den Kopf im Schoß ihrer Mutter. Soviel Ursula verstehen kann, erzählt Isabelle von Fixus. Lena streicht ihr die Haare aus der Stirn, lächelt Ursula zu. »Er ist der einzige im ganzen Stall, der wiehert, wenn ich komme. Stell dir mal vor, Mutti, so freut er sich!« Sie schaut ihre Mutter an. »Nein, ehrlich Mutti, noch nicht einmal Nico tut das, wenn Susi kommt, dabei hat sie ihn schon viel länger als ich Fixus!«

»Das ist wirklich schön für dich!«

Ursula stellt das Tablett ab, reicht Lena eine Tasse. Fixus scheint letztlich höher im Kurs zu stehen als Willy, denkt sie dabei, so einfach ist das also.

»Wie wäre es, wenn du jetzt wieder ins Bett gehst? Es ist schon nach ein Uhr, du bist morgen früh sonst nicht ausgeschlafen.«

Isabelle murrt zwar, läßt sich von ihrer Mutter aber nach oben bringen. Ursula schenkt den Kaffee ein und wartet.

Lena ist schnell wieder zurück. »Sie schläft bereits«, sagt sie und setzt sich. »Ein Glück, daß sie nicht mit Willy konfrontiert wurde. Die Szene nachher möchte ich ihr wirklich ersparen.« Sie häuft hektisch Zucker in ihren Kaffee.

»Er hätte sich vielleicht früher mal ein Beispiel an dem Pferd nehmen sollen«, sinniert Ursula.

»Wie meinen Sie das?«

»Das, was Ihre Tochter eben gesagt hat. Ihr Pferd freut sich ganz einfach, wenn sie kommt.«

Lena nickt bitter: »Er hat sie ja nie zur Kenntnis genommen. Uns alle nicht. Er hat *eingeheiratet*, das hat er mir bis heute nicht verziehen.«

»Andere freuen sich, wenn sie auf diese unverdiente Art zu Ansehen und Reichtum kommen.«

»Er nicht. Er empfand das als Makel für seine eigene Tüchtigkeit.«

»Das zeugt von Minderwertigkeitskomplexen.«

Lena hält in ihrer Bewegung inne. »So habe ich das noch nie gesehen…«

»Und, überhaupt, war er denn so tüchtig?« Ursula runzelt die Stirn. »Die Firma sieht nicht unbedingt danach aus. Ich glaube, er setzt mehr auf eine gewisse Art von Bauernschläue als auf wirklich harte Arbeit.«

Über zwei Stunden hinweg versuchen sie, ein Gespräch aufrecht zu erhalten. Lena schüttet ihr Herz aus, Ursula hört teilweise hin und hängt dann wieder eigenen Gedanken nach. Dann schaut sie auf die Uhr. Drei Uhr morgens, und Willy ist immer noch nicht da. Lena gähnt verhalten, beide sind müde, daran kann auch der Kaffee nichts mehr ändern.

»Um die Zeit ist er sonst immer da«, entschuldigt Lena Willys Verspätung.

»Vielleicht fährt er diese Nacht ja überhaupt nicht heim – er hat ja keinen Grund mehr. Ab morgen ist er ein gemachter Mann, steht auf eigenen Füßen. Denkt er!« Ursula steht auf, um sich durch Bewegung etwas zu entspannen. Lena hatte die Beine auf die Couch gelegt, jetzt setzt sie sich wieder hin und schaut Ursula zu. »Die ganze Nacht können wir so nicht auf ihn warten«, Ursula geht zum Fenster.

»Wollen Sie sich vielleicht etwas hinlegen? Wir haben ein Gästezimmer«, schlägt Lena vor.

»Im Nachthemd würde ich ihn wohl kaum beeindrucken, nein, wir müssen uns etwas anderes überlegen.« Ursula kommt wieder an den Tisch zurück. »Richten Sie ihm sein Bett hier auf der Couch, und schließen Sie sich oben ein. Und stöpseln Sie Telefon, Fax und Anrufbeantworter aus, dann geht er morgen nichtsahnend in seine Firma, und dort erwarte ich ihn dann. In seinem Sessel.«

»Sie haben Mut«, gähnt Lena.

»Ich denke, es ist zumindest sinnvoller, als wenn wir uns hier die Nacht um die Ohren schlagen.« Ursula geht nochmal zum Fenster. Dort dreht sie sich zu Lena um: »Und ich gebe Ihnen noch einen Rat. Werfen Sie das hier alles raus.« Mit einer weiten Armbewegung umfaßt sie das ganze Zimmer. »Oder ist das Ihr Geschmack?«

Lena schaut sich um, dann schüttelt sie den Kopf. »Ich habe nie darüber nachgedacht. Das ist... ein Teil stammt sogar noch von meinen Eltern. Und meinen Großeltern. Das andere hat Willy ausgesucht.«

»Trennen Sie sich davon. Es erdrückt, nimmt einem die Luft zum Atmen. Spüren Sie das nicht? Am besten veräußern Sie gleich das ganze Haus. Zu düster, zu dunkel. Oder Sie renovieren es von Grund auf, bauen um. Dann müssen Sie aber auch den Geist hier drin totschlagen!«

Lena entgegnet nichts. »Geist totschlagen«, wiederholt sie nach einer Weile leise. Sie sitzt da wie ein Häufchen Elend.

Ursula betrachtet sie. Schwache Leute waren ihr immer ein Graus. Sie wartet, daß sich das Gefühl des Abscheus einstellt, das sie nur zu gut kennt. Aber sie spürt nichts. Ihre Betrachtungsweise bleibt weiterhin nüchtern und objektiv. Lena Waffel hat ihr Leben an einen Blindgänger verschenkt.

Scheinwerfer streifen kurz die Wohnzimmerwand, ein Wagen fährt vor.

»Er kommt!« Wie elektrisiert springt Lena hoch.

»Na, endlich«, sagt Ursula. »Setzen wir uns.«

Sie hören das elektrische Garagentor und kurz danach das Zuschlagen einer Türe.

»Um diese Zeit noch Besuch?« dröhnt eine Stimme unartikuliert durch den Flur, und dann steht Willy Waffel etwas schwankend im Türrahmen. Das Hemd nicht vollständig zugeknöpft, das Jackett offen und zerknittert über dem hervorgewölbten Bauch, die Krawatte hat er sich einfach über die Schulter gelegt. Sein glücklicher Gesichtsausdruck schlägt in einfältige Ratlosigkeit um, als er Ursula erkennt. »Frau Winkler?« sagt er schwerfällig, bleibt aber in der Tür stehen. »Wieso?« Und dann wie ein Geistesblitz: »Warten Sie auf mich? Wollten Sie schon heute unterschreiben?« Er macht zwei Schritte auf sie zu.

»Guten Morgen, Herr Waffel«, sagt Ursula kühl, »ich habe schon unterschrieben.«

»Ohh, das ist ja... woher hatten Sie... wo ist der Vertrag?« Drei weitere Schritte.

Ursula bewegt sich keinen Zentimeter aus ihrem Sessel. Sie nimmt den Vertrag vom Tisch und streckt ihn Willy Waffel entgegen.

»Es ist ein Vorvertrag«, erklärt sie dazu. Jetzt kommt er bis an den Tisch, streckt die Hand danach aus. »Ihre Kündigung erhalten Sie morgen.«

Zunächst scheint er den Sinn ihrer Worte nicht zu verstehen, auch nicht, was er da liest. Dann ändert sich plötzlich sein Gesichtsausdruck. »Was ist denn das für eine Schweinerei?« schreit er, läuft rot an und knallt den Vertrag auf den Tisch. »Das laß ich mir nicht bieten. Von Ihnen schon gar nicht!« Er zeigt mit dem Finger auf Ursula. »Und von dir dreimal nicht!« Haßerfüllt starrt er seine Frau an. »Ihr habt keine Chance gegen mich. Mit so einem Wisch! Lächerlich!« Willy ballt die Hände zu Fäusten und stützt sich damit auf dem Tisch auf. Damit ist er auf Augenhöhe mit seiner Frau. »Du kriegst mich nicht raus. Und dafür mache ich dich fertig, fertig, fertig, du alte Fotze du, schau dich doch mal an. Was bist du schon außer einer Melkmaschine...«

»Das dürfte Sie vielleicht auch noch interessieren.« Ursula legt ruhig die Kopien seiner Dumpingangebote auf den Tisch. »Die Gerichte lieben solche Spielchen, ein schönes Fressen auch für die Presse.«

Willy reißt die Seiten hoch, zerfetzt sie voller schäumendem Zorn. »Du hast tatsächlich verkauft?« schreit er seine Frau an. »An die da? Ich – ich war am Zug, verdammt nochmal. Ich! Ich! Ich! Du hast mir alles kaputt gemacht! Das wirst du mir büßen – du und deine Brut! Du bist so saublöd, so...«

»Wir dachten, so hätten Sie mehr Zeit für Bianca«, unterbricht ihn Ursula, ohne mit der Wimper zu zucken. »Das heißt, wenn die einen arbeitslosen Fabrikanten noch begehrenswert findet...«

Willy stürzt auf sie zu: »Raus, raus, sonst werd' ich handgreiflich! Fünf Ausgänge hat das Haus, einen können Sie sich aussuchen. Augenblicklich verschwinden Sie, sonst vergeß ich mich!« Sein Speichel sprüht Ursula entgegen, sie riecht seine Alkoholfahne. Aber sie schaut ihn unbeweglich an.

»Das ist mein Haus, Willy«, meldet sich da Lena erstaunlich gelassen zu Wort. »*Du* kannst gehen, nicht Frau Winkler.

Die Scheidung habe ich heute eingereicht. Über den Rest kannst du mit meinem Anwalt sprechen!«

Außer sich vor Wut greift Willy nach dem nächstbesten Gegenstand und wirft ihn mit voller Wucht nach seiner Frau, es ist die Kaffeekanne. Lena kann dem harten Geschoß gerade noch ausweichen, die Kanne knallt gegen die Rükkenlehne, Splitter und Kaffee spritzen quer über die Couch, Lena hält die Unterarme schützend vors Gesicht. Außer Kaffee bekommt sie nichts ab, und der ist schon kalt. Sie besieht sich ihr verschmutztes Kleid, die braun besprenkelte Haut und klopft mit der Hand leicht auf den riesigen dunklen Fleck im Polster. »Ich wollte sowieso eine neue kaufen«, sagt sie kühl.

Willy stiert sie an, dann stürmt er zur Tür.

»Und liefere bitte den Jeep morgen ab«, ruft Lena ihm nach, »es ist ein Firmenwagen. Er gehört jetzt Frau Winkler!«

Sie hören das Garagentor aufgehen, den Motor aufheulen, dann durchdrehende Reifen und kurz darauf einen knirschenden, berstenden Knall. Wütende Schaltaktionen, ein knirschendes Getriebe und einen erneuten Knall, und nochmals und nochmals.

»Er fährt den Mercedes zusammen!« Lena schlägt sich erschrocken auf den Mund.

»Blech!« antwortet Ursula lakonisch. »Ich wußte sowieso nicht, was ich mit ihm anfangen sollte!«

Lena schaut sie unsicher an, aber Ursula grinst achselzukkend. Für eine Sekunde lächelt Lena auch, was aber sofort in ein haltloses Schluchzen umschlägt. Von Weinkrämpfen geschüttelt, vergräbt sie ihr Gesicht in den Händen. Schließlich schlägt sie mit der Faust gegen das Sofa. »O Gott, zittern mir die Knie!« Sie wischt sich mit dem Handrücken über die Augen, während Ursula abwartend auf ihrem Sessel sitzt. »Was müssen Sie von mir denken, entschuldigen Sie bitte.«

»Ich hoffe, es waren die letzten Tränen für die nächsten fünfzig Jahre«, nickt Ursula, »und jetzt rufen Sie mir bitte ein Taxi.«

ÜBERNAHME

Obwohl sie wenig geschlafen hat, fühlt sich Ursula am nächsten Tag völlig fit. Sie verabredet sich mit ihrem Anwalt und fährt zeitig in ihre neue Firma, um endlich Klarheit zu schaffen. Der Jeep steht vor dem Eingang. Ursula geht darum herum. Der chromfarbene Rammschutz vor dem Kühler ist kräftig verbogen und trägt dunkle Lackspuren, ansonsten sieht man dem Wagen das nächtliche Intermezzo nicht an. So ändern sich die Zeiten, sagt sie still zu ihm, am Arlberg hast du mich noch verächtlich stehenlassen, und jetzt gehörst du mir. Strafe muß ein. Sie betrachtet das Nummernschild. F-W-666. Dämliche Nummer. Paßt zu einem Willy Waffel. Ihr Anwalt fährt vor.

»Na dann«, sagt er zu ihr, und sie weiß, was er vermutet, daß da drin nämlich bereits die Hölle los ist.

»Nur Mut«, entgegnet sie und geht voraus. Tatsächlich scheint niemand zu arbeiten, überall stehen heftig diskutierende Menschengruppen, die sich bei ihrem Eintritt nach ihnen umschauen. Ursula grüßt, aber der erwartete Tumult bricht nicht los. Die beiden gehen nach oben zum Chefbüro. Die Sekretärin im Vorzimmer schaut sie mit großen Augen an, sie steht rückwärts an ihren Schreibtisch gelehnt, sagt kein Wort. In Willy Waffels Büro rumort es gewaltig, eine Stimme flucht unentwegt.

Ursula nickt der völlig verängstigten Sekretärin freundlich zu, dann schiebt sie die angelehnte Tür auf. »Na, Herr Waffel, sind Sie mit dem Schnitt Ihres Lebens nicht zufrieden?«

Mit einem Ruck fährt er herum. Er sieht nicht viel besser aus als in der Nacht. Das Hemd hat er zugeknöpft, dafür ist er unrasiert. Die Krawatte fehlt ganz. Mit dunklen Augen starrt er sie an.

»Sie wirken nicht gerade, als ob Bianca Sie getröstet hätte, das tut mir aber leid. Lassen Sie sich nur Zeit, Sie können Ihren Schreibtisch in aller Ruhe räumen.«

»Noch ist nichts rechtskräftig, nichts rechtskräftig«, schäumt er. »Sie können nicht so einfach daherkommen und... da machen meine Leute nicht mit!«

»Sie sind aber doch davon ausgegangen, daß meine Leute das mitmachen würden, oder nicht? Wollten nicht *Sie* mich ruinieren? War das nicht Ihre ureigene Idee? Ich habe die Lanze nur umgedreht, ganz einfach!«

Er schleudert die Papiere, die er in den Händen hält, auf den Schreibtisch zurück, so daß sie rechts und links über die Kante schießen und sich wild über den Fußboden verteilen.

Ursula schüttelt mißbilligend den Kopf, Willy stürzt an ihr vorbei. »Wollen Sie mich umbringen?« schreit er sie an und stößt auf seinem Weg hinaus den Anwalt zur Seite. Werner Kalthoff runzelt die Stirn. »Wozu denn noch?« fragt Ursula.

Ursula spricht mit dem Betriebsrat. Sie entschuldigt sich für die unkonventionelle und überstürzte Vorgehensweise, erklärt in Kürze die Gründe hierfür, versichert, daß keine Arbeitsplätze in Gefahr sind, und schlägt für den Nachmittag eine Betriebsversammlung mit dem neuen Direktor, Manfred Kühnen, vor. Sie erfährt, daß keiner über die Veränderung traurig sein wird, da sie alle schon den Ruin der Firma unter Willy Waffel befürchtet hätten. Auch gegen Manfred Kühnen hat der Betriebsrat nichts, im Gegenteil, er kennt die Firma, die Branche, und er versteht sein Handwerk – bis auf, na ja, den damaligen Vorgang, den Verrat. Aber das sei aus heutiger Sicht betrachtet ja nun eher von Vorteil.

Der Mercedes-Jeep ist weg, als Ursula wieder auf den Hof tritt. Sie wüßte zu gern, was er nun anstellt. Schade, daß sie Lutz Wolff nicht fragen kann, ob Bianca Trauer trägt. Oder schon den Nerz vom nächsten.

Sie blickt in den Himmel. Hinter grauen Wolkenfetzen schaut der blaue Himmel hindurch. Gegen Mittag könnte es aufreißen. Das ist mein Tag, sagt sich Ursula und atmet die Luft tief ein. Worauf sie sich schon seit langem gefreut hat – jetzt ist es soweit. Ursula fährt in die Innenstadt. Ein Kundenparkplatz wird eben vor ihrer Bank frei. Sie wirft einen kurzen, überprüfenden Blick in den Schminkspiegel der Sonnenblende, dann steigt sie aus.

Roger Nordlohne hat wieder einmal keine Zeit für sie. Seine Sekretärin schaut sie entschuldigend an: »Tut mir wirklich leid, Frau Winkler, aber Herr Nordlohne ist in einer Besprechung. Sie hätten sich anmelden müssen.«

»Ist es nicht seltsam, daß wir uns früher nie anmelden mußten, solange mein Mann noch lebte? Da fand Herr Nordlohne immer ein paar Minuten Zeit.«

Der jungen Frau ist es sichtlich unangenehm. Sie macht eine hilflose Handbewegung zum Telefon. »Wenn ich nochmal nachfrage, wird es nichts nützen. Er wird dann höchstens ärgerlich.«

»So, so, der Herr Nordlohne wird ärgerlich«, lächelt Ursula. So hat sie sich das gewünscht. »Ich hätte ihm das ja gern persönlich abgegeben, weil es noch ein Geschenk meines Mannes an ihn ist, aber so vertraue ich darauf, daß Sie es an die richtige Stelle weiterleiten.«

Sie zieht das Foto von Roger Nordlohne und Elisabeth aus der Handtasche. »Sie können ihm auch sagen, daß ich in den nächsten Tagen meine Konten hier aufkündige – denn mit so einem Mann kann man schließlich nicht zusammenarbeiten, finden Sie nicht auch?« Sie legt die Vergrößerung mitten auf den gestylten Schreibtisch.

273

»Ja, danke«, sagt die Sekretärin und blickt darauf. Dann schaut sie nochmal und wird rot. »Aber das ist, das ist doch...«, stottert sie und traut sich nicht, das Foto anzufassen.

»Eine Sauerei, nicht wahr?« hilft ihr Ursula weiter und winkt ihr zu: »Grüßen Sie Herrn Nordlohne ganz herzlich von mir!«

In der Bank von Julius Wiedenroth macht sie sich erst gar nicht mehr die Mühe, in die Direktion zu gehen. Sie pinnt das Foto zwischen Bauspartips und Aktienkurse an das Schwarze Brett der stark frequentierten Vorhalle. Es wird seinen Weg zum Herrn Direktor schon finden.

Dann ruft sie vom nächsten Telefonhäuschen aus Herrn Niemann an und erklärt ihm, daß ihre gesamten Geldgeschäfte in der nächsten Zeit auf seine Bank umverlagert würden. Er freut sich über das Vertrauen, aber Ursula denkt schon darüber nach, daß sich ein Monopol auch negativ entwickeln könnte. Vielleicht sollte sie sich doch besser noch eine Zweitbank suchen.

Ursula wählt Elisabeths Nummer. »Es ist vollbracht«, spricht sie auf ihren Anrufbeantworter. »Danke für das Okay, dieser Tag entschädigt mich für Jahre!«

Kaum hat sie aufgelegt, wählt sie nochmal dieselbe Nummer: »Ich würde Sie beide gern einladen. Zum Abendessen oder ins Kino, oder auch beides. Geben Sie mir bitte Bescheid?« Was du so daherredest, schimpft sie sich, während sie auflegt. War die Zunge wieder schneller als das Gehirn. Wie komme ich bloß auf Kino. Genausogut hätte ich Zirkus – oder, noch schlimmer, Reitstall sagen können.

Sie fährt in ihre Firma zurück. Dort wird sie auch schnellstens eine Betriebsversammlung einberufen müssen. Im Vorzimmer glühen schon die Telefone, Regina Lüdnitz reicht ihr eine Liste der Anrufer. Ursula überfliegt sie, an Michael Fürst bleibt ihr Auge hängen.

»Wir haben übrigens nicht verkauft, sondern dazugekauft, Frau Lüdnitz. Nur zu Ihrer Beruhigung«, sagt Ursula auf dem Weg in ihr Büro. Unter der Türe bleibt sie kurz stehen. »Bitte rufen Sie mir Herrn Kühnen, und anschließend starten Sie die Rückrufe.« Sie dreht sich nochmal um: »Das heißt, bis auf einen. Michael Fürst übernehme ich selbst.«

Sie wählt die Nummer des Reitstalls. Es dauert eine Weile, und sie will schon auflegen, da meldet sich eine männliche Stimme. »Ich dachte schon, Sie seien nicht im Büro«, sagt Ursula.

»Bin ich auch nicht«, entgegnet Fürst, »wir haben in der Halle auch ein Telefon. Ich sitze auf meinem Pferd.«

Ursula kann sich das schlecht vorstellen, aber sie hält sich damit nicht auf. »Sie baten um Rückruf?«

»Heute morgen hatte ich eine Auftragsbestätigung der Telekom in der Post, was mich natürlich sehr freut und wofür ich mich im Namen unseres Vereins auch herzlich bedanke. Trotzdem hat es mich ein wenig enttäuscht…«, der Rest seines Satzes hängt in der Luft. »Enttäuscht?« fragt Ursula nach. »Ist es das falsche Modell?«

»Ich dachte, Sie kämen persönlich.«

»Ich bin schließlich nicht der Nikolaus!«

Er lacht, im Hintergrund hört sie ein grelles Wiehern. Gleich wird das Pferd ihn abwerfen. »Nein, sicherlich nicht, dazu sind Sie viel zu hübsch!«

Hübsch. Hat er hübsch gesagt? In ihrem ganzen Leben hat noch keiner so etwas gesagt. Sie war stark, eisern, sie war da – aber hübsch?

»Danke«, sagt Ursula, weil ihr beim besten Willen nichts darauf einfällt.

»Kommen Sie wenigstens zu unserem Frühlingsfest?«

O Schreck, denkt Ursula. »Mal sehen, vielleicht. Kommt darauf an…« ob Pferde da sind, beendet sie den Satz im stillen.

»Ich würde mich freuen.«

»Gut, ich werde es versuchen.« Nachdenklich legt sie den Hörer auf. Hat das etwas zu bedeuten? Sie sieht seine graublauen Augen vor sich, sein Grübchen im Kinn, die honigfarbenen, kurzen Naturlocken. Sie würde ihn auch ganz gern wiedersehen. Aber zum Preis einer ganzen Pferdeherde?

Es klopft. Manfred Kühnen öffnet, er strahlt.

»Heute ist Ihr großer Tag«, begrüßt ihn Ursula.

»Ja wirklich, tatsächlich«, freut er sich und reicht ihr die Hand. Das hat er noch nie getan. Irgendwie scheint sich alles zu ändern.

Der Tag wird stressig, aber es läuft alles besser als vermutet. Alle sehen den Zusammenschluß als Bereicherung, und Ursula kommt abends zerschlagen, aber zufrieden nach Hause. Die Spuren der gestrigen Zusammenkunft sind beseitigt, Frau Paul wird sich kräftig gewundert haben. Alles blitzt und ist aufgeräumt. Ursula hört den Anrufbeantworter ab. Elisabeth hat eine Nachricht hinterlassen. Heute abend seien sie beide schon zu einem Ausflug verabredet, und übers Wochenende hätten sie ihrer Mutter einen Besuch versprochen. Aber sie hätten eine dicke Überraschung für Ursula. Würde aber nicht verraten. Ursula verspürt ein Gefühl der Leere in sich aufkommen. Sie geht in die Küche und stellt sich Teewasser auf. Dann steht sie mitten im Wohnzimmer. Was soll sie tun? Ihr Haushalt erledigt sich von selbst, zum Einkaufen ist es zu spät, und eigentlich wollte sie ja mit jemandem feiern. Es ist schließlich ihr Tag. Sie ruft Lena Waffel an. Die klingt sehr aufgeräumt. Sie sei eben mit ihrer Tochter auf dem Weg in den Reitstall. Heute würde die Quadrille geübt. Ja, es ginge ihr blendend. Vielen Dank für alles. Ursula wandert durch das Wohnzimmer. Alle haben irgendwo eine Mutter, ein Pferd oder sonstwas. Wenn das so weitergeht, wird sie sich noch einen Hund anschaffen. Entsetzlicher Gedanke. Ursula setzt sich hin, steht wieder auf, der Wasserkessel pfeift. Sie brüht sich einen Pfefferminztee auf und betrachtet die aufgeräumte Küche. Nichts steht herum, steril wie in einem Krankenhaus. Keine Spur von Leben. Ihr fallen Jills Geschenke ein. Schade, sie hätte sie der Kleinen heute abend gern gegeben. Mit ihrer Teetasse geht sie ins Wohnzimmer zurück. Vor dem Fenster bleibt sie stehen. Und wenn sie einfach noch schnell hinfährt? Sie braucht ihren Anrufbeantworter ja noch nicht abgehört zu haben. Vielleicht disponiert Elisabeth dann um?

Ursula schaut in den dunklen Garten hinaus. Meine Liebe, du wirst neurotisch. Sie nimmt das Telefon, ruft Ludwig an und sagt ihm für den kommenden Sonntag zu. Dann geht sie hinauf, um sich ein Bad einlaufen zu lassen.

Auf dem Weg durch ihr Schlafzimmer nickt sie Walter in seinem Silberrahmen zu: »Und du hast auch schon lange nichts mehr gesagt!«

GESCHÄFTSSINN

Das Telefon läutet am nächsten Morgen, als sie eben das Haus verlassen will. Sie läuft zurück und erwischt es gerade noch, bevor der Anrufbeantworter anspringt. Es ist Elisabeth. Sie möchte sich für das Wochenende verabschieden. Gleich nach dem Kindergarten wollen sie nach Hannover fahren.

»Ich wußte gar nicht, daß Sie aus Hannover stammen«, sagt Ursula so dahin.

»Wir wissen eben noch nicht allzuviel voneinander«, antwortet Elisabeth.

»Jill bräuchte einen Garten«, gibt Ursula völlig zusammenhanglos von sich.

»Ja, ich weiß.« Elisabeth seufzt. »Alles zu realisieren, ist eben schwierig.«

»Ich könnte eine Kinderschaukel in meinen Garten bauen lassen, würde Sie das freuen?« Kinderschaukel, Kinderschaukel, woran erinnert sie das? Hat sie sich nicht schon einmal irgendwann über eine Kinderschaukel ausgelassen? Irgend etwas in ihrem Kopf schaltet auf Rot.

»Sie sollen kein Geld für uns ausgeben.«

»Ich möchte aber.« Sie denkt an ihr Luxemburger Konto. Was zählt da so eine Schaukel. »War's schön gestern abend?« Warum will sie das wissen?

Elisabeth lacht. »Für Jill war's aufregend. Manfred Kühnen hat uns in den Zirkus eingeladen. Und sie durfte auf einem Pony reiten, das fand sie natürlich toll!« Zirkus und Pferde, sie hat es ja geahnt. Und jetzt auch noch Kühnen. Ob er wohl eines seiner Manta-Jacketts anhatte? Was Elisabeth dazu wohl sagt? »Na, das freut mich aber! Mögen Sie ihn?«

Elisabeth zögert. »Ach, er ist ganz nett, und Jill findet es natürlich Klasse, daß er sich so mit ihr abgibt.«

Über die Tochter an die Mutter, denkt Ursula.

»Aber ich, na ja, ich bin mit so etwas eben vorsichtig«, setzt Elisabeth nach.

»Mit *so etwas* meinen Sie wohl Männer? Ja, das kann ich verstehen.«

Elisabeth lacht wieder. »Mit Ihnen haben wir etwas ganz anderes vor. Ich bin neugierig, was Sie sagen werden!«

Ursulas Gesichtszüge lockern sich. »Da bin ich aber gespannt!«

»Dürfen Sie auch – so, aber jetzt müssen wir los, sonst komme ich endgültig zu spät!«

Als Ursula den Hörer auflegt, fühlt sie sich besser. Sie ist noch nicht an der Haustüre, da klingelt es schon wieder.

»Sorry, aber Jill hat sich beschwert, daß ich Sie nicht von ihr gegrüßt hätte. Das war natürlich ein schwerer Fehler...«, sagt Elisabeth völlig ernsthaft.

»Besten Dank, richten Sie Jill aus, ich habe hier ebenfalls

eine kleine Überraschung für sie. Und ich wünsche ihr viel Spaß bei der Omi.«

Viel Spaß bei der Omi. Ihr eigener Satz klingt ihr in den Ohren, als sie in den Golf steigt. Es wäre ihr lieber gewesen, die beiden hätten das Wochenende bei ihr verbracht.

Manfred Kühnen erwartet sie schon mit einem Schwung Zeitungen unter dem Arm. Allen war es eine Meldung wert, den lokalen Zeitungen sogar eine Schlagzeile. In einigen Berichten findet sich Ursula mit ihren Begründungen und ihrer Zukunftsanalyse zitiert, gleichzeitig liest sie aber auch, daß von Willy Waffel keine Stellungnahme zu bekommen war.

»Na dann ans Werk«, sagt sie zu Kühnen und mustert sein hellblaues Jackett. »War's schön, gestern abend, mit Jill und Elisabeth?« kann sich Ursula dann doch nicht zu sagen verkneifen.

Er strahlt. Wahrscheinlich war dieses Treffen der Anlaß für seine gestrige große Freude, und nicht sein Antritt als Direktor, wie sie schlichten Geistes vermutet hat. »Es ist ein süßer Fratz!« schmunzelt er und läßt offen, wen er damit meint. »Tja«, nickt Ursula, »dann wollen wir mal den heutigen Tag besprechen.«

Als Kühnen nach einer Stunde in die neue Firma gehen will, hält Ursula ihn kurz zurück. »Und, übrigens, Sie sollten sich neue Büromöbel aussuchen, ich nehme an, Willy Waffels schwarzer Schreibtisch wird Sie kaum zu Überstunden animieren.«

Kühnen bedankt sich und drückt die Türklinke.

»Aber bleiben Sie auf dem Teppich!« ruft Ursula ihm nach.

Er dreht sich zu ihr um und grinst. Wie ein Gymnasiast.

»Und von den Prozenten, die Sie aushandeln, kaufen Sie sich einen neuen Anzug. Dezent lautet die Mode. Ich nehme an, damit gefallen Sie auch Elisabeth besser!«

Sein Grinsen wird noch um eine Nuance unverschämter.

»Und dann rufen Sie gleich mal die Firmen Auerbach und

Distel an und beglückwünschen die beiden zu Ihrem Entschluß, bei uns produzieren zu lassen!«

Er lacht: »Die fallen aus allen Wolken!«

»Hoffentlich schmerzhaft!« Sie nickt ihm zu, Kühnen schließt mit einem fröhlichen Knall die Türe hinter sich. Ursula bittet ihre Sekretärin, Verena Müller zu rufen. Damit wäre der Fall Waffel dann endgültig erledigt.

Mausgrau und dünn steht Verena kurz danach vor ihrem Schreibtisch. Ursula bietet ihr Platz an, dann beginnt sie: »Ich weiß, die Arbeit in der Buchhaltung verleitet zu so manchem. Sekten nisten sich da gern ein und Spione – aber Sie? Ich denke, Sie brauchen mir jetzt keine großen Geschichten zu erzählen, erklären Sie mir einfach, warum.«

Und Verena erzählt. Von ihrem Engagement als Tierschützerin. Von Aktionen, Tiere aus dem Ausland nach Deutschland zu retten, von Versuchen, den Schmuggel von Hundewelpen zu unterbinden, von Demonstrationen gegen brutale Tiertransporte, von ihrem persönlichen Einsatz zu Hause, wo sie permanent versucht, Katzen und ausgesetzten oder mißhandelten Hunden eine neue Heimat zu vermitteln. »Fast mein ganzes Gehalt geht dafür drauf«, schließt sie.

»Und deshalb haben Sie von Herrn Waffel Geld genommen?«

»Das waren 10 000 Mark. Damit unterstütze ich die Protestaktion gegen die Robbenschlächterei, die jetzt wieder erlaubt ist. Und ich finanziere drei ehemaligen Hochleistungspferden ihren Lebensabend auf einer Koppel. Sonst wären sie nämlich nach ihrem letzten Parcours im Schlachthaus gelandet.«

»Essen Sie denn zwischendurch auch mal was?«

Verena Müller schaut an sich hinunter. »Ich, ich hab's mit dem Magen. Ich weiß auch nicht, warum.«

»Ich nehme an, Sie wissen, daß Sie sich strafbar gemacht haben?«

Ein trotziger Blick aus braunen Augen. »Das habe ich nach Ihrer letzten Strafpredigt hier auf mich genommen. Willy Waffel hat mir für das Gelingen der Aktion weitere 10 000 Mark versprochen. Unser Tierheim muß dringend renoviert werden. Dafür habe ich es riskiert.«

Ursula atmet tief ein. Verena Müller wartet auf ihre Kündigung.

»Sie sind ein Schäfchen«, sagt Ursula dann.

»Bitte?« Verenas kampfbereite Miene bekommt einen ungläubigen Ausdruck.

»Sie haben sich viel zu billig verkauft! 20 000 Mark! Für die Firma hier. Willy Waffel hätte sie sofort weiterverkauft und 10 Millionen dabei verdient. 10 Millionen, mein Kind! Sie sitzen in der Buchhaltung und haben so wenig Geschäftssinn. Das ist bedauerlich!«

Verena Müller ist sprachlos. »Aber«, widerspricht sie nach einigen Sekunden, »ich habe Ihre Firma verraten!«

»Ja«, antwortet Ursula. »Ich habe das schon richtig verstanden. Ihre Untergrundaktivitäten haben mich 11 Millionen Mark gekostet.« Sie bricht ab und dreht sich zum Fenster. Es ist still. Verena sitzt regungslos auf ihrem Stuhl. »Aber ich habe dafür eine Firma bekommen. WWV expandiert auf Ihre Initiative hin, was nicht heißt, daß dies Ihr Verdienst ist, verstehen Sie mich richtig?« Ursula gibt ihrem Drehsessel einen kleinen Stoß. Sie schaut Verena direkt in die Augen. Verena gibt den Blick zurück: »Ich habe nicht an so eine Veränderung gedacht. Mir war es egal, was mit Ihrer Firma passiert.«

»Ihre Wahrheitsliebe ist wohl nicht zu erschlagen!«

Verena sagt nichts. Ursula lehnt sich leicht über den Schreibtisch.

»Was soll ich denn jetzt mit Ihnen anstellen? Machen Sie mir doch mal einen Vorschlag.« Sie wartet ab.

»Sie werden mir kündigen – und mich vielleicht anzeigen.«

»Wollen Sie das denn?«

Verena blickt auf. »Nein, natürlich nicht!«

»Warum schlagen Sie es mir dann vor?«

»Ich«, sie dreht einen schmalen Ring an ihrer linken Hand, »weiß auch nicht. Es gibt zuviel Unheil in der Welt. Das ist alles, was ich weiß.«

»Ja, und das bringt uns jetzt auch nicht weiter.«

Eine Weile ist es wieder still. Es muß zu einem Ende kommen, ich habe noch anderes zu tun, denkt Ursula.

»Ich habe nichts gegen Ihr privates Engagement als Tierschützerin. Wohl habe ich aber etwas dagegen, daß Sie dafür meine Firma kaputtmachen wollten und daß Sie sich, so ganz nebenbei, offensichtlich auch selbst kaputt machen. Für ersteres könnte ich Sie jetzt entlassen. Damit fallen Sie dem Staat auf die Tasche, sprich, auch mir, Ihre Tiere verhungern, und mir fehlt eine Buchhalterin. Ich könnte Sie zur Strafe zu einem sozialen Dienst verdonnern, da Sie das aber bereits freiwillig tun, entbehrte dies jeder Logik. Also beende ich dieses Gespräch jetzt mit einer Empfehlung an Frau Waffel. Die Dame scheint ebenfalls ein Herz für Tiere zu haben, und außerdem verfügt sie ja nun über einen großen finanziellen Spielraum. Vielleicht sucht sie eine sinnvolle Aufgabe. Melden Sie sich also bei ihr, und erzählen Sie die ganze Geschichte nochmal. Was das zweite betrifft, Ihren angegriffenen Magen, so möchte ich, daß Sie umgehend zu einem Spezialisten gehen. Und ansonsten bleibt diese Unterredung unter uns.«

Noch nie war ihr ein Wochenende so lange vorgekommen. Ihre Haushaltshilfe schaut am Samstag schnell vorbei, bringt die frische Wäsche und geht mit dem Staubtuch schnell durch das Wohnzimmer. »Bei all dem Plexiglas«, sagt sie vorwurfsvoll.

»Es liegt doch nirgends auch nur ein Staubkorn«, rechtfertigt Ursula ihre Einrichtung.

»Jeden Fingerabdruck sieht man.«

»Also, Frau Paul, welche Fingerabdrücke denn. Kein Mensch faßt hier was an.«

»Ich will mich ja auch nicht beklagen…« Sie ist etwa in Ursulas Alter, aber kleiner und rundlicher und trägt zu ihrem dunkelgrauen Faltenrock stets eine weiße Bluse. Jetzt stemmt sie ihre Hände in die wiegenden Hüften und dreht sich einmal um ihre Achse, um alles auf seine Ordnung hin zu kontrollieren. Dann will sie hinausgehen.

»Die Blumen haben Sie vergessen, Frau Paul«, ruft ihr Ursula nach. Emma Paul, als diplomierte Haushälterin Kritik nicht gewohnt, schaut sie mißbilligend an. Ursula schwächt etwas ab: »Ich dachte, wenn Sie schon hinausgehen, könnten Sie vielleicht die Blumen gleich mitnehmen. Für die Biotonne.«

»Die Blumen?« Emma Paul geht zu Arnold Müllers Blumenstrauß. »Aber wieso denn, die sind doch noch gut?«

»Gut?« Ursula zeigt mit dem Finger darauf. »Die Rosen lassen ja schon die Köpfe hängen!«

»Aber es ist doch noch Leben drin. Und solange sie nicht vertrocknet sind, wirft man keine Blumen weg!«

Ursula schaut sie verständnislos an: »Die sind doch schon tot!« sagt sie. »Sie sind doch abgeschnitten!«

Emma Paul schweigt und prüft mit dem Finger den Wasserstand in der Vase. Dann seufzt sie. »Daran erkennt man, wie trügerisch das Leben ist!«

Die Blumen stehen noch auf dem Tisch, Emma Paul ist gegangen, aber der Satz will Ursula nicht aus dem Kopf. Da sieht man, wie trügerisch das Leben ist. Sie sind abgeschnitten und dem Tode geweiht, und trotzdem entfalten sie noch ihre Pracht. Wie paradox.

Ursula öffnet ihre Terrassentüre. Es riecht nach Frühling, die Sonne wärmt bereits. Sie holt ihre Jacke und zieht sich feste Schuhe an. Frische Luft wird ihr guttun. Abends schaut sie sich einen Fernsehfilm an, und am Sonntag nachmittag erledigt sie ihre Privatpost. Sie ist froh, als es endlich Abend wird und sie sich für Ludwigs Einladung richten kann.

Ursula zieht ein lachsfarbenes Mantelkleid an, passende Strümpfe und Schuhe und legt sich ein Seidentuch für die Schultern zurecht. Vor dem Spiegel studiert sie ihr Gesicht und findet, daß sie sich wirklich etwas verändert hat. Ist sie tatsächlich hübscher geworden? Mit über fünfzig? Gut, der eine Mundwinkel hängt etwas, aber ihre Haut ist besser. Mit zwei Fingern fährt sie leicht über ihre Augenfalten. Nein, die sind noch da. Es ist eher der Ausdruck, die Ausstrahlung. Sie tritt einen Schritt zurück. Tatsächlich. Ursula lächelt sich zu, dann legt sie ein leichtes Make-up auf und betrachtet sich abschließend nochmal im großen Spiegel. Die Figur ist auch nicht schlecht. Nicht superschlank, aber gut proportioniert, ihre Taille ist relativ schlank. Die Aufregungen der letzten Zeit haben sie gut zwei Kilo gekostet. Ob sie so Michael Fürst tatsächlich gefallen könnte? Oder ob er nur ein Sprüchemacher ist, der sich dadurch ein bißchen was erhofft? Vielleicht braucht er ja noch ein zweites Telefon? Für die Halle?

GRAND CRU CLASSÉ

Wie verabredet klingelt sie um acht Uhr bei Ludwig. Er hat sich mit einem dunklen Anzug und einer gelb-grau gemusterten Krawatte ebenfalls in Schale geworfen, stellt Ursula amüsiert fest.

»Ich habe dich gar nicht vorfahren hören«, empfängt er sie und küßt sie links und rechts auf die Wange, »sonst hätte ich dich direkt mit einem Gläschen Champagner an der Haustüre begrüßt. So ist die Flasche noch zu.«

»Keine Sorge, wir kriegen sie schon auf«, lächelt Ursula

und reicht ihm als Gastgeschenk eine Dose Kaviar. »Ich habe das Auto um die Ecke abgestellt, weil die Straße zugeparkt ist.«

»Meine neuen Nachbarn!« schüttelt er ärgerlich den Kopf und nimmt Ursula den Mantel ab. »Diese idiotischen Erben von Fröhlichs, die sich nicht einigen konnten und die herrliche alte Villa abgerissen haben. Hast du gesehen? Dort steht jetzt so ein scheußliches Mehrfamilienhaus. Seitdem macht man hier kein Auge mehr zu!«

»Ja, die Menschheit ist etwas Fürchterliches. Besser wäre es ohne sie.«

»Hmmm?« Ludwig wirft ihr einen schiefen Blick zu. Dann bietet er ihr seinen Arm an. »Komm, meine Teuerste, laß dich überraschen.«

Er hat in seinem Eßzimmer den Tisch festlich gedeckt, der Champagner steht im Eiskübel, auf einem silbernen Leuchter brennen sechs rote Kerzen.

»Donnerwetter«, Ursula bleibt stehen. »Da hast du dich aber mächtig ins Zeug gelegt.«

»Noch zu wenig, wenn ich dich so betrachte. Du siehst hinreißend aus. War das früher auch schon so?« Ludwig rückt Ursula einen Stuhl zurecht. »Oder ist an dem alten Witz was dran, daß Frauen erst zu leben beginnen, wenn sie Witwen sind?«

»Du wirst das nie herausfinden, Ludwig.«

Er greift nach der Champagnerflasche und einer weißen Stoffserviette. »Und warum nicht?«

»Weil du nicht verheiratet bist!« Ursula lacht.

Plopp, mit einem satten Geräusch entweicht der Naturkorken, der Champagner perlt in die Gläser. »Veuve Cliquot, ist dir's recht?«

»Passend zu der Witwe?«

»Eher zu Wilhelm Busch: Wie lieb und luftig perlt die Blase der Witwe Klicko in dem Glase.«

Ursula lacht und stößt mit Ludwig an. »Na denn, zum Wohl, und danke für die Einladung.«

»Ich habe zu danken!«

Der Schluck Champagner tut gut, und Ursula fühlt sich wohl. Ludwig serviert den ersten Gang, einen Crevettencocktail.

»Oh, fein. Selbst gemacht?« fragt sie.

»Selbst geholt!« antwortet er.

»An der Ostsee?«

Ludwig grinst, geht aber nicht darauf ein. »Das ist nur die Garnitur zu meiner ersten Perle.« Er hält ihr mit einer fast zärtlichen Bewegung eine Weißweinflasche hin. »Voilà, ein 67er Château d'Yquem. Das ist eigentlich der Clou jeder Degustation, und ein Pinot Grigio tät's für den Auftakt auch, aber ich dachte, wir starten direkt in die Vollen!«

Ludwig entkorkt die Flasche andächtig, schnuppert am Korken und kostet vor. »Mhhh«, lobt er und schenkt die beiden dünnglasigen, langstieligen Gläser behutsam halb voll.

»Auf dein Wohl«, Ursula stößt mit ihm an. Auch sie, obwohl sie sich nicht als große Weinkennerin bezeichnen würde, erkennt die besondere Klasse des Weines. Sie lobt den Tropfen und foppt: »Der ist nun aber noch nicht von Christie's, oder?«

»Aber nahe dran«, Ludwig nimmt noch einen genießerischen Schluck, dann setzt er sich wieder hin.

»Ich weiß, Gäste sollten so etwas nicht fragen, aber mich interessiert's trotzdem. Was kostet so ein Wein? Über 300 Mark?«

Er wiegt den Kopf. »Frau Winkler kann das Geld nicht lassen.«

»Weit über 300?«

Ludwig seufzt. »Beharrlichkeit war schon immer deine Stärke. Knapp das Doppelte. Apropos Geld, ich habe gelesen, du hast deine Firma aufgestockt, den ollen Waffel abgeschossen. Meine Hochachtung! Der ist dem Walter wohl auch mal in die Quere gekommen, aber das hat er nicht geschafft.«

Was er wohl überhaupt von Walters Geschäftspraktiken weiß, fragt sich Ursula. Ob er gelegentlich partizipiert hat? Sie hat Elisabeth zu fragen vergessen. Auf der anderen Seite, immer die alten Geschichten aufzuwärmen...

»Und du willst jetzt von mir wissen, wie ich es angestellt habe, oder?«

Ludwig nickt.

»Das dauert aber seine Zeit«, wehrt sie ab.

»Wir haben Zeit«, sagt er lächelnd, und irgend etwas in seinen Augen gefällt Ursula dabei nicht. »Der Yquem ist erst der Anfang. Nachher werde ich dir meine preisgekrönten Bordeaux kredenzen. Ein Festival der Sinne, meine Liebe, mach dich auf was gefaßt.« Er hält ihr sein Glas zum Anstoßen hin. »Die Nacht fängt überhaupt erst an.«

Ursula muß zugeben, daß sich Ludwig viel Mühe gemacht hat. Die Rotweine hat er dekantiert, sie warten in Reih und Glied in gläsernen Karaffen auf ihren Auftritt. Während Ludwig in der Küche hantiert, steht Ursula auf und geht an den schmalen Teetisch, auf dem Ludwig seine Bordeaux-Weine angeordnet hat. Ein weißes Tischtuch unterstreicht die Feierlichkeit, eine Kerze im silbernen Kerzenhalter signalisiert, daß Ludwig fachgerecht auf den Bodensatz geachtet hat. Die jeweiligen Flaschen stehen wie Zinnsoldaten hinter den Gefäßen. Ursula liest: »Château Ducru Beaucaillou Deuxième Cru Classé, Jahrgang 1982«, »Château Figeac, Premier Grand Cru Classé, Jahrgang 1985« und »Château L'Eglise Clinet, Jahrgang 1990«.

Ludwig kommt herein, er trägt eine große Platte mit Lammrücken, grünen Bohnen und dampfenden Kartoffeln zum Eßtisch und legt auf. »Hast du auch die Flasche ganz rechts außen gesehen? Ein kleines Château aus dem Pomerol, Le Pin, ein 1982er. Habe ich in der Subskription noch für

80 Mark pro Flasche erstanden, heute ist er unter 2500 nicht mehr zu bekommen!« Sein Stolz darüber ist ihm ins Gesicht geschrieben.

»Alle Achtung«, sagt Ursula anerkennend, »da hast du ja richtige Schätze in deinem Keller.«

Ludwig tritt zu ihr und nimmt eine der Karaffen. »Damit fangen wir an.« Vorsichtig füllt er zwei dickbauchige Gläser, Ursula setzt sich an den Tisch und betrachtet ihren Teller.

»Ich weiß ja nicht, wie du das machst. Hast du in der Küche eine Köchin versteckt?«

Ludwig lacht geschmeichelt und reicht ihr ein Glas. »Riech mal«, dann stoßen sie an. »Getrickst habe ich schon ein bißchen, das gebe ich zu, aber laß mir doch mein kleines Geheimnis.« Wieder trifft sie dieser seltsame Blick. »Frauen lieben doch Geheimnisse.«

Sie ist versucht, ihn zu fragen, seit wann er sich denn mit Frauen auskennt, aber sie weicht lieber auf ein harmloses Thema aus. »Was sagst du eigentlich zu den ganzen Erfolgen der Genforscher? Ist das nicht abenteuerlich?«

Ludwig reicht Ursula ein Schälchen mit frischer, duftender Pfefferminze. »Guten Appetit«, wünscht er und spießt sich ein Stück Lammfleisch auf die Gabel. »Tja, spannend. Der Gedanke, die DNS längst Verstorbener könnte in menschlichen Eizellen wieder zum Leben erweckt werden, ist schon faszinierend. Ein Versuch mit Ötzi würde mich reizen. Der war schließlich tiefgefroren. Müßte funktionieren!«

Ursula legt sich ihre Serviette auf den Schoß. »Ob da eine Frau mitmachen würde?«

»Für Geld tun alle alles!« Er lächelt sie an. »Auf diese Weise ließe sich sogar dein Walter wieder zurückholen. Nicht ganz, natürlich, aber zumindest als genetischer Bauplan.«

»Grandioser Gedanke«, spöttelt Ursula und schiebt sich ein Stück Fleisch in den Mund, »ich denke mal darüber nach.«

Die Weine sind phantastisch, aber Ursula hat bald mit ihrer Kondition zu kämpfen. Sie trinkt in Gesellschaft zwar ganz gern einmal ein gutes Gläschen, aber im Regelfall beschränkt sie sich auf Tee. Und in diesen Mengen setzt ihr der Alkohol zu, egal ob als Kalterer See oder Premier Grand Cru Classé. Ludwig dagegen scheint mit jedem Glas mehr aufzutauen. Nach dem Essen bittet er Ursula ins Wohnzimmer, seinen Degustierwagen zieht er auf Rollen hinter sich her. Auf dem Couchtisch hat er mehrere Gläser drapiert, in der Mitte steht ein üppiger Käseteller, durch eine Glasglocke geschützt, und im offenen Kamin hat Ludwig einige Scheite bereitgelegt, die er jetzt anzündet. Dann füllt er die Gläser mit den verschiedenen Weinen.

»Du mußt dich in die Weine hineindenken, dann kannst du sie verstehen«, weist er Ursula an, setzt sich neben sie auf die Couch und taucht in eines seiner Gläser ab.

Ursula schaut auf die Gläser vor sich und versucht, nicht daran zu denken, wie sie sich fühlen wird, wenn sie die auch noch alle getrunken hat.

»Kannst du sie unterscheiden?« fragt Ludwig, der eben nach dem nächsten greift.

»Ich habe leider keine solche Weinnase wie du«, gibt sie zu und trinkt artig.

»Das haben Frauen sowieso nicht«, kommt es aus der Tiefe seines Glases.

Für Ursula ist das ein glatter Angriff, und sie überlegt sich eben, wie sie den Satz widerlegen könnte, da fährt er fort: »Und Parfum dürftest du bei einer richtigen Weinprobe auch nicht tragen. Die Profis würden dich hinauswerfen.«

Ursula läßt sich nicht hinauswerfen. Weder von einem Willy Waffel noch sonst von einem, und schon gar nicht von so einer porösen Weinnase. Sie nimmt noch einen tiefen Schluck und mustert Ludwigs Profil. Seine Nase ist tatsächlich klassisch römisch und überaus großporig. Wahrscheinlich atmet er durch seine Poren den Wein ein und braucht ihn zum Schluß überhaupt nicht mehr zu trinken.

»Was sagst du zu dem Pomerol?«

Ursula stellt ihr halbleeres Glas ab und greift nach einem anderen.

»Das ist doch das falsche, Schätzchen, du hattest den richtigen eben in der Hand!«

Ursula sieht sich herausgefordert. Daß er sich herausnimmt, sie zurechtzuweisen, ist schon übel genug, aber *Schätzchen*?

»Hast du etwas dagegen, wenn Frauen Wein trinken?« fragt sie ruppig.

»Nur, wenn sie nichts davon verstehen!«

Ursula ist versucht, ihm ihr mundgeblasenes Weinglas auf den Schädel zu donnern. Meint er etwa sie? Weshalb hat er sie dann überhaupt eingeladen?

»Weißt du eigentlich, daß du viel besser aussiehst als früher, Ursel?«

Wie zufällig landet seine Hand auf ihrem Schenkel.

»Hast du etwas mit dir gemacht? Warst du beim Schönheitschirurgen?«

Ursula schiebt seine Hand weg. »Ich heiße nicht Ursel«, sagt sie und nimmt einen kräftigen Zug aus dem Glas, das er ihr gereicht hat. »Ist das nicht schon wieder der Pomerol?« fragt sie und ist verwirrt.

»Koste ihn«, sagt er leise, und sie tut es automatisch. Das beruhigt sie, trotzdem ist da noch was. Was hat er gesagt? Schönheitschirurgie? Sie fühlt sich so verzögert.

Ludwig nimmt aus ihrem Sortiment ein weiteres Glas, hält es ihr hin. »Damit mußt du jetzt mit mir anstoßen. Es ist der L' Eglise Clinet. Edel bis ins Blut.«

Sie trinkt mit ihm. Stimmt, schmeckt auch wie Blut. Sie sieht Schlachthausszenen vor sich, Männer mit blutverspritzten Schürzen und großen Messern in der Hand, aufgehängte Tiere. Ursula stellt das Glas ab.

»Walter war mein einziger Freund. Und trotzdem hat er mich betrogen. Richtige Freunde teilen alles miteinander. Alles!«

Was erzählt er da für wirres Zeug? Ursula kann ihm nicht mehr richtig folgen, aber sie fühlt eine Hand an ihrem Busen. Sie schiebt sie weg. Sie richtet sich auf, setzt sich kerzengerade hin, sieht Ludwigs Gesicht auf sich zukommen. Die Nase teilt sich, es werden zwei Nasen, die langsam wieder zusammenfinden, um sich gleich darauf wieder zu teilen. Die großen Poren sind schwarz gefüllt, die Punkte ziehen wie Kometen über die Hautoberfläche, um in einem anderen Krater zu verschwinden. Alle wirbeln sie in einem atemberaubenden Tempo durcheinander.

Sie spürt, wie er ihr das Glas abnimmt und ihr ein anderes in die Hand drückt. »Und jetzt der Unterschied zum Ducru Beaucaillou, beiß drauf, laß ihn dir auf der Zunge zergehen, durch den Gaumen rinnen«, sie spürt undeutlich, wie seine Finger an ihren Schenkeln das Kleid aufknöpfen, »laß ihn dich ausfüllen, spür' seinen Atem, seine Leidenschaft«, Ursula drückt mit ihrer Linken gegen seine Hand, die sich gegen ihre Abwehr aber unbeirrt bis zum Schritt vortastet, »fühl' ihn in dir, ganz tief, bis er dir das Denken nimmt«, ihr Glas in der Rechten kippt, sie nimmt schwach die Nässe auf ihrer Haut wahr, »und jeden Widerstand erstickt, bis du dich ihm unterwirfst, dich aufgibst, hingibst«, Ursula rutscht seitlich ab, alles verschwimmt, sie spürt seinen heißen Atem über sich und etwas in ihr, »bis er dich völlig ausfüllt.«

Dann spürt sie nichts mehr.

Als Ursula aufwacht, erkennt sie zunächst überhaupt nichts. Ihr Kopf dröhnt, es ist dunkel, sie ist zugedeckt. Sie weiß nicht, wo sie ist. Erst ganz langsam kommt ihr Erinnerungsvermögen zurück. Sie war bei Ludwig. Und ist umgekippt. Warum? Sie fühlt mit der Hand nach der Decke, es ist eine Wolldecke. Dann befühlt sie sachte ihren Körper. Sie ist angezogen, das Kleid ordentlich zugeknöpft, was hat sie da nur geträumt? Sie hebt den Kopf. Das Feuer ist niedergebrannt. Sie erkennt eine Gestalt, die auf der anderen Seite der Couch in einem Sessel sitzt. Es ist Ludwig. Er beobachtet sie. Jetzt steht er auf.

»Ach, na Gott sei Dank, hast du mir einen Schrecken eingejagt.« Er schaltet eine Stehlampe an, dreht den Dimmer herunter. »Ich habe mir schon Beistand aus meiner Arzttasche geholt, für den Notfall.« Er weist auf den Couchtisch.

Ursula richtet sich auf. Die Gläser sind abgeräumt, Ampullen liegen da und eine Spritze.

»Nein, danke, mir geht's gut«, sagt Ursula mühsam, die Zunge ist schwer und will nicht so richtig.

»Hast du das öfters? Du solltest dich mal gründlich untersuchen lassen«, Ludwig steht vor ihr und wiegt bedenklich den Kopf. »Das war eine richtige Kreislaufdysregulation, dabei haben wir nicht übermäßig viel getrunken. Aber für dich war es offensichtlich schon zu viel.«

Ursula nickt noch leicht benommen und schaut dann an sich hinunter. Ein großer Weinfleck hat sich auf ihrem Kleid ausgebreitet.

»Das Glas ist dir einfach aus den Fingern gekippt«, sagt Ludwig vorwurfsvoll. »Schade um den schönen Wein!«

Er räumt die Medikamente wieder in seine Tasche und bringt sie zurück in sein kleines Labor, das er sich neben dem Wohnzimmer eingerichtet hat. Ursula beobachtet ihn. Seltsam, daß sie der Wein so umgehauen hat. Sie angelt nach ihren Schuhen. Ob hochwertiger Wein hochprozentiger ist als anderer? Sie kann noch keinen klaren Gedanken fassen, deshalb gibt sie es auf, darüber nachzudenken. Nur diese Träume, diese verzerrten Träume.

Ludwig kommt an den Tisch zurück. Trotz ihres benebelten Zustandes spürt Ursula deutlich, daß es ihm jetzt recht wäre, wenn sie ginge. Er steht abwartend am Tisch.

»Du hast dich umgezogen«, bemerkt Ursula langsam. »Ja, ich wollte nicht die ganze Nacht in einem Armani im Sessel verbringen. Das mögen die nicht so gern.«

Was faselt er da? Mit Armi im Sessel? Ursula stützt ihre Ellbogen auf ihre Knie und vergräbt ihr Gesicht in den Händen. Sie schließt die Augen und hofft, bald wieder klar zu sein.

Vielleicht würde ein Aspirin helfen? Sie fragt Ludwig danach. Er schaut demonstrativ auf die Uhr, dann geht er in die Küche, sie hört ihn, durch das Eßzimmer hindurch, genervt im Küchenschrank kramen. Ursula versucht aufzustehen, fällt aber ungeschickt auf die harte, abgesteppte Kante der Couch zurück. Sie zuckt zusammen, ihr weiblichstes Teil schmerzt. Für eine Sekunde verharrt sie regungslos, dann öffnet sie schnell einen Knopf und betastet sich. Die Schamlippen sind deutlich geschwollen, die Haut reagiert gereizt auf die Berührung, und alles fühlt sich klebrig an.

In ihrem Kopf explodiert eine Bombe. Sie hört Ludwig zurückkommen. Schnell knöpft sie sich zu, legt beide Hände neben sich auf die Couch.

Ludwig stellt das Glas unsanft auf den Tisch. »Hier, bitte.« Es klingt wie »Und jetzt mach, daß du rauskommst«.

Sie schaut ihn an, wie er so vor ihr steht. In Pulli und Hose, die Hände in den Hosentaschen vergraben. Seine Haare sind noch dunkel, aber schon bedrohlich im Rückzug. Dafür trägt er sie nach Künstlerart etwas länger. Eben wischt er eine

Haarsträhne, die ihm über die Stirn gefallen ist, ungeduldig zurück. Seine Nase ist tatsächlich überproportional groß. Das ist ihr früher nie aufgefallen. Und die Augen tiefliegend.

»Du siehst müde aus«, sagt sie zu ihm, während sie nach dem Wasserglas greift, »trinken wir noch einen Kaffee zusammen? Dann gehe ich.«

Er steht unentschlossen vor ihr. Aber die Aussicht, sie dann endgültig los zu sein, siegt. »Gut, ich mache uns noch einen Espresso. Zum Abschluß«, setzt er drohend hinzu und geht in Richtung Küche.

Ursula streift die Schuhe ab, steht rasch auf, muß sich nochmal kurz am Tisch abstützen und läuft, nachdem sie ihr Gleichgewicht wiedergefunden hat, leise hinüber zu seinem Labor. An der Türe bleibt sie kurz stehen und lauscht. Deutlich sind Geräusche aus der Küche zu hören, er füllt die Kaffeemaschine. Ursula öffnet sachte die Tür, huscht hinein, zieht sie hinter sich leicht zu und sucht den Lichtschalter. Mit drei Schritten ist sie an einem Stahltresor an der Wand. Ihre Hände zittern, als sie die Nummerkombination eingibt. 13. 11. und das gleiche Geburtsjahr wie Walter. Es knackst. Der Kasten öffnet sich langsam. Gott sei Dank, das hat Ludwig nicht geändert, seitdem er ihr und Walter seinen *Heiligen Schrein* gezeigt hat. Zahlreiche Dokumente liegen darin, mitten darauf steht ein kleines Fläschchen. Sie nimmt es, hastet zur Tür, löscht das Licht und gleitet hinaus. Im gleichen Moment hört sie Ludwig kommen. Ursula schiebt sich schnell das Glasfläschchen in den linken Ärmel und hält den Stoff mit dem linken Finger zu. Dann geht sie ihm einen Schritt entgegen, gerade als Ludwig mit einem Tablett um die Ecke biegt.

Er schaut sie mißtrauisch an: »Wo wolltest du denn hin?«

»Eigentlich zur Toilette«, sagt Ursula.

»Kann das nicht warten, eben wolltest du noch Kaffee!«

»Ich dachte, das würde länger dauern.«

»Nein, tut es nicht«, sagt er und geht voraus zur Couch.

Ursula setzt sich wieder auf ihren Platz.

Ludwig häuft Zucker in seinen Espresso.

Ursula schaut ihm zu.

»Ist noch was?«

Sie greift mit der rechten Hand nach ihrer Tasse. »Hast du keine Milch mitgebracht?« fragt sie unschuldig.

»Kein kultivierter Mensch trinkt Espresso mit Milch! Hier steht Zucker!«

»Aber ich kann ihn ohne Milch nicht trinken, tut mir leid!« Sie schaut ihn entschuldigend an. »Konnte ich noch nie!«

Ludwig zögert, dann steht er auf. »Es ist verdammt spät«, knurrt er.

»Du kannst gleich schlafen«, versichert ihm Ursula. »Ich bin gleich weg!«

»Hmm«, Ludwig geht in die Küche. In Windeseile öffnet Ursula die Flasche, schüttet ein Viertel des Inhalts in Ludwigs Kaffee, häuft zwei weitere Löffel Zucker darauf und rührt gründlich um. Dann schiebt sie die Glasflasche unter das Sofa, lehnt sich zurück. Ludwig naht mit Riesenschritten. Mit ungebremstem Schwung stellt er einen Becher mit Sahne vor sie hin.

»So, ist das jetzt recht?«

Sie nickt und färbt ihren Espresso hell, während er sich vor seinen setzt.

Dann hebt sie die Tasse an den Mund. »Danke für deine Mühe, Ludwig, sicherlich geht es mir gleich besser.«

Sie trinkt, er schaut ihr zu. Sie setzt ab, er zieht die Stirn kraus. Sie prostet ihm zu, er nickt ungeduldig. Dann trinkt sie aus und stellt ihre Tasse ab. Darauf hat Ludwig nur gewartet, augenblicklich erhebt er sich. Ursula schlüpft langsam in ihre Schuhe und steht auf. Er wendet sich aufatmend zum Gehen, bückt sich aber nochmal überraschend zum Tisch, trinkt die Tasse in einem Zug leer, stellt sie unsanft ab und geht Ursula voraus zur Garderobe. Ursula läßt sich Zeit, sie streift ihr Kleid glatt, richtet das Schultertuch neu und dreht sich schließlich nach ihrem Mantel um, den ihr Ludwig hinstreckt. Sie schaut ihn forschend an. Er erwidert den Blick, dann quellen plötzlich seine Augen hervor, sein Kinn klappt nach unten, und die Hände sinken. Ursula nimmt ihm den Mantel ab. Er steht und faßt sich an das Herz, an den Hals, zerrt am Pullover.

»Du trinkst überhaupt keinen Kaffee«, speichelt er und geht in die Knie.

»Nein, nie!« antwortet Ursula.

Ludwig versucht, nach ihren Beinen zu greifen, aber sie weicht ihm aus, dann fällt er auf das Gesicht. Er krampft und krümmt sich und schnappt nach Luft.

Ursula beobachtet ihn. »Alle richtigen Wissenschaftler haben Selbstversuche gemacht. Schon der Entwickler von Aspirin«, sagt sie nüchtern. Und als seine Schultern zurückfallen: »Ich hoffe, es hat wenigstens Spaß gemacht!«

In Ludwigs Arztkoffer findet Ursula Einmal-Handschuhe, die sie sich überstreift, dann räumt sie die wissenschaftlichen Dokumente aus dem Safe, verstaut sie mit der Glasflasche und Ludwigs Tasse in einer Plastiktüte. Ihre Tasse spült sie gründlich aus, und auch die Espressomaschine reinigt sie. Sie schaut sich um. Während ihres Dämmerschlafes hat er das Geschirr gespült. Die Gläser sind im Schrank, die Geschirrspülmaschine ist schon wieder ausgeräumt, alles an seinem Platz. In einem kleinen Bio-Abfalleimer findet sie die Essensreste, Ursula tauscht die Plastiktüten aus. Besser, wenn nichts auf ein Fest hinweist. Auch die Dose Kaviar steckt sie wieder ein. Danach wischt sie über sämtliche Türklinken, über Tische, Sessel und Sofa, untersucht die Polster akribisch nach einzelnen Haaren. Zum Abschluß dreht sie sich nochmal um ihre eigene Achse. Nein, nichts vergessen. Alles sauber. Emma Paul wäre stolz auf sie.

Ursula zieht ihren Mantel an, nimmt die beiden Plastiktüten und betrachtet Ludwigs Rücken. »Das wäre nicht nötig gewesen«, sagt sie zu ihm, steigt über seinen leblosen Körper hinweg und löscht das Innenlicht. Leise öffnet sie die Haustüre und gleitet hinaus.

Für einige hat der Arbeitstag bereits begonnen, der erste helle Streifen zeigt sich am Himmel. Im Mehrfamilienhaus gegenüber gehen vereinzelt die Lichter an. Ursula bleibt am Garteneingang stehen, schaut die Straße hinauf und hinunter. Nichts rührt sich. Sie geht dicht an der Hecke entlang in die Seitenstraße hinein. Ein heller Zettel blinkt ihr von der Windschutzscheibe ihres Golfes entgegen. Ein Strafzettel! Der Schreck fährt Ursula in die Glieder. Die öffentliche Bekanntmachung, wo sie zu welcher Stunde war! Aber es ist nur die Einladung in ein Body-Studio. Das brauch ich nicht, sagt sie sich und atmet auf, für heute habe ich meinen Body genug trainiert.

MORD

Ursula wacht zwar wie gewohnt um sieben Uhr auf, aber sie dreht sich nochmal um, gönnt sich noch zwei Stunden Muße. Sie denkt über die verrückte Zeit nach, seitdem Walter sie verlassen hat. Uwe Schwarzenberg, der irgend etwas in ihr herausgefordert hat, von dem sie nicht weiß, was es eigentlich war, Rainhard Ehler, mit dem es eigentlich hätte schön werden können, der es aber vorgezogen hat, über Bord zu gehen, Gernot Schaudt, der sich ihr nicht stellen wollte und sich vor Angst davongemacht hat, und Willy Waffel, den sie entmannen mußte, um ihn schachmatt zu setzen. Sie grinst. Ob er durch den Schock impotent wird?

Dann beginnt sie ihren Tag langsam und gemütlich im Morgenmantel. Sie ruft Regina Lüdnitz an, Manfred Kühnen solle die heutige Montagskonferenz leiten, sie käme später ins Büro. Dann geht sie in die Küche, stellt Wasser auf, heizt den Backofen an und legt die tiefgefrorenen Croissants aus dem Eisfach zum Auftauen in die Mikrowelle. Sie gähnt herzhaft und streckt sich. So ein Idiot, dieser Ludwig. Wenn sie mit einem Mann schlafen will, bestimmt sie das schon selbst. Vor ihr blitzen kurz die blau-grauen Augen von Michael Fürst auf. Vielleicht sind Pferde ja doch nicht so schlimm, wie sie immer gedacht hat. Käme möglicherweise auf einen Versuch an. Ursula fährt sich mit allen zehn Fingern durch die Haare und grinst. Sie ist frei und ungebunden, und es ist ein tolles Gefühl, mit den Möglichkeiten des Lebens zu spielen.

Es klingelt. Ursula schaut auf die Uhr. Halb zehn, wer kann das sein? Sie geht in den Flur und wirft einen Blick in den Spiegel. Ein umwerfendes Bild gibt sie nicht gerade ab. Ungeduscht, ungekämmt, im Morgenmantel. Es klingelt wieder. Lang und fordernd. Ursula greift nach dem Haustelefon.

»Die Post! Ein Eilbrief für Sie!«

Die Post wird ihr Aussehen nicht interessieren, sie interessiert aber der Eilbrief. Ursula drückt auf den Türöffner. Eine junge Frau streckt ihr ein braunes Kuvert entgegen, sagt: »Ich habe schon befürchtet, es wäre keiner da«, und ist auch schon wieder weg. Ursula geht langsam hinein und betrachtet den Stempel auf der Briefmarke. Frankfurt. Wer schickt ihr aus Frankfurt ein Kuvert im DIN-A-5-Format? Der Anwalt von Lutz Wolff? Sie dreht den Brief um. *Die beiden Mäuse* steht da in Schreibschrift. In der Küche pfeift der Wasserkessel. Ursula legt den Brief hin, häuft Pfefferminzblätter in die Teekanne und gießt ganz langsam und im kleinen Strahl heißes Wasser darüber. Danach schiebt sie die Croissants in den Backofen, deckt den Tisch und stellt Honig und Butter dazu. So, jetzt hat sie ihre Neugierde lange genug strapaziert. Mit einem scharfen Messer schlitzt sie den Brief auf und greift mit zwei Fingern hinein. Sie ertastet drei schmale, längliche Heftchen und zieht sie heraus. Drei Flugtickets. Ursula läßt sich auf den nächsten Stuhl sinken. Nach Faro an der Algarve, Portugal. Hinflug am Samstag in einer Woche, Rückflug nach acht Tagen. Ausgestellt auf Jill und Elisabeth Stein und Ursula Winkler. Ursula bekommt eine Gänsehaut. Auf ihrem Ticket klebt ein gelber Zettel: »Länderkunde gehört auch zu Jills Ausbildungsprogramm!!!« Mit dreifachem Ausrufezeichen. Sonst nichts. Portugal, Ursula schließt die Augen. Ihr Traum vom Glück. Es klingelt wieder. Das werden sie sein, die beiden Mäuschen. Ursula nimmt die drei Tickets und springt auf. Auf dem Weg zur Haustüre denkt sie, daß sie unbedingt nach dem Verkauf der Swan fragen muß. Das Geld kann sie vielleicht bald besser anlegen. In ihr Haus an der Algarve! Ein unbeschreiblicher Gedanke! Sie lacht freudig und öffnet schwungvoll die Türe. Zwei Herren stehen vor ihr. Einer groß und hager im Mantel, der andere ein Pykniker in einer braunen Lederjacke. Beide hat Ursula noch nie gesehen. Sekten oder Vertreter, analysiert ihr Großhirn und befiehlt ihrer Hand »Türe zu!« Ursula will das Kommando eben in die Tat umsetzen, da streckt ihr einer der Männer einen Ausweis entgegen.

»Kriminalpolizei, sind Sie Frau Winkler?«

Ursula läßt die Türe offen. Sie betrachtet den Ausweis, ohne ihn zu lesen, und nickt: »Ja, das bin ich.« Dann schaut sie dem Großen direkt in die Augen: »Was kann ich für Sie tun?«

»Dürfen wir hereinkommen?«

»Aber bitte!« Sie geht voraus, ihre Gedanken jagen durcheinander. In der Küche bleibt Ursula stehen, legt die Flugtickets langsam auf den Tisch.

Die Beamten stellen sich mit ihren Namen vor, dann fragt der eine übergangslos: »Sie wollen verreisen?« Er mustert die Tickets. Es ist ihm anzusehen, daß er gern nach den Namen geschaut hätte.

»Ich bin eingeladen worden, ja, von einer Freundin.«
Freundin, wiederholt sie erstaunt im stillen. Welch ein ge-
wichtiges, einmaliges Wort!

»Daraus wird wahrscheinlich zunächst einmal nichts.«

»Ach! Und warum nicht, wenn ich fragen darf?« Ursula
lehnt sich gegen den Kühlschrank, verschränkt die Arme.
Jetzt kommt's, denkt sie. Aber was kommt? »Wollen Sie
sich nicht setzen?« fügt sie noch hinzu.

Beide schütteln synchron den Kopf, der Pykniker betrachtet angelegentlich das scharfe Messer auf dem Tisch, mit
dem Ursula eben noch Elisabeths Brief geöffnet hat. Dann
hebt er den Blick: »Wir müssen Sie bitten, mit uns zu kommen.«

»Was soll denn das bedeuten!« Sie runzelt die Stirn.
»Worum geht es denn überhaupt?«

Der Beamte im Mantel räuspert sich. »Es wurde Anzeige
gegen Sie erhoben. Sie stehen unter Mordverdacht.«

Ursula schweigt. Dann wiederholt sie: »Mordverdacht?«
Sie schüttelt den Kopf. »Was ist denn das für ein Blödsinn?
Wen soll ich denn umgebracht haben? Und wer hat mich an-
gezeigt?«

Der Beamte schnuppert. »In Ihrem Backofen verbrennt
etwas!«

»Oh, Gott!« Ursula greift nach zwei Topflappen und
zieht die Croissants heraus. Sie sind leicht schwarz, aber
noch genießbar. »Haben Sie Appetit darauf?« Ursula greift
hinter sich nach Tellern.

»Danke, nein!« Beide schütteln den Kopf.

»Die Anzeige kommt von einem Arzt, Dr. Ludwig Fehr.«

Ludwig!

»Er forscht maßgeblich auf dem Gebiet noch unbekannter
Gifte in der Tiermedizin, es handelt sich wohl um den Speichel von Insektenfressern, und er ist momentan weltweit angeblich der einzige Wissenschaftler, der den medizinischen

Nachweis erbringen kann, wenn ein Mensch aufgrund eines solchen Tiergiftes gestorben ist.«

Ursula winkt ab. »Ich weiß, daß Ludwig mit irgendwelchen Giften herumexperimentiert. Aber was hat das mit mir zu tun? Ich verstehe immer noch kein Wort!«

»Herr Doktor Fehr behauptet, daß Ihr Mann keines natürlichen Todes gestorben sei. Also nicht an Herzversagen, wie im Totenschein angegeben. Herr Fehr glaubt nachweisen zu können, daß Ihr Mann mit einem dieser seltenen Tiergifte ermordet wurde. Von Ihnen!«

Ursula schweigt. Ludwig Fehr, da schau mal einer an. Du falscher Fünfziger, du hinterhältiges Miststück! Saukerl!

»Ich bin schockiert!« sagt sie schließlich und stützt sich links und rechts mit ihren Händen auf die marmorne Arbeitsplatte.

»Ihr Mann, Walter Winkler, wird deswegen morgen exhumiert und anschließend obduziert werden, damit Herr Fehr die entsprechenden Gewebeproben entnehmen kann. Und Sie sollen dabei sein. Hier ist der Haftbefehl.« Er legt ihn neben die Flugtickets.

»Haftbefehl?? Ach, du je«, Ursula muß lachen. »Das ist ja eine wilde Geschichte! Das hat Ihnen Ludwig erzählt? Der soll nicht soviel trinken, dann sieht er nicht so viele Gespenster!«

»Die Sache erscheint uns ernst!« Der hagere Beamte tippt mit dem Finger bedeutsam auf das Dokument.

»Ich bin bereit!« grinst Ursula. »Ich hoffe, Ludwig ist es auch.«

»Was soll das heißen?«

»Nun, er ist ein etwas unzuverlässiger Zeitgenosse – und«, sie greift nach der Teekanne, »im übrigen, wie soll ich meinen Mann seiner Meinung nach denn umgebracht haben? Mit einer Spritze: Liebling, halt mal den Po her, oder wie?«

Der Größere von beiden zieht seine buschigen Augenbrauen zusammen, beobachtet Ursula, wie sie den Pfefferminztee langsam und feierlich in ihre Porzellantasse fließen läßt.

»Ganz einfach. In einer Flüssigkeit. Saft, Wein, Kaffee – oder«, er legt eine Kunstpause ein, bis Ursula, die Kanne in der Hand, zu ihm hinblickt, »auch Tee!«

»Soso«, sagt Ursula und lächelt ihm zu: »Darf ich Ihnen eine Tasse anbieten?«

SERIE PIPER

Gaby Hauptmann

Suche impotenten Mann fürs Leben

Roman. 315 Seiten. SP 2152

Wer seinen Augen nicht traut, hat richtig gelesen: Carmen Legg meint wörtlich, was sie in ihrer Annonce schreibt. Sie sucht den Traummann zum Kuscheln und Lieben – der (nicht nur) im Bett seine Hände da läßt, wo sie hingehören. Die Anzeige entpuppt sich als Knüller, und als sie schließlich in einem ihrer Bewerber tatsächlich den Mann ihres Lebens entdeckt, wünscht sie, das mit der Impotenz wäre wie mit einem Schnupfen, der von alleine vergeht.

Gaby Hauptmann ist das Kunststück gelungen, das Thema »Frau sucht Mann« von einer gänzlich anderen Seite aufzuziehen und daraus eine fetzige und frivole Frauenkomödie zu machen, die kinoreif ist.

»Mit Charme und Sprachwitz wird der Kampf der Geschlechter in eine sinnliche Komödie verwandelt.«

Schweizer Illustrierte

»Haben Sie Lust auf eine fetzige und frivole Frauenkomödie? Auf das Thema ›Frau sucht Mann‹ in einer ganz neuen Variante? Dann haben wir was Passendes. ›Suche impotenten Mann fürs Leben‹ von Gaby Hauptmann.

Attraktive, erfolgreiche 35erin sucht Mann für schöne Stunden, Unternehmungen, Kameradschaft. Bedingung: Intelligenz und Impotenz.

Diese Anzeige stammt von Carmen Legg, schlau, attraktiv, selbständig. Eigentlich hat sie eine Schwäche für Männer, nur von einer Sorte hat sie die Nase voll: von den Typen, denen der Verstand zwischen den Beinen baumelt, die immer wollen – und zwar das eine. Da gibt's nur einen Ausweg: der impotente Mann für's Leben muß her. Zusammen mit ihrer 80jährigen Nachbarin Elvira prüft Carmen eingehend die Antwort-Briefe auf ihre Chiffre-Anzeige. Einer macht auch tatsächlich das Rennen. Wer, wird nicht verraten... höchstes Lesevergnügen.«

Radio Bremen